AF304328

Gisela B. Schmidt ist 1984 in Ravensburg geboren und aufge-wachsen. Nachdem sie sich im Kindergartenalter das Lesen selbst beigebracht hatte, waren Bücher aus ihrem Leben nicht mehr wegzudenken. Durch ihre Studienwahl sicherte sich die energiegeladene Optimistin das Privileg, sich auch beruf-lich mit Büchern umgeben zu können, und unterrichtet bis heute leidenschaftlich gerne an einem Baden-Württemberger Gymnasium. Ihre schriftstellerische Kreativität lebte sie zu-nächst nur zum privaten Vergnügen aus, entschied sich 2020 dann aber für eine Veröffentlichung. Der große Erfolg ihres Debütromans *Vermächtnis mit Lavendelhauch* motivierte sie zu weiteren Romanen, sodass innerhalb von nur zwei Jah-ren mehr als neun Romane in Rohfassung entstanden. Von Psychothrillern über Familiengeheimnisromane bis Cosy Crime fühlt sich die Autorin in allen Genres wohl, die von Spannung und gesellschaftlichen Abgründen leben.

GISELA B. SCHMIDT

Das Geheimnis der Seerosenvilla

Erstausgabe Februar 2022

© 2021 dp Verlag, ein Imprint der DIGITAL PUBLISHERS GmbH

Made in Stuttgart with ♥
Alle Rechte vorbehalten

Das Geheimnis der Seerosenvilla

ISBN 978-3-98637-517-1
E-Book-ISBN 978-3-98637-206-4

Covergestaltung: Anne Gebhardt
Umschlaggestaltung: ARTC.ore Design
Unter Verwendung von Abbildungen von
shutterstock.com: © JuliusKielaitis, © Jasper Suijten, © Helena
Green, © belu gheorghe, © Evannovostro, © the stock company,
© Tatiana53, © Paul shuang
stock.adobe.com: © HildaWeges
Lektorat: Astrid Rahlfs
Satz: dp DIGITAL PUBLISHERS GmbH
Druck und Bindung: Books on Demand GmbH, Norderstedt

Für Mama.
Du Stärkste, Liebevollste,
Liebenswerteste.
Ich sehe dich. Jedes Mal, wenn ich in den
Spiegel schaue.
Ich liebe dich. Ewig, unendlich, bedingungslos.

Prolog

Mein letzter Wille

Ich, Hanna Gleißner, erkläre hiermit im Vollbesitz meiner geistigen Kräfte meinen letzten Willen:

Die Villa Gleißner und alles, was darin enthalten ist, soll in den Besitz des Ortes Edelsbrunn übergehen. Der zum Zeitpunkt meines Todes amtierende Bürgermeister möge entscheiden, was mit dem Anwesen geschehen soll. Mir ist es vollkommen gleich. Möglicherweise kann ein Verkauf durch die örtliche Immobilienfirma die Amtskasse etwas aufbessern. Mir ist bewusst, dass die Menschen aus Edelsbrunn unser Anwesen meiden. Und sie tun recht daran. Ich habe mein Bestes versucht, um die Schuld meiner Familie zu sühnen, doch letztendlich werden die Gespenster der Vergangenheit nie verschwinden. Wenn Sie also das Haus abreißen wollen, habe ich auch dafür vollstes Verständnis.

Mein Bankvermögen soll aufgelöst und der Kinderkrebshilfe gestiftet werden. Mein Barvermögen, das sich im Haus auffindet, soll auf dem Marktplatz verteilt werden – an jeden, der zufällig vorübergeht.

Mit allem anderen verfahren Sie, wie auch immer es Ihnen beliebt. Das Einzige, was ich mir für mich selbst wünsche, ist ein würdiges Begräbnis an der Seite meiner geliebten Schwester Valentina. Ich habe ihr noch so viel zu erklären.

Ich würde gerne sagen: »Behalten Sie mich in guter Erinnerung«, doch ich weiß, dass es das Beste für alle

Beteiligten sein wird, wenn dieses Dorf mich und meine

Familie für immer vergisst.
Leben Sie wohl.
Hanna Gleißner

2019

Emilia

Ächzend ließ sich Emilia auf die kleine Holzbank am Straßenrand plumpsen. So hatte sie sich ihren Neuanfang wirklich nicht vorgestellt. In den schillerndsten Farben hatte sie sich ausgemalt, wie sie in dem hautengen, viel zu teuren Kostüm, in das sie nur hineinpasste, weil sie drei Wochen strengste Diät gehalten hatte, einen triumphalen Neustart in die beste Phase ihres Lebens hinlegen würde. Mit perfektem Make-up, schlanker Figur, einem strahlenden Lächeln und sündhaft teuer manikürten Fingernägeln hatte sie sich fest vorgenommen, einen perfekten Eindruck zu hinterlassen. Nicht nur bei Matthias Plaschke, der die Immobilienfirma leitete, in der sie nun seit knapp einer Stunde probeweise angestellt war, sondern insgesamt bei allem und jedem, der ihr begegnen würde. Vor allem bei den Einwohnern dieses winzigen Örtchens namens Edelsbrunn, in dem sie künftig ihr Dasein fristen wollte. Vorerst. Denn was sie bisher von dem verschlafenen Nest gesehen hatte, war ehrlich gesagt nicht besonders vielversprechend. Eher so Marke *schlafender Hund* als *steppender Bär*, dachte sie mit einem Hauch Sarkasmus. Doch sie wollte sich nicht beklagen. Schließlich hatte sie selbst diesen Ort ausgewählt. Und das einfach nur deshalb, weil er weit genug weg war.

Wenn schon weg, dann auch richtig weit, hatte sie beschlossen, bevor sie die Flucht ergriffen hatte.

In diesem winzigen Nest würde sie garantiert niemand suchen und schon gar keiner finden, der sie nicht finden sollte.

Blieb nur zu hoffen, dass dieser Plan besser aufgehen würde als derjenige mit dem guten Eindruck, denn nachdem sie sich inzwischen eine Dreiviertelstunde in den viel zu hohen und dazu noch viel zu kostspieligen Pumps über das Kopfsteinpflaster gekämpft hatte, war ihr Make-up keineswegs mehr perfekt und von strahlendem Lächeln konnte keine Rede sein. Stattdessen verrutschte ständig der Rock ihres Kostüms und kleine Rinnsale von Schweiß liefen ihr über das Gesicht und die Wirbelsäule entlang. Aus dem akkurat geformten Dutt hatte sich eine hellblonde Strähne gelöst und klebte nun unangenehm an ihrer schweißnassen Schläfe. Sie konnte nur hoffen, dass der Kajalstrich, mit dem sie ihre dunkelblauen Augen bewusst betont hatte, noch nicht in seine Bestandteile zerflossen war und ihre Schuhe hatte sie bereits so viele Male verflucht, dass es ein Wunder war, dass sie noch nicht in Flammen aufgegangen waren. Dabei brannten ihre Füße tatsächlich, als ginge sie durch loderndes Feuer. Vielleicht wäre es besser gewesen, auf Schuhe mit niedrigeren Absätzen zurückzugreifen, doch bei einer Körpergröße von nur einem Meter sechzig war sie seit ihrer Jugend daran gewöhnt, ein paar Zentimeter dazu zu schummeln und außerdem war man hinterher immer schlauer. Ein Auto, das wäre der Ausweg gewesen. Was hatte sie sich nur dabei gedacht, ohne Auto zu fliehen? Jeder popelige Bankräuber wusste, dass ein Fluchtauto das Wichtigste war. Stattdessen hatte sie völlig überhastet ihren Koffer gepackt und war mit der Bahn quer durch Deutschland gefahren. Nur, um schlussendlich in einem winzigen Ort namens Edelsbrunn ausgespien zu werden wie Jona von seinem Walfisch. Herzlichen Glückwunsch aber auch!

Frustriert nahm Emilia die kleine Wasserflasche aus ihrer viel zu großen Handtasche und trank den letzten sorgsam aufgesparten Schluck in einem gierigen Zug aus.

Warum hatte sie nur auf ihre neue Kollegin hören müssen? Frau Sill hieß sie. Ein Name, den sie sich würde merken müssen, denn offensichtlich hatte diese Person aus unerfindlichen Gründen innerhalb kürzester Zeit beschlossen, sie zu hassen. Warum sonst hätte sie Emilia versichern sollen, dass es nur ein Katzensprung vom Immobilienbüro bis zur Villa Gleißner sei, den man locker zu Fuß bewältigen konnte? Diese Behauptung war offensichtlich eine Lüge gewesen. Zwar hatte sich Emilia inzwischen auch ein paarmal gehörig verlaufen und wusste zugegebenermaßen nicht mit Sicherheit, ob sie auf dem richtigen Weg war, doch wenn es sich wirklich nur um einen Katzensprung gehandelt hätte, dann hätte sie längst ankommen müssen – Orientierungsverlust hin oder her. Und jetzt hatte sie nicht einmal mehr etwas zu trinken. Wenigstens befand sie sich inzwischen in unmittelbarer Nähe zur Innenstadt. Zumindest vermutete sie das, da immer mehr Menschen zu sehen waren, die, mit Tüten und Taschen bepackt, in verschiedene Richtungen strömten.

Vereinzelt standen kleine Grüppchen beieinander und unterhielten sich. Weit konnte das Zentrum des Ortes oder zumindest eine Einkaufsmöglichkeit also nicht mehr sein.

Es war wirklich ärgerlich, dass sie erst heute Morgen angekommen war und sich nicht schon ein paar Tage früher in ihrer neuen Wahlheimat hatte umsehen können. Doch natürlich war es nicht anders möglich gewesen. Vor zwei Tagen hatte sie ja noch nicht einmal geahnt, dass sie ihr altes Zuhause so Hals über Kopf verlassen würde.

Optimistisch bleiben zwang sie sich selbst zu positiveren Gedanken, denn sie hatte sich geschworen, sich nicht von den vergangenen Ereignissen deprimieren zu lassen. Was geschehen war, war nun einmal geschehen. Die einzige und dadurch auch beste Art, mit der Situation umzugehen, war, zuversichtlich in die Zukunft zu blicken.

Immerhin hatte ihr neues Leben ihr ja bereits einen guten Grund dafür gegeben, positiv gestimmt zu sein, denn innerhalb von vierundzwanzig Stunden einen neuen Job zu finden, war nun wirklich nichts, was man erwarten konnte. Gut, sie hatte ihn noch nicht sicher – zunächst nur auf Probe. Aber mit der Villa Gleißner hatte sie eine faire Chance bekommen, sich die Festanstellung zu sichern. Es war nur verständlich, dass sich Herr Plaschke, ihr neuer Chef, zunächst von ihren Qualitäten als Immobilienmaklerin überzeugen wollte, bevor er sie in seiner angesehenen Firma fest einstellte.

Emilia spürte, wie sie von einer Welle neuer Euphorie durchflutet wurde. Sie hatte einen Ort gefunden, der weit genug weg war, um alles Geschehene hinter sich zu lassen und vor allem weit genug weg, um weder zufällig noch absichtlich gefunden zu werden. Sie hatte – fast – einen neuen Job und eine Villa an der Hand, mit deren Verkauf sie eigentlich nur triumphieren konnte. Wenn das Bild, das Plaschke ihr in den Unterlagen gezeigt hatte, nicht extrem bearbeitet worden war, dann handelte es sich bei der Gleißner-Villa um ein zauberhaftes Anwesen. Vermutlich würden sich die Interessenten bereits innerhalb weniger Tage um dieses Objekt prügeln.

Lächelnd kramte sie in ihrer Handtasche nach dem kirschroten Lippenstift. Noch bis vor ein paar Tagen hätte sie diesen als viel zu auffällig bezeichnet, doch zu ihrem neuen Leben schien er einfach perfekt zu passen. Er strahlte Erfolg, Dynamik und Verführung aus, genau das, was sie mit ihrem neuen Ich zu verkörpern beabsichtigte.

Als sich ein plötzlicher Schatten auf ihr Gesicht legte, hob sie den Kopf und sah direkt auf den Rücken einer Frau, die unmittelbar vor ihr stand. Leicht irritiert musterte sie die ältere Dame. Da fiel ihr Blick auf die lange Stange direkt neben ihr. Emilia runzelte die Stirn. In ihrer Erschöpfung war ihr gar nicht aufgefallen, dass die kleine Holzbank, auf die sie sich gesetzt hatte, kein einfaches Ruhebänkchen, sondern Teil einer kompletten Bushaltestelle war. Umso besser.

Schnell setzte sie ihr freundlichstes Lächeln auf, erhob sich von der Bank und trat neben die ältere Dame, die entspannt auf den Bus zu warten schien.

»Entschuldigen Sie bitte ...«

Die Frau wandte ihr das Gesicht zu, auf den Lippen ebenfalls ein freundliches Lächeln, in Erwartung der Frage, die Emilia offensichtlich stellen wollte.

»Können Sie mir vielleicht sagen, wie ich am schnellsten zur Villa Gleißner komme? Ich glaube, ich habe mich verlaufen.«

Die Reaktion der alten Dame kam vollkommen unerwartet. In derselben Sekunde, in der sie Emilia bewusst wahrnahm, gefror ihr das Lächeln auf den Lippen. Ihr faltiges Gesicht wurde aschfahl, während ihre Augen, in denen sich ein Ausdruck blanker Panik zeigte, sich unnatürlich weiteten. Wie im Schock taumelte die Frau einige Schritte rückwärts – ein ängstliches Zurückweichen vor einer unerklärlichen Gefahr.

Irritiert drehte sich Emilia um, konnte aber nichts Bedrohliches hinter sich erkennen. Lediglich eine Frau mittleren Alters, die einen Einkaufskorb im Arm hielt, war zu ihnen herangetreten, doch diese sah vollkommen harmlos aus. Emilia wandte sich wieder zu der alten Dame um, die noch immer wie eine Nachtwandlerin rückwärts taumelte, ihren Blick eisern auf Emilias Gesicht geheftet, während ihr wie in Zeitlupe die Einkaufstasche aus der Hand glitt. Einige Äpfel fielen heraus und kullerten über den Gehweg, bevor sie schließlich wackelnd liegen blieben.

»Oh mein Gott!«, schrie die alte Dame plötzlich panisch. »Sie ist wieder da! Bringt euch in Sicherheit. Schnell!«

Dann stieß sie einen entsetzlichen Schrei aus, wandte sich um und rannte in einer erstaunlichen Geschwindigkeit davon.

Wie paralysiert starrte Emilia ihr hinterher. Da bemerkte sie, dass die eben hinzugekommene Frau sie fragend anblickte.

Emilia verspürte Scham, ohne zu wissen wofür.

»Na, da ist wohl eine ziemlich große Schraube locker«, sagte sie dann mit einem entschuldigenden Grinsen und unterstrich ihre Aussage mit der entsprechenden Handbewegung.

Die andere wirkte verwundert. »Na ja, eigentlich ist Hannelore für ihr Alter erstaunlich fit, auch geistig.«

»Hat sie jetzt wirklich meinetwegen so reagiert?«

»Ich habe keine Ahnung.« Die Ratlosigkeit stand der fremden Frau förmlich ins Gesicht geschrieben, während auch sie der älteren Dame hinterherstarrte, die sich im Laufschritt immer weiter entfernte, als sei ihr der leibhaftige Teufel direkt auf den Fersen.

Nachdenklich hob Emilia die heruntergefallene Einkaufstasche vom Boden auf und begann, die umherliegenden Äpfel wieder einzusammeln.

»Also, wenn sie meinetwegen so erschrocken ist, dann tut es mir aufrichtig leid. Auch wenn ich nicht weiß, was ich getan habe, um die arme Frau derart aus der Fassung zu bringen«, entschuldigte sich Emilia.

Ihr Gegenüber kratzte sich nachdenklich am Kopf. »Das kann ich mir allerdings auch nicht erklären. Die Tasche können Sie mir gerne geben, ich bringe sie Hannelore nachher vorbei. Wir wohnen nur ein paar Häuser voneinander entfernt.«

»Danke. Bitte richten Sie ihr aus, dass es mir leidtut und dass ich wirklich vollkommen ungefährlich bin.« Emilia lachte, doch es wirkte eher gezwungen als freundlich.

»Das mache ich. Was wollten Sie denn von Hannelore?«

»Oh, eigentlich nichts Aufregendes. Ich habe sie nur nach dem Weg zur Gleißner-Villa gefragt.«

»Ah.« Ein seltsames Grinsen breitete sich auf dem Gesicht der Fremden aus, das Emilia im ersten Moment nicht zu deuten vermochte. »Sie sehen gar nicht aus wie so eine.«

»Wie was für eine?«

»Entschuldigung, ich wollte Ihnen wirklich nicht zu nahetreten.« Die Frau gab sich offensichtlich alle Mühe, um sich das Lachen zu verkneifen.

»Für was für eine Frau halten Sie mich denn?«

Nun begann die Fremde tatsächlich verhalten zu kichern und presste sich die Finger auf den Mund. »Na eine Geisterfrau. Tut mir leid, ich weiß nicht, wie die richtige Bezeichnung dafür ist.«

»Ehrlich gesagt habe ich keine Ahnung, wovon Sie gerade sprechen«, gestand Emilia und hob in einer hilflosen Geste die Arme.

»Na, sind Sie denn nicht auf der Suche nach den Stimmen der Vergangenheit?«

Die Frau sprach wirklich in Rätseln. So langsam drängte sich Emilia der Verdacht auf, dass die alte Hannelore nicht die Einzige zu sein schien, die in diesem Dorf eine ordentliche Schraube locker hatte, doch das konnte sie der Fremden natürlich nicht ins Gesicht sagen. Etwas ratlos stand sie da und versuchte aus der Mimik der anderen herauszulesen, ob diese sie gerade auf den Arm nehmen wollte oder ob eine Chance bestand, dieses Gespräch, das eigentlich nur aus Rätseln bestand, ernsthaft fortzuführen.

»Verzeihung, ich wollte Sie nicht beleidigen«, entschuldigte sich die Frau nun besänftigend. Noch immer spielte ein leicht spöttischer Zug um ihre Lippen. »Ich kann mit all dem Zeug nicht besonders viel anfangen, wissen Sie. Aber ich habe kein Problem damit, wenn jemand Spaß daran hat. Jedem das Seine, sage ich immer. Wir sind schließlich ein freies Land.«

»Ich verstehe immer noch nicht, was Sie meinen.«

»Na, Sie wollen doch in der alten Villa die Geister beschwören, oder nicht?«

»Aber nein. Wie kommen Sie denn darauf?«

»Oh.« Zu Emilias Überraschung errötete die Frau leicht. Offensichtlich war ihr die Situation mit einem Mal sehr unangenehm. »Was wollen Sie denn dann in der Geistervilla?«

Für einen Moment war sich Emilia nicht sicher, ob sie sich verhört hatte. Zur Sicherheit betonte sie aber den Familiennamen bei ihrer Antwort extra: »Ich bin Immobilienmaklerin und möchte gerne die *Gleißner*-Villa in Augenschein nehmen, bevor wir sie in unseren Verkaufskatalog aufnehmen.«

»Immobiiiiiiiilienmaklerin!« In plötzlicher Erkenntnis ihres Irrtums zog die Frau das I unnatürlich in die Länge und schlug sich dabei mit der flachen Hand an die Stirn. »Na klar! Oh, es tut mir leid, Frau ...«

»Sandberg. Emilia Sandberg.«

»Clara. Einfach nur Clara. Es tut mir leid, Frau Sandberg. Und noch mehr tut es mir leid, dass Sie in der vollkommen falschen Richtung sind. Die Villa Gleißner liegt genau auf der anderen Seite des Dorfes. Sie müssten dort lang.«

»Aber aus der Richtung bin ich doch gekommen.«

»Oh, dann tut es mir gleich noch mal leid, denn dann waren Sie eigentlich schon richtig. Arbeiten Sie für *Immobilien-Plaschke*?«

»Ja, genau.«

»Oh, und wer hasst Sie dort so sehr, dass er Ihnen ausgerechnet die Geistervilla aufgehalst hat?«

»Wie meinen Sie das?«

»Na, der alte Kasten ist doch verflucht.«

»Wie bitte?« Zwar glaubte Emilia weder an Flüche noch an sonstige übersinnliche Begebenheiten, doch die Selbstverständlichkeit, mit der Clara diese Behauptung von sich gegeben hatte, brachte sie kurz aus dem Konzept. Das schien auch Clara zu bemerken, die den erschrockenen Gesichtsausdruck von Emilia skeptisch musterte.

»Ach nichts, vergessen Sie das am besten gleich wieder. Das ist nur das, was man halt so redet. Ich habe nur Spaß gemacht«, fügte sie schnell hinzu. »Also wenn Sie bei Plaschke arbeiten, dann ist der Weg zur Villa Gleißner einfach zu erklären. Sie müssen quasi nur zurück zu Ihrem Büro gehen und dann genau in die entgegengesetzte Richtung laufen. Von da aus ist es nur ein Katzensprung. Ich schätze mal, so fünfhundert Meter zu Fuß.«

»Oh.« Nun war es an Emilia, erstaunt zu sein.

»Danke.«

Obwohl sie froh war, nun wenigstens zu wissen, in welcher Richtung sie weitergehen musste, spürte sie, wie sich Verärgerung in ihr breitmachte. Sie war sich sicher, ihre Kollegin Frau Sill hatte ihr die falsche Richtung angezeigt. Raffiniertes Biest. Da hatte sie es doch tatsächlich geschafft, sie so in die Irre zu führen, dass

Emilia sie nicht einmal dafür zur Rede stellen konnte. Denn dass die Villa nur einen Katzensprung vom Büro entfernt war, war ja im Prinzip korrekt gewesen. Wenn Emilia nun behaupten würde, die Kollegin hätte sie bewusst in die falsche Richtung geschickt, ohne das nachweisen zu können, dann stünde sie selbst am Ende noch als die Dumme da. Als die Neue, die nicht nur unfähig war, sich bezüglich kürzester Strecken zu orientieren, sondern die zudem auch noch gleich zu Beginn Streit mit den Kollegen suchte. Nein, das würde auf Herrn Plaschke ganz sicher keinen guten Eindruck machen. Auch wenn es sie ärgerte, würde sie über Frau Sills Finte also vorerst schweigen.

»Sie können auch den Bus nehmen, wenn es Ihnen zu weit zu Fuß ist«, unterbrach Clara ihre Gedanken. »Die Linie 3 fährt direkt dorthin. Also nicht zur Villa, aber kurz vor dem Immobilienbüro ist ja eine Haltestelle.« Mit einem mitleidigen Blick streifte sie Emilias Schuhe, was dieser nicht entging.

»Oh, das wäre mir tatsächlich sehr recht. Vielen Dank.«

»Dazu müssen Sie allerdings auf der anderen Straßenseite einsteigen. Sonst fahren Sie wieder in die falsche Richtung.«

»Danke. Ich glaube, das rettet meinen Füßen das Leben.«

»Ihre Füße haben ein eigenes Leben?«

»Ich habe noch nicht gewagt nachzusehen, aber so, wie sie sich anfühlen, bestimmt.«

Die beiden Frauen lachten.

»Für wen oder was haben Sie mich eigentlich vorhin gehalten?«, fragte Emilia nun vorsichtig, aber in diesem

Moment hielt ein Bus mit quietschenden Bremsen genau vor ihrer Nase und verschluckte ihre letzten Worte.

»Sorry, da kommt mein Bus. Viel Glück mit der Geistervilla«, rief Clara fröhlich und winkte kurz, bevor sie in den Bus einstieg.

»Ja, danke. Für alles«, antwortete Emilia und Claras freundliches Nicken durch die Scheibe zeigte ihr, dass diese verstanden hatte.

»Linie 3«, murmelte Emilia keine zwei Minuten später, während sie die Straße überquerte. Hoffnungsvoll sah sie auf dem Fahrplan nach, wann sie denn mit diesem komfortablen Bus rechnen könnte, der sie und ihre geschundenen Füße sicher zur Gleißner-Villa bringen würde.

»Ha, Glück muss man haben«, entfuhr es ihr freudig, denn der Bus fuhr bereits in fünf Minuten. Ein wahrer Segen, denn Linie 3 fuhr über den gesamten Tag verteilt lediglich in zweistündigen Abständen.

Wenig später saß sie ungeduldig aber zufrieden in einem der erstaunlich sauberen Sitze, ein Zustand, den sie aus der Großstadt so nicht kannte, wo sie jedes Mal Angst haben musste, sich bei der bloßen Berührung mit einem öffentlichen Verkehrsmittel eine lebensbedrohliche Krankheit zu holen.

Mit dem kribbelnden Gefühl von Vorfreude öffnete Emilia ihre Handtasche und nahm die Akte heraus, die Herr Plaschke ihr mitgegeben hatte. Sie hatten sie bereits im Büro gemeinsam überflogen, aber so richtig intensiv hatte sie sich noch nicht mit dem Objekt auseinandergesetzt.

Direkt auf der ersten Seite der Mappe war ein Foto von der Villa zu sehen. Leider nur die Außenansicht. Weitere Bilder, zum Beispiel von den Räumlichkeiten, fehlten, was nicht weiter überraschend war, denn die einzelnen Zimmer sowie die Außenanlagen möglichst positiv darzustellen, fiel nun in ihren Aufgabenbereich und war einer der Gründe, warum sie sich die Villa unbedingt direkt vor Ort ansehen musste. Emilia hoffte inständig, dass das Gebäude auch nur annähernd noch so gut aussah, wie es sich auf dem Bild präsentierte, auf dem man eine Jahreszahl des Aufnahmedatums vergeblich suchte. Dann würde es ein Kinderspiel werden, dieses Objekt zu verkaufen.

Neugierig blätterte sie weiter. Plaschke hatte ihr bereits erklärt, dass die Villa eine Schenkung der letzten Besitzerin an die Stadt gewesen sei und diese wiederum *Immobilien-Plaschke* mit dem Verkauf beauftragt habe. Es gab also keinen privaten Besitzer, mit dem sie sich verständigen musste – umso besser. Ihrer Erfahrung nach waren Stadtverwaltungen überaus angenehme Kunden. Wenn man ihnen ein gutes Angebot für das Objekt machte, dann war ihnen alles Übrige meist vollkommen egal. Verkäufe im Dienste der Stadt ließen sich in aller Regel schnell, reibungslos und unkompliziert abwickeln. Ein weiterer Grund, sich auf das Projekt zu freuen.

Mit geübtem Blick überflog Emilia die beigefügten Dokumente. Neben der Auftragsbestätigung durch die Stadt fanden sich eine Flurkarte, auf der die genaue Lage der Villa verzeichnet war, sowie ein paar genauere Zahlen zu Baujahr und Energieverbrauch. Darauf folgte ein Stapel mit Handwerkerrechnungen, die bis ins Jahr 1956 zurückreichten. An sich ein erschreckend dicker Stapel, doch Emilia wusste, dass dies ein hervorragendes Zeichen war, denn es bedeutete, dass die Villa regelmäßig renoviert worden war, was ihre Hoffnungen, diese in einem guten Zustand vorzufinden, noch mehr beflügelte.

»Junge Dame, ich glaube, hier wollten Sie aussteigen.«

»Oh, vielen Dank!«

Erschrocken fuhr Emilia hoch und kletterte aus ihrem Sitz. Sie warf dem Busfahrer einen Handkuss zu und schenkte ihm ihr strahlendstes Lächeln, woraufhin dieser die Hand zum lässigen Gruß erhob. Dann schlossen sich die Türen und Emilia stand wieder auf demselben Gehweg, auf dem sie vor anderthalb Stunden ihre Suche nach der Villa Gleißner begonnen hatte. Sie musste den Groll gegen diesen unnötigen Umweg, und damit verbunden auch gegen ihre Kollegin Frau Sill, gewaltsam unterdrücken, sonst hätte sie vermutlich das Immobilienbüro gestürmt und dieser streitlustigen Zicke die Augen ausgekratzt. Aber abgesehen davon, dass das strafbar wäre, passte eine solche Übersprunghandlung nicht zu ihrem neuen Image und dem Leben, das sie sich hier aufzubauen hoffte. Stattdessen atmete sie einmal tief durch und ging dann in die Richtung, die ihr Clara genannt hatte. Nach dem gemütlichen Sitzen im Bus schmerzten ihre Füße jetzt bei jedem Schritt noch mehr als zuvor. Bereits nach wenigen Metern sah sie keinen anderen Ausweg mehr, als die Luxusschuhe auszuziehen. Um ihre Strümpfe nicht zu ruinieren, entledigte sie sich kurzerhand auch dieser. Der plötzliche Luftzug, der ihre Beine und vor allem ihre geschundenen Füße umspielte, war unerwartet angenehm. So gut es der enge Rock des Kostüms zuließ, beugte sich Emilia hinab und begutachtete ihre Füße, nur um ihre Vermutung sofort bestätigt zu sehen: An nahezu jedem Zeh sowie an beiden Fersen prangten dicke Blasen, die teilweise sogar schon aufgescheuert waren. Nun hieß es die Zähne zusammenzubeißen und weiter! Wie immer.

Um die Schmerzen in ihren Füßen zu verdrängen, versuchte Emilia in ihrem Kopf das Bild der Villa Gleißner entstehen zu lassen, während sie sich vorwärtskämpfte. Schon immer hatte sie einen etwas übertriebenen Hang zur Romantik gehabt, dafür schämte sie sich nicht. Es stand ihr demnach frei, die Zimmer im Geiste ganz so zu entwerfen, wie es ihr gefiel. Und sie mochte nun einmal lange, schwere Vorhänge mit Blumendekor, die bodentiefe Sprossenfenster einrahmten. Genauso, wie ihr große Räume mit meterhohen Decken gefielen, die von Licht durchflutet und mit antiken Möbeln vollgestopft waren - selbstverständlich alles verschnörkelte Einzelstücke. Es waren aber nicht allein die Räume in älteren Häusern, die Emilia so liebte. Es war die ihnen innewohnende Atmosphäre, die davon zeugte, dass in diesen Zimmern schon viele Generationen von Menschen gelebt und jeden einzelnen Raum mit ihrer Anwesenheit, ihrem Leben und ihren Träumen erfüllt hatten. Vermutlich war das einer der Hauptgründe, warum sie sich für den Beruf der Immobilienmaklerin entschieden hatte. Und das, obwohl ihr hervorragendes Abitur ihr damals auch Wege in sämtliche Studienfächer mit strengstem Numerus Clausus ermöglicht hätte, woraufhin ihre Mutter ihr jahrelang mit einer Leier über verpasste Chancen in den Ohren gelegen hatte. Erst als Erika Sandberg sich persönlich davon überzeugt hatte, dass Emilia in ihrem Beruf außergewöhnlich erfolgreich war, hatte sie eingesehen, dass ein Medizinstudium wirklich nicht das war, was ihre einzige Tochter glücklich machen könnte. Ebenso wenig wie die Heirat mit einem erfolgreichen Arzt oder Anwalt - ein weiterer Traum ihrer Mutter, den sie erfolgreich hatte platzen lassen. Doch Enttäuschung hin oder her: Emilia war sich sicher, die richtigen Entscheidungen getroffen zu haben. Auch jene, sich spontan in Edelsbrunn niederzulassen und sich noch spontaner bei *Immobilien-Plaschke* zu bewerben. Das stand spätestens in dem Moment außer Frage, als sie die schneeweiße Villa vor sich aufragen sah. Erstaunt ließ Emilia ihren Blick über das Anwesen gleiten.

Wie es sich für eine exklusive Immobilie gehörte, zog sich eine zirka zwei Meter hohe Mauer um das gesamte Grundstück und ließ durch die breiten silbernen Stäbe gerade so viel Neugier des Betrachters zu, dass ein Blick auf die imposante Front der Villa möglich wurde. Diese ragte in einigen Metern Entfernung in die Höhe, als throne sie gleich einer erhabenen Majestät über dem parkähnlichen Garten, über dessen genaue Größendimensionen sich von außen nur spekulieren ließ. Der Großteil des Grundstücks war durch die dichte Bepflanzung entlang des Zauns nicht einsehbar, doch Emilias Herz hüpfte bereits jetzt höher, weil sie wusste, dass sich die Eintrittskarte zu diesem geheimnisvollen Abenteuer in ihrer Handtasche befand. Aufgeregt kramte sie darin und steckte wenige Sekunden später den Schlüssel ins Schloss des schmiedeeisernen

Eingangstors, welches ungebetene Besucher abwehrte, sich für sie selbst hingegen nun einladend öffnete.

Glückselig lächelnd betrat sie das Grundstück der Gleißner-Villa und schloss das Tor wieder hinter sich ab. Sofort fühlte sie sich wie ein Kind, das überraschend in Alice' Wunderland gelandet war.

Ein perfekt gepflegter Garten verriet, dass die letzte Besitzerin, Hanna Gleißner, das Grundstück mit sehr viel Liebe gepflegt hatte oder zumindest hatte pflegen lassen. Von einem Fluch, den Clara halb im Scherz erwähnt hatte, war weit und breit nichts zu spüren. Stattdessen säumten üppige Obstbäume den breiten Kiesweg, der direkt auf den Eingang der Villa zuführte. Der Garten schien sich in weiten Ebenen um das Haus herum zu erstrecken, denn Emilia konnte den Zaun auf der anderen Seite des Grundstücks beim besten Willen nicht erkennen. Ein weißer Pavillon, der von roten, perfekt beschnittenen Rosen umrankt wurde, ragte romantisch zwischen breiten Lavendelbeeten empor. Überall im Garten waren kleine Bänkchen und Sitzgruppen arrangiert, sodass in Emilias Vorstellung sofort das Bild einer größeren Abendgesellschaft entstand: Frauen in langen Abendkleidern, lachend, mit Champagnerflöten in der Hand, Herren in Frack oder Anzug, von weltgewandter Eleganz, die über die aktuellen Börsenkurse spekulierten oder neue Geschäftsverbindungen knüpften, während ihre wunderschönen, mit viel zu teurem Schmuck behangenen Gemahlinnen sich über den neuesten Klatsch der Gesellschaft austauschten.

Das schrille Zwitschern eines Vogels riss Emilia aus ihrer Gedankenwelt. Es würde ein Kinderspiel werden, diese Villa zu verkaufen. Am liebsten hätte sie sich mit einem guten Buch in den wunderschönen Garten gesetzt, gelesen und die Welt um sich herum vergessen.

Als sie den Blick schweifen ließ und dieser auf die elegante Freitreppe der Villa fiel, gelang es ihr jedoch leicht, dem Lesedrang zu widerstehen, denn sie wusste, dass sie selbst auch jene Schlüssel in der Tasche trug, die dieses Schmuckkästchen öffnen würden. Mit gespannter Erregung schritt sie die große Treppe hinauf. Dann drehte sie klopfenden Herzens den Schlüssel im Schloss um und öffnete langsam die Tür der Villa Gleißner.

1932

»Nicht schummeln!«

Elfie spürte die warmen Hände ihres frisch angetrauten Ehemannes durch das weiche Tuch, mit dem er ihr die Augen verbunden hatte. Als wäre dieser Tag nicht schon perfekt genug gewesen, hatte Heinrich nun zu allem Überfluss auch noch eine Überraschung angekündigt, die ihr garantiert gefallen würde, so hatte er versprochen. Elfies Herz klopfte so schnell und hart gegen ihre Rippen, dass sie sich sicher war, sie würde gleich in Ohnmacht fallen, wenn sie nicht sofort diese dämliche Augenbinde abnehmen und endlich sehen durfte, wo ihr Liebster sie hingebracht hatte.

Nach der Trauung waren sie zunächst alle gemeinsam essen gewesen. Glücklicherweise hatte Harald Stemper, Elfies Vater, gute Miene zum bösen Spiel gemacht, denn er war nicht nur gegen die Hochzeit, sondern auch gegen die überdimensionale Feier gewesen, die Heinrich organisiert hatte. Seiner Meinung nach war Elfie mit ihren neunzehn Jahren sowieso noch viel zu jung, um eine Entscheidung zu treffen, die ihr ganzes Leben bestimmen würde. Wochenlang hatte er auf sie eingeredet, sie solle noch warten, bis sie Heinrich ihr Jawort geben würde. Harald Stemper hatte ja keine Ahnung gehabt, dass dies längst geschehen war und das traditionelle Anhalten um ihre Hand lediglich als

Farce verblieb, die der Anstand erforderte. Später hatte Elfies Vater eingelenkt. Wenn sie ihr Leben unbedingt derart früh an das eines Mannes binden wolle, dann solle sie doch zumindest einen auswählen, der ihr eine gewisse Garantie auf Glück und vor allem Sicherheit bieten könne. Elfie hatte nur gelacht und provokant den Kopf in den Nacken geworfen, so wie jedes Mal, wenn sie anderer Meinung war als ihr Vater, was eigentlich meistens der Fall war. Sie wusste ganz genau, welcher Mann ihrem Vater an ihrer Seite vorschwebte: Richard Leibold. Einer seiner besten Freunde und ein treues Mitglied der NSDAP, einer Partei, die Harald Stemper mit glühendem Eifer vertrat und in die Heinrich sich bis jetzt einzutreten geweigert hatte. Sehr zum Leidwesen von Elfies Vater, der sich in letzter Zeit ausnahmslos mit Menschen umgab, die seine Liebe zu dieser Partei teilten. Zu oft waren Elfie und er bereits über die Ziele und Ansichten der NSDAP in Streit geraten, denn im Gegensatz zu ihrem Vater fand sie diese ganz und gar nicht überzeugend. Ihr Vater warf ihr dann immer vor, von Politik nicht die geringste Ahnung zu haben. Möglicherweise mochte er da sogar recht haben. Elfie interessierte sich nicht sonderlich für politische Angelegenheiten. Doch Politik hin oder her, Richard Leibold war nicht nur aufgrund seiner politischen Ansichten, sondern schlichtweg als Mensch ein Mann, der keineswegs für sie infrage kam. Zweifellos sah er nicht sonderlich schlecht aus, das musste man ihm zugestehen, aber er hatte eine überhebliche und abstoßende Art an sich, die Elfie einfach nicht ertragen konnte. Nicht einmal wenige Minuten lang. Außerdem war er gut fünfzehn Jahre älter als sie und verströmte einen so eigenartigen Geruch nach Alkohol und abgestandenem Zigarettenrauch, dass Elfie jedes Mal schlagartig übel wurde, wenn sie sich gemeinsam mit ihm in einem Raum aufhielt. Nein! Allein der Gedanke daran, dass sie diesen Mann heiraten sollte, hatte in ihr nichts anderes als Brechreiz und ein paar herzhafte Lachanfälle ausgelöst.

Glücklicherweise war ihre Mutter, Agathe Stemper, in dieser Angelegenheit ganz ihrer Meinung. Auch sie empfand die regelmäßige Anwesenheit Richard Leibolds in ihrem Hause als überaus unangenehm und gegen zwei starke Frauen hatte Elfies Vater sich dann schließlich doch nicht mehr durchzusetzen vermocht. Zähneknirschend hatte er in die Ehe von Elfie und Heinrich eingewilligt, wohl wissend, dass seine sture Tochter ihren Geliebten auch ohne die väterliche Zustimmung geheiratet hätte. Umso dankbarer war Elfie ihm heute Morgen gewesen, als er sich bei der Trauung aufrichtig Mühe gegeben hatte, nach außen hin das Bild eines zufriedenen Brautvaters abzugeben. Als er sie zum Altar geführt hatte, war ihm sogar eine kleine Träne der Rührung die Wange hinuntergeflossen, was besonders die Damen der Hochzeitsgesellschaft mit Ausrufen tiefsten Entzückens quittiert hatten. Auch seine Rede vor dem Essen konnte man nur als gelungen bezeichnen und er hatte sich mit keinem Wort anmerken lassen, dass ihm die Wahl seiner Tochter widerstrebte. Stattdessen hatte er mit seinem Schwiegersohn auf die Geburt vieler zukünftiger Stammhalter angestoßen und nur Elfie hatte bemerkt, wie die kleine Ader an seiner Stirn pulsiert hatte, so wie immer, wenn er versuchte, seinen Ärger zu unterdrücken.

Mit fortschreitender Stunde hatte sich Elfies Nervosität allmählich gelegt, als sich Harald Stemper, entgegen ihrer Befürchtungen, keinerlei Unfreundlichkeit gegenüber seinem Schwiegersohn erlaubte. Auch der nach und nach gesteigerte Alkoholkonsum führte nicht dazu, dass er seine sorgfältig aufrechterhaltene Fassung verlor. Dennoch war Elfie mehr als erleichtert gewesen, als sich schließlich auch der letzte Gast verabschiedet hatte und damit feststand, dass die Hochzeit ohne größere Peinlichkeiten vonstattengegangen war.

Im Nachhinein ärgerte sie sich sogar ein bisschen, weil sie sich aufgrund ihrer ständigen Angst vor einem möglichen Eklat emotional nicht vollständig auf ihre eigene Hochzeit hatte einlassen können. Zum Glück war sie noch nie ein Mensch gewesen, der verpassten Möglichkeiten hinterhertrauerte.

Und nun war sie Heinrichs Frau: Frau Elfie Gleißner. Das war das Einzige, was zählte. Heinrich würde sie zur glücklichsten Ehefrau der Welt machen, davon war sie überzeugt. Allein in dem einen Jahr, in dem sie sich nun kannten, hatte sie mehr Glück empfunden als in all den anderen Jahren ihres vorherigen Lebens zusammen und das lag einzig und allein an diesem wunderbaren Mann.

Dass er nach der Hochzeit jetzt auch noch mit einer ganz besonderen Überraschung aufwartete, war typisch für ihn. Wenn sie nur endlich diese dämliche Augenbinde abnehmen dürfte, um zu sehen, wohin er sie geführt hatte. Sie befanden sich definitiv irgendwo unter freiem Himmel, denn sie hörte liebliches Vogelgezwitscher und der Wind strich ihr zärtlich über die nackten Arme.

Zuerst waren sie ein Stück mit dem nagelneuen Auto gefahren, einem Geschenk von Heinrichs Eltern, und anschließend ein kleines Stück zu Fuß gegangen, wobei Heinrich bei jedem Schritt sorgsam darauf geachtet hatte, dass seine Braut nicht stolperte.

»Wie weit ist es denn noch?«, fragte Elfie ungeduldig.

»Wir sind da.«

Obwohl es kaum noch möglich schien, beschleunigte sich ihr Herzschlag zusätzlich. »Kann ich die Augenbinde dann endlich abnehmen?«

»Nein. Ich mache das.«

Ohne es zu sehen, spürte sie, wie er vor sie trat. Während er den Knoten an ihrem Hinterkopf löste, küsste er sie auf die nackte Stelle an der Stirn, woraufhin ein wohliger Schauder ihren Körper erzittern ließ.

»Ist dir kalt, mein Schatz?« Heinrich wirkte alarmiert.

»Nein«, antwortete Elfie mit all der Zärtlichkeit in der Stimme, die sie für ihren frisch angetrauten Ehemann empfand. »Ganz im Gegenteil. Mein Innerstes war noch nie so warm wie jetzt.«

In diesem Augenblick löste Heinrich das Tuch von ihren Augen und trat einen Schritt zur Seite, sodass Elfies Blick direkt auf die strahlend weiße Villa fiel. Sie war froh, dass sie Heinrichs Frage bereits beantwortet hatte, denn dieser Anblick verschlug ihr vollkommen die Sprache. Wie ein kleines Märchenschloss ragte die Villa vor ihr in die Höhe. Am Rand jeder einzelnen Stufe der imposanten Freitreppe lag jeweils eine rote Rose. Ein Teil der weißen Fassade wurde von der glühenden Abendsonne in goldenes Licht getaucht. Die verspielten Erkerchen und Türmchen verliehen dem

Bild eine Romantik, die schon fast an Kitsch grenzte. Elfie war vollkommen überwältigt.

»Willkommen zu Hause«, sagte Heinrich lachend und hob sie schwungvoll auf seine Arme. »Ich dachte, wenn wir schon unser *gemeinsames* Leben beginnen, dann auch in unserem *gemeinsamen* Haus.«

»Das kann nicht dein Ernst sein.« Elfies Stimme klang heiser, während sie sich fühlte wie im Fieber.

»Doch«, antwortete Heinrich schlicht. »Die Villa ist mein Hochzeitsgeschenk für dich, mein Schatz. Ich habe sie vergangenen Monat gekauft. Für dich, für mich und natürlich für unsere fünf Söhne, mit deren Zeugung wir gleich beginnen werden, nachdem ich dir das wunderschöne Schlafzimmer gezeigt habe.«

»Fünf Söhne?« Ihr Ausruf war eine Mischung aus Überraschung, Entsetzen und Gelächter. »Wer soll denn so viele hungrige Mäuler stopfen?«

»Na ich. Du bist jetzt meine Frau, Elfie. Hör endlich auf, dich um Geld zu sorgen, es ist mehr als genug für zehn Stammhalter da. Die Firma läuft hervorragend. Es wird dir dein Leben lang an nichts fehlen, das verspreche ich dir.« Er zwinkerte ihr zu und küsste sie dann flüchtig auf die Nasenspitze. »Und jetzt lass' mich endlich meine Braut über diese Schwelle tragen. Du bist zwar wirklich leicht, aber ewig kann ich dich auch nicht mehr auf den Armen halten.«

Elfie lachte. »Ich kann auch gerne zu Fuß gehen.«

»Das kommt ja überhaupt nicht infrage.«

Sie jauchzte freudig auf, als Heinrich sich einmal mit ihr auf dem Arm im Kreis drehte und anschließend auf die zauberhafte Villa zusteuerte, die von nun an ihr neues Zuhause sein sollte. *Villa Gleißner*, dachte Elfie schwärmerisch. Sie hätte es niemals für möglich gehalten, dass ein Mensch so glücklich sein könnte, wie sie es in diesem Moment war. Als sie auf Heinrichs Armen die von Rosen gesäumte Treppe hinaufschwebte, war sie sich sicher, mit dieser Ehe den besten Schritt ihres Lebens getan zu haben. Überwältigt von ihren eigenen Gefühlen ließ sie sich von einer Welle des Glücks forttragen, als Heinrich sie schließlich sanft auf das weiche Himmelbett legte und sie mit der Zeugung der geplanten fünf Stammhalter begannen.

Die folgenden Wochen vergingen wie ein Traum. Nachdem Elfie Raum für Raum erkundet hatte, fühlte sie sich schnell in der zauberhaften Villa zu Hause. Noch immer kamen ihr die Hochzeit mit Heinrich und der Einzug in dieses wunderbare Haus wie ein Traum vor, aus dem sie Angst hatte zu früh zu erwachen. Jeden Morgen, wenn sie die Augen aufschlug, öffnete sie zunächst die breite Flügeltür, die direkt vom Schlafzimmer auf den runden Balkon hinausführte, und ließ ihren Blick über den Garten schweifen. Fröhliches Gezwitscher drang aus den Bäumen und Sträuchern herauf, als wollten die Vögel mit ihrer Melodie verkünden, wie schön das Leben war. Am liebsten hätte Elfie in ihr Loblied mit eingestimmt, denn seit sie mit Heinrich verheiratet war, hatte sie das Gefühl, als hielte das Leben nur noch glückliche Tage für sie bereit. Jeden Morgen verabschiedete er sich mit einem zärtlichen Kuss von ihr, bevor er in die Firma fuhr, wo er leider bis spät am Abend blieb. Währenddessen war Elfie in ihrer Tagesgestaltung vollkommen frei. Wenn sie wollte, hatte sie die Möglichkeit, ihr Frühstück, das ihr ein eigens angestelltes Hausmädchen jeden Morgen zubereitete, bis in den Nachmittag hinein auszudehnen. Oder sie konnte durch den wunderschönen Garten schlendern, sich im Rosenpavillon in ein Buch vertiefen oder sich an dem kleinen Seerosenteich in die Sonne legen. Einmal hatte sie versucht, in dem hübschen Teich zu baden, doch das hatte sich als keine besonders gute Idee herausgestellt. Der See war derart mit Seerosen und Schlingpflanzen zugewachsen, dass sie sich bei jedem Versuch einer Schwimmbewegung in den langen Pflanzenteilen unter Wasser verheddert hatte. Nach dem missglückten Badeversuch hatte sie kurz überlegt, Heinrich zu bitten, die Pflanzen aus dem Teich herausnehmen zu lassen, doch dann hatte sie entschieden, dass es zu schade um diesen wunderbar romantischen Anblick wäre, den der Seerosenteich bot. Ja, sie war glücklich in ihrem neuen Zuhause. Definitiv. Doch an manchen Tagen wurde es ihr fast ein bisschen langweilig, so ganz allein in dem großen Haus. Wie gerne hätte sie sich ein paar Freundinnen eingeladen, doch alle Mädchen, die sie kannte, gingen einer geregelten Arbeit nach und hatten erst am Abend Zeit. Erst dann also, wenn Heinrich ohnehin wieder nach Hause kam und sie sich keineswegs mehr allein fühlte. Im Gegenteil. Wenn sie abends dann doch einmal ein paar Freundinnen einlud oder sich außerhalb der Villa im Ort verabredete, hatte sie jedes Mal ein schlechtes Gewissen, weil sie die wertvollen Abendstunden, die sie auch mit Heinrich hätte verbringen können, mit ihren Freundinnen verschwendete. Gut, Verschwendung war vielleicht der falsche Ausdruck, denn es war nicht zu leugnen, dass die jungen Frauen sich jedes Mal prächtig miteinander amüsierten, doch kaum dass sie die Villa verlassen hatte, sehnte sich Elfie wieder nach ihrem Ehemann zurück. Mit der Zeit ging sie immer seltener aus und auch die Einladungen, die sie aussprach, wurden stetig weniger. Stattdessen konzentrierte sie sich voll und ganz darauf, das Haus zu einem wundervollen Zuhause zu machen. Sie nähte Vorhänge und schmückte die Räume mit Pflanzen. Sie gestaltete Zimmer um und arrangierte neu gekaufte Möbel. Abends, wenn Heinrich nach Hause kam, erschöpft von der Arbeit und mit knurrendem Magen, dann wartete sie schon mit dem Essen auf ihn und begann sofort damit, ihn nach Strich und Faden zu verwöhnen. Das Dienstmädchen, welches Heinrich eingestellt hatte, entließ sie wieder, da sie selbst eine unbändige Freude am Kochen und Backen entwickelte, ganz zur Freude von Heinrich, der ihre regelmäßigen Kostproben ebenso genoss wie lobte. Elfie bemerkte nicht, dass sie sich immer mehr vom Leben der Außenwelt zurückzog und war glücklich in ihrer kleinen heilen Welt der selbstgewählten Einsamkeit. Nach und nach wurde die Villa zu ihrer Festung, in der sie als einsame Königin ohne Untertanen thronte. Immer seltener gelang es ihren Freundinnen, sie aus dem Haus zu locken. Als auch die Letzte von ihnen ihre Bemühungen schließlich aufgab, hatte Elfie sich längst so perfekt in ihrem Leben eingerichtet, dass sie die Einsamkeit gar nicht mehr bemerkte. Nur eines fehlte ihr noch zu ihrem Glück: ein Kind.

Bereits am Tag ihrer Hochzeit hatte Heinrich gesagt, dass er sich fünf Stammhalter wünsche. Was sie damals noch für einen Scherz gehalten hatte, stellte sich jedoch schnell als Ernst heraus. Immer wieder sprach er darüber, dass er sich sehnlichst einen strammen Jungen wünsche, der den Namen Gleißner mit Ehre fortführen werde, wenn sie beide längst verstorben seien. Leider wollte sich keine Schwangerschaft einstellen. Manchmal dauerte so etwas eben länger, tröstete sie sich. Elfie wusste, dass manche Frauen erst nach Monaten der Ehe schwanger wurden. Ihre Mutter hatte sogar einmal erzählt, dass sie selbst sechs Jahre lang gebraucht hatte, bis sie endlich mit Elfie schwanger gewesen war. Doch sechs Jahre waren eine viel zu lange Zeit. Elfie spürte zunehmend, wie das Ausbleiben der frohen Nachricht Heinrich bedrückte, auch wenn er ihr deshalb keinerlei Vorwürfe machte. Im Gegenteil. Er bot alle Verführungskünste auf und schlief regelmäßig, aber niemals zu fordernd mit ihr. Ein Verhalten, das sie zu schätzen wusste, doch der Umstand, dass auch das nichts half, bedrückte sie in Anbetracht seiner liebevollen Bemühungen nur umso mehr. Immer mehr fühlte sich das Ausbleiben der Schwangerschaft an wie ihr persönliches Versagen.

Eines Tages trieb sie die Verzweiflung in die Stadt. Einen großen Hut tief ins Gesicht gezogen und die Augen mit einer dunklen Sonnenbrille bedeckt, erwarb sie in einem Buchladen mehrere Ratgeber zum Thema des unerfüllten Kinderwunsches. Zu Hause angekommen verschlang sie ein Buch nach dem anderen und probierte sämtliche vorgeschlagenen Methoden aus, auch wenn manche von ihnen äußerst fragwürdig erschienen. Leider blieb der erhoffte Erfolg aus, denn nach wie vor zeigten sich keinerlei Anzeichen froher Erwartung. Seit Wochen wälzte sie bereits Seite um Seite der mehr oder weniger wissenschaftlichen Beschreibungen und hatte bisher noch keine Methode gefunden, die sie innerlich überzeugen konnte. Manches war auch schlichtweg nicht umsetzbar. In einem Buch wurde beispielsweise vorgeschlagen, sie solle in der Nacht mit Socken schlafen und in diese jeweils eine halbe Zwiebel stecken, weil dies die Körpergifte über Nacht aus den Fußsohlen ziehe. Wie hätte sie eine solche Aktion denn bitte Heinrich erklären sollen? Dennoch wollte sie nichts unversucht lassen, was auch nur die kleinste Hoffnung auf ein Kind versprach. Deshalb ging sie dazu über, sich tagsüber fünf Stunden in den Garten zu legen und die Zwiebeln in den Socken zu tragen, während sie weitere Ratgeber wälzte. Leider nur mit dem Ergebnis, dass Heinrich sie am Abend fragte, ob sie Zwiebelkuchen gebacken habe oder wo sonst der üble Gestank herrühre. Daraufhin hatte sie, um eine Ausrede verlegen, zunächst das ganze Haus gelüftet und dann versprochen, dass es nie wieder vorkäme. Zu ihrer Erleichterung bohrte Heinrich nicht weiter nach, sondern gab sich mit der frischen Luft zufrieden. Eine Schwangerschaft wollte sich nach wie vor nicht einstellen.

Monate später blieb nur noch ein einziges Buch übrig, das Elfie sich absichtlich bis zum Schluss aufgehoben hatte, weil es ihr ehrlich gesagt ein bisschen Angst machte. Es thematisierte die Beschwörung von Geistern zur Beförderung des Kinderwunsches.

Eines Morgens, als Heinrich ins Büro gefahren war, zog sich Elfie mit dem geheimnisvollen Buch ins Gästezimmer zurück und schloss sorgfältig hinter sich ab. Sie atmete einmal tief durch und legte anschließend den blauen Stoff aus, den sie glücklicherweise noch vom Nähen der Vorhänge übrig hatte. Dann zeichnete sie mit Kreide den großen Stern nach, der in dem eigenartigen Buch abgebildet war, sorgsam darauf bedacht, präzise den Anweisungen zu folgen. Auf den Ecken des Sterns platzierte sie jeweils eine Kerze und zündete sie der vorgegebenen Reihenfolge nach an. Dabei murmelte sie leise die Beschwörungsformel, die sie zur Sicherheit bereits am Tag vorher auswendig gelernt hatte, um ja keinen Fehler zu machen. Immer wieder warnte das Buch, dass das Ritual auch wirklich exakt eingehalten werden müsse, da schon der kleinste Fehler dazu führen könne, dass anstatt der guten auch böse Geister beschworen wurden. Wenn Elfie nur daran dachte, gleich mit übersinnlichen Mächten in Verbindung zu treten, breitete sich ein mulmiges Gefühl in ihrer Magengegend aus. Zumal immer wieder davon berichtet wurde, dass Menschen, die einen Fehler gemacht und aus Versehen böse Geister beschworen hatten, anschließend bis zu ihrem Lebensende von diesen besessen blieben.

Mit zitternden Fingern streute Elfie die vorbereiteten Rosenblätter über das Pentagramm und träufelte ihre Tränen darauf, die sie eigens für diesen Augenblick geweint und in dem kleinen Döschen gesammelt hatte. Weil es zu wenige gewesen waren, um der vorgegebenen Menge zu entsprechen, hatte sie sie mit ein paar Tropfen Wasser verdünnt, aber das würde hoffentlich nichts ausmachen. Dann stellte sie ein hohes Sektglas in die Mitte des Pentagramms, stach sich mit einer Nadel in den Finger und drückte einen Tropfen Blut in das Glas.

Mit zitternder Stimme sprach sie die Formel aus, welche die guten Geister beschwören sollte. Erst nachdem sie die Formel fünfmal gesprochen hatte, gelang es ihr, die Augen zu schließen, wie es für das Ritual vorgegeben war. Sie wiederholte den Spruch und rief sich in Erinnerung, was die Anleitung genauestens vorschrieb: siebenmal die Formel sprechen, dann auf die andere Seite des Sterns knien, dann nochmal dreizehnmal die Formel wiederholen.

Als sie die Seite wechselte, wurde sie bereits ein bisschen ruhiger. Nur noch fünfmal musste sie den Spruch fehlerfrei aufsagen, dann hatte sie es geschafft. Dann würden ihr die guten Geister hoffentlich endlich ein Kind schenken.

Elfies Schrei durchschnitt die Stille des Hauses, als das Glas in der Mitte des Pentagramms kippte und in mehrere Scherben zersprang. War sie versehentlich an einem Zipfel des Tuches hängen geblieben? Oder waren tatsächlich Geister anwesend, die das Glas umgeworfen hatten? Panisch sprang sie auf, drehte den Schlüssel im Schloss und rannte hinaus. Sie hatte die dreizehnte Formel nicht beendet.

2019

Emilia

Bereits der erste Schritt, mit dem sie in die Villa Gleißner eintrat, fühlte sich seltsam an. Intuitiv blieb Emilia
stehen und sah sich vorsichtig um. Fast erwartete sie,
dass ihr jemand aus einem der an den Flur angrenzen-
den Räume entgegenkommen und sie willkommen heißen würde. Regungslos verharrte sie, bis ihr bewusst
wurde, dass das einzige Geräusch ihr eigener Atem war,
der etwas zu schnell ging und dadurch deutlich hörbar
war. Ansonsten war es komplett still in der alten Villa.
Beinahe zu still. Es war nicht das erste Mal, dass Emilia
ein altes Haus betrat. Schließlich gehörte der Verkauf
älterer Immobilien zu ihrem Alltagsgeschäft als Maklerin. Normalerweise liebte Emilia die älteren Häuser
ganz besonders. Jene, die noch etwas von der Luft und
dem Leben der Vergangenheit atmeten. Am liebsten sogar jene, die schon seit Jahren leer standen. Nur zu
gerne durchstöberte sie dann die alten Räume und
stellte sich vor, wie die Besitzer hier wohl gelebt hatten.
Sie liebte es, emotional in längst vergangene Jahrzehnte und Jahrhunderte abzutauchen und sich für einige Stunden wie eine Zeitreisende zu fühlen. Wenn sie
dagegen Häuser verkaufte, die zum Zeitpunkt der Erst-
besichtigung noch bewohnt waren, fühlte sie sich bei

den Familien eher wie ein Gast. Bei den einen wie ein willkommener, bei den anderen wie ein ungebetener. So war jedes Haus für sich eine ganz eigene Wundertüte. Das Gefühl, das sie empfand, als sie nun die Villa Gleißner betrat, war jedoch vollkommen anders als alles, was sie bei bisherigen Besichtigungen erlebt hatte.

Eine ganze Weile lang stand sie ratlos im Flur und versuchte zu erspüren, was hier so anders war als in der Vielzahl der Häuser, die sie bisher besichtigt hatte. Schließlich trat sie ein paar Schritte weiter in das Haus hinein und plötzlich wusste sie es: Es fühlte sich nicht im Geringsten wie ein Objekt an, das sie verkaufen sollte. Vielmehr so, als würde sie nach Hause kommen. Obwohl die Villa kalt, leer und still vor ihr lag, hatte sie die ganze Zeit über das Gefühl, hierhin zu gehören. Es käme ihr nicht einmal merkwürdig vor, wenn sie nun direkt in die Küche ginge, um sich ein warmes Abendessen zuzubereiten, dabei hatte sie keine Ahnung, wo sich diese überhaupt befand.

Emilia verharrte und spürte, wie sich das angenehme Gefühl in ihrem Inneren ausbreitete – wohlig, heimelig. Im Moment konnte sie sich kaum etwas Gemütlicheres vorstellen, als in einen Jogginganzug zu schlüpfen und sich auf eines der bequemen Sofas zu kuscheln, die sich zweifellos in irgendeinem der Räume hier befinden mussten. Jeglicher Katalogisierungsdrang, der ihr über die Jahre in diesem Business längst in Fleisch und Blut übergegangen war, schien vergessen. Längst hätte sie Notizblock und Stift zücken und sich in Windeseile die wichtigsten Auffälligkeiten notieren müssen, während sie mit Kennerblick die einzelnen Räume abscannte. Stattdessen stand sie noch immer wie gebannt und magisch angezogen im Eingangsbereich und betrachtete mit liebevollem Blick eine alte Vase, die exakt in der Mitte einer kleinen Kommode platziert war und deren Rosen längst verwelkt waren. Nur mit Mühe widerstand sie dem Drang, die abgestorbenen Blumen aus der Vase zu nehmen und durch frische aus dem üppig blühenden Garten zu ersetzen.

»Jetzt reiß dich aber mal zusammen und spinn nicht rum«, schalt sie sich selbst etwas lauter als beabsichtigt. Ihr Gehirn schien nun endlich zu verstehen, dass sie schleunigst mit ihrer Arbeit beginnen musste und ließ ihre Hand mechanisch in die Handtasche wandern, um nach dem dicken Notizbuch zu greifen. Ihr Herz dagegen klammerte sich heftig an das Gefühl der Wärme und Geborgenheit, das so umfassend von ihr Besitz ergriffen hatte. Fast ängstlich zwang sich Emilia dazu, weiter in das hübsche Haus vorzudringen. Hätte sie ihre Schuhe nicht sowieso längst ausgezogen, sie hätte es spätestens jetzt getan, allein schon deshalb, weil der Genuss des flauschigen Teppichs, den jemand auf den kalten Fliesen ausgelegt hatte, einfach unbeschreiblich war. *Als laufe man auf Wolken*, dachte sie bei sich, während sie langsam weiter in das Haus hineinging.

Nach einigen Schritten gelang es ihr endlich, ihren Kopf wieder einzuschalten und einigermaßen wie eine Maklerin zu denken statt wie ein kleines Mädchen, das man eben in einem verzauberten Schloss abgeliefert hatte, mit dem Hinweis, es dürfe sich nach Lust und Laune hier vergnügen. Mit einem verzückten Lächeln nahm sie ihr Handy aus der Tasche und fotografierte die hübschen Türblätter, die so außergewöhnlich kunstvoll gestaltet waren. Auf den weiß lackierten

Holztüren waren Ornamente aus goldenem Stuck angebracht, welche wiederum mit Goldfarbe lackiert oder
vielleicht sogar echt vergoldet waren. In dieser Frage
würde sie wohl einen Fachmann zu Rate ziehen müssen. Sie selbst wusste nur, dass die wilden Rosenran-
ken, die von den goldenen Linien umrahmt wurden,
wohl der schönste Türschmuck waren, den sie je gesehen hatte. Die elegant geschwungenen Türgriffe aus
Messing bildeten die perfekte Ergänzung zu diesem
wundervollen Blickfang. Einen solchen drückte Emilia
nun vorsichtig hinunter, gespannt, was für ein Raum
sie hinter dieser ersten Tür erwarten würde. Insgesamt
waren es drei Türen, die vom Eingangsbereich weg-
führten – zwei Türen auf der rechten und eine auf der
linken Seite. Emilia hatte sich für die linke entschieden
und fand sich nun in einer sehr großen, aber zugleich
sehr hübsch eingerichteten Küche wieder. Die Arbeits-
fläche zog sich an allen vier Seiten entlang und wurde
lediglich durch die Zugangstür unterbrochen. Riesige
Fenster sorgten dafür, dass das Tageslicht wie eine Flut-
welle hereinströmte und dem gesamten Raum eine angenehme Atmosphäre verlieh. Die Kacheln im Schach-
brettmuster bildeten einen hübschen, unruhigen Kontrast zu den vielen Küchenschränken, die in einem
schlichten Weiß gehalten waren. Eine riesige Kochin-
sel in der Mitte verriet, dass hier gerne und viel gekocht
und gebacken worden war. Mit geübtem Maklerblick
checkte Emilia die Geräte und stellte zu ihrer großen
Freude fest, dass sie alle noch recht neu zu sein schienen. Auch die Küche an sich war hervorragend in
Schuss, ein absoluter Pluspunkt für jeden Käufer, denn
eine neue Küche war kostspielig und beanspruchte

zudem sehr viel Zeit für Planung und Montage. Zeit, welche Käufer solcher Luxusimmobilien nur sehr ungern zu investieren bereit waren. Emilia hatte sogar schon erlebt, dass es Käufern lieber war, wenn sie als Maklerin vor dem Verkauf noch eine neue Küche in eine Immobilie einbauen ließ und anschließend den Kaufpreis um die Kosten der Küche plus Arbeitsstunden erhöhte. Von Kunden, bei denen Geld keine Rolle spielte, wurde dieses so praktiziert, um sich von jeglichem Stress freizukaufen – eine Einstellung, die Emilia sehr gut nachvollziehen konnte und ein Luxus, den sie sich nur zu gerne auch selbst manchmal leisten würde.

Mit einem etwas mulmigen Gefühl beschloss sie, noch einen vorsichtigen Blick in den Kühlschrank zu werfen. Wenn sie es richtig verstanden hatte, war die letzte Besitzerin direkt hier in der Villa verstorben. Es würde ihr also kaum möglich gewesen sein, nach ihrem Tod noch übrig gebliebene Essensreste wegzuwerfen. Blieb zu hoffen, dass nicht bereits alles vergammelt und verschimmelt war, sonst würde sie am besten gleich den gesamten Kühlschrank entsorgen und ersetzen lassen. Tatsächlich fand sie noch einige Lebensmittel: Käse, einige Becher Naturjoghurt, eine Paprika, die am Stiel bereits leichten Schimmel ansetzte sowie eine Plastikbox mit Salamischeiben. Nicht schön, aber bei Weitem auch nicht so schlimm, wie es hätte sein können.

Auf der Suche nach einer Tüte zog Emilia verschiedene Schubladen der Küchenunterschränke auf und wurde auch erstaunlich schnell fündig. Mit spitzen Fingern packte sie die Lebensmittel aus dem Kühlschrank in die Tüte, verknotete diese fest und brachte sie dann vor die Haustür. Später würde sie draußen nach einer Mülltonne suchen und hoffen, dass die Müllabfuhr noch nicht abbestellt worden war.

Mit einem Blick auf die Uhr stellte sie fest, dass seit ihrem Eintritt in die Villa bereits eine komplette Stunde vergangen war, weshalb sie sich vornahm, den Rest des Hauses in einem rascheren Tempo und vor allem mit einem professionelleren Blick zu besichtigen. Mit dem Versuch, ihren Fokus auf das Ziel zu richten und nicht wieder unnötig lange bei den wunderschönen Türblättern zu verharren, öffnete sie die erste Tür auf der rechten Seite. Sofort war sie gewillt, all ihre guten Vorsätze wieder über Bord zu werfen.

Vor ihr präsentierte sich der Traum eines jeden Bücherwurms, ein Raum, der an allen Wänden mit Bücherregalen ausgekleidet war, die bis zur Decke reichten. Staunend ließ Emilia ihren Blick über die Buchrücken in allen Formen, Farben und Materialien schweifen, wissend, dass sie keinerlei Problem damit hätte, Tage – ach was, Wochen und Monate allein in diesem Raum zu verbringen. Ein tiefes Glücksgefühl breitete sich in ihr aus und noch stärker als bei ihrem Eintreten in die Villa hatte sie das Gefühl, angekommen zu sein. Sie wollte hier bleiben. Sich mit einem Buch irgendwo hier im Haus zurückziehen, um einfach nur zu genießen.

In einem Anfall von Selbstdisziplin kniff sie die Augen zusammen und strich sich mit den Handflächen fest über ihr Gesicht. Wenn sie mit der Besichtigung dieses Hauses jemals fertig werden wollte, dann musste sie sich zwingen, weiterzugehen. Schließlich hatte sie nicht einmal eine Ahnung, wie viele Räume dieses

Haus überhaupt hatte, da in der Akte, die Herr Plaschke ihr mitgegeben hatte, weder ein Grundriss noch eine sonstige Information über die Räume vorhanden war. Sie würde also selbst zählen müssen, doch dazu musste sie erst einmal weitergehen. Sie musste diese Tür wieder schließen und den nächsten Raum begutachten. So war der Plan. Entgegen diesem wurde sie jedoch wie von einem unsichtbaren Sog in den Raum hineingezogen. Mit einer zärtlichen Geste strich sie über die Buchrücken in einem der Regale, als folge sie einer eigenartigen Zwangshandlung.

Als es ihr endlich gelang, ihren Blick von dem riesigen Regal abzuwenden, stellte sie überrascht fest, dass die vierte Wand überhaupt keine Wand war, wie sie zunächst gedacht hatte, sondern ein riesiger Spiegel, der sich über die komplette Breite des Raumes erstreckte. Genau in der Mitte prangte allerdings ein hässlicher Spalt. Vermutlich ein Unglück, das sie nun teuer zu stehen kommen würde. Denn ein solcher Schönheitsfehler würde wohl kaum einem Kunden gefallen, egal wie genial die Spiegelwand auch sonst wirken mochte, auf der alle Bücher der gegenüberliegenden Wand erneut abgebildet wurden. Einen so riesigen Spiegel zu ersetzen würde bestimmt eine drei- wenn nicht sogar vierstellige Summe erfordern.

Verärgert trat Emilia näher an den Spiegel heran, um den Schaden genauer zu begutachten. Zu ihrer großen Überraschung stellte sie jedoch fest, dass es sich gar nicht um einen Riss handelte. Im Gegenteil: Die gesamte Spiegelwand verfügte augenscheinlich über einen Schiebemechanismus und irgendjemand hatte die beiden Wände nicht mehr ganz zusammengeschoben.

Vorsichtig drückte Emilia mit einer Hand gegen die linke Spiegelhälfte und war überrascht, wie leicht sie sich bewegen ließ. Wie im Rausch schob sie zuerst die eine und dann die andere Wand auf, woraufhin der Blick auf ein riesiges Wohnzimmer freigegeben wurde.

»Wow!«, entfuhr es ihr. Das war wohl das einzige Wort, das in der Lage war auszudrücken, was sie hier vorfand. Das Wohnzimmer, das über mindestens neunzig Quadratmeter verfügte, war komplett im Stile des Barock ausgestattet. Ausladende Polstermöbel mit kunstvollen Schnörkeln bildeten verschiedene Sitzensembles. Die Decke war mit weißem und goldenem Stuck verziert, der Emilia sofort an den Prunk von Schloss Versailles erinnerte. An jeder Wand, an jedem Gegenstand, entdeckte sie filigran gearbeitete Details, die dem gesamten Raum ein nahezu königliches Ambiente verliehen.

Augenblicklich fiel ihr eine lange Liste von Kunden ein, die über ein solches Wohnzimmer in regelrechte Verzückung geraten wären. Wären. Denn leider befanden sich all diese Kunden hunderte von Kilometern weit entfernt in einer anderen Stadt, in einem anderen Leben, das früher mal ihres gewesen war. Doch sicherlich würden sich auch hier in der Gegend genügend Interessenten für solch ein Prachtstück finden lassen.

Alles in diesem Raum war darauf ausgelegt, Macht und Reichtum zu demonstrieren. *Repräsentative Villa* war das Schlagwort, nach dem die meisten der gut betuchten Kunden suchten. Dieser Raum war deren Inbegriff davon. Die geöffnete Spiegelwand gab den Blick auf die üppig ausgestatteten Bücherregale frei und erweiterte den Raum allein dadurch nochmals um mindestens dreißig Quadratmeter. In ihm befand sich ein langer Esstisch für mindestens zwölf Personen sowie viele gemütliche Sitzgelegenheiten.

Als Emilia den riesigen Raum durchschritt, kam sie sich zum ersten Mal wie ein Eindringling vor, was aber daran liegen mochte, dass sie sich angesichts dessen Größe unglaublich klein und unscheinbar fühlte. Dennoch durchmaß sie den Raum mit festen Schritten und stellte fest, dass dieser im hinteren Bereich sogar noch nach links weitergeführt wurde. Dort stand ein weißer glänzender Flügel. Vor jenem waren, in angemessenem Abstand, mehrere Stühle aufgereiht, so als habe hier erst vor kurzem noch ein privates Konzert stattgefunden.

Emilia wusste, dass es kindisch war. Dennoch konnte sie nicht an sich halten, trat zu dem Instrument und drückte eine beliebige Taste. Der Klang erfüllte den gesamten Raum, bevor er leiser werdend davonschwebte und in Emilia einen ungefähren Eindruck davon hinterließ, wie wunderbar ein Konzert in dieser Akustik sich anhören musste.

Schließlich gelang es ihr, sich auch vom Anblick dieses Raumes loszureißen und sie warf einen ängstlichen Blick auf ihr Handy. Wie sie befürchtet hatte, hatte sie auch für die Besichtigung dieser beiden Räume viel zu lange gebraucht. Wenn sie so weitermachte, würde sie mindestens eine Woche benötigen, nur um sich das Haus einmal grob anzusehen. Von Notizen oder einer genauen Aufstellung des Inventars konnte dabei noch gar keine Rede sein.

Verärgert über sich selbst und ihre eigene Disziplinlosigkeit trat sie durch die zweite Tür, die vom

Wohnzimmer abging, wieder zurück in den Flur. Mit dem festen Vorsatz, nun etwas schneller vorzugehen, schritt sie die lange Treppe hinauf, die in den ersten Stock führte. Mit gestikulierender Unterstützung ihres Zeigefingers zählte sie sage und schreibe acht Türen ab. Im ersten Moment wunderte sie sich, wie denn im ersten Stock so viele Zimmer untergebracht sein konnten, während sich im Untergeschoss nur drei Räume befanden, doch das Wohnzimmer war so riesig, dass sich über diesem rein rechnerisch mit Leichtigkeit acht Zimmer befinden konnten. Allerdings drang durch die großen Dachfenster im Flur nur noch wenig Tageslicht herein. Tatsächlich hatte Emilia derart herumgetrödelt, dass bereits die Dämmerung hereinbrach.

Erschrocken wurde ihr bewusst, dass sie noch nicht einmal wusste, wo sie überhaupt übernachten sollte. Spontan kam ihr der Gedanke, dass es in dieser wunderbaren Villa mit Sicherheit genügend Betten geben würde, doch sofort verwarf sie diese Idee wieder als unprofessionell. Zudem befand sich ihr Koffer noch immer bei *Immobilien-Plaschke*, wo sie ihn der Einfachheit halber einfach stehen gelassen hatte. Sie konnte nur hoffen, dass dort um diese Uhrzeit überhaupt noch jemand erreichbar war.

Schnell nahm sie ihr Handy und wählte die Nummer von Matthias Plaschke, die sie glücklicherweise direkt am Morgen in ihr Handy eingespeichert hatte. Sie hatte Glück. Er erklärte ihr, dass er noch an einem wichtigen Projekt arbeite und noch mindestens eine Stunde beschäftigt sei. Gut. Innerhalb einer Stunde würde sie es wohl schaffen, zurück zum Immobilienbüro zu laufen und den Koffer abzuholen, auch wenn ihr allein der

Gedanke an den rauen Gehweg bereits jetzt Schmerzen bereitete. Die Schuhe wieder anzuziehen, kam keinesfalls infrage. Darüber hinaus war es ohnehin nicht möglich, da ihre Füße mittlerweile deutlich angeschwollen waren.

Schnell, um keine weitere Zeit zu vertrödeln, googelte Emilia in ihrem Handy nach einem Hotel in der Nähe und stellte zu ihrem Entsetzen fest, dass das nächste erst in fünfundzwanzig Kilometern Entfernung lag. Eine solche Strecke wollte sie heute nun wirklich nicht mehr zurücklegen. Nicht, nachdem sie den örtlichen Busfahrplan gesehen hatte und der Fußmarsch aufgrund der Blasen nicht mehr ratsam war. In Edelsbrunn schien es kein Hotel zu geben. Das Einzige, was die Suchmaschine anzeigte, war ein Gasthaus. Na immerhin. Hoffnungsvoll wählte Emilia die angegebene Nummer und lächelte automatisch, als sich nach wenigen Freizeichen eine freundliche Stimme meldete.

»Gasthaus Krone, Edelsbrunn.«

»Hier ist Emilia Sandberg. Ich wollte fragen, ob Sie in Ihrer Gaststätte zufällig auch Fremdenzimmer haben.«

»Ja, haben wir«, bestätigte die tiefe männliche Stimme und Emilia machte einen innerlichen Luftsprung.

»Super. Können Sie mir bitte eines davon ab heute reservieren?«

»Aber selbstverständlich, gerne.«

Es entstand eine kurze Pause, in der Emilia ein leises Klicken von der anderen Seite der Leitung hören konnte. Vermutlich öffnete jemand gerade die Reservierungsliste an einem PC. »Für wie lange denn?«

»Oh … ähm … ehrlich gesagt weiß ich das noch gar nicht so genau. Für eine Woche vielleicht, geht das?«

»Kein Problem. Sie dürfen auch gerne länger bleiben, wir haben bis jetzt noch keine Folgebuchung für das Zimmer.«

»Oh, wunderbar. Vielen Dank. Ich wäre dann so ungefähr in ein bis vier Stunden bei Ihnen, je nachdem, wie die Busse fahren und wie schnell ich es finde.«

Sie hatte dieser Aussage einen scherzhaften Unterton verleihen wollen. Sicher war es nicht besonders schlau, vor einem Bürger Edelsbrunns über die rückständige Verkehrsanbindung zu lästern, doch die Ironie war kaum zu überhören gewesen. Glücklicherweise ging der Mann am anderen Ende der Leitung gar nicht darauf ein.

»Brauchen Sie vielleicht ein Taxi?«

»Es gibt einen Taxiservice hier?« Emilias spontaner Ausruf war eine Mischung aus Überraschung und unverhohlener Begeisterung.

»Nicht wirklich ...«, kam die etwas zögerliche Antwort, bei der ein leichtes Schmunzeln sogar durch das Telefon zu erraten war. »Aber ich kann Sie gerne abholen lassen. Gehört gewissermaßen zum Service unseres Hauses.«

»Oh, das wäre ganz wunderbar.« Emilia war ehrlich erleichtert. »Ich bin in der Gleißner-Villa. Wissen Sie, wo das ist?«

»In der Gleißner-Villa?«

Irrte sie sich, oder hatte sich sein Tonfall schlagartig verändert?

»Sind Sie sicher?«

»Ja, natürlich«, Emilia lachte. »Ich finde zwar nicht immer gleich den Weg dorthin, wo ich will, aber wenn ich dann mal angekommen bin, weiß ich eigentlich schon, wo ich bin.«

»Okay«, brummelte die Stimme. »Wann wollen Sie denn abgeholt werden?«

»Oh, am besten jetzt gleich.«

»Na das kann ich mir vorstellen.«

»Bitte?«

»Nichts, nichts. Ich schicke den Fahrer sofort los. In ungefähr fünfzehn Minuten wird jemand kommen. Können Sie draußen an der Straße warten?«

»Klar. Oh, und ich habe noch etwas vergessen ...«

»Ja?«

»Wäre es vielleicht möglich, dass wir noch bei *Immobilien- Plaschke* vorbeifahren? Ich muss dort etwas abholen.«

»Klar, kein Problem. Sagen Sie Leon einfach Bescheid.«

»Leon?«

»Dem Fahrer.«

»Ah okay, vielen Dank. Dann bis nachher.«

Als Emilia aufgelegt hatte, ließ sie das seltsame Gespräch noch einmal Revue passieren. Sie hoffte, dass sie sich irrte, doch sie hatte den Eindruck, dass sich der Tonfall des Mannes am Telefon in dem Moment schlagartig verändert hatte, als sie die Villa Gleißner erwähnt hatte.

Was stimmte nur nicht mit diesem Haus? Oder stimmte vielleicht etwas mit den Menschen hier nicht? Was auch immer es war, sie würde es herausfinden. Das Haus hatte sie längst so in ihren Bann gezogen, dass sie nicht mehr über seine Geheimnisse hinwegsehen konnte. Selbst wenn sie gewollt hätte.

1933

Villa Gleißner

»Oh mein Gott.«

»Was ist los? Hast du dich verbrannt?«

Besorgt betrachtete Heinrich seine junge Frau, die sich schockiert die linke Hand vor den Mund presste, als müsse sie damit verhindern, dass Worte herauskamen, die besser ungesagt blieben. Ihre rechte Hand hielt die Kaffeetasse, die sie eben hatte zum Mund führen wollen und war mitten in der Bewegung erstarrt. Mit einem Blick, den Heinrich im ersten Moment nicht zu deuten vermochte, starrte sie auf die vor ihr prangende Schlagzeile. In den vergangenen Monaten hatte es sich das junge Ehepaar zur Gewohnheit gemacht, gemeinsam zu frühstücken. Da Heinrich nach wie vor nicht wollte, dass Elfie arbeiten ging und es aus finanzieller Sicht auch schlichtweg unnötig war, lag es ohnehin in ihrer eigenen Hand, ihren Tag zu gestalten. Da sie Heinrich sonst immer nur abends nach der Arbeit zu Gesicht bekam, war sie vor einigen Monaten einfach einmal vor ihm aufgestanden, hatte den Frühstückstisch hübsch gedeckt und Heinrich dann mit einem zärtlichen Kuss geweckt. Gemeinsam hatten sie in aller Ruhe gefrühstückt und es genossen, den Tag zusammen zu beginnen. So sehr, dass sie diese spontane Idee zu einer Art Ritual gemacht hatten. Wenn Heinrich nach dem Frühstück dann das Haus verließ, legte Elfie sich meist noch eine weitere Stunde ins Bett und holte den verpassten Schlummer nach. Doch erstens wusste Heinrich das nicht und zweitens wäre es ihm wohl egal gewesen. Seiner Meinung nach durfte sie alles tun, was zu ihrem Wohlbefinden beitrug. Hauptsache sie schonte und verwöhnte ihren Körper so, dass er endlich in der Lage sein würde, seinen Stammhalter zu empfangen. Sein Wunsch nach einem Sohn war in den vergangenen Monaten immer stärker geworden, je länger eine Schwangerschaft ausblieb.

Elfie für ihren Teil bekam es langsam mit der Angst zu tun. Was, wenn es niemals geschehen würde? Was, wenn ihr Körper gar nicht in der Lage war, ein Kind zu empfangen? Wenn der Wunsch nach einem Stammhalter ewig unerfüllt bleiben würde? Wie lange würde Heinrich sich noch gedulden? Würde er sie verlassen, wenn sich herausstellte, dass sie ihm keine Kinder schenken konnte? Gewiss. Doch niemand wusste Rat. Elfie hatte bereits mehrere verschiedene Ärzte aufgesucht, die ihr allesamt das Gleiche mitgeteilt hatten: Sie sei eine gesunde junge Frau. Es gäbe keine Anzeichen dafür, dass sie keine Kinder bekommen könne, außer der ausbleibenden Schwangerschaft. Der letzte Arzt hatte ihr sogar geraten, sie solle sich nicht so sehr unter Druck setzen, weil genau dieser psychische Stress manchmal eine Empfängnis verhindere. Doch all die guten Ratschläge halfen ja nichts, wenn sie nicht endlich zu einem positiven Ergebnis führten. Heinrich war lieb und geduldig. Aber wie lange noch? Bestimmt machten sich seine Freunde schon über ihn lustig. Beim Gedanken daran, dass ihr Mann ihretwegen zum Gespött wurde, kamen Elfie fast die Tränen.

Immer mehr hatte sie sich inzwischen in der Villa zurückgezogen. Das Haus war ihre einsame Festung gegen alle Verletzungen, die ihr jemand zufügen könnte. Sie wollte sie nicht sehen, all die jungen Frauen, die lachend ihre Kinderwagen schoben. Kinder, die im Park und auf den Spielplätzen tobten, lösten in ihr längst nur noch schlichte Verzweiflung aus und wenn sie eine Frau sah, die offensichtlich schwanger war, starrte sie so lange auf deren gewölbten Bauch, bis der Hass gegen ihren eigenen Körper so stark geworden war, dass sie sich abwenden musste, wenn sie nicht schreien wollte.

Elfie litt. Und der selbst auferlegte Zwang, dieses Leiden vor ihrem Mann zu verbergen, bereitete ihr noch mehr Kummer. Trost fand sie allein in dem wunderschönen Garten der Villa. Es erfüllte sie mit einem tiefen Glücksgefühl, wenn unter ihren Händen etwas wuchs und erblühte. Besonders Samen zu pflanzen und in den folgenden Wochen dabei zuzusehen, wie aus ihnen zarte Pflänzchen sprossen, die zu wundervollen Gewächsen erblühten, erfüllte sie mit einer tiefen Befriedigung. Hinzu kam, dass Elfie offenbar einen grünen Daumen hatte. Innerhalb kürzester Zeit war der Garten in einer derartigen Pracht erblüht, dass es überaus schade war, dass es keine Besucher in der Villa Gleißner mehr gab, die ihn hätten bewundern können. Denn immer mehr hatte Elfie auch auf Besuch von außen verzichtet. Zu groß war die Gefahr, dass eine der Damen schwanger war und sie mit dieser wundervollen Nachricht überraschen wollte, die Elfie in Wirklichkeit nur in ein erneutes Tal der Tränen stürzen würde. So sehr sie sich wünschte, anderen Frauen dieses Glück gönnen zu können, so schwer fiel es ihr doch zu akzeptieren, dass der Neid inzwischen so stark geworden war, dass sie jegliche Form der Mitfreude nicht mehr zuzulassen imstande war. Im selben Maße, wie sie die fehlenden Kinder durch erblühende Pflanzen zu ersetzen versuchte, so ersetzte sie auch ihre Freundinnen und sämtliche sozialen Kontakte durch Bücher und in letzter Zeit auch durch die Zeitung. Zu Beginn ihrer Ehe hatte lediglich Heinrich sie morgens gelesen, doch seit sie sich gewissermaßen zu Hause im Exil befand, hatte auch Elfie mehr und mehr Gefallen an den gedruckten Informationen gefunden. Anfangs waren sie lediglich eine willkommene Abwechslung zu den eher seichten Romanen gewesen, die sie täglich seitenweise verschlungen hatte. Je mehr sie dann aber die Entwicklungen der Ereignisse regelmäßig mitverfolgt hatte, desto größer war auch ihr Interesse an den Zuständen und Ereignissen in der Welt geworden. Inzwischen konnte sie sich überhaupt nicht mehr vorstellen, einen Tag zu verbringen, an dem sie die Zeitung nicht bis auf das letzte Wort gelesen hatte.

Heinrich hatte dieses neue Hobby zunächst belächelt. Mittlerweile akzeptierte er, dass das Interesse seiner Frau für politische und gesellschaftliche Entwicklungen keine vorübergehenden Flause war, doch so richtig ernst nahm er es noch immer nicht. Frauen waren seiner Meinung nicht in der Lage, all diese komplexen Zusammenhänge zu verstehen. Wenn Elfie ihre Meinung zu dem einen oder anderen Thema abgab, schmunzelte er höchstens oder erklärte ihr lächelnd, davon habe sie keine Ahnung, obwohl er sich hinterher insgeheim, häufiger als ihm lieb war, hatte eingestehen müssen, dass sie in Ansätzen durchaus recht gehabt hatte. Aber das würde er natürlich niemals zugeben. Er duldete dennoch weiterhin, dass Elfie die Zeitung las und genoss es sogar, diese morgens beim Frühstück mit ihr zu teilen. So auch heute. Dummerweise hatte er sich direkt den hinteren Teil der Zeitung, in welchem die Informationen zur Wirtschaft enthalten waren, geschnappt. Daher hatte er nicht die geringste Ahnung, auf welche interessante Schlagzeile seine Frau offenbar gestoßen war. Am liebsten hätte er über den Tisch gegriffen und sich die Zeitung genommen, um selbst nachzusehen, doch der Tisch war dafür schlichtweg zu breit. Tatenlos musste er dabei zusehen, wie ihre Augen in rasendem Tempo über die Zeilen des Artikels wanderten und den Inhalt gierig aufsaugten.

»Oh mein Gott!«

»Nun sag schon, was steht denn da? Ist etwas passiert?«

Noch eine Sekunde länger und er würde aufstehen und sich die Zeitung persönlich holen, völlig egal, ob seine geliebte Frau bis dahin mit dem Lesen des Artikels fertig wäre oder nicht. Es war schließlich immer noch *seine* Zeitung.

»Und ob etwas passiert ist«, stöhnte Elfie und schien nun endlich auf seine Frage reagieren zu wollen, da sie den Kopf hob. In ihrem Gesichtsausdruck spiegelte sich ein Schrecken, der ihn beunruhigte.

»Elfie, wenn du mir nicht sofort sagst, was du eben gelesen hast, dann verbiete ich dir in Zukunft, die Zeitung zu lesen«, sagte er nur halb im Scherz. Die Neugier brannte ihm unter den Nägeln.

»Hitler wurde zum Reichskanzler ernannt.«

»Ach so.« Schlagartig fiel die gesamte Spannung von ihm ab. Er lehnte sich wieder entspannt in seinem Stuhl zurück und nahm einen tiefen Schluck von dem schmackhaften Kaffee, dessen Zubereitung seine Frau nahezu zu einer Kunstform erhoben hatte. Das Ergebnis war alle Mühe wert.

»Ach so?«, rief Elfie schrill. »Überrascht dich das denn gar nicht?«

Heinrich lächelte gönnerhaft. »Ach mein liebes Weib, wenn man sich ein bisschen in der Politik auskennt und die Zusammenhänge versteht, dann darf einen das wirklich nicht verwundern. Es war nur eine Frage der Zeit, bis Adolf Hitler eine ordentliche Machtposition in diesem Land bekommt.«

»Heinrich, du sagst das, als fändest du es gut!«

»Na, du nicht?«

Statt einer Antwort gab Elfie ein verächtliches Schnauben von sich.

»Ich finde es gar nicht schlecht«, erklärte Heinrich lässig. »Vermutlich war es einfach mal Zeit für einen Mann, der die Dinge in die Hand nimmt. Hitler ist jemand, der sich von nichts und niemandem die Stirn bieten lässt. Ein starker Mann, der die Geschicke des Landes lenken wird, anstatt nur dabei zuzusehen, wie Deutschland immer mehr den Bach hinuntergeht. Ich glaube, dass dieser Mann wirklich eine Chance hat, Deutschland zu neuer Blüte zu führen.«

»Was sind denn das für neue Ansichten, Heinrich?« Verwundert sah Elfie ihren Mann an. »Bist du etwa doch plötzlich in die NSDAP eingetreten?«

»Natürlich nicht.«

»Aber ihre Ansichten finden auf einmal deinen Beifall?« Endlich stellte sie die Kaffeetasse ab und sah ihrem Mann forschend ins Gesicht. Seine Äußerung hatte sie vollkommen unerwartet getroffen. Bisher waren sie sich immer einig gewesen, dass die Mitglieder der NSDAP im Großen und Ganzen ein Haufen Spinner waren. Mit Ausnahmen natürlich. Niemals hätte Elfie ihren Vater als einen Spinner bezeichnet, wenn sie auch seine rigorosen Ansichten teilweise nur als verrückt bezeichnen konnte.

»Nein, auch ihre Ansichten finde ich nach wie vor nicht besonders gut. Zumindest nicht alle. Einige sind gar nicht so dumm, wie es auf den ersten Blick scheint, Elfie. Aber um das zu verstehen, muss man natürlich ein gewisses Verständnis für Politik haben, an dem es dir ganz offensichtlich mangelt.«

Elfie musterte ihren Mann stumm. So, wie er gerade mit ihr sprach, erkannte sie ihn gar nicht wieder. Natürlich wusste sie, dass er nicht gerade begeistert darüber war, dass sie als Frau eine eigene Meinung hatte – zu allem und jedem im Allgemeinen, aber auch zur Politik im Speziellen. Solange sie allerdings nicht mit ihrer Meinung in die Öffentlichkeit trat, sondern ihn lediglich zu Hause damit behelligte, schien er sich nicht weiter daran zu stören. Immer wieder hatte er die generelle Unfähigkeit von Frauen, Politik zu verstehen, scherzhaft kritisiert. Dass er sie aber mit einem derart ernsten Tonfall direkt angriff, das war bisher noch nicht vorgekommen. Es war neu. Und es war Elfie nicht geheuer.

»Aber glaubst du denn nicht auch, dass es verheerende Konsequenzen haben könnte, wenn ein Mann mit einer Einstellung wie sie dieser Hitler hat, in eine so mächtige Position kommt?«

»Was tut es zur Sache, was ich glaube?«, fragte Heinrich schlicht und zuckte gleichgültig mit den Achseln. »Er ist nun mal bereits in dieser Position. Und selbst wenn er das nicht wäre, würde mein Glaube doch nichts daran ändern, ob es geschehen würde oder nicht.«

»Hm. Vielleicht solltest du doch in diese Partei eintreten.«

Überrascht hob Heinrich die Augenbrauen. »Wie meinst du das denn jetzt wieder? Nur weil ich die Überzeugungen der NSDAP nicht mehr grundsätzlich verurteile, muss ich noch längst kein Mitglied in deren Partei werden.«

»Nein, ich meine vorsichtshalber.«

»Wie soll ich das verstehen?«

»Also Heinrich, versteh mich bitte nicht falsch, aber ich halte diese Partei für gefährlich. Und ich halte auch Adolf Hitler für einen gefährlichen Mann.«

»Sag das bitte bloß nicht außerhalb dieses Hauses oder im Beisein anderer Menschen, Elfie. Sonst könnte das übel für uns enden.«

»Siehst du, genau das meine ich. Sie feiern ihn alle. Doch insgeheim ahnen bereits viele, dass von diesem Mann eine Gefahr ausgeht.«

Heinrich lachte laut auf. »Um Himmels Willen, Elfie, ich habe doch nur Spaß gemacht. Adolf Hitler ist genau so harmlos wie du und ich. Er möchte Deutschland zu neuer Stärke verhelfen. Ja sicher, die Art und Weise seiner gewählten Parolen ist nicht immer ganz einwandfrei, aber das kann man ihm doch nachsehen. Oder möchtest du nicht, dass Deutschland wieder eine bedeutende Macht innerhalb des Weltgefüges wird? Liebst du dein Land nicht?«

»So habe ich das doch überhaupt nicht gemeint. Dreh mir bitte nicht die Worte im Munde um, lieber Heinrich.«

»Was hast du denn dann gemeint, *liebe* Elfie?«

Sein Tonfall war auf einmal in einen derart schnippischen Unterton eingefärbt, dass Elfie spürte, es wäre ratsamer, sie würde sich nun vorsichtiger ausdrücken.

»Ich habe nur gemeint, dass es vielleicht besser wäre, wenn du doch in die Partei eintrittst, weil das sicherer wäre. Ich habe ein bisschen Angst, dass es früher oder später ein Problem werden könnte, nicht zur NSDAP zu gehören. Es wäre mir wohler, wenn du nicht in ihr Radar gerietest.«

»Was für ein Problem?«

»Das weiß ich nicht, es ist nur so eine Ahnung.«

»Du und deine Ahnungen.« Heinrich lachte unbeschwert. »Hör zu, meine Liebe: Du brauchst dir um mich überhaupt keine Sorgen zu machen. Selbst wenn die NSDAP laut deiner Verschwörungstheorie irgendwann gegen Menschen vorgehen würde, die nicht ihrer Partei angehören, so würde sich das doch sicherlich nicht gegen mich richten.«

»Und was bringt dich bitte auf die Idee, dass ausgerechnet du verschont bleiben könntest?«

»Joseph Goebbels.«

»Joseph Goebbels?«

»Natürlich.« Heinrich trank einen Schluck Kaffee, biss in sein Brötchen und kaute erst einmal genüsslich, so, als wolle er ihr die Möglichkeit geben, eigene

Schlussfolgerungen zu ziehen. Als er schließlich schluckte und Elfie ihn noch immer verständnislos anstarrte, setzte er mit einem entspannten Lächeln zu einer Erklärung an.

»Joseph Goebbels ist einer der engsten Vertrauten von Adolf Hitler.«

»Das weiß ich. Weiter?«

»Nichts weiter. Fritz, der Vater von Joseph, und mein Vater sind eng befreundet. So eng, dass Fritz mein Taufpate ist. Glaubst du denn, er würde zulassen, dass seinem Patenkind etwas geschieht? Nein. Du kannst mir glauben, das würde er Joseph verhindern lassen. Außerdem kenne ich auch ihn persönlich. Ich war vor zwei Jahren sogar bei seiner Hochzeit. Vielleicht sollten wir die beiden mal einladen. Magda ist eine ganz wundervolle Frau. Ich glaube, ihr würdet euch bestens verstehen.«

»Oh, das wusste ich alles gar nicht.« Elfie war aufrichtig überrascht. Und obwohl sie die neuen Informationen nicht besonders erfreuten, so beruhigten sie sie doch ein wenig. Zumindest war nachvollziehbar, dass Heinrich sich aufgrund seiner Beziehungen zu den Goebbels weitgehend in Sicherheit wog. Wenn dieser wirklich seine Hand schützend über ihren Mann halten würde, dann würde sie ihm dankbar sein, auch wenn sie diesen Joseph Goebbels, zumindest nach dem, was sie bisher über ihn wusste, nicht besonders leiden konnte.

»Kann ich den Artikel jetzt endlich mal selbst lesen?«

Wortlos reichte Elfie ihrem Mann die Zeitung, in die er sich sogleich vertiefte. Das zufriedene Lächeln, das während des Lesens seine Lippen umspielte, beunruhigte sie noch mehr, doch sie beschloss, das Thema erst einmal ruhen zu lassen und abzuwarten, wie sich alles entwickelte. Obwohl das Gespräch damit vorerst beendet schien, kreisten die Gedanken noch weiter in ihrem Kopf.

Mit Besorgnis verfolgte sie in den folgenden Monaten, wie die Dinge ihren Lauf nahmen und stellte fest, dass Heinrich immer mehr mit der NSDAP zu sympathisieren schien, obwohl er es nach wie vor für unnötig befand, in die Partei einzutreten. Wochen und Monate beschäftigte sich Elfie mit jeder kleinsten politischen Entwicklung. Sie las jeden Zeitungsartikel, teils mehrfach, und versuchte über Heinrichs Äußerungen möglichst viel über die politische Lage herauszubekommen. Das alles tat sie exakt bis zu dem Zeitpunkt Ende Oktober, an dem ihr klar wurde, dass ihre Menstruation bereits seit mehreren Wochen ausgeblieben war. Obwohl sie innerlich vor Freude hätte explodieren können, wagte sie es doch kaum, den Anzeichen zu glauben. Kein Wort verriet sie Heinrich von ihrer Hoffnung. Erst als sich im Dezember ihr Bauch sichtbar rundete, war sie sich absolut sicher: Sie erwartete ein Kind.

2019

Emilia

Als Emilia das gemütliche Gasthaus betrat, fühlte sie sich sofort wohl. Warmes Licht erhellte den freundlichen Raum und die etwas plumpen Holzmöbel verliehen dem gesamten Ambiente einen rustikalen Charme.

Mit einem inneren Gefühl der Erleichterung steuerte Emilia auf die kleine Theke zu, auf der lediglich ein winziges Schild mit der Aufschrift *Rezeption* verkündete, dass es sich um eine solche handelte. Rein technisch war diese kleine Theke nichts anderes als die Verlängerung des ausladenden Bartresens, an dem noch vier ältere Männer saßen, die Emilia sofort zu mustern begannen. Freundlich lächelte sie den älteren Männern zu und stellte ihren Koffer ab.

Die Rezeption war nicht besetzt und auch hinter der Bar war weit und breit niemand zu sehen. In jedem Hotel hätte Emilia vermutlich einfach auf die kleine Glocke gedrückt, die üblicherweise den Gästen zur Verfügung stand, um eine Bedienung zu rufen, doch hier gab es weder eine Glocke noch hatte sie das Gefühl, dass es in die Umgebung passen würde zu klingeln. So blieb sie abwartend stehen und begnügte sich damit, sich einstweilen in dem hübschen Gastraum umzuschauen, während die Männer an der Bar sie noch immer unverhohlen musterten.

»Tom, Kundschaft«, rief einer der Männer mit einer erstaunlich tiefen Stimme.

»Und eine sehr hübsche noch dazu«, rief ein anderer von ihnen in die gleiche Richtung, wofür er von seinem Vorredner einen heftigen Stoß in die Seite erntete und von den anderen Männern beifälliges Gelächter.

»Josef, halte deine Hormone in Zaum. Meine Kundschaft ist für deine Heiratsavancen tabu, haben wir uns verstanden?«, ertönte eine tiefe männliche Stimme, die Emilia sofort als diejenige erkannte, mit der sie telefoniert hatte. Unwillkürlich musste sie lachen. Es mochte Frauen geben, die sich durch solche beiläufigen Sprüche beleidigt fühlten, doch sie selbst gehörte nicht dazu – im Gegenteil. Es kam immer darauf an, von wem ein solcher Spruch kam und wie er gemeint war. Der ungefähr achtzigjährige Mann, welcher das Kompliment für ihr Aussehen formuliert hatte, konnte sich offensichtlich nur deshalb noch aufrecht auf dem Barhocker halten, weil er sich an seinem Bierglas festhielt wie ein Ertrinkender, während er die Arme bis zu den Ellenbogen auf dem Tresen abgestützt hatte. Das Alter hatte tiefe Falten in sein Gesicht gezeichnet, doch er grinste spitzbübisch wie ein kleiner Junge, dem gerade ein besonders guter Streich gelungen war. Seine Freunde waren ebenfalls nicht viel jünger. Insgesamt schätzte Emilia die vier Männer auf fünfundsiebzig bis neunzig Jahre. Wer konnte es ihnen verdenken, dass sie sich darüber freuten, wenn eine junge hübsche Frau so unerwartet ihren Weg kreuzte.

»Vielleicht sollten wir uns erst ein bisschen besser kennenlernen, bevor wir vor den Altar treten«, lachte Emilia und zwinkerte dem Mann zu, der offenbar auf den Namen Josef hörte.

»Schlagfertig ist sie auch noch!«, rief daraufhin der dritte der Männer in die Richtung, aus der die Stimme des Telefonmannes gekommen war, und drückte Emilia gegenüber seine Anerkennung aus, indem er beide Daumen hob. Sie lächelte und machte spielerisch einen tiefen Knicks, woraufhin Josef und der erste Redner in Applaus verfielen.

Was für ein lustiger Haufen, dachte Emilia bei sich. Sie war noch nicht einmal zehn Minuten in diesem Gasthaus und hatte schon mehr Spaß gehabt als in der gesamten vergangenen Woche. Gut, man konnte einräumen, dass die vergangene Woche auch nicht gerade zu den besten ihres Lebens zählte. Eher zu den dramatischsten. Aber daran wollte sie nun lieber nicht denken.

»Einen Moment noch, ich bin sofort da«, erklang die Telefonstimme wieder aus dem Raum hinter der Bar, in dem sich höchstwahrscheinlich die Küche befand.

»Kein Problem. Ich warte hier«, rief Emilia zurück.

»Sie können sich auch gerne setzen, falls Sie etwas essen wollen. Karten stehen auf dem Tisch.«

Im selben Moment wie die Telefonstimme das Wort *essen* aussprach, fing Emilias Magen fürchterlich zu knurren an. Sofort schnappte sich Josef ein Glas mit Salzstangen von der Bar und hielt es mit besorgtem Blick in Emilias Richtung. Dankbar lief sie darauf zu und nahm sich eine heraus.

»Tom, du lässt meine zukünftige Braut verhungern. Komm raus jetzt oder ich hole dich!«, schrie Josef.

Als hätte er Angst, dass Josef seine scherzhafte Drohung wahrmachen könnte, trat in diesem Augenblick der Mann, der offenbar auf den Namen Tom hörte, aus der Küchentür. Als er Emilia erblickte, blieb er abrupt stehen und starrte sie an. Auch Emilia traf sein Anblick vollkommen unerwartet. Sie war davon ausgegangen, dass es sich bei dem Mann, zu dem die Telefonstimme gehörte, um einen Mitfünfziger mit dickem Bauch und Bart handeln würde. Ein typischer Kneipenwirt vom Lande eben, wie ihn das Klischee der Großstädterin so hergab. Stattdessen stand ein junger Herr vor ihr, in Jeans und weißem Hemd, unglaublich lässig und unglaublich gut aussehend. Bei seinem Anblick verschlug es Emilia nicht nur die Sprache. Seine dichten hellbraunen Haare waren zu einer Frisur gegelt, die ihm etwas Verwegenes verlieh und aus seinem sonnengebräunten Gesicht leuchteten stechend blaue Augen hervor. Wie hypnotisiert verlor sich Emilia in deren Leuchten und vergaß für einen Moment sogar zu atmen.

»Oh oh, Josef. Ich glaube, ich sehe deine Heiratschancen gerade drastisch schwinden«, scherzte einer der älteren Männer an der Bar und holte damit alle wieder zurück in die Wirklichkeit.

»Entschuldigen Sie bitte, dass ich Sie habe warten lassen«, begann Tom nun und schenkte Emilia ein verlegenes Lächeln. »Was kann ich denn für Sie tun?«

»Mein Name ist Emilia Sandberg, wir haben vorhin miteinander telefoniert.« Sie war froh, dass sie nicht nur ihre Fassung, sondern auch ihre Stimme wiedergefunden hatte. »Ich würde gerne hier einchecken. Und ehrlich gesagt auch gerne etwas essen.«

»Selbstverständlich. Setzten Sie sich doch bitte. Die Essenskarte liegt auf dem Tisch und die Unterlagen für die Anmeldung bringe ich Ihnen gleich vorbei.«

»Dankeschön.«

Emilia erwiderte das Lächeln und hob ihren Koffer hoch. Dann wandte sie sich noch einmal an die Männer an der Bar: »Meine Herren, es hat mich wirklich sehr gefreut.«

»Oh, die Freude ist ganz unsererseits«, antwortete Josef lächelnd und warf ihr eine Kusshand zu, während der Herr neben ihm zum Zeichen des Abschieds einen imaginären Hut lüftete.

Emilia lachte und ging dann zu einem der ordentlich aufgestellten Tische. Wenn sie das Essen bestellt hatte, würde sie die Akte der Villa Gleißner noch einmal herausnehmen und ihre bisherigen Notizen durchgehen. Viel hatte sie heute nicht geschafft, da der erste Eindruck sie so vollkommen überwältigt hatte. Doch morgen würde sie die Sache noch einmal professioneller anpacken und so schnell wie möglich so viel wie möglich aufnehmen, um dann zeitnah einen ersten Entwurf für das Exposé zu verfassen. Schließlich ging es noch immer um ihren Job und Herr Plaschke wäre sicherlich nicht begeistert davon, wenn seine Mitarbeiter länger als nötig für den Verkauf eines Objektes bräuchten.

»Haben Sie bereits gewählt?«

Emilia war so in die Gedanken an die Villa vertieft gewesen, dass sie gar nicht mitbekommen hatte, wie Tom an ihren Tisch getreten war. In die Karte, die sie in den Händen hielt, hatte sie noch keinen Blick geworfen.

»Oh«, murmelte sie überrumpelt. »Ich glaube, ich nehme ein XL-Schnitzel mit Pommes und einen kleinen Salat.«

»Und zu trinken?«

»Eine große Apfelschorle.«

»Kommt sofort.« Ohne die Bestellung notiert zu haben, steckte Tom den Kugelschreiber und den kleinen Notizblock wieder in die Brusttasche seines Hemdes und deutete dann mit der Hand auf ein Klemmbrett, das er zuvor auf dem Tisch abgelegt hatte. »Vielleicht können Sie in der Zwischenzeit schon mal das Anmeldeformular ausfüllen.«

»Aber natürlich, gerne.«

Er blieb einen Moment zu lange stehen, so, als wolle er noch etwas sagen. Dann drehte er sich um und lief in Richtung Küche. Auf halbem Weg wandte er sich dann doch noch einmal um. »Ich bin übrigens Tom.«

»Emilia«, lächelte sie.

Tom lächelte ebenfalls, nickte dann und ging diesmal endgültig in Richtung Küche davon.

»Starker Auftritt, mein Junge, ganz starker Auftritt«, lachte der Mann mit der rauen Stimme und applaudierte scherzhaft.

»Ach lass doch die jungen Leute, Klaus«, wies ihn Josef zurecht, doch auch er grinste. Es war nicht viel los in dem kleinen Gasthaus, doch die Stimmung war offenbar bestens.

Emilia beschloss, sich erst einmal auf ihre eigenen Angelegenheiten zu konzentrieren, füllte das

Anmeldeformular aus und griff dann nach der Akte der Villa Gleißner.

Wenig später zuckte sie kurz zusammen, als Tom die bestellte Apfelschorle vor ihr auf dem Tisch abstellte.

»Oh Entschuldigung, ich wollte Sie nicht erschrecken.«

»Kein Problem. Ich war nur so in Gedanken.«

Toms Blick fiel auf das Bild der Villa Gleißner, das Emilia aus der Akte herausgenommen und auf den Tisch gelegt hatte. »Komisch. Ich habe mir Leute wie Sie immer ganz anders vorgestellt.«

»Leute wie mich?«

»Na, so Geisterjäger eben. Oder wie lautet da die richtige Bezeichnung?«

Emilia lachte herzlich. »Also ich habe wirklich keine Ahnung wie *so Geisterjäger* aussehen. Ich bin jedenfalls keiner.«

»Ach ... nicht?«

Emilia schüttelte lachend den Kopf.

»Und was wollen Sie dann in der alten Geistervilla?«

»Begutachten.«

»Begutachten?«

»Na, für den Verkauf. Ich bin Immobilienmaklerin und habe den Auftrag erhalten, die Villa Gleißner zu verkaufen. Sie haben nicht zufällig Interesse?«

»Ganz bestimmt nicht.« Tom hob abwehrend die Hände. Dann schob sich ein nachdenklicher Zug auf sein Gesicht.

»Da werden Sie vermutlich lange nach einem Käufer suchen müssen, junge Frau«, rief Klaus vom Tresen herüber.

Offenbar hatten die älteren Männer ihrem Gespräch gelauscht und bei Emilia verfestigte sich der Eindruck, dass dieser Mann zu allem und jedem eine Meinung hatte und mit dieser auch niemals hinter dem Berg hielt.

»Die alte Geistervilla ist verflucht, wissen Sie das nicht?«

»Ach Klaus, jetzt jag' doch der jungen Frau keine solche Angst ein«, schalt ihn Josef unmittelbar für seinen Zwischenruf.

»Na, ist doch wahr!«, verteidigte dieser sich schmollend. »Hier im Ort wird sich auf jeden Fall kein Käufer für die alte Geistervilla finden. Und ich glaube, dass sie auch in den umliegenden Orten auf Granit beißen wird.«

Leicht beunruhigt erinnerte sich Emilia daran, dass auch schon die Frau an der Bushaltestelle den Begriff Geistervilla statt Gleißner-Villa verwendet hatte, doch da hatte sie noch geglaubt, sich verhört zu haben. Nachdem nun aber auch die Männer vehement den gespenstischen Begriff benutzten, war ihr klar, dass dies wohl die allgemeine Bezeichnung der Edelsbrunner für das alte Haus sein musste.

»Was genau stimmt denn nicht mit der Gleißner-Villa? Also, was soll das für ein Fluch sein?«, fragte Emilia, die nun doch neugierig geworden war, obwohl sie nach wie vor weder an Flüche noch an Geister glaubte.

Josef und Klaus erhoben sich nahezu gleichzeitig von ihren Plätzen und kamen an Emilias Tisch. Fragend blickte Klaus sie an.

»Bitte«, sagte Emilia und deutete auf die freien Stühle am Tisch. Nun war sie doch gespannt, was die beiden Herren ihr über die alte Villa zu erzählen hatten.

Klaus beugte sich ein wenig nach vorne über den Tisch und winkte sie mit einer Handbewegung näher zu sich heran. Offenbar wollte er seiner gleich folgenden Gespenstergeschichte die nötige gruselige Atmosphäre verleihen. Emilia tat ihm den Gefallen und beugte sich ebenfalls ein wenig in seine Richtung. Indem er seiner ohnehin rauen Stimme absichtlich einen unheimlichen Klang verlieh, begann er mit seiner Geschichte.

»Wissen Sie, in der alten Villa hat einst eine Familie namens Gleißner gelebt.«

»Ich weiß«, unterbrach Emilia, die sich angesichts des theatralischen Gesichtsausdrucks von Klaus das Kichern verkneifen musste. »Eine Hanna Gleißner hat die Villa ja angeblich der Stadt vererbt.«

»Nicht unterbrechen, meine Schöne, sonst verliere ich den Faden. Ich bin nicht mehr der Jüngste, auch wenn man mir das nicht ansieht.«

Emilia schmunzelte. Dieser alte Herr war mit einem so liebenswerten Humor gesegnet, dass sie ihn immer mehr ins Herz schloss. Zur Bestätigung, dass sie ihn verstanden hatte, legte sie ihren Zeigefinger auf die Lippen und machte dann mit ihrer Hand vor dem Mund eine Bewegung, als wolle sie ihn verschließen. Klaus nickte ihr dankbar zu.

»Wo war ich? Ach ja ... die Familie Gleißner war reich. Sehr reich. Vor dem Krieg schon, doch erst im Krieg sind sie so richtig zu Geld gekommen, als alle anderen nahezu pleitegingen. Ist das nicht seltsam?«

Um sicherzugehen, dass Emilia ihn zur Beantwortung dieser Frage nicht unterbrechen würde, hob er warnend die Hand. Doch sie machte keinerlei Anstalten, sich einzumischen. Sehr zur Freude des alten Herrn spielte sie das Spiel hervorragend mit und gab die perfekte Zuhörerin. Nachdem Klaus beschlossen hatte, dass seine dramatische Pause lange genug gedauert hatte, fuhr er fort: »Wissen Sie, woher das Geld stammte?«

Auch diesmal unterbrach Emilia nicht. Mit rhetorischen Fragen war sie vertraut. Sie war sich sicher, Klaus würde die Antwort gleich nachliefern. Und so war es auch. »Das Geld stammte von verkauften Kindern.«

»Was?« Nun war ihr bei aller Disziplin doch noch ein Schreckenslaut entfahren.

Klaus nickte bedeutungsschwanger. »Schrecklich, nicht wahr? Die Gleißners haben während des Krieges Kinder aus dem Ort gestohlen und an die Nazis verkauft. Was diese mit den Kindern gemacht haben, das wissen nur die Gleißners und Gott allein. Oder der Teufel, bei dem sie vermutlich ein warmes Plätzchen haben. Vermutlich haben die Nazis sie in die Konzentrationslager gebracht, wo sie arbeiten mussten, bis sie tot umfielen. Oder sie haben sie für medizinische Tests benutzt. Das hat mir zumindest mein großer Bruder damals erzählt. Ja, schauen Sie nicht so, junge Frau. Ich bin 1938 geboren. Ich habe den Krieg und diese furchtbare Zeit noch miterlebt. Als sehr kleiner Junge zwar, aber ich war dabei. Es war nicht schön, kann ich Ihnen sagen. Jeden Abend, wenn es dämmerte, sahen wir zu, dass wir so schnell wie möglich nach Hause kamen, weil wir wussten, dass in der Dunkelheit die Frau Gleißner kommen würde, um alle Kinder mitzunehmen, die noch auf den Straßen waren.«

Plötzlich schwieg Klaus, als versinke er mit seinen Gedanken komplett in alten Erinnerungen. Eine Weile lang wagte Emilia nicht, etwas zu sagen, doch als der alte Mann auch nach längerem Schweigen keine Anstalten machte, mit der Geschichte fortzufahren, konnte sie sich nicht mehr zurückhalten.

»Das ist ja eine haarsträubende Geschichte, die Sie da erzählen. Es tut mir leid, aber so ganz kann ich das nicht glauben.«

»Es ist aber wahr!«, protestierte Josef etwas zu heftig, woraufhin Klaus ihm sofort beschwichtigend die Hand auf den Arm legte.

»Es ist alles wahr, was Klaus gesagt hat«, wiederholte Josef etwas leiser, obwohl außer ihnen und ihren beiden Freunden an der Bar sowieso niemand im Raum war, den es hätte stören können. »Ich war damals sechs Jahre alt und ich erinnere mich noch ganz genau an die panische Angst, die wir davor hatten, dass die Gleißner uns holt. Wir hatten sogar ein Spiel. Einer war die Gleißner und die anderen die Kinder. Dann musste man immer fragen: ›Wer hat Angst vor der Gleißnerin?‹ ›Wir!‹, haben alle Kinder geantwortet. Da hat das einzelne Kind gerufen: ›Und wenn sie kommt?‹ ›Dann rennen wir!‹, haben alle Kinder geschrien und sind so schnell sie konnten abgehauen, während das einzelne Kind versucht hat, sie zu fangen.«

»Entschuldigung, ich möchte Ihnen nicht zu nahetreten, aber wenn Sie noch ein Kind waren, kann es dann nicht sein, dass Sie Realität und Spiel da einfach durcheinandergebracht haben? Also dass es vielleicht nur ein Spiel war, Sie aber als Kind dann irgendwann geglaubt haben, die Frau Gleißner stehle wirklich Kinder?«

»Nein, nein.« Josef und Klaus schüttelten gleichermaßen die Köpfe. »Wir waren zwar Kinder, aber durchaus nicht blöd. Dass die Gleißnerin umhergeschlichen ist und Kinder gestohlen hat, war Realität, wie Sie es so schön bezeichnen. Ich habe sie ja mehrmals mit eigenen Augen herumschleichen sehen, das schwöre ich.«

»Vielleicht hat sie nur einen Abendspaziergang gemacht.«

»Junge Frau, Sie sollten diese Geschichte wirklich ernst nehmen.«

Der plötzliche Ernst in Klaus' Stimme, der so gar nicht zu dem humorvollen Mann passen wollte, bedrückte Emilia auf unerwartete Weise.

»Außerdem«, begann Josef erneut, »haben die Kinder sie ja dann sogar umgebracht.«

Emilia riss entsetzt die Augen auf. »Auf der Straße?«

»Nein, nein.« Josef schüttelte den Kopf. »In der Villa. Irgendwie ist es einigen Kindern, die sie gestohlen hatte, gelungen, Frau Gleißner umzubringen. Das war im Dezember 1944, das weiß ich noch genau. Bei der Beerdigung war es bitterkalt. Ich erinnere mich deshalb noch so genau, weil wir uns auf den Friedhof geschlichen haben, um uns zu vergewissern, dass die alte Hexe auch wahrhaftig tot ist und sie sie auch ja tief genug unter der Erde verbuddeln. Trotzdem spukt sie bis heute in der alten Geistervilla. Sie will sich an den Kindern rächen, die sie umgebracht haben und kapiert einfach nicht, dass diese inzwischen auch längst tot sind.

Vermutlich hat ihr Mann die armen Kleinen direkt ins KZ abtransportieren lassen.«

Als müsse sie die Geschichte abschütteln, um wieder einen klaren Gedanken fassen zu können, schüttelte Emilia einmal heftig den Kopf.

»Nehmen wir mal an, es ist wahr, was Sie sagen«, räumte sie ein. »Also angenommen, die Gleißners hätten tatsächlich Kinder entführt, um sie an die Nazis zu verkaufen. Warum hat denn dann niemand hier etwas gegen sie unternommen?«

»Weil sie aus irgendwelchen Gründen unter dem besonderen Schutz von Hitler standen«, erklärte Josef, als sei es das Selbstverständlichste der Welt. Zumindest hat mein Großvater mir das damals erzählt, als ich ihn gefragt habe, warum die Gleißners nicht ins Gefängnis kommen und wir Kinder weiter in Angst vor dieser gefährlichen Frau leben müssen.«

Emilia schwieg. Sie verspürte auf einmal den Drang, allein sein zu wollen. Das, was Josef und Klaus ihr hier gerade erzählten, wollte so gar nicht zu den Gefühlen passen, die sie bereits für die wunderschöne Gleißner-Villa entwickelt hatte. Sie musste nachdenken. Unbedingt. Doch in Anwesenheit der beiden alten Herren, die selbst so überzeugt von der Richtigkeit ihrer Geschichte waren, konnte sie das nicht. Etwas ratlos wandte sie den Blick von Josef ab und traf dabei direkt auf Toms hellblaue Augen. Während der gesamten Unterhaltung hatte er schweigend neben dem Tisch gestanden. Nun wirkte sein Gesichtsausdruck irgendwie traurig.

»Was halten *Sie* denn von dieser ganzen Geschichte, Tom?« *Angriff ist die beste Verteidigung*, dachte Emilia bei sich. Wenn es ihr schon selbst nicht gelang, einen klaren Gedanken zu fassen, so vielleicht einem anderen Menschen, der die beiden alten Herren etwas besser kannte.

»Na ja ...«, begann Tom etwas zögerlich. »Dass allgemein behauptet wird, die alte Villa sei verflucht und die Gleißnerin spuke noch immer darin herum, ist ja kein Geheimnis. Die Geisterjäger, die über das Jahr verteilt immer wieder hier einfallen, um mit ihrem Geist Kontakt aufzunehmen, sind immerhin eine wichtige Einnahmequelle für meine Gaststätte. Wirklich ernst genommen habe ich diese Dinge aber nie. Nichts für ungut.« Er blickte entschuldigend in die Richtung der beiden alten Herren. »An Geister und Flüche und so einen Quatsch glaube ich nicht. Und die seltsamen Gestalten, die hier auf Geisterjagd gehen, wirken auf mich ehrlich gesagt auch immer eher wie aus einer Komödie als aus einem Horrorfilm.« Beim Gedanken daran, was er schon alles für seltsame Menschen beherbergt hatte, musste er unwillkürlich grinsen.

»Geht mir genauso.« Emilia lachte erleichtert auf. Endlich wieder ein paar Worte, die den ursprünglichen Humor in die Runde zurückbrachten.

»Allerdings ...«, Tom hielt einen Moment inne und seine Gesichtszüge wurden wieder ernst, »... allerdings muss ich gestehen, dass mir die Geschichte mit den gestohlenen Kindern neu ist. Davon habe ich noch nie gehört. Warum habt ihr mir denn nie davon erzählt?«

»Na, du hast doch nie danach gefragt«, empörte sich Klaus theatralisch. »Euch jungen Menschen ist doch die Vergangenheit im Großen und Ganzen egal.«

»Nein, so kann man das nicht sagen«, widersprach Tom. »Wir weigern uns lediglich, hundertmal dieselben Geschichten anzuhören. Aber für eine neue Geschichte, vor allem für so eine, wäre ich schon zu haben gewesen.«

»Na ja, manchmal erzählst du schon die gleiche Geschichte mehrfach«, grinste Klaus an Josef gewandt. »Ich sag nur Marie-Luiiiiiiise.« Ein schallendes Gelächter ertönte aus dem tiefsten Inneren seines Brustkorbs, während er an diesem eindeutige Handbewegungen vornahm, die sofort verrieten, dass es sich bei besagter Marie-Luise um eine Frau mit durchaus beeindruckender Oberweite gehandelt haben musste.

»Als ob du besser wärst mit deinem alten Porsche-Traktor, der deine Kuh aus dem Graben gezogen hat«, konterte Josef.

»Bitte nicht streiten«, versuchte Emilia lachend zu schlichten, erleichtert, dass die trübsinnige Stimmung, die sich mit der Erzählung über die gestohlenen Kinder im Raum ausgebreitet hatte, wieder verflogen schien. Sie hoffte einfach, diese Geschichten wieder vergessen zu können, obwohl das mehr als unwahrscheinlich war.

»Was ist denn eigentlich mit Hanna Gleißner?«, fragte sie in die Runde. »Sie hat doch schließlich bis zu ihrem Tod in der Villa gelebt. Und das, obwohl ihre Mutter dort angeblich als Geist ihr Unwesen trieb. Das kann ich mir irgendwie nicht vorstellen.«

»Ach, über die alte Hanna wird auch einiges getratscht, aber niemand weiß so genau, was dran ist.« Tom zuckte entschuldigend mit den Achseln.

Klaus dagegen schien sofort von neuem Erzähleifer gepackt. »Die war ja ebenfalls verrückt. Sonst hätte sie es doch in diesem Haus niemals all die Jahre ausgehalten. Andererseits: Wo hätte sie auch sonst hin sollen? Aufgrund der Geschichten über die Eltern hatten natürlich auch alle irgendwie Angst vor ihr. Verständlicherweise, wenn Sie mich fragen. Die war nämlich genau so seltsam. Hat zwar keine Kinder gestohlen, aber dafür so gut wie niemals ihr Grundstück verlassen. Sie hat eine Frau aus dem Dorf dafür bezahlt, dass diese die Einkäufe für sie erledigt. Selbst die durfte aber das Grundstück nicht betreten. Musste nur die Einkäufe vor der Pforte abstellen und das Geld mitnehmen, das dort versteckt war. Na ja, man muss aber auch verrückt werden, wenn die einzige Gesellschaft, die man hat, die von Geisterjägern ist, die – wenn Sie mich fragen – auch nicht ganz klar in der Birne sind.« Mit einer eindeutigen Geste wedelte er vor seinem Gesicht herum. Doch Emilia interessierte eine ganz andere Passage der Erzählung.

»Ach, die Geisterjäger hat sie hereingelassen?«

»Ja, die schon. Vermutlich hat sie selbst gehofft, sie könne auf diese Weise nochmals Kontakt zu ihrer verstorbenen Mutter oder ihren Geschwistern aufnehmen oder so.«

»Oder sie war einfach nur schlau und hat das Geld gebraucht, das diese Menschen ihr eingebracht haben«, wandte Tom ein.

Josef zuckte mit den Schultern. »Was weiß denn ich. Ist mir auch egal. Ich bin jedenfalls mehr als froh, dass nun auch der letzte Spross der Gleißners endlich das

Zeitliche gesegnet hat. Wobei segnen bei dieser Familie ein sehr gewagtes Wort ist. Gott möge mir vergeben.«

Er bekreuzigte sich flüchtig und Emilia hatte immer geringere Zweifel daran, dass er alles, was er ihr über die Villa erzählt hatte, ernst meinte. Umso schlimmer, denn eine Weile lang hatte sie wirklich gehofft, die beiden alten Männer würden sie nur auf den Arm nehmen.

Plötzlich knurrte ihr Magen so laut, dass sie sich intuitiv die Hände auf den Bauch presste und entschuldigend lächelte.

»Ach du liebe Zeit, Ihr Schnitzel. Das habe ich komplett vergessen.« Erschrocken drehte sich Tom auf dem Absatz um und stürmte in Richtung Küche davon. »Es tut mir sehr leid, ich ...« Den Rest des Satzes konnte Emilia schon nicht mehr verstehen. Etwas ratlos saß sie mit den beiden alten Herren am Tisch und starrte in ihre Apfelschorle. Die gute Stimmung war irgendwie dahin, das schienen auch Josef und Klaus zu spüren.

»Tut mir leid, wenn wir Ihnen mit unseren Geschichten den Abend verdorben haben«, entschuldigte sich Klaus.

»Schon gut. Ich wollte es ja wissen. Außerdem fand ich die Geschichten wirklich sehr interessant. Ich kann nur noch immer nicht glauben, dass da etwas Wahres dran sein soll.«

»Was Sie glauben oder nicht, das ist ja ganz Ihre Sache, junge Frau. Ich habe nur erzählt, was ich erlebt habe. Darf ich Ihnen noch einen guten Rat geben?«

»Jederzeit.«

»Halten Sie sich von dieser Villa fern. Streichen Sie sie aus Ihrer Erinnerung.«

»Hm. Die Provision ist aber überaus verlockend. Und heute war ich ja bereits dort und konnte beim besten Willen nichts Schreckliches daran entdecken.«

»Wie gesagt, nur ein gut gemeinter Rat. Was Sie tun, bleibt ganz Ihnen überlassen. Sie sind schließlich eine erwachsene Frau.«

»Und eine sehr hübsche noch dazu«, wiederholte Josef sein Kompliment, woraufhin Emilia unwillkürlich lächeln musste.

»Und jetzt trinken wir einen zusammen.«

»Was?«

»Tom, bring mal bitte sechs Kurze!«

In diesem Moment kam Tom aus der Küche, auf seiner rechten Hand ein Tablett mit einem Teller Salat und acht Schnapsgläschen balancierend, als hätte er die Bestellung bereits geahnt.

»Tut mir ehrlich leid«, entschuldigte er sich erneut, während er den Teller direkt vor Emilia abstellte. »Alles, was Sie heute essen und trinken, geht natürlich aufs Haus.«

»Oh, das ist sehr nett, aber wirklich nicht nötig.«

»Keine Widerrede. Eine Frau wie Sie verhungern zu lassen, ist ein Staatsverbrechen.«

Zu gerne hätte Emilia nachgefragt, was er mit *eine Frau wie Sie* meinte, doch in diesem Moment knallte Klaus schon zwei der Schnapsgläser vor ihr auf den Tisch, so heftig, dass aus dem einen Glas ein paar Tropfen herausschwappten.

»Prost!«, sagte er laut und erhob das Glas in seiner eigenen Hand. Auch Josef und Tom erhoben jeweils ein Glas.

»Ähm ... ich glaube nicht, dass es gut ist, wenn ich jetzt auf leeren Magen einen Schnaps trinke«, wandte Emilia zögerlich ein.

»Von einem Schnaps ist auch gar nicht die Rede, hübsche Frau.« Josef grinste schelmisch. »Nur mit zwei sind Sie dabei. Austrinken.«

Wider Willen musste Emilia lachen. Sie wusste, dass es besser wäre, auf den Schnaps zu verzichten. Sie kannte die Wirkung von Alkohol auf ihren Körper. Und eigentlich mochte sie Schnaps nicht einmal besonders. Aber diese alten Herren waren derart niedlich, dass sie in diesem Moment einfach Lust hatte, mit ihnen zu trinken. Mit einem Schwung, der sie selbst überraschte, stürzte sie zuerst das eine und nach einer zweiten Runde des Anstoßens direkt auch das zweite Schnäpschen hinunter. Die scharfe Flüssigkeit brannte in ihrer Kehle. Emilia hustete.

»Nicht allzu viel gewohnt, was?«, lachte Klaus schallend.

Um Fassung ringend verzog Emilia das Gesicht in wilden Grimassen. »Ehrlich gesagt kann ich mich nicht daran erinnern, jemals etwas so Widerliches getrunken zu haben ... oh Entschuldigung, das sollte keine Beleidigung sein.«

»Kein Problem«, lachte Tom. »Ich finde dieses Gesöff selbst mehr als ekelhaft. Aber meine Herren hier stehen drauf und ich fand, es sei die einzige Flüssigkeit, die es vielleicht schaffen könnte, den bitteren Geschmack dieser furchtbaren Geschichten zu übertünchen.«

»Oh, da holt er den Poeten raus. Will wohl eine Frau beeindrucken«, stichelte Josef und alle vier lachten schallend. Trotz der furchtbaren Geschichte über die

Villa Gleißner und obwohl sie bis vor wenigen Stunden noch keinen der drei Männer überhaupt gekannt hatte, fühlte sich Emilia in der illustren Runde so wohl wie schon lange nicht mehr. Und auch wenn keiner von ihnen die Geschichte leichtfertig abtun konnte, gelang es ihnen, den gesamten Rest des Abends nicht mehr über die Familie Gleißner zu sprechen. Stattdessen genoss Emilia einfach die Anwesenheit der drei Männer, die sie auch während des Essens mit lustigen Geschichten aus dem Ort bestens zu unterhalten wussten. Mehrfach hätte sie sich vor Lachen fast verschluckt, doch schließlich hatte sie das komplette Schnitzel mit Pommes bis auf den letzten Bissen verdrückt und auch von dem leckeren Salat war kein einziges Blättchen mehr übrig. Für die leeren Teller erntete sie anerkennende Blicke und Josef konnte sich eine anzügliche Bemerkung über ihre schlanke Figur erneut nicht verkneifen. Emilia konnte sich beim besten Willen nicht daran erinnern, wann sie zum letzten Mal so viel und so herzhaft gelacht hatte. Es tat gut, unbeschwert zu scherzen und den Moment zu genießen.

Später öffnete Tom sogar noch eine Flasche sehr guten Weines, der wie versprochen ebenfalls aufs Haus ging. Obwohl es ihr schwerfiel, war es Emilia selbst, die den Abend schließlich beendete, indem sie erklärte, sie müsse am nächsten Morgen sehr früh aufstehen, was Josef und Klaus gleichermaßen mit Bedauern quittierten. Trotz ihrer Versuche, sie zum Bleiben zu überreden, ließ sie sich nicht erweichen, denn ein Blick auf die Uhr verriet, dass es schon viel zu spät geworden war. Außerdem war sie hundemüde und spürbar betrunken. Unter lautem Gejohle und Applaus für ihren eleganten Hüftschwung beim Verlassen des Raumes ließ sie sich von Tom aus dem Gastraum führen. Dankbar stützte sie sich auf den von ihm angebotenen Arm, als er sie die breite Holztreppe hinauf in ihr Gästezimmer geleitete. Kurz vergewisserte er sich, dass alles in Ordnung war und es ihr an nichts fehlte. Dann schloss er die Tür und Emilia blieb allein in dem fremden Zimmer zurück.

Erschöpft ließ sie sich aufs Bett plumpsen. Was war das nur für ein Tag gewesen? Erst am Morgen war sie in Edelsbrunn angekommen und hatte das Vorstellungsgespräch bei *Immobilien-Plaschke* absolviert, wo sie sofort den Auftrag bekommen hatte, die Villa Gleißner zu verkaufen. Dann hatte sie eines der wunderbarsten und beeindruckendsten Häuser gesehen, das sie je hatte besichtigen dürfen und zum krönenden Abschluss hatte sie sich von zwei alten Herren mit Komplimenten überschütten und Geistergeschichten erzählen lassen. Anschließend hatte sie auch noch viel zu viel getrunken und einen überaus lustigen Abend mit zwei Achtzigjährigen und einem viel zu gut aussehenden Gastwirt verbracht, dessen strahlende Augen sie mit Sicherheit bis in ihre Träume verfolgen würden.

In Anbetracht fehlender Energie und eines fragwürdigen Gleichgewichtssinns beschloss sie, sich das Waschen zu sparen und direkt zu schlafen.

Als sie wie gewohnt ihre Schuhe ausziehen wollte, stellte sie überrascht fest, dass sie gar keine anhatte. Wo hatte sie die teuren Pumps nur gelassen? Hatte sie sie etwa im Gastraum vergessen? Hatte sie überhaupt Schuhe angehabt, als sie das Gasthaus betreten hatte? Sie versuchte, in ihrem Gehirn nach einer Erklärung zu kramen, doch dumpfer, nach ekligem Schnaps riechender Nebel umwaberte ihre Gehirnwindungen und machte es ihr unmöglich, einen klaren Gedanken zu fassen.

Im Grunde war es egal, wo die Pumps waren, beschloss sie. Dann würde sie eben als die Frau ohne Schuhe in die Annalen des Ortes eingehen. Humor schienen die Bürger hier ja offensichtlich zu haben. Auf jeden Fall versprach dieses kleine Edelsbrunn sehr viel aufregender zu werden als sein Name vermuten ließ.

1934

Villa Gleißner

»Meinen herzlichsten Glückwunsch zu Ihrer gesunden Tochter, Herr Gleißner!«

Mit einem Strahlen drückte die Hebamme Heinrich Gleißner das kleine Bündel in den Arm, das wie auf Kommando fürchterlich zu schreien begann.

»Ein Mädchen?«

Er hatte genau gehört, was die Hebamme gesagt hatte. Dennoch hatte er noch einen kleinen Funken Hoffnung, dass er sich verhört hatte oder dass sie sich vielleicht getäuscht haben könnte.

»Ja, Herr Gleißner, ein gesundes, kräftiges kleines Mädchen.«

Es fiel Heinrich schwer, seine Enttäuschung zu verbergen. Nachdem es überraschend lange gedauert hatte, bis Elfie endlich schwanger geworden war, hatte er inständig gehofft, dass sie ihm endlich den längst überfälligen Stammhalter schenken würde. Mehr noch, er hatte es erwartet. Nun ein kleines Mädchen in den Händen zu halten überraschte ihn, obwohl ihm natürlich immer klar gewesen war, dass so etwas passieren könnte. Dafür stieg mit dieser Schwangerschaft die Hoffnung, dass Elfie ihm möglicherweise noch weitere Kinder würde schenken können. Er nahm sich fest vor, sich vor seiner Frau nichts von seiner Enttäuschung anmerken zu lassen. Lächelnd trat er an ihr Bett und küsste sie liebevoll auf die Stirn. »Das hast du ganz wunderbar gemacht, mein Schatz«, lobte er sie, obwohl er bei der Geburt nicht anwesend gewesen war und lediglich aufgrund der lauten Schreie, die er bis in den Garten hinaus gehört hatte, eine grobe Vorstellung davon hatte, was sie durchgemacht haben musste.

»Bist du sehr enttäuscht, dass es kein Junge ist?«

Elfie kannte ihn einfach zu gut. Dabei war er sich sicher gewesen, sein schönstes Lächeln aufgelegt zu haben. Langsam schüttelte er den Kopf und richtete dann den Blick auf das kleine Mädchen in seinem Arm.

»Sie ist wunderhübsch«, sagte er mit aller Zärtlichkeit, die er aufzubringen vermochte.

Elfie lächelte glücklich. »Ja, nicht wahr? Ich möchte sie gerne Hanna nennen, was hältst du davon?«

»Hanna ist ein wunderbarer Name«, stimmte er ihr zu. »Und wenn wir uns erst ein bisschen an sie gewöhnt haben, dann können wir es ja gleich noch mal mit einem Stammhalter versuchen.«

Elfie lächelte gezwungen. Im Moment konnte sie sich nicht vorstellen, noch jemals überhaupt etwas zu versuchen. Doch sie wusste, dass sie Heinrich liebte. Mehr als alles auf der Welt. Und dass sie alles dafür tun würde, ihm sobald wie möglich den lang ersehnten Wunsch nach einem Sohn zu erfüllen.

2019

Emilia

Ein lautes Pochen riss Emilia aus ihrem tiefen Schlaf. Stöhnend öffnete sie die Augen und griff sich an den Kopf, durch den ein stechender Schmerz fuhr. Erst dann kapierte sie, dass das laute Klopfen nicht aus ihrem Kopf, sondern von der Tür kam.

»Ja bitte?«, rief sie und ihre eigene Stimme kam ihr auf einmal viel zu schrill vor. Der Schmerz in ihrem Kopf wurde stärker.

»Frühstück!«

»Bitte einfach abstellen. Vielen Dank.«

Das Geräusch einer auf dem Untersetzer klappernden Tasse verriet, dass Tom vor der Tür ihrer Aufforderung nachkam.

»Guten Appetit«, schallte die warme Stimme durch die Tür.

»Danke.«

Emilia setzte sich im Bett auf und lauschte den sich entfernenden Schritten. Auf keinen Fall würde sie riskieren, dass Tom sie in dem Zustand sehen würde, in dem sie sich ihrem Gefühl nach befand. Nachdem der Abend gestern äußerst feuchtfröhlich zu Ende gegangen war, hatte sie es vor Müdigkeit nicht einmal mehr geschafft, in ihr Nachthemd zu schlüpfen, geschweige denn den Koffer auszupacken. Sie hatte sich lediglich des engen Rocks und des Blazers entledigt und war schlichtweg in Bluse und Unterwäsche auf dem unglaublich bequemen Bett eingeschlafen. Und sie hatte gut geschlafen. Tief und lange. Ein Schreck fuhr ihr durch die Glieder wie ein Stromschlag. Wie lange, um Himmels Willen, hatte sie denn überhaupt geschlafen? Zumindest hatte Tom ihr das Frühstück vor die Tür gestellt und noch nicht das Mittagessen. Sie warf einen Blick auf die altmodische Wanduhr, deren Zeiger dankenswerterweise schweigend ihre Runden drehten. Emilia hasste nichts mehr als das Ticken einer Uhr, wenn sie schlafen wollte.

Es war bereits neun. Zu spät, um noch zufrieden mit sich zu sein, aber zu früh, um sich ausufernd über das eigene Verschlafen aufzuregen. Erleichtert wurde ihr wieder einmal bewusst, was für ein Segen es war, dass sie keinen normalen Bürojob hatte, sonst hätte sie ihrem Chef nun vermutlich erklären müssen, warum sie noch nicht im Büro war. Und die Erklärung, die der Wahrheit entsprach, klang nicht besonders glaubwürdig. Lustig dagegen allemal. Schließlich war sie mit zwei achtzigjährigen Herren, einem Wirt sowie einer Flasche Wein und äußerst unterhaltsamen Geschichten über den Ort Edelsbrunn versumpft. Beim Gedanken daran breitete sich sofort wieder ein Grinsen in ihrem Gesicht aus. Es war sicherlich kein Programm für jeden Tag, doch insgeheim hoffte sie, dass es nicht der letzte Abend dieser Art gewesen sein würde.

Gut gelaunt lief sie zur Tür und holte das große Tablett herein, auf dem Tom ein herrliches Frühstück bereitgestellt hatte. Neben einem Vollkornbrötchen und einem Croissant befand sich eine Schale Naturjoghurt mit frischen Erdbeeren, außerdem ein Kännchen Kaffee mit der dazugehörigen Tasse und ein Glas Orangensaft darauf. Nicht besonders üppig, mochte man meinen, doch vollkommen ausreichend und Emilia war erstaunt, wie perfekt er ihren Geschmack getroffen hatte.

In unbändigem Durst stürzte sie den kompletten Orangensaft hinunter, trank dann einen Schluck Kaffee und biss herzhaft in das Vollkornbrötchen. Glücklicherweise ließ das Pochen in ihrem Kopf mit jedem Bissen nach. Der befürchtete Kater blieb aus.

Nach dem Frühstück hüpfte Emilia schnell unter die Dusche, machte sich zurecht und stieg dann die knarrende Treppe hinunter, in ihrer Handtasche die Akte über die Villa Gleißner.

»Guten Morgen. Hast du gut geschlafen?«

Du? Ja richtig. Nach den ersten beiden Schnäpsen hatten sie alle mit einem dritten auf Brüderschaft getrunken. Und mit einem vierten. Und fünften.

»Sehr gut, danke.« Emilia erwiderte Toms strahlendes Lächeln und hoffte inständig, dass sie dabei nur halb so gut aussah wie er. »Und noch mal vielen Dank für das Frühstück. Es war wirklich hervorragend. Oh, das Tablett hätte ich ruhig mit runterbringen können.«

»Halt, gehört alles zum Service«, hielt Toms Stimme sie zurück, als sie gerade kehrtmachen wollte, um es doch noch zu holen. Sie hatte es einfach bei sich im Zimmer auf der Kommode stehen gelassen.

»Für ein kleines Gasthaus seid ihr servicetechnisch aber hervorragend aufgestellt«, lobte sie.

Tom grinste verlegen. »Ehrlich gesagt gibt es einen solchen Service nicht wirklich. Ich dachte nur, dass du dich über Frühstück im Bett sicherlich freuen würdest. Das eigentliche hast du nämlich verpasst, das wird täglich hier unten zwischen sieben und neun aufgebaut.«

»Oh.« Auf der einen Seite war es Emilia furchtbar peinlich, dass sie eine Extrabehandlung bekam, weil sie zu dämlich gewesen war, sich vorab mit den Hausregeln vertraut zu machen, doch auf der anderen Seite freute sie sich umso mehr darüber, dass Tom ihr diese Sonderbehandlung hatte zuteilwerden lassen.

»Außerdem wollte ich verhindern, dass du verschläfst«, gestand Tom vorsichtig. »Natürlich kannst du hier schlafen, so viel du willst, aber gestern Abend hast du auf mich den Eindruck einer Frau gemacht, die voller Tatendrang steckt und sich eher über ein Verschlafen ärgern würde.«

»Da hast du aber so was von recht. Ich hätte mich extrem geärgert. Schließlich bin ich nicht hier, um Dornröschen zu spielen, sondern um zu arbeiten. Die alte Geistervilla muss schließlich einen neuen Besitzer finden.«

Beide lachten, als nun sogar Emilia selbst den ortsüblichen Namen für das alte Anwesen benutzte.

»In diesem Sinne – einen schönen Tag. Ich mache mich dann mal auf Geisterjagd. Ach so, kannst du mir vielleicht sagen, wo hier die nächste Bushaltestelle ist?«

»Direkt wenn du rauskommst hundert Meter rechts die Straße entlang. Die gute Verkehrsanbindung ist selbstverständlich auch ein Service des Hauses.« Er zwinkerte ihr anzüglich zu und sie lachte wie erwartet über den gelungenen Scherz. Dann winkte sie flüchtig und hoffte, dass der Bus innerhalb der nächsten halben Stunde fahren würde. Sicherheitshalber hatte sie heute mit Jeans und Turnschuhen ein eher sportliches Outfit gewählt, falls sie doch wieder zu Fuß gehen musste.

»Ach so, hast du zufällig meine Schuhe gesehen?«

Tom hob den Zeigefinger, um ihr zu bedeuten, dass sie kurz warten solle. Dann verschwand er hinter einer Tür, die Emilia bis dahin noch gar nicht bemerkt hatte, und kam wenig später wieder heraus, in seinen Händen triumphierend ihre schwarzen Pumps schwenkend.

»Super, vielen Dank! Sag mal, hast du die geputzt?«

»Service des Hauses«, lachte er. »Ich dachte, bevor ich mich damit auf die Suche nach meinem Aschenputtel mache, kann ich wenigstens kurz den Staub von ihnen entfernen.«

»Schläfst du eigentlich auch irgendwann?«

»Selten.«

»Du bist wirklich ein Prinz.«

Als Tom leicht errötete, wurde Emilia bewusst, dass sie sich gerade mitten in einem Flirt befand, ohne die geringste Ahnung, wie sie da hineingeraten war. Am liebsten hätte sie mit Tom noch weiter geschäkert, doch eine innere Neugier zog sie zur Gleißner-Villa, um endlich die Bestandsaufnahme fortzuführen.

»Ich nehme sie heute Abend mit hoch, okay?«

»Kein Problem. Ich lasse sie hier in der Kammer stehen. Viel Erfolg bei der Geisterjagd.«

»Danke. Dir auch einen schönen Tag.«

Emilia winkte und schwebte dann regelrecht zur Tür hinaus. Sie konnte sich nicht erklären, was dieser Ort mit ihr machte, aber seit sie in Edelsbrunn angekommen war, fühlte sie sich wunderbar – leicht, fröhlich, glücklich. Als hätte sie mit ihrer Flucht all die

Tragödien hinter sich gelassen, die sie in ihrem alten Leben ausgelöst hatte – einem vergangenen Leben, mit dem sie abgeschlossen hatte. Schnell wischte sie den Gedanken an das, was sie getan hatte fort und marschierte beschwingt zur Bushaltestelle.

Als wolle das Schicksal ihr beweisen, dass sie hier willkommen war, hatte sie tatsächlich wieder Glück. Der Bus würde schon in zehn Minuten eintreffen und sie ohne Umstieg zur Haltestelle am Immobilienbüro bringen. Von dort war es ja, wie sie nun wusste, nur noch ein Katzensprung.

Mit einem Gefühl glückseliger Leichtigkeit setzte sich Emilia auf das kleine Bänkchen und wartete. Um sich die Zeit zu vertreiben, nahm sie ihre Notizen aus der Handtasche und überflog sie noch einmal. Groß war ihre Ausbeute des gestrigen Tages nicht gerade. Wenn sie ihren Chef und in gewissem Sinne auch sich selbst beeindrucken wollte, dann musste sie sich heute mehr als ranhalten.

Das Geräusch des heranfahrenden Busses ließ sie aufblicken. Während sie die Akte in der Handtasche verstaute, fiel ihr Blick auf ein Grüppchen von sechs Frauen, die in wenigen Metern Entfernung auf dem Gehsteig standen und immer wieder zu ihr herübersahen. Aufgeregt tuschelten sie und einmal wies eine von ihnen sogar mit dem Finger auf sie. Emilia lächelte und winkte ihnen fröhlich zu. Zwar fand sie es etwas unhöflich, so offensichtlich zu tratschen, doch vermutlich war in diesem verschlafenen Fleckchen Erde einfach nicht besonders viel los und der Einzug einer neuen Bürgerin in das hiesige Gasthaus grenzte bereits an eine mittlere Sensation. Oder die Sache mit ihren vergessenen Schuhen hatte inzwischen die Runde gemacht, dachte sie halb im Scherz. Aber angesichts der Tatsache, dass sich herumgesprochen haben musste, dass sie die alte Gleißner-Villa verkaufen wollte, waren ihre verlorenen Schuhe wohl kaum eine Schlagzeile wert.

Als die Damen nun sahen, dass sie winkte, zogen einige verschreckt die Köpfe ein und wandten ihren Blick ab. Vermutlich war es ihnen doch peinlich, so offensichtlich beim Lästern erwischt zu werden. Überrascht erkannte Emilia jetzt auch ein bekanntes Gesicht unter den Tratschenden: Hannelore. Zu gern wäre sie hinübergelaufen, um die alte Dame zu begrüßen und sie zu fragen, was sie denn gestern so fürchterlich erschreckt hatte, doch der Bus hatte bereits seine Türen geöffnet und sie wusste, dass die nächste Gelegenheit, die Strecke sitzend zurückzulegen erst wieder in zwei Stunden kommen würde. So stieg sie mit etwas gemischten Gefühlen in den Bus und ließ sich auf einem der überraschend bequemen Sitze nieder. Dabei verrenkte sie sich fast den Hals beim Versuch, durch die Scheibe hinweg zu erkennen, ob die Frauen noch immer über sie redeten. Tatsächlich schienen diese nun, da sie außer Hörweite war, noch heftiger zu diskutieren, denn ein paar von ihnen gestikulierten sogar wild mit den Händen. Dass Emilia sie vom Bus aus sehen konnte, schien sie dabei nicht weiter zu stören. Plötzlich sah sie direkt in die Augen von Hannelore. Im gleichen Moment riss diese die Augen fast ebenso weit auf wie am gestrigen Tag und Emilia sah verwirrt dabei zu, wie sich die alte Frau bekreuzigte, bevor sie sich abwandte und sich hinter einer ihrer Freundinnen zu verstecken versuchte.

Der Bus fuhr ab. Nachdenklich lehnte Emilia sich zurück. Was hatten diese Frauen nur? Sie hatte ja kein Problem damit, wenn über sie getratscht wurde, schließlich war sie neu im Ort und sicherlich interessant genug für einige wilde Spekulationen. Doch die Frauen wirkten auf sie nicht nur neugierig, sondern nahezu feindselig. Das war es, was Emilia so verunsicherte.

Im Versuch, nicht weiter über das seltsame Verhalten des kleinen Grüppchens nachzudenken, richtete sie ihre Gedanken wieder auf die Villa. Sie würde systematisch vorgehen müssen. Bewaffnet mit Block und Stift würde sie sich wie immer Raum für Raum durch das Haus arbeiten. Dabei würde sie sich zwingen, sich nicht, wie es gestern geschehen war, zu lange von einem Raum beeindrucken zu lassen, sondern sich schlichtweg auf die verkaufsrelevanten Details einlassen. Sogar an ihr Lasermaßband hatte sie heute gedacht. Ein wunderbares kleines Gerät, mit dem sie Entfernungen lediglich per Knopfdruck auszumessen brauchte.

Der Bus hielt. Emilia schlug zielsicher den Weg zur Gleißner-Villa ein und stand wenige Minuten später vor dem großen Eingangstor. Um sich selbst zu beweisen, wie ernst es ihr mit den guten Vorsätzen war, durchmaß sie den Garten in großen Schritten und würdigte die Schönheit der hier angelegten Botanik keines Blickes, auch wenn es ihr fast das Herz brach. Doch nur so konnte sie sicher sein, dass sie sich nicht wieder von dessen botanischem Liebreiz dazu verführen lassen würde, viel zu lange hier zu verweilen.

Stattdessen marschierte sie schnurstracks auf die Haustür zu, öffnete sie und fand sich in dem stilvoll dekorierten Eingangsbereich wieder, der ihr bereits gestern das Gefühl vermittelt hatte, nach Hause zu kommen. Tatsächlich stellte sich trotz der Schauergeschichten, die sie heute wie emotionales Gepäck bei sich trug, kein Gefühl der Angst oder des Grusels ein. Wie selbstverständlich öffnete sie die Tür zu ihrer Linken und trat in die große Küche, die ihr vom Vortag noch in allen Details vertraut war. Mit ein paar geübten Handgriffen vermaß sie den Grundriss, notierte sich die Marken der Küchengeräte und hielt stichpunktartig die Auffälligkeiten des Raumes fest. Noch ein paar schnelle Fotos und schon war sie wieder zur Tür hinaus. So konnte es weitergehen.

Mit Bibliothek und Wohnzimmer verfuhr sie in einer ähnlichen Geschwindigkeit, doch hier kostete es sie sämtliche Überwindung, sich nicht von der Schönheit der Räume verführen zu lassen. Tröstlich war allein die Tatsache, dass sie beide Zimmer so ausgiebig fotografierte, dass sie wusste, sie könnte später so lange sie wollte die Fotos ansehen und in der Pracht dieser Räume schwelgen.

Seufzend, doch auch ein bisschen stolz, dass sie ihren Plan bis jetzt so eisern durchgezogen hatte, verließ sie das prachtvolle Wohnzimmer und schloss die Tür hinter sich. Nun war das Obergeschoss an der Reihe. Vom Vortag wusste sie noch, dass sich dort acht Räume befinden mussten. Um sich einen groben Überblick zu verschaffen, öffnete sie erst einmal alle Türen und sah kurz nach, was sich hinter ihnen verbarg. Zwei von den Zimmern waren Badezimmer, diesen würde sie sich ganz am Schluss widmen, weil es immer so eine Sache war mit den alten Armaturen und Leitungen. Das musste sie sich schon besonders intensiv ansehen.

Bei den anderen sechs Räumen handelte es sich um normale Zimmer. In einem von ihnen stand ein großes Doppelbett. Das musste das Elternschlafzimmer gewesen sein und könnte auch als solches weiter genutzt werden. Die übrigen fünf Zimmer waren nahezu identisch eingerichtet. In jedem von ihnen befanden sich ein Bett, ein Schrank, ein Schreibtisch und verschiedene Regale. Eigentlich wären das die perfekten Kinderzimmer, dachte Emilia bei sich. Spielzeug oder irgendetwas anderes, das auf die Existenz eines Kindes hätte hinweisen können, suchte man allerdings vergeblich.

Plötzlich spürte sie einen feinen Hauch im Nacken, so, als stünde jemand direkt hinter ihr und atme viel zu nah an ihrem Hals. Erschrocken fuhr sie herum. Es war niemand zu sehen. Mit einer Mischung aus Erleichterung und Schaudern strich sie sich über den Nacken. Den folgenden Gedanken wollte sie nicht zulassen, doch er bemächtigte sich ihres Verstandes mit einer solchen Gewalt, dass sie nicht dagegen ankam.

Was, wenn es hier im Haus tatsächlich spukte?

Was, wenn an den Geschichten von Klaus und Josef doch etwas dran war und diese Zimmer hier ganz besondere Kinderzimmer gewesen waren? Für all jene Kinder, welche die Gleißners im Ort entführt und dann hier untergebracht hatten, so lange, bis sie sie an die Nazis ausliefern konnten?

Oh Gott! Beim Gedanken daran, dass an den Geschichten auch nur ein Fünkchen Wahrheit sein könnte, bekam Emilia eine Gänsehaut.

Peng!

Ein lauter Schrei entfuhr ihr, während sie sich ruckartig in die Richtung drehte, aus der der Knall gekommen war.

Das Fenster! Jemand hatte vergessen, es zu schließen. Gleichmäßig atmend, um ihren rasenden Puls wieder etwas zu beruhigen, ging Emilia die paar Schritte dorthin und fasste an den Türgriff. Er war eiskalt und zudem auf Kippfunktion gestellt. Sie zog daran und das Fenster kippte wieder einen Spaltbreit auf.

»Pah! Gespenster! So ein Unsinn!«, rief sie laut aus, als müsse sie außer sich selbst auch noch jemand anderen davon überzeugen, dass sie nicht an Geister glaubte. Dann schloss sie das Fenster, bevor sie sich auf den Boden kniete und diesen mit beiden Händen abtastete, um zu erspüren, ob es vielleicht hereingeregnet hatte. Ein geöffnetes Fenster in einem leer stehenden Haus konnte leicht zu einem riesigen Problem werden. Ein bisschen Regen, Hagel oder auch eindringende Tiere verursachten oft weitaus größere Schäden, als sich viele Menschen vorzustellen vermochten.

Erleichtert stellte sie fest, dass der Boden komplett trocken war. Möglicherweise hatte das Fenster noch nicht lange offen gestanden oder sie hatte lediglich Glück gehabt.

Allerdings hatte sie durch diesen Schrecken nun wieder viel zu viel Zeit in einem Raum verbracht, den sie eigentlich innerhalb von fünf Minuten hätte katalogisieren können.

Und wenn schon, tröstete sie sich selbst. Schließlich war sie ohnehin fast fertig. Die Villa verfügte über sehr große, dafür aber nicht über übermäßig viele Räume. Große Überraschungen würde es wohl kaum noch geben.

Die Besichtigung der Bäder verlief schnell und reibungslos. Die Leitungen mochten zwar alt sein, doch das Wasser war tadellos klar und die sonstige Ausstattung eben der damaligen Zeit entsprechend. Auch das war kein großes Problem, denn die Bäder erneuerten die meisten Besitzer sowieso – allein schon aus hygienischen Gründen.

Emilia warf noch einen Blick auf den Dachboden, der außer ein paar Kisten und Kartons, denen sie sich erst bei der Erfassung des Inventars widmen wollte, keine weiteren Überraschungen barg, und beschloss, sich nach dem Erfassen des Kellers in der Küche der Villa einen Kaffee zu genehmigen. Das dazu nötige Instantpulver hatte sie immer in ihrer Handtasche. Ein Tick, der ihr schon mehrfach das Leben gerettet hatte. Heißes Wasser bekam man erstaunlicherweise immer irgendwo her.

Frohen Mutes öffnete sie die Tür, die zum Keller hinunterführte und stellte erfreut fest, dass auch das Licht hier unten tadellos funktionierte. Zwar hatte sie für etwaige Fälle immer eine Taschenlampe dabei, doch ein dunkler Keller in einem angeblichen Spukhaus war das Letzte, worauf sie Lust hatte.

Auch hier hatte sie sich mithilfe ihres Lasermaßbands innerhalb erstaunlich kurzer Zeit einen guten Überblick verschafft. Die Räume waren in einem einwandfreien Zustand und zudem, was das Wichtigste war, trocken und frei von Hausschwamm, Schimmel oder sonstigem Pilzbefall. Alles in allem konnte sie also mit ihrer ersten Bestandsaufnahme mehr als zufrieden sein. Das Haus war für sein Alter in einem nahezu perfekten Zustand. Es wäre gelacht, wenn sich dafür kein Käufer fände.

Gerade wollte Emilia die Treppe wieder nach oben steigen, da fiel ihr Blick auf einen Karton, der nicht ordentlich geschlossen war. Sie war gewiss kein neurotischer Mensch, aber ein paar Ticks hatte sie doch. Neben dem Instantkaffeepulver in ihrer Handtasche war ein weiterer, dass sie einfach nichts offen stehen sehen konnte – weder Türen noch Schubladen noch Kartons. Wenn etwas nicht ordentlich geschlossen war, konnte sie das nahezu zur Verzweiflung bringen.

Seufzend lief sie zu dem Karton und drückte die Lasche nach unten. Diese blieb genau eine Sekunde lang in ihrer neuen Position, dann sprang sie wieder hoch. Verärgert zog Emilia ein wenig an den Seiten, doch der Karton ließ sich auch mit verschiedenen Strategien nicht schließen. Er war einfach zu voll.

Emilia gab ein wütendes Schnauben von sich und öffnete die Laschen schließlich ganz. Dann musste sie eben etwas herausnehmen, um dieses blöde Ding zu schließen. Ein kurzer Blick auf den Inhalt verriet ihr, dass es sich offenbar um ein Sammelsurium verschiedener Blätter und Papiere handelte, zumindest nach dem zu urteilen, was obenauf lag. Der Keller war zwar trocken, dennoch fragte sie sich, warum jemand solch empfindliches Material ausgerechnet hier unten lagerte. Es sei denn, es handelte sich um Altpapier, das ohnehin entsorgt werden sollte. Dann konnte sie das ja gleich übernehmen.

Gerade als sie nach einem oben liegenden kleinen Papierstückchen greifen wollte, um es genauer in Augenschein zu nehmen, klingelte ihr Handy. Der schrille Ton kam so unerwartet, dass sie ihre Hand erschrocken zurückzog, als hätte der Karton sie in die Finger gebissen. Sie war aber auch besonders schreckhaft heute. Das lag sicher an Josef und Klaus und ihren absonderlichen Gruselgeschichten.

Froh darüber, dass sie vollkommen allein in der Villa war und niemand sich später über ihre Schreckhaftigkeit würde lustig machen können, zog sie das Handy aus der Hosentasche und warf einen flüchtigen Blick auf das Display, bevor sie auf die kreisrunde Abbildung des grünen Hörers drückte.

»Oh, hallo Herr Plaschke«, begrüßte sie ihren Chef in spe freundlich und warnte sich innerlich, bloß jetzt keinen Fehler zu machen.

»Frau Sandberg ...«, es knirschte ohrenbetäubend in der Leitung, »... Villa ... echt?«

»Wie bitte?«

»Ich fragte, ... an... er... lla ... echtkommen?«

»Entschuldigen Sie bitte einen Moment, ich gehe mal irgendwohin, wo der Empfang besser ist.« Das Handy weiterhin fest an ihr Ohr gepresst, stieg Emilia die Kellertreppe wieder hinauf und nahm zu ihrer Erleichterung wahr, dass das Rauschen in der Verbindung schlagartig besser wurde.

»So, jetzt bin ich wieder oben. Können Sie mich verstehen? Herr Plaschke?«

»Ja, ich bin noch dran. Schön, dass ich Sie erreicht habe, Frau Sandberg. Ich wollte nur mal nachfragen, ob bei Ihnen alles in Ordnung ist und wie Sie mit der Bestandsaufnahme in der Villa vorankommen.«

»Oh, das ist ja nett.« Emilias Freude war aufrichtig. »Vielen Dank, ich komme bis jetzt sehr gut zurecht. Ich war nur gerade im Keller und da scheint der Empfang sehr schlecht zu sein.«

»Das wird vermutlich an den dicken Mauern liegen. In Kellern hat man öfter mal schlechten Empfang.«

Emilia verdrehte die Augen und war froh, dass es sich nicht um ein Videotelefonat handelte. Als ob sie das nicht wüsste!

»Ja, deshalb bin ich ja jetzt nach oben gegangen.«

»Und wie läuft es sonst so?«

»Gut. Ich habe mir alle Räume einmal angesehen und bin mit den Messungen soweit durch. Wissen Sie, ob es vielleicht irgendwo einen Grundriss des Gebäudes gibt? Das würde mir viel Arbeit ersparen.«

»Also wir haben keinen bekommen. Vielleicht befindet sich ja einer in der Villa selbst. In irgendeinem Schrank oder einer Schublade.«

»Oh Gott, da werde ich aber lange suchen müssen.«

»Wieso? Ist die Villa so groß?«

Emilia stutzte. Was war denn das für eine Frage?

»Herr Plaschke, waren Sie noch nie persönlich in der Villa Gleißner?«

Stille. Offenbar hatte sie ihn ertappt. Eine kurze Pause entstand, bevor er sich zu einer Antwort durchgerungen hatte.

»Ich bin noch nicht dazu gekommen.«

Eine einleuchtende Erklärung, doch Emilia glaubte ihm kein Wort. Dazu hatte er zu lange gezögert.

»Sie könnten doch jetzt kurz vorbeikommen. Vom Büro aus ist es doch nicht weit.«

»Ähm ... nein, das geht nicht.«

»Warum nicht?«

»Also wirklich, Sie stellen Fragen, Frau Sandberg. Ich habe noch ein paar wichtige Termine und bin daher heute unabkömmlich.«

Er zappelte wie ein Fisch an der Angel. Doch so schnell ließ Emilia ihn nicht vom Haken. »Dann eben morgen«, schlug sie betont lässig vor.

»Da geht es auch nicht.« Diesmal kam seine Antwort viel zu schnell. Gar kein Zweifel, er wollte nicht kommen. Auf einmal kam Emilia ein unglaublicher Gedanke.

»Herr Plaschke, haben Sie vielleicht Angst vor der Gleißner-Villa?«

»Angst? Wieso sollte ich denn Angst haben?« Er lachte schriller, als es zu einem Mann seines Formats passte. »Also das ist doch lächerlich!«

Obwohl ihr im gleichen Moment bewusst wurde, dass sie sich mit einer Provokation ihres Chefs eventuell die Chance auf eine Festanstellung verderben würde, konnte Emilia nicht anders. Sie musste es einfach wissen.

»Also ich finde das gar nicht lächerlich«, heuchelte sie Verständnis, nur für den Fall, dass Plaschke sich doch zu einem Geständnis seiner Angst durchringen konnte. »Ich habe mich gestern mit ein paar sehr erwachsenen, sehr vernünftigen Menschen unterhalten und alle haben zugegeben, dass sie furchtbare Angst vor der Geistervilla haben, wie sie sie zu nennen pflegen.«

Damit hatte sie ihm nun wirklich eine Steilvorlage gegeben. Er musste den Ball nun nur noch annehmen.

»Nun ja, also ehrlich gesagt ...« Er zögerte wieder. Stutzte. »Also wissen Sie, Angst habe ich nicht direkt vor der Villa. Aber ich bin eben hier im Ort aufgewachsen. Mit allen Geschichten, die man sich so über dieses Haus erzählt. Meine Großmutter hat uns als Kindern fürchterliche Geschichten über Frau Gleißner erzählt.«

»Dass sie Kinder entführt und an die Nazis verkauft hätte?«

»Woher wissen Sie das?«

»Wie gesagt, ich hatte gestern eine sehr interessante Unterhaltung mit ortsansässigen Bürgern.«

»Oh. Ja, ziemlich genau das hat meine Großmutter erzählt. Vermutlich wollte sie uns damit nur Angst einjagen, damit wir abends pünktlich nach Hause kamen. Aber irgendwie hat es doch gewirkt. Die kindliche Psyche, Sie wissen schon ... na ja, irgendetwas von den Geschichten ist eben zurückgeblieben. Obwohl ich keine Angst im eigentlichen Sinne habe«, verteidigte er sich schnell. »Welcher erwachsene Mann hat schon Angst vor einem Haus, noch dazu, wenn er Immobilienmakler ist? Das wäre doch lächerlich, oder?« Sein Lachen klang überaus künstlich.

»Finde ich eigentlich nicht«, erlöste ihn Emilia, doch nun entschied sie, dass er genug gelitten hatte. Was sie hatte erfahren wollen, hatte er längst gestanden. Er wusste von den Gerüchten über die Villa und hatte sie ihr verschwiegen. Hatte ihr stattdessen dieses Haus aufgedrückt, weil er sich selbst davor fürchtete.

Normalerweise hätte sie sich über so ein Verhalten maßlos geärgert, doch das fiel ihr angesichts der riesigen Provision, die sie würde einstreichen können, wenn es ihr gelang, die alte Villa zu verkaufen, schwer.

»Haben Sie denn irgendetwas gefunden?«, fragte Plaschke nun vorsichtig.

Diesmal konnte sich Emilia den Spaß einfach nicht verkneifen.

»Vier Kinderleichen im Keller«, sagte sie so ernst es ihr möglich war.

»Oh Gott! Ich rufe sofort die Polizei«, hörte sie Plaschke ächzen.

»Halt!«, rief sie schnell, bevor er auflegen konnte. »Das war ein Witz, Herr Plaschke. Nur ein Witz! Hier gibt es weder Leichen noch Gespenster noch sonst irgendwelche seltsamen Vorkommnisse oder Gegenstände. Sie können ganz beruhigt sein.«

Am anderen Ende der Leitung hörte sie ihren Chef erleichtert aufatmen. Dass er diesen Unsinn aber auch sofort geglaubt hatte. Seltsam. Und auch irgendwie schade. Es war so ein wunderbares Haus. Es hatte nicht verdient, dass alle schlecht darüber redeten und sich vor ihm fürchteten. Glücklicherweise konnte ein Haus keine Schmerzen empfinden, sonst wäre es vermutlich ganz schön verletzt und beleidigt gewesen, dachte Emilia traurig.

»Frau Sandberg, Sie kosten mich wirklich Nerven«, lachte Herr Plaschke. »Das ist mir jetzt wirklich peinlich, dass ich so leichtgläubig auf Ihren Scherz hereingefallen bin. Aber wissen Sie, wenn man sein Leben lang mit Vorurteilen und Horrorgeschichten über diese Familie aufwächst, dann wirken so ein paar Leichen im

Keller gar nicht so ... doch, ich muss zugeben, es ist trotzdem sehr absurd. Also nur zu, machen Sie sich ruhig lustig über mich.« Wieder lachte er auf, doch es klang etwas gequält.

»Auf gar keinen Fall, Herr Plaschke«, versicherte Emilia schnell. »Es sollte wirklich nur ein Scherz sein. Ein ziemlich blöder, angesichts des Rufs der Villa, tut mir echt leid.«

»Ach, Schwamm drüber. Nur eine Frage noch, Frau Sandberg, dann lasse ich Sie weiterarbeiten.«

»Sie können so viele Fragen stellen, wie Sie wollen«, lenkte Emilia sofort ein. Sie hatte ja schon ein wenig ein schlechtes Gewissen, weil sie ihrem Chef, den sie noch nicht einmal besonders gut kannte, einen solchen Schrecken eingejagt hatte. Es passierte ihr öfter mal, dass sie Gedanken aussprach, bevor sie diese richtig durchdacht hatte. Sie konnte froh sein, wenn die Situation einigermaßen glimpflich ausging.

»Sie haben nicht zufällig Geld gefunden?«

»Geld?«

»Na ja, ich meine nicht ein paar Euro, ich rede von größeren Summen. Geld, das irgendwo versteckt war – in Schubladen, Schränken, Schuhen, unter den Dielen oder so.«

»Also zu einer genaueren Innenansicht der Möbel bin ich ehrlich gesagt noch gar nicht gekommen«, gestand Emilia. »Soll ich denn nach etwas Bestimmtem suchen?«

»Nun ja, es ist Ihnen sicher bekannt, dass das komplette Inventar der Villa mit der Schenkung auch in den Besitz der Stadt übergeht. Sollten Sie also Geld finden, gehört dies der Stadt, Sie dürfen es nicht selbst behalten.«

»Das würde ich niemals tun!« Emilia war ehrlich entsetzt über diese indirekte Unterstellung. »Ich werde Sie natürlich sofort anrufen, wenn ich irgendetwas finde.«

»Gut.«

»Mit welcher Summe rechnen Sie denn ungefähr? Nur damit ich ungefähr weiß, welchen Umschlägen ich größere Aufmerksamkeit widmen sollte.«

»Das weiß ich nicht. Viel. Sehr viel. Eventuell aber noch in alter Währung. Ich weiß es wie gesagt nicht.«

Nun dämmerte es Emilia. Plaschke ging davon aus, dass das Geld aus dem Verkauf der Kinder sich noch irgendwo im Haus befand. Das war ja gruselig. Mehr als gruselig. Es war regelrecht grausam. Denn wenn das Geld existierte, hieße das doch, dass auch an den Gerüchten über den Verkauf der Kinder etwas dran wäre, oder? Sofort verscheuchte Emilia diese Möglichkeit wieder aus ihren Gedanken.

»Also falls ich irgendetwas finden sollte, das mir wertvoll erscheint, werde ich Sie sofort anrufen«, versicherte sie schnell und meinte es auch so. Irgendetwas zu unterschlagen, war nie ihre Absicht gewesen und ganz gewiss nicht ihr Stil.

»Gut, das freut mich sehr zu hören, Frau Sandberg. Dann wünsche ich Ihnen weiterhin noch viel Erfolg bei der Arbeit.«

»Vielen Dank. Und falls Sie doch noch Lust bekommen sollten vorbeizuschauen, melden Sie sich einfach. Ich kann Ihnen garantieren, der Anblick dieser Räumlichkeiten ist einen Besuch wert.

»Davon bin ich überzeugt. Auf Wiederhören, Frau Sandberg.«

Es war das erste Mal, dass jemand, den sie kannte, diesen veralteten Abschiedsgruß verwendete. Dennoch erwiderte sie ihn spontan: »Auf Wiederhören, Herr Plaschke.«

Seltsam, dachte Emilia bei sich, als sie das Handy zurück in ihre Hosentasche schob. Wie Menschen sich von ein paar alten Geschichten ins Bockshorn jagen ließen. Vor allem von einem jungen erfolgreichen Mann wie Matthias Plaschke hätte sie so etwas niemals gedacht. Was man als Kind lernte und glaubte, begleitete einen ein Leben lang. Die Erfahrungen von Klaus, Josef und Plaschke waren der beste Beweis dafür. Na ja. Sollten sie sich fürchten vor wem oder was auch immer sie wollten. Sie würde hier ihre Arbeit erledigen und am Ende die üppige Provision einstreichen. Und für diese Chance war sie einfach nur dankbar.

Grübelnd stieg sie die steinernen Stufen wieder hinunter in den Keller. Geld. Daran hatte sie noch gar nicht gedacht. Was, wenn sich in dem Karton gar kein altes Papier befand, sondern vielleicht irgendwelche alten Dokumente oder Bündel von Geld?

Vorsichtig, doch ein bisschen ehrfürchtiger als beim ersten Mal, schlug Emilia die Laschen des Kartons wieder hoch, die natürlich weder offen noch geschlossen in ihrer Position verharrten, sondern immer wieder genau auf die Hälfte zurückschnappten. Genervt überstreckte sie die Falzkanten, sodass die Laschen endlich offen blieben und sie sich dem Inhalt des Kartons widmen konnte, ohne dass die Seitenlaschen ständig auf ihre Handflächen zurückfielen.

Willkürlich nahm sie einen Stapel von ungefähr vier Zentimetern Dicke heraus und sah direkt auf die Rückseite von etwas. Neugierig drehte sie das oberste Blatt Papier um. Ein freudiges Strahlen erfasste ihr Gesicht und drang bis in ihr Innerstes vor, als sie auf das alte Foto von der Villa Gleißner blickte. Das war ja fantastisch! Genau so musste die Villa einmal ausgesehen haben, als sie erbaut worden war. Tatsächlich war sie über all die Jahre hinweg erstaunlich gut erhalten geblieben, doch man musste zugestehen, dass der Garten damals eine wahre Pracht gewesen war, hinter der der heutige Zustand um einiges zurückblieb.

Lächelnd drehte sie auch das nächste Bild um. Es zeigte einen hübschen jungen Mann, der lässig an einem Seerosenteich posierte. Er lag halb auf dem Rücken, den Oberkörper auf den Ellenbogen aufgestützt, und lächelte in die Kamera. In seinem Mundwinkel baumelte ein Grashalm – ein Anblick, den Emilia nur aus alten Western kannte – der dem jungen Herrn auf dem Bild aber unglaublich gut stand. Sie drehte das Foto einmal komplett in ihren Händen, doch leider hatte es niemand für nötig befunden, das Bild mit einer Information darüber zu versehen, um wen es sich handelte.

Emilia klemmte das Foto zwischen ihre Finger und drehte das nächste Bild auf dem Stapel um. Schlagartig erstarrten ihre Gesichtszüge. Mit ungläubig aufgerissenen Augen blieb ihr Blick auf dem Bild in ihrer Hand haften – unfähig, auch nur einen klaren Gedanken fassen zu können. Das konnte nicht sein, nein, das war schlichtweg unmöglich!

Emilia spürte, wie ihr eine kalte Angst die Kehle zuschnürte und sie zwang, flacher zu atmen. Die starren Augen auf das Bild gerichtet, versuchte sie zu begreifen, doch das konnte nicht sein! Das Bild zeigte denselben Seerosenteich wie auf dem vorherigen Bild. Sogar denselben Winkel der Kamera. Doch auf diesem Bild posierte kein junger Mann am Teich, sondern eine Frau, die bäuchlings im Gras lag, den Kopf in die Hände gestützt. Emilia schluckte. Das war einfach nicht möglich. Die Frau, die dort auf dem alten Foto im Gras lag, war sie selbst!

1937

Villa Gleißner

»Herzlichen Glückwunsch! Sie haben eine gesunde Tochter.«

Am liebsten hätte Heinrich der alten Hebamme direkt ins Gesicht gesagt, dass er das Mädchen nicht halten wollte, als sie ihm das kleine Bündel in die Hand drückte. Ein Mädchen! Schon wieder! Nachdem er nun drei Jahre lang auf die Geburt eines zweiten Kindes gewartet hatte, war er sich nahezu sicher gewesen, dass nun endlich der ersehnte Stammhalter geboren würde. So sicher, dass er sogar bereits eine Flasche seines besten Champagners im Kühlschrank kaltgestellt hatte. Diesen würde er nun ungeöffnet wieder zurück in den Keller bringen müssen. Wie konnte Elfie ihm das nur antun? Sie wusste doch genau, wie sehr er sich einen Sohn wünschte. Nein, nicht nur wünschte. In seiner gesellschaftlichen Position war es nahezu eine Verpflichtung, einen Sohn zu haben, an den er die Firma und auch das Familienerbe weitergeben konnte. Was sollte er denn bitte mit noch einem Mädchen?

»Ist sie nicht süß?« Elfie schien den Ernst der Lage keineswegs zu begreifen. Anstatt sich dafür zu entschuldigen, dass sie ihm neun Monate lang erneut ein unnützes Mädchen ausgetragen hatte, strahlte sie über das ganze Gesicht.

Am liebsten hätte er sie geohrfeigt. Erfüllt von einem tiefen Groll gegen dieses Kind und gegen seine Frau, drückte er ihr das kleine Bündel lieblos in den Arm und wandte sich zum Gehen in Richtung Tür. Was er wissen wollte, hatte er nun gesehen. Zeit, den Kummer mit ein paar Gläsern billigen Whiskeys hinunterzuspülen.

»Ich möchte sie gerne Valentina nennen«, schlug Elfie mit sanfter Stimme vor, während sie ihre Nase genießerisch an der Wange des neugeborenen Kindes rieb, das zufrieden gluckste.

»Mach mit ihr, was du willst«, antwortete Heinrich schroff und wandte sich nicht einmal zu ihr um, bevor er den Raum verließ.

Sobald Elfie das Wochenbett überstanden hatte und bereit für eine neue Empfängnis war, würden sie es ein drittes Mal versuchen. Und diesmal musste es schneller klappen. Und es musste ein Sohn werden. Es musste einfach! So sehr konnte Gott ihn nicht hassen, dass er ihm diesen Wunsch noch länger verweigern würde.

2019

Emilia

Schockiert schüttelte Emilia das Bild aus ihrer Hand, als handele es sich dabei um ein gefährliches Insekt, während der gesamte Stapel mit den Bildern, den sie noch in den Händen hielt, auf den Boden fiel und zerstreut liegen blieb.

Frische Luft! Sie brauchte unbedingt frische Luft! So schnell sie ohne zu stolpern konnte, rannte Emilia die Kellertreppe zum zweiten Mal an diesem Tag nach oben, doch diesmal blieb sie nicht im Eingangsbereich stehen, sondern stürzte aus dem Haus, als sei der Teufel hinter ihr her.

Sie war verflucht! Die alte Gleißner-Villa war verflucht! Es spukte in diesen Gemäuern und irgendein Geist hatte eben seinen wilden Schabernack mit ihr getrieben. Um keinen Preis würde sie nur auch noch einen Fuß in dieses Spukhaus setzen. Emilia rannte weiter, bis ihr die Lungen brannten. In blinder Angst verlor sie dabei vollkommen die Orientierung.

Erst als sie keuchend stehen blieb, bemerkte sie, dass sie immer weiter in den parkähnlichen Garten hineingerannt war, anstatt auf dem Weg zu fliehen, der aus dem Grundstück hinausführte, wie es ein vernünftiger Mensch getan hätte. Vernunft! Sie musste unbedingt zur Vernunft kommen. Aber zunächst einmal wieder zu Atem.

Hektisch nach Luft japsend stützte sie die Hände auf ihren Oberschenkeln ab und versuchte eine Weile in dieser nach vorn gebeugten Position gleichmäßig zu atmen. Obwohl sie durch ihren Abnehm-Marathon in den vergangenen Wochen sehr gut in Form war, hatte dieser Sprint sie an die Grenzen ihrer Leistungsfähigkeit gebracht - das Foto jedoch auch an die ihres Verstandes. Was hatte sie auf diesem Bild nur gesehen? Das war doch absurd! Vollkommen unmöglich!

Endlich beruhigte sich ihr Atem ein wenig und sie war in der Lage, sich wieder aufzurichten. Unter ihrem linken Rippenbogen brannte es entsetzlich. Emilia atmete weiterhin flach, versuchte ein paar Schritte zu gehen. Da erkannte sie ihn: Ein paar Meter vor ihr lag, ruhig und unschuldig, ein kleiner Seerosenteich. Exakt jener, den sie eben auf dem alten Foto gesehen hatte. Sofort entstand in ihrem Kopf wieder das Bild der Frau, der sie eben in die Augen geblickt hatte. In ihre eigenen Augen.

Am liebsten hätte sie das Foto direkt noch einmal angesehen, um sich zu vergewissern, dass ihr Verstand ihr keinen Streich gespielt hatte, doch sie traute sich nicht mehr ins Haus. *Lächerlich*, schalt sie sich selbst in Gedanken. Erst vor wenigen Minuten hatte sie sich über die Angst ihres Chefs lustig gemacht und nun hatte genau dieselbe auch von ihr Besitz ergriffen. Anstatt logisch und vernünftig wie ein erwachsener Mensch zu denken, hatte sie wie ein verschrecktes Kind die Flucht ergriffen. Doch was würde denn bitte ein logisch denkender Mensch dazu sagen, wenn er sich plötzlich selbst auf einem Foto sehen würde, das bereits Jahrzehnte vor seiner Geburt geschossen worden war? Dass er nicht die Person auf diesem Bild sein konnte. Denn das wäre nicht nur unlogisch, sondern schlichtweg vollkommen unmöglich. Aber wenn Emilia nicht die Frau auf dem Bild war, wer zum Teufel war sie dann? Und warum sahen sie aus wie Zwillinge?

Aus reiner Verzweiflung nahm sie ihr Handy und wählte die Nummer, die sie frühestens in einigen Monaten hatte wählen wollen. Das Herz klopfte ihr bis zum Hals, als sie das leise Klicken hörte, das verriet, dass jemand auf der anderen Seite der Leitung das Telefonat angenommen hatte.

»Sandberg?«

»Mama, ich bin es.«

Bestimmt gab es hunderte von besseren Varianten, um dieses Gespräch zu beginnen, doch Emilia fiel in diesem Augenblick keine einzige davon ein. Vermutlich war es auch völlig egal, wie sie begann. Was sie getan hatte, war unentschuldbar. Sie konnte nur hoffen, dass ihre Mutter ihr, nachdem sie mit ihren Vorwürfen und Maßregelungen durch wäre, richtig zuhören würde – und sei es auch nur für einen Moment.

»Emilia, Kind, Gott sei Dank. Sag, geht es dir gut? Wo bist du? Brauchst du etwas? Oh Gott, ich habe mir solche Sorgen gemacht. Was ist denn das für eine Nummer?«

»Mama, es tut mir so leid.« Emilia seufzte. Kurz rechnete sie damit, gleich weinen zu müssen, doch die Tränen blieben aus. Ein weiteres Zeichen dafür, dass ihre Entscheidung vollkommen richtig gewesen war. »Es geht mir gut, Mama. Bitte verzeih mir, ich musste einfach weg. Ich weiß, es ist furchtbar und ihr dürft mir alle so viele Vorwürfe machen, wie ihr wollt, aber ich konnte einfach nicht anders.«

»Geht es dir denn jetzt gut, mein Kind?«

»Ja, Mama. Eigentlich schon.«

»Dann ist alles in Ordnung.«

Emilia schluckte. Damit hatte sie nicht gerechnet. Sie hatte erwartet, dass ihre Mutter sie mit Vorwürfen und guten Ratschlägen überhäufen würde – sie anbetteln würde, zurückzukommen und die ganze Sache wie eine erwachsene Frau zu klären, anstatt einfach die Flucht zu ergreifen. Doch anscheinend hatte sie ihre Mutter unterschätzt. Wieder einmal.

»Mama, ich kann dir gerade nicht erklären wieso, aber ich brauche unbedingt deine Hilfe.«

»Oh Gott, soll ich einen Krankenwagen rufen? Die Polizei? Oder brauchst du Geld? Ich überweise es dir sofort, sag mir einfach wie viel.«

»Nein nein, Mama.«

Trotz ihrer Schuldgefühle musste Emilia lachen. Ihre Mutter hatte einfach noch immer nicht verstanden, dass sie als Immobilienmaklerin sehr viel besser verdiente als sie selbst jemals zuvor und somit finanziell längst auf eigenen Beinen stand. Auf sehr zuverlässigen Beinen. Für ihre Mutter war sie noch immer das kleine Mädchen, dem man zusätzlich zum Taschengeld noch ein paar Extra-Euros für Sonderwünsche zustecken musste.

»Mama, ich muss etwas wissen: Haben wir Verwandte in Baden-Württemberg? Irgendwo dort? Irgendeine Art von Verwandtschaft? Oder sagt dir vielleicht der Ort Edelsbrunn etwas? Oder der Name Gleißner?«

»Oh Kind, das sind aber viele Fragen auf einmal. Da muss ich erst einmal überlegen. Aber soweit ich weiß, haben wir in Baden-Württemberg keine Verwandten. Alle, die ich kenne, leben hier im Norden. Und die Namen Edelsbonn und Gleisen sagen mir überhaupt nichts.«

»Edelsbrunn und Gleißner.«

»Auch nicht.«

»Und da bist du dir ganz sicher? Kann es nicht vielleicht sein, dass Oma mal hier war? Oder Geschwister von Oma oder so?«

»Also Schatz, die Eltern deines Vaters waren so verliebt in ihre Dünen, die sind ja nicht einmal zum Urlaub von hier weggefahren. Und über die Herkunft meiner Mutter weiß ich leider gar nichts.«

»Was? Wie kann denn das sein?«

»Na, Mutter, also Oma, war soweit ich weiß, eine Kriegswaise. Sie ist als Kind im Zweiten Weltkrieg hier von einer Familie aufgenommen worden, die selbst keine Kinder hatte, aber trotz des Krieges die Möglichkeit, ein Kind zu versorgen. Bei denen ist sie dann aufgewachsen. Ich habe sie mal auf einem Foto gesehen und nachgefragt. Aber Mutter hat dann ganz schrecklich zu weinen angefangen und daraufhin habe ich nicht weiter gebohrt. Weißt du, ich glaube, der Krieg hat bei diesen alten Menschen Wunden verursacht, dessen Narben man besser nicht mehr aufreißen sollte.«

Auf der einen Seite hatte Emilia vollstes Verständnis für das Verhalten ihrer Mutter, aber auf der anderen

Seite war sie über die spärliche Information schrecklich enttäuscht. Sie hatte gehofft, Antworten auf all die Fragen zu bekommen, die sie noch nicht einmal gestellt hatte, die dieses alte Foto aber zweifellos in ihr aufgeworfen hatte.

»Die Zieheltern von Oma sind aber nicht zufällig noch am Leben, oder?«, fragte Emilia mit einem plötzlichen Anflug von Hoffnung.

»Nein, mein Schatz, wo denkst du hin? Da müssten sie doch weit über hundert sein.«

Es entstand eine kurze Pause.

»Warum fragst du denn das überhaupt alles?«

»Oh Mama, das ist eine verdammt lange Geschichte.«

»Ich habe Zeit, mein Schatz.«

Emilia überlegte einen Moment. Sollte sie ihrer Mutter von der Frau auf dem Bild erzählen, die ihr selbst zum Verwechseln ähnlich sah? Aber dann würde sie ihr auch erzählen müssen, was sie gerade tat und das würde zu der Frage führen, wo sie gerade war und ehe sie sich versehen würde, würde sie sich in ein Netz aus Ausflüchten und Entschuldigungen verstricken, für das sie einfach noch nicht bereit war.

»Ich erzähle es dir ein anderes Mal, Mama, okay?«

»Okay, mein Schatz.«

Wieder war Emilia mehr als überrascht über das schlichte Verständnis.

»Wann kommst du nach Hause, Emilia?«

»Ich weiß es nicht.«

»Pass auf dich auf, mein Schatz. Du weißt, du kannst jederzeit kommen, wann auch immer du bereit bist. Ich bin für dich da.«

»Danke, Mama. Mach's gut. Ich hab dich lieb.«

»Ich hab dich auch lieb, mein Kind.«

Nun schossen Emilia doch noch Tränen in die Augen, aber nicht aus Reue. Trotz ihrer achtundzwanzig Jahre liebte und vermisste sie ihre Mutter wie ein kleines Mädchen. Vielleicht lag ihre plötzliche Gefühlswallung auch daran, dass diese so verständnisvoll reagiert hatte. Emilia wurde von einem tiefen Gefühl der Liebe für diese Frau ergriffen, die ihr anscheinend alles verzeihen würde. Jederzeit.

Erschöpft setzte sie sich ins Gras und schlug die Hände vors Gesicht. Die ganze Situation war einfach zum Heulen. Sie wollte nicht weinen. Sie wollte ihr neues Leben genießen. Eine Powerfrau sein, die alle bewunderten und die im Handumdrehen das Unmögliche möglich machen und eine alte Villa verkaufen würde, die alle Menschen im Ort für ein Spukhaus hielten.

Wie konnte sie sich nur von einem einzigen Foto derart aus der Fassung bringen lassen? Vielleicht war es ja auch bloß ein dummer Zufall. Irgendwann hatte sie einmal gehört, dass es immer zwei Menschen auf der Welt gab, die sich zum Verwechseln ähnlich sahen. Und schließlich gab es ja sogar Menschen, die ihre Ähnlichkeit mit Promis zum Beruf machten. Doubles. Richtig. Vielleicht war sie einfach nur ein zufälliges Double der Frau auf dem Foto, das jemand in dieser seltsamen Villa im Keller verstaut hatte.

Warum überhaupt im Keller? Ein Geistesblitz durchfuhr ihre Gedanken. Das war es, was ihr schon die ganze Zeit so eigenartig vorgekommen war! Normalerweise standen in einem Haus, das verkauft werden sollte und das noch nicht ausgeräumt war, massenweise Fotos herum. Schnappschüsse und gestellte Bilder gleichermaßen, die jedem Eindringling sofort unmissverständlich zeigten, wem dieses Haus gehörte, wer dort lebte. Nicht so aber in der Villa Gleißner. Hier stand kein einziges Foto, auf dem die Familienangehörigen zu sehen waren. Hätte Emilia ein Bild von sich auf die hübsche Kommode im Flur gestellt, hätte sie bestimmt glaubhaft machen können, es sei ihr Haus. Deshalb hatte sie sich vielleicht auch auf einmal so zu Hause gefühlt. Weil niemand auf das Haus einen Besitzanspruch zu erheben schien. Weil es jeden anzunehmen schien, der eintrat.

»Lieferservice!«

Emilia kannte die Stimme, konnte sie aber im ersten Moment vor Verwirrung überhaupt nicht richtig einordnen. Erst als er wie ein Prinz ohne Pferd um die Ecke bog, erkannte sie Tom. Mit der rechten Hand transportierte er eine große Thermobox, während die linke lässig an der Seite seines Körpers schlenkerte. Suchend sah er sich um. Emilia hätte ganz einfach *hier* rufen können, doch sie war derart fasziniert von seiner Erscheinung, dass sie einfach nur dabei zusah, wie er den adretten Kiesweg entlangging, der zum Haus führte.

Genau genommen machte sie sich sogar mit Absicht noch etwas kleiner und beobachtete den unerwarteten Besucher vollkommen regungslos. Wie bereits am Vortag trug er Jeans und ein weißes kurzärmeliges Hemd, was einen leuchtenden Kontrast zu seiner gebräunten Haut bildete. Das gleißende Sonnenlicht zauberte wilde Farbreflexe in sein braunes Haar und verlieh ihm einen wunderbaren Schimmer. Im Gegensatz zu gestern hatte Emilia nun endlich auch die Gelegenheit, ihren Blick über seinen gut gebauten Körper gleiten zu lassen. Er sah nicht nur überhaupt nicht aus wie ein Kneipenwirt, sondern hätte gut und gerne auch als Laufstegmodel durchgehen können, stellte sie lächelnd fest. Was für eine Verschwendung, einen so hübschen Mann hinter der Theke eines alten Gasthauses zu verstecken.

In diesem Moment ging Tom die Stufen zur Haustür der Villa hinauf, woraufhin Emilia beeindruckt feststellte, dass auch seine Heckansicht nicht zu verachten war. Der knackige Hintern war in der lockeren Jeans nur zu erahnen, jedoch war das Hemd so hervorragend geschnitten, dass es die schlanke Taille und die breiten Schultern hervorragend zur Geltung brachte. *Schultern, an die man sich gerne anlehnen möchte*, dachte Emilia schmachtend. Insgesamt kam ihr die gesamte Situation seltsam unwirklich vor. Als sähe sie einen Film, bei dem sie heimlich für den Hauptdarsteller schwärmte.

Sie beobachtete, wie Tom zuerst klingelte und ungefähr zwei Minuten abwartete. *Was für ein geduldiger Mann*, dachte sie sofort. Anschließend streckte er seinen Kopf durch die offen stehende Haustür, die sie bei ihrer panikartigen Flucht nicht geschlossen hatte.

»Hallo?«, rief er in die Stille des Hauses hinein.

Keine Antwort. Natürlich nicht, denn sie saß ja hier draußen im Garten und gab noch immer kein Lebenszeichen von sich. Erneut hörte sie ihn rufen. Dann erkannte sie, wie er leicht mit den Achseln zuckte und irgendetwas murmelte, das sie nicht verstehen konnte. Dabei drehte er sich um und stieg die Stufen wieder hinunter, die Thermobox ließ er vor der Tür stehen.

»Ich bin hier!«, rief Emilia nun endlich und hob leicht die Hand.

Ein Strahlen zeigte sich auf seinem Gesicht, als er die winkende Gestalt im Gras erkannte. Lächelnd erwiderte er die Geste, drehte sich dann um, stieg die Stufen wieder hinauf, holte die Thermobox und kam lächelnd auf sie zu.

»Lieferservice«, sagte er strahlend, während er mit der freien Hand auf die Box deutete.

»Aber ich habe doch gar nichts bestellt.«

»Service ...«

»... des Hauses, ich weiß schon«, vollendete sie lachend seinen Satz und war erstaunt darüber, wie schnell Tom es geschafft hatte, sie mit seiner bloßen Anwesenheit zum Lachen zu bringen, nachdem sie sich bis eben noch wie ein Häufchen Elend gefühlt hatte.

»Was gibt es denn?«, fragte sie neugierig, obwohl sie es aufgrund des verführerischen Dufts aus der Thermobox bereits ahnte.

»Pizza«, bestätigte er grinsend. »Ich war mir nicht sicher, ob und wann du essen möchtest und Pizza ist eines der wenigen Gerichte, das auch kalt super schmeckt, wenn du mich fragst.«

»Du hast ja keine Ahnung!«, lachte sie laut auf. »Pizza ist mein absolutes Leibgericht. Schon von Kindheit an. Als ich von zu Hause ausgezogen bin, habe ich mich erst einmal drei Wochen lang ausschließlich von Pizza ernährt, einfach nur, weil ich es konnte und keine Mutter mehr da war, die es mir verbieten konnte.«

»Oh, wow! Und dann hängt sie dir noch nicht zum Hals heraus?«

»Ach was. Pizza ist schließlich nicht nur das leckerste, sondern auch das abwechslungsreichste Gericht, das es gibt. Pizza kann man mit allem belegen. Sogar mit Schokolade.«

»Igitt. Ich habe von diesem neuen Trend gehört, aber allein der Gedanke daran lässt mich würgen.«

»Na dann nehme ich mal an, dass auf dieser hier keine Schokolade ist?« Lachend deutete Emilia auf die Thermobox.

»Nein, keineswegs.« Tom öffnete den Deckel und sofort strömte ein überwältigender Duft daraus hervor, der Emilia das Wasser im Munde zusammenlaufen ließ. Währenddessen zauberte Tom drei Schachteln hervor.

»Da ich nicht wusste, was du so magst, habe ich mal drei Varianten gemacht: einmal mit Gemüse - rein vegetarisch. Einmal mit Schinken und Salami und einmal mit Meeresfrüchten, etwas extravaganter.«

»Perfekt«, freute sich Emilia und klatschte in die Hände wie ein kleines Kind, das gerade sein lang ersehntes Geschenk zu Weihnachten bekommen hatte. »Ich mag alle drei. Außerdem ist das Allerbeste an Pizza ja, dass man die Beläge auch von einer auf die andere ziehen kann. Vielen lieben Dank.«

»Okay, wenn du jetzt alle drei Pizzen verdrückst, bin ich echt beeindruckt.« Tom machte ein ernstes Gesicht, doch ein glucksendes Lachen konnte er dann doch nicht unterdrücken.

»Also, ich finde ja allein die Tatsache, dass mir der Chef meiner Unterkunft persönlich das Essen an meinem Arbeitsplatz bringt, in höchstem Maße beeindruckend. Wie komme ich überhaupt zu der Ehre?«

»Iss erst mal«, forderte er sie auf und reichte ihr ein vorgeschnittenes Stück auf einem kleinen Pappteller. Versuchte er etwa auszuweichen? Emilia biss herzhaft in das Pizzastück und war sofort hin und weg.

»Das schmeckt unglaublich«, lobte sie mit vollem Mund.

»Danke, das freut mich sehr.«

»Aber es genügt nicht, um von meiner Frage abzulenken«, grinste sie. »Warum bringst du mir das Essen vorbei? Das gehört doch nicht wirklich zum Service des Hauses. Musst du nicht arbeiten?«

»Mittwochs habe ich eine wunderbare Aushilfe. Die kommt schon mal eine Stunde allein klar.«

»Keine ausreichende Antwort auf meine Frage«, kommentierte Emilia sachlich, bevor sie erneut in die leckere Pizza biss. Sie kaute genüsslich, doch Tom schien die Worte, die er sagen wollte, nicht zu finden. Etwas verlegen blickte er auf das Gras und spielte mit einem Gänseblümchen, das er beiläufig abgezupft hatte.

»Du bist neugierig auf die Villa, gib's zu«, forderte Emilia.

»Ertappt«, gestand er und grinste. »Na ja, nach den ganzen Geschichten, die Klaus und Josef gestern erzählt haben, war ich schon neugierig auf das Haus. Schließlich war ich noch nie hier. Und wenn die Villa erst verkauft ist, werde ich auch keine Gelegenheit mehr haben, mal einen Blick hineinzuwerfen. Also dachte ich ...«

»... du kommst mal vorbei und lässt dich von mir ein bisschen herumführen, aha. Das geht aber nicht.«

»Oh, ich möchte dich echt nicht von der Arbeit abhalten«, beschwichtigte er schnell. »Ich kann mich auch gerne allein umsehen, wenn du mich lässt. Das Haus wird schon nicht so groß sein, dass ich mich darin verlaufe. Und ich bin auch ganz leise, versprochen. Du wirst gar nicht bemerken, dass ich da bin.«

Der Eifer, mit dem er Emilia zu überzeugen versuchte, verriet das wahre Ausmaß seiner Neugierde. Unwillkürlich musste sie schmunzeln. »Ach, dann war die Pizza also gar keine freundliche Geste, sondern nur ein Mittel der Bestechung, oder was?«, fragte sie gespielt beleidigt.

»Sozusagen«, gab er achselzuckend zu. »Aber immerhin hast du schon eine halbe davon verputzt. Eine Gegenleistung wäre also nur fair.«

Emilia lachte. »Raffiniert, raffiniert, mein Lieber.«

Sie zögerte einen Moment. Dann wurde sie plötzlich ernst. »Ich würde dich ja gern im Haus herumführen, aber das geht nicht.«

»Oh.« Die Enttäuschung stand ihm förmlich ins Gesicht geschrieben. »Na ja, da kann man wohl nichts machen.«

»Nein, ich meine, ich kann dich im Augenblick nicht herumführen, weil ich dieses Haus erst einmal nicht mehr betreten werde.«

Erstaunt hob er die Augenbrauen. »Warum das denn?«

»Weil es dort spukt.«

Im ersten Moment dachte Tom, dass sie sich wieder einen Scherz mit ihm erlaubte, doch sie blieb für ihre Verhältnisse ungewöhnlich ernst. Zwar kannte er Emilia noch nicht einmal seit vierundzwanzig Stunden, doch die meiste Zeit, in der er sie gesehen hatte, hatte sie gelächelt oder sogar gelacht. Die plötzliche Ernsthaftigkeit passte überhaupt nicht zu ihr.

»Ach komm schon, du nimmst mich auf den Arm.«

Er erwartete, dass sie jetzt lachen und den Streich auflösen würde, doch nichts dergleichen geschah. Stattdessen sah sie ihm fest in die Augen. »Wirklich, Tom. Irgendetwas geht dort nicht mit rechten Dingen zu.« Bei ihren eigenen Worten lief ihr ein kalter Schauer den Rücken hinunter, so, als würden ihre Worte in dem Moment wahr, als sie sie aussprach. »Ich glaube, in einem der Kinderzimmer hat mir ein Geist seinen eisigen Atem in den Nacken gehaucht. Und im Keller liegt ein Foto von einer Frau, die genauso aussieht wie ich.«

»Emilia, das ist doch nicht dein Ernst!« Tom schien sich unsicher zu sein, ob es angebracht war, in dieser Situation laut aufzulachen, obwohl er es sichtlich gerne getan hätte.

»Zugegeben, der Geisteratem könnte auch der Luftzug aus einem gekippten Fenster gewesen sein«, gestand Emilia. »Aber das mit dem Foto stimmt wirklich. Du kannst gern in den Keller gehen und es dir anschauen. Ich gehe da erst einmal nicht mehr rein.«

Im gleichen Moment, in dem sie es aussprach, wurde ihr bewusst, wie sehr ihr die Entdeckung tatsächlich Angst eingejagt hatte. Es war nicht nur ein kurzer Schreck gewesen, der sich mit der Flucht aus der Villa erledigt hatte. Es war ein Schock, der ihr durch Mark und Bein gegangen war und sich in ihrem Inneren festgebissen hatte wie eine Zecke.

»Meinst du das ernst?«

»Absolut.«

Tom überlegte einen Moment. »Also gut, wenn du mir sagst, wie ich in den Keller komme und dieses gruselige Foto finde, dann hole ich es.«

Sie erklärte ihm kurz, wo dieser sich befand und sah ihm dann schmachtend hinterher, während er mit seinem endlos attraktiven und leicht wippenden Gang die Stufen zur Villa hinaufging.

»Warte!«

Sofort drehte sich Tom um und sah sie fragend an.

Emilia sprang auf und rannte zu ihm. »Ich komme doch mit. Schließlich glaube ich nicht an Gespenster.«

Sie lächelte wenig überzeugend und war froh, dass Tom ihre Meinungsänderung nicht weiter kommentierte, sondern ihr mit einer Geste den Vortritt überließ. Höflich knickste sie wie in einem der alten Filme, zu denen sie so gerne abends vor dem Fernseher eine Schachtel Pralinen verdrückte und trat wieder in den Eingangsbereich der Villa.

Es hatte sich rein gar nichts verändert. Wie die bisherigen Male auch fühlte sich das Haus seltsam vertraut an – als würde sie bereits selbst seit Jahren darin wohnen.

Wie um sich zu vergewissern, dass auch Tom keinen Rückzieher gemacht hatte, drehte sie sich um und lächelte ihn strahlend an, als er ihr direkt in die Augen sah. Dann lief sie entschlossen zur Kellertreppe. Als sie in die Tiefe hinunterblickte, schien sie der Mut jedoch schlagartig zu verlassen. Zögernd stand sie auf der obersten Stufe und konnte sich nicht überwinden, den ersten Schritt nach unten zu machen. Plötzlich spürte sie eine sanfte Berührung an ihrer Hand. Mit einem Seitenblick stellte sie fest, dass es Toms war, mit der er vorsichtig nach der ihren gegriffen hatte. Sie fühlte sich warm und kräftig an. Zudem war sie so groß, dass Emilias kleine Hand fast vollständig in ihr verschwand. Obwohl sie noch vor wenigen Sekunden die Mutige gegeben hatte, war sie dankbar, dass er gespürt zu haben schien, dass es mit ihrer Tapferkeit nicht allzu weit her war. Dennoch machte er sich nicht im Geringsten lustig über sie und das rechnete sie ihm hoch an.

Hand in Hand schritten sie gemeinsam die vielen Stufen hinab in die Tiefe. Auf eine eigenartige Weise fühlte es sich richtig an. Angenehm vertraut und sicher. Das Gefühl der Geborgenheit, das diese einfache Berührung in ihr auslöste, war genau das, was sie in den vergangenen Jahren so vermisst hatte. Eine Zufriedenheit, als ob alles in Ordnung wäre. Auch wenn sie sich noch nicht sicher war, was für seltsame Gefühle das waren, die in ihr tobten und die in jedem Augenblick, den sie mit Tom verbrachte, intensiver zu werden schienen, spürte sie, dass es ihr guttat. Es war wie Balsam auf ihr Herz, in das ihr eigenes Handeln erst vor wenigen Tagen so tiefe Wunden gerissen hatte.

»Sind das die Fotos?« Fragend deutete Tom auf die vielen Bilder, die noch immer verstreut auf dem Boden lagen.

Emilia nickte und machte sich dann daran, eines nach dem anderen aufzuheben, ohne sie dabei allerdings genauer anzusehen. Zu sehr fürchtete sie, darauf etwas zu sehen, was noch schlimmer wäre als das Bild ihrer Doppelgängerin am Seerosenteich. Auch Tom hatte sich gebückt und half, die einzelnen Bilder aufzusammeln. Für einen Moment war Emilia einfach nur fasziniert davon, mit welcher Vorsicht er nahezu zärtlich die alten Fotos aufhob und in den Händen hielt.

»Das ist ja nicht zu glauben!«

Er hatte es gefunden. Mit ungläubigem Blick hielt er das Bild vor sein Gesicht und schielte an dessen Rand vorbei auf Emilia. Diese grinste verlegen.

»Also die Frau auf dem Bild sieht zwar hundertmal entspannter aus als du gerade, aber ihr habt eindeutig dasselbe Gesicht.«

»Das gleiche«, korrigierte Emilia. »Unsere Gesichter sehen gleich aus, aber es handelt sich nicht um eines, das wir uns teilen«, erklärte sie ihren Einwand.

»Oh entschuldigen Sie bitte, Frau Lehrerin, dann habt ihr eben das *gleiche* Gesicht.«

»Was glaubst du, wer das ist?«, fragte sie so sachlich wie möglich.

»Ich nehme mal stark an, diese Frau Gleißner oder meinst du nicht?«

Emilia nickte zögerlich. »Das würde allerdings erklären, warum die alte Hannelore gestern so panisch vor mir weggerannt ist.«

»Hannelore?«

»Ja, so eine ältere Frau.«

»Ja, ja, ich kenne Hannelore. Sie ist eine der – na ja, sagen wir mal Freundinnen von Josef, dem alten Schwerenöter. Sie ist auch bereits über achtzig. Aber eigentlich ist sie nicht besonders schreckhaft. Er hat sie ein paarmal im Gasthaus dabei gehabt. Machte auf mich einen sehr patenten, fitten Eindruck. Und die ist vor dir weggelaufen?«

»Nicht gelaufen, gerannt! Als wäre ich der Teufel persönlich.« Nachdenklich nahm sie ihm das Foto aus den

Händen und betrachtete es eingehend. »Wenn sie allerdings schon so alt ist, dann könnte sie die Frau Gleißner von diesem Foto hier noch gekannt haben. In diesem Fall wäre es allerdings nicht weiter verwunderlich, dass sie so erschrocken ist. Sie muss ja gedacht haben, ich sei ein Gespenst. Wenn ich mich richtig erinnere, hat sie sogar irgendwas in dieser Richtung gemurmelt. Von wegen die Leute sollen sich in Sicherheit bringen, weil ich wieder da sei oder so etwas.«

»Krass.«

»Ja, wirklich krass. Stell dir vor, du bist achtzig Jahre alt und begegnest plötzlich einer Frau wieder, die gestorben ist, als du ein Kind warst. Das ist doch ...«

»Spooky?«

Emilia kicherte. »Ja, vielleicht ist das genau der perfekte Begriff dafür.«

Eine Weile lang starrte Emilia schweigend auf das Bild in ihrer Hand, als könne sie dadurch eine Verbindung zu der Frau herstellen, die ihr entgegenlächelte wie ihr eigenes Spiegelbild. Als sie bemerkte, dass Tom sie anstarrte, sah sie auf.

»Findest du mich jetzt auch gruselig?«, fragte sie keck und war froh, dass der erste Schreck über diese seltsame Ähnlichkeit sich bereits gelegt hatte. »Nicht dass du auch gleich schreiend vor mir wegläufst.«

»Also ich finde dich viel, aber mit Sicherheit nicht gruselig.« Mit einem Lächeln, das sie nicht endgültig zu deuten vermochte, das Emilia aber irgendwie verführerisch vorkam, zwinkerte Tom ihr verschmitzt zu.

»Und *was* findet mich der Herr alles?«

Das Piepen seines Handys enthob ihn einer direkten Antwort. In gespielter Eile zog Tom es aus der Tasche und warf einen schnellen Blick darauf.

»Das würde ich dir gerne in allen Einzelheiten darlegen, aber ich muss jetzt leider dringend zurück ins Gasthaus.«

So ganz konnte Emilia sich des Eindrucks nicht erwehren, dass ihm die Nachricht sehr gelegen kam, um sich noch vor einer Antwort aus dem Staub zu machen, doch es ging ja auch nicht darum, ihn zur Rede zu stellen. Sie bemerkte lediglich, dass sie gegenüber diesem attraktiven Mann Gefühle zu entwickeln schien, die ihr selbst nicht ganz geheuer waren. Ein flapsiger Flirt war ihre Art, den Dingen ihre Bedrohlichkeit zu nehmen. Außerdem hätte es sie schlichtweg gefreut, aus seinem Munde das ein oder andere Kompliment zu hören. Im Gegensatz zu Josef und Klaus war Tom damit bisher äußerst sparsam gewesen, obwohl ihr seine Blicke verrieten, dass er auch nicht vollkommen uninteressiert an ihr sein konnte.

»Tut mir echt leid«, entschuldigte sich Tom. »Kann ich dich hier unten alleinlassen oder kommst du wieder mit hoch?«

»Ich bleibe«, entschied Emilia. »Falls das Gespenst der Frau auf dem Foto auftaucht, tue ich einfach so, als wäre ich ihr Spiegelbild und bringe sie damit aus dem Konzept.«

Tom lachte laut auf. »Ich glaube, du wärst die erste Person, die ein Gespenst zu Tode erschreckt.«

»Na, dann gäbe es wenigstens ein neues Tratschthema im Ort«, grinste Emilia frech.

Mit einem erneuten Blick auf sein Handy ging Tom ein paar Schritte rückwärts in Richtung Kellertreppe, so als fiele es ihm schwer, sich gänzlich von Emilia loszureißen.

»Geh schon, ich komm klar hier. Bin ja kein Baby mehr, sondern ein Geisterschreck.«

Es schien, als wolle er noch etwas sagen, doch die Worte blieben unausgesprochen, während Tom sich flüchtig winkend verabschiedete.

»Die Pizza lasse ich da. Ich hole die Thermobox morgen hier ab«, rief er noch, als er fast schon aus dem Haus war.

»Ich bringe sie heute Abend mit«, brüllte Emilia zurück, doch da keine Antwort kam, war sie sich nicht sicher, ob er es noch gehört hatte.

Seine Abwesenheit hinterließ eine plötzliche Leere, die sie unerwartet kalt erwischte. Eben noch war sie bester Laune gewesen – sicher, ihre Angst überwunden zu haben. Sie hatte sogar einen Scherz über die Frau auf dem Foto gemacht. Nun fühlte sich die Leere im Raum sofort wieder unheimlich an.

Emilia beschloss, dass sie ihre Aufmerksamkeit trotzdem weiter den Fotos widmen würde. Vielleicht würde die ganze Situation ihren Schrecken verlieren, wenn sie erkannte, dass es sich bei den Gleißners um eine ganz normale Familie handelte und sie einfach nur in einem alten, leeren Haus die Dokumente sichtete, so wie sie es bisher an die hundert Male in ihrer Karriere getan hatte.

Nachdenklich hob sie den Stapel mit den Fotos auf, den Tom bei seinem überstürzten Verabschiedungsmanöver zurück in den Karton gelegt hatte. Ein Bild nach dem anderen nahm sie in die Finger, betrachtete es eingehend und legte es dann neben den Karton. Auf diese Weise würde sie am wenigsten durcheinanderbringen.

Je mehr Bilder sie sich ansah, desto mehr verlor die ganze Situation ihren Schrecken. Es schien sich bei den Gleißners um eine ganz normale Familie zu handeln. Neben Hochzeitsbildern fanden sich verschiedene Schnappschüsse des frisch vermählten Paares im Garten oder in verschiedenen Räumen der Villa, die Emilia sofort wiedererkannte. Dabei stellte sie fest, dass das Wohnzimmer und die Bibliothek bis heute nahezu unverändert erhalten geblieben waren. Nicht einmal der Esstisch oder das Sofa standen an einer anderen Stelle. Ganz im Gegensatz zu den Zimmern im Obergeschoss. Zumindest ging sie davon aus, dass es sich bei dem Zimmer, das auf dem nächsten Foto abgebildet war, um eines jener Zimmer dort handelte. Sie erkannte das Fenster wieder, das sie am Morgen geschlossen hatte. Alles Übrige war jedoch nicht wiederzuerkennen. Die Wände waren mit Tapeten aus Rosenmuster beklebt. An der Wand stand eine hübsche Wiege. Eine Kommode und ein Schrank sowie ein kleines Regal vervollständigten das Inventar. Auf einem Schaukelstuhl saß ihre Doppelgängerin mit einem kleinen Baby im Arm. Um ihre Lippen spielte ein selbstvergessenes Lächeln. Sie sah glücklich aus. Ein besonderer Moment zwischen Mutter und Kind, eingefangen von einer Kamera für die Ewigkeit. Hätte sie dieses Bild zuerst gesehen, wäre sie lange nicht so sehr erschrocken gewesen wie über das Foto, auf dem ihr ihr eigenes Gesicht direkt in die Augen zu blicken schien.

Lächelnd legte Emilia das alte Bild zur Seite und betrachtete das nächste. Es zeigte dieselbe Frau, allerdings stehend, wieder mit einem Baby auf dem Arm. Zu ihren Füßen ein zuckersüßes Mädchen mit kleinen blonden Locken, das in die Kamera lächelte wie eine zu groß geratene Puppe. Aha. Frau Gleißner hatte also zwei Kinder gehabt. Eine von beiden musste Hanna Gleißner sein, die letzte Erbin, die der Stadt die Villa letztendlich vermacht hatte.

Das nächste Bild zeigte nahezu eine identische Situation, allerdings standen im Vordergrund nun zwei kleine Mädchen, die in ihren weißen Spitzenkleidchen nicht niedlicher hätten sein können. In ihren Armen hielt Frau Gleißner wieder ein Baby. Dann mussten es sogar drei Kinder gewesen sein. Oder vielleicht noch mehr?

Plötzlich stutzte Emilia und hob erstaunt die beiden vorherigen Bilder wieder auf. Das war ja seltsam. Während Frau Gleißner auf den ersten beiden Fotos liebevoll lächelte, wie man es auch von einer glücklichen jungen Mutter erwartete, blickte sie auf dem dritten Bild derart unglücklich auf das kleine Bündel in ihrem Arm, dass einem dieses fast leidtun konnte. Ihre Augen waren voller Besorgnis. Oder Mitleid. Oder war es Trauer? Irgendetwas schien mit dem kleinen Wesen nicht in Ordnung zu sein. War es vielleicht krank?

Erschrocken über ihren eigenen Gedanken führte Emilia das Bild etwas näher vor ihre Augen, doch es war nicht herauszufinden, was mit dem Baby nicht in Ordnung war. Seine Augen waren geschlossen, während in den Augen der Mutter bei genauem Hinsehen Tränen

glänzten, in denen sich das Licht des Fotografen spiegelte. Was hatte das zu bedeuten?

1940

Villa Gleißner

»Atmen, atmen, du musst atmen, Elfie. Halte durch, gleich hast du es geschafft.«

Elfie versuchte so tief Luft zu holen, wie es ihr kraftloser Körper noch erlaubte, doch ihre Lungen fühlten sich an, als würde ein Elefant auf ihrem Brustkorb sitzen. Seit fast vierundzwanzig Stunden kämpfte sie nun bereits mit der Geburt ihres dritten Kindes. Dabei hatte ihr die Hebamme versichert, es würde mit jedem Kind leichter werden. Allerdings hatte sie da auch noch nicht gewusst, dass sich ausgerechnet dieses Kind in der Beckenendlage positioniert hatte. Es war verkehrt herum. Wenn sie das rechtzeitig bemerkt hätten, hätten sie vielleicht noch ins Krankenhaus fahren können, um das Kind mit einem Kaiserschnitt zu holen. Doch nun war es eindeutig zu spät. Als eine neue Wehe kam, presste Elfie so fest sie konnte und stieß dabei einen schrillen Schrei aus, der sogar der erfahrenen Hebamme durch Mark und Bein ging. Doch dann konnte diese das Kind endlich sehen. Zumindest den winzigen Popo, der sich seinen schmerzvollen Weg in die Freiheit gebahnt hatte.

»Sehr gut gemacht!«, lobte die alte Hebamme erleichtert. »Einmal noch, Elfie, komm schon, gleich hast du dein Kind im Arm.«

Elfie hatte keine Ahnung, woher sie die Kraft nahm, mit der sie das kleine Menschlein endlich aus sich herauspresste. Das empörte Gebrüll, mit dem sich das Neugeborene sofort zu Wort meldete, ließ sie im nächsten Moment alle Anstrengung vergessen.

»Mein Kind. Bitte gib mir meinen Sohn«, strahlte sie und streckte ihre kraftlosen Arme nach dem nackten Winzling aus. Sofort legte die Hebamme ihr das Kind, das sie in ein warmes Handtuch eingeschlagen hatte, an die Brust, wo es gierig zu saugen begann.

»Wir werden ihn Heinz nennen. Nach seinem Vater«, lächelte Elfie und sah die Hebamme strahlend an. Diese schlug die Augen nieder. Auch ohne, dass sie ein Wort sagte, wusste Elfie sofort, dass etwas nicht in Ordnung war.

Ihre Frage kam leise, fast tonlos. »Es ist doch ein Junge, oder?« Worte, die wie ein Hauch durch den Raum schwebten und sich irgendwo in der Luft verflüchtigten. Die alte Hebamme schüttelte schweigend den Kopf. Sie wusste, wie sehr sich die Gleißners einen Jungen gewünscht hatten. Sie hatte mehrfach mitbekommen, wie Heinrich Gleißner einen solchen Druck auf seine Frau ausgeübt hatte, dass diese während der gesamten Schwangerschaft gar keinen anderen Gedanken mehr zugelassen hatte, als dass sie einen Jungen zur Welt bringen würde. Obwohl die alte Hebamme genau wusste, dass Wünsche nicht genügten, um das Geschlecht eines Kindes zu beeinflussen, brach es ihr nun fast das Herz, Frau Gleißner derart enttäuschen zu müssen.

»Es ist ein sehr süßes und vor allem gesundes kleines Mädchen«, bestätigte sie die Befürchtungen der frischgebackenen Mutter.

Elfie wusste genau, dass ein gesundes Kind keine Selbstverständlichkeit war. Dass sie sich freuen sollte, diese schwierige Geburt überhaupt überlebt zu haben. Trotzdem konnte sie nicht verhindern, dass ihr heiße Tränen der Enttäuschung in die Augen schossen.

»Wie soll ich das nur Heinrich erklären?«, fragte sie mehr sich selbst als die liebevolle Hebamme, deren Blick zärtlich auf ihr und dem Kind ruhte.

»Wenn er diesen kleinen Schatz erst sieht, wird er so verzaubert sein, dass er nicht mehr nach einem Sohn fragt«, versuchte diese zu trösten.

Elfie schätzte den Versuch, doch sie wusste, dass es Unsinn war. Natürlich würde Heinrich nach einem Sohn fragen. Und sie mochte sich nicht ausmalen, wie er reagieren würde, wenn sie ihm erneut eine Tochter präsentierte. Obwohl diese zweifellos außergewöhnlich hübsch war.

In diesem Moment klopfte es eindringlich an der Tür.

»Da ist er.«

»Soll ich ihn noch warten lassen? Ich kann mir einen glaubwürdigen Grund ausdenken, warum er das Zimmer noch nicht betreten darf.«

Mit einem dankbaren Blick bedachte Elfie die Frau, die ihr so viel Gutes getan hatte. »Nein. Das ist wirklich sehr gut gemeint, aber früher oder später muss er es ohnehin erfahren.«

Die Hebamme ging zur Tür, um Heinrich hereinzubitten. Kurz bevor sie die Tür erreichte, drehte sie sich noch einmal zu Elfie um und vergewisserte sich, dass diese sich nicht doch noch anders entschieden hatte. Diese nickte ängstlich.

Langsam, als könne sie damit das hereinbrechende Unglück verhindern, öffnete die Hebamme die Tür. Heinrich stürmte sofort hindurch, an das Bett seiner Frau, die den kleinen Säugling fest an sich gepresst hielt.

»Mein Sohn?«, fragte Heinrich mit einem Glanz in den Augen, der verriet, dass er innerlich schon damit begonnen hatte zu triumphieren.

Elfie schüttelte den Kopf. »Ich möchte sie Lea nennen.« Mit Absicht ließ sie ihren zärtlichen Blick auf ihrer neugeborenen Tochter ruhen. Sie wagte es nicht, ihrem Mann in die Augen zu sehen.

Heinrichs Gesichtszüge versteinerten. »Lass uns bitte allein.« Seine schroffe Aufforderung galt der Hebamme, die etwas betreten an der Tür stand. Nun zögerte sie, als habe sie Angst, Elfie mit ihrem Gatten allein zu lassen. Doch sie wusste, dass sie nicht das Recht hatte, sich über Anweisungen des Hausherrn hinwegzusetzen. Das Kind war gesund auf die Welt gekommen. Ihm und seiner Mutter ging es gut. Ihre Arbeit war getan.

»Dein Lohn liegt auf dem Küchentisch bereit, du kannst ihn dir nehmen, bevor du gehst«, fügte Heinrich kalt hinzu, der das Zögern missverstand.

Einen Augenblick lang überlegte die erfahrene Hebamme, ob sie etwas zu der Situation sagen sollte, doch dann entschied sie, dass es besser war, sich leise zu verabschieden. Sich in die Privatangelegenheiten anderer Leute einzumischen, insbesondere, wenn sie reich und gesellschaftlich angesehen waren wie die Gleißners, konnte sie in große Schwierigkeiten bringen. Im Dorf wurde schon seit längerem gemunkelt, dass Herr Gleißner eine besondere Beziehung zu Joseph Goebbels habe. Sicher wusste sie das natürlich nicht und es ging sie ja im Grunde auch überhaupt nichts an, doch in der aktuellen Zeit war sie generell eher vorsichtig damit, was sie sagte oder sogar dachte.

»Alles Gute, Elfie«, sagte sie leise, bevor sie flüchtig die Hand zum Abschied hob und leise das Zimmer verließ.

Elfie reagierte nicht. Noch immer hielt sie den Blick auf den kleinen Säugling in ihren Armen gerichtet, als könne dieser ihr Halt geben. Das kleine Mädchen, das Heinrich nicht haben wollte. Eine tiefe Liebe zu dem Kind in ihrem Arm ergriff sie, die ihr unaufhaltsam die Tränen in die Augen trieb. Sollte Heinrich das kleine Mädchen ruhig hassen. Sie würde es nur umso mehr lieben.

»Was soll das, Elfie?«

Heinrich war nähergetreten und stand nun am Fußende ihres Bettes. Wie eine Statue ragte er vor ihr auf, steif und mit versteinerter Miene. Lediglich in seinen Augen zeichnete sich tiefe Verachtung ab. Elfie wagte es nicht, zu sprechen.

»Ich habe dir eine Frage gestellt«, donnerte Heinrich.

»Ich habe die Frage nicht verstanden«, antwortete Elfie leise.

»Was das soll, möchte ich wissen!«

»Aber was meinst du denn, Heinrich?«

»Warum du mir schon wieder eine Tochter unterjubeln willst, will ich wissen. Willst du mir keinen Sohn schenken? Was ist denn los mit dir, Elfie? Du weißt doch genau, dass ich einen Sohn brauche. Ich habe es dir nach der Geburt des letzten Mädchens klar und deutlich gesagt. Also: Was soll das, Elfie?«

Nun hob sie die Augen und sah ihren Ehemann verständnislos an. Wie meinte er das nur? Es war doch nicht ihre Schuld, dass sie nur Mädchen zur Welt brachte.

»Aber Heinrich, ich kann doch nichts dafür«, verteidigte sie sich weinerlich, als sie endlich begriff, dass er sie tatsächlich für das Geschlecht des Kindes verantwortlich machte. »Ich kann doch nicht beeinflussen, ob das Kind ein Mädchen oder ein Junge wird. Glaub mir, ich hätte mir auch lieber einen Sohn gewünscht. Und es wäre mir die größte Freude gewesen, dir einen Stammhalter zu gebären. Aber es ist nun einmal ein Mädchen. Ich kann es nicht ändern, Heinrich.«

»Ich lasse mich von dir nicht zum Narren halten!« Nun schrie Heinrich regelrecht, sodass die kleine Lea erschrocken zu weinen begann. Schnell drückte Elfie das Neugeborene fest an sich und wiegte es, während sie beruhigende Laute von sich gab. Doch Heinrich schien egal zu sein, was er mit seinem Gebrüll auslöste. Im Gegenteil: Er polterte nur noch lauter, um das zarte Geschrei des kleinen Geschöpfes zu übertönen.

»Nur weil ihr Frauen die Kinder bekommt, denkt ihr, ihr hättet Macht über uns Männer!«, schrie er und sein Gesicht nahm eine dunkelrote Färbung an.

Erschrocken duckte sich Elfie in dem großen Bett, wobei ihr zugleich bewusst wurde, dass sie nirgendwohin fliehen könnte. Sie war nach dieser Geburt ja noch nicht einmal in der Lage, aufzustehen. Überrascht fragte sie sich, warum ihr überhaupt der Gedanke kam, eventuell fliehen zu müssen. Doch bei dem lauten

Brüllen Heinrichs, zu dem er erneut anhob, erübrigte sich die Antwort. Zum ersten Mal machte ihr das Auftreten ihres Ehemannes Angst.

»Ihr habt keine Macht über uns. Du hast keine Macht über mich, Elfie!«

Woher hatte er diesen Unsinn nur?

»Wenn ich dir befehle, mir einen Sohn zu gebären, dann wirst du das tun, hast du mich verstanden? Dies ist die letzte Tochter, die ich dir durchgehen lasse. Jetzt ist Schluss mit diesen Mätzchen.«

»Aber Heinrich, ich kann doch nicht beeinflussen ...«

»Doch, du kannst!«, unterbrach er sie, noch immer schreiend vor Wut. »Ich weiß genau, dass du es kannst, lüg mich nicht an, Elfie. Für Hanna hatte ich Verständnis. Dass eine Frau eine Tochter haben will, mit der sie über Kleider und Frisuren und all diesen Blödsinn quatschen kann, das konnte ich verstehen. Dennoch hätte es nicht geschadet, wenn du mir zuerst meinen Sohn geschenkt hättest. Aber über diesen Egoismus deinerseits habe ich wohlwollend hinweggesehen. Weil ich dich liebe, Elfie. Aus Liebe habe ich auch die zweite Tochter akzeptiert.«

»Valentina«, murmelte Elfie.

»Aber mir zum dritten Mal ein Mädchen zu gebären, nachdem du ganz genau wusstest, wie sehr ich einen Sohn brauche, das ist wirklich eine Frechheit, Elfie, und das kann ich so nicht mehr akzeptieren.«

»Aber Heinrich, ich kann doch nicht ...« Vor Verzweiflung begann Elfie laut zu schluchzen. Er konnte doch nicht ernsthaft denken, sie gebäre Töchter, um ihn zu ärgern.

»Halt den Mund!«, brüllte Heinrich. »Ich weiß, dass du mir einen Sohn gebären kannst, wenn du willst. Und du wirst es tun. Du wirst mir einen Sohn schenken. Du wirst mir keine Tochter mehr aufhalsen, das garantiere ich dir.«

Elfie fühlte sich, als sei sie mit einem Mal zu einer der Figuren in den dramatischen Romanen geworden, die sie bis vor ein paar Jahren so gerne gelesen hatte. Das konnte doch nicht real sein. Was verlangte Heinrich da nur von ihr?

»Und wenn das nächste Kind doch wieder ein Mädchen wird?«, fragte sie leise und drückte die kleine Lea so fest sie konnte an sich, als müsse sie sie vor der Antwort beschützen, die sie eben eingefordert hatte.

»Das wird es nicht«, antwortete Heinrich fest. »Ich warne dich, Elfie. Ich werde kein weiteres Mädchen dulden. Solltest du noch einmal ein Mädchen auf die Welt bringen, so werde ich es töten, das schwöre ich dir, so wahr ich hier stehe.«

Es dauerte eine ganze Weile, bis Elfie die Fassung zurückgewann.

»Aber Heinrich, das kann doch nicht dein Ernst sein.«

»Doch, Elfie, das ist mein Ernst. Jedes weitere Mädchen, das du auf die Welt bringst, werde ich eigenhändig töten. So lange, bis du mir einen Sohn schenkst, hast du mich verstanden?«

»Aber Heinrich ...«

»Ob du mich verstanden hast!«, brüllte Heinrich, inzwischen derart außer sich, dass die Ader an seinem Hals unnatürlich anschwoll und sein Gesicht vor Zorn puterrot wurde.

Elfie nickte.

»Ich höre dich nicht!«, schrie Heinrich.

»Ja. Ich habe verstanden.«

Das hatte sie. Den Inhalt seiner Worte hatte sie durchaus verstanden. Nur lag es ihr fern, zu begreifen, was gerade geschehen war. Als sei sie ein Geist außerhalb ihres eigenen Körpers, nahm sie wie durch einen Nebelschleier wahr, wie Heinrich zufrieden nickte und anschließend den Raum verließ, ohne sie oder die neugeborene Tochter auch nur noch eines Blickes zu würdigen.

Als er die Tür hinter sich schloss, spürte Elfie, wie eine kalte Verzweiflung in ihr aufstieg. Wie hatte das nur geschehen können? Wie hatte sich der Mann, der sie geliebt, sie auf Händen getragen und ihr jeden Wunsch von den Augen abgelesen hatte, zu solch einem Tyrannen entwickeln können? Was ging nur in ihm vor? Glaubte er auch nur ein einziges Wort von dem, was er da eben gesagt hatte? Das war nicht nur absolut schrecklich, es war geradezu absurd. Sie konnte einfach nicht glauben, dass das eben geschehen war. Doch im selben Augenblick wurde ihr bewusst, dass es nicht darauf ankam, was sie glaubte, sondern einzig darauf, was *er* glaubte. Offensichtlich war er restlos davon überzeugt, dass sie das Geschlecht des Kindes selbst bestimmen konnte. Wahrscheinlich hatten ihn die Männer von dem seltsamen Stammtisch, den er seit ein paar Wochen besuchte, auf diese Idee gebracht. Seit er einmal die Woche dort hinging, hatte er sich verändert. Schleichend, so, dass sie es zunächst gar nicht richtig bemerkt hatte. Erst neulich war ihr aufgefallen, dass er jedes Mal, wenn er bei diesem Stammtisch gewesen war, plötzlich neue Parolen mit nach Hause brachte.

Parolen, die sie nie von ihm zu hören für möglich gehalten hätte und die sie im tiefsten Inneren erschütterten. Zu Anfang hatte sie geglaubt, er würde nur scherzen, so absurd waren die Worte, die er da von sich gegeben hatte. Es hatte damit begonnen, dass er auf einmal von Übermenschen gesprochen hatte. Von der Überlegenheit der Deutschen über andere Völker oder so. So genau hatte sie gar nicht zugehört, weil sie eben dabei gewesen war, einen Streit zwischen Hanna und der kleinen Valentina zu schlichten. An einem anderen Abend hatte er dann erklärt, wenn man die Menschheit allgemein besser machen wolle, dann müsse man die Menschen, die von Natur aus Schwäche zeigten, nach und nach ausrotten. Als sie gefragt hatte, ob er das ernst meine - in der Hoffnung, er würde nur lachend abwinken - hatte er ihr doch tatsächlich einen kompletten Plan dargelegt, wie die schrittweise Vernichtung von körperlich und geistig behinderten Menschen vonstattengehen sollte. Man müsse ihre Fortpflanzung verhindern, hatte er erklärt, als spräche er über das Unkraut in ihrem Garten. Außerdem müsse man die *fehlerhaften Menschen*, wie er sich ausdrückte, rechtzeitig vernichten, damit die gesunde Gesellschaft sie nicht unnötigerweise mit durchfüttern müsse. Diese solle ihre Ressourcen lieber für solche aufwenden, die das Potenzial hätten, hochwertige Menschen zu werden. Elfie hatte geglaubt, sich verhört zu haben. Doch von Woche zu Woche waren seine Äußerungen extremer geworden. Schließlich begriff sie, dass sie den Zeitpunkt längst verpasst hatte, an dem sie ihm mit logischen Argumenten diesen Unsinn hätte ausreden können. Aber dass er nun so weit ging, sein eigenes Kind umbringen zu wollen, nur weil es seiner Meinung nach das falsche Geschlecht hatte, das war ein neues Ausmaß der Brutalität und Radikalität, das sie im tiefsten Inneren erschütterte. Dennoch zweifelte sie keine Sekunde lang daran, dass er seine Drohung ernst meinte. Er war inzwischen so verbohrt, dass sie ihn nicht davon würde überzeugen können, dass er sich irrte.

Verzweifelt vergrub sie ihr Gesicht im warmen, weichen Körper ihrer Tochter, die inzwischen friedlich eingeschlafen war, und begann bitterlich zu weinen. Zum ersten Mal in ihrem Leben wünschte sie sich, nie wieder schwanger zu werden.

2019

Emilia

Nachdenklich betrachtete Emilia das kleine Baby auf dem Arm von Frau Gleißner. Was war bloß mit ihm los? Der trauernde Blick, mit dem die Mutter den kleinen Säugling betrachtete, bereitete ihr Sorgen.

Liebevoll strich Emilia mit dem Finger über das alte Bild. Mitten in der Bewegung hielt sie erschrocken inne. Wie konnte sie sich nur dazu hinreißen lassen, solche Gefühle für die Familie zu entwickeln? Wie furchtbar unprofessionell. Das Schicksal dieser Menschen ging sie überhaupt nichts an. In privaten Fotos der Familie zu schnüffeln, war eigentlich auch gar nicht ihre Art, doch irgendwie hatte sie nicht anders gekonnt. Dabei war es für ihren Auftrag vollkommen egal, was geschehen war. Mit Hanna Gleißner war die letzte Angehörige der Familie verstorben, ihre Geschichte endete hier. Was ging es die Welt, was ging es Emilia an, was die Familie erlebt oder getan hatte? Nichts, rein gar nichts.

Ertappt legte sie das Foto zurück in die Kiste, obwohl sie es am liebsten behalten hätte. Das hätte sowieso niemand mitbekommen. In Familien, bei denen ein Erbberechtigter fehlte, wurden die privaten Unterlagen meistens vernichtet, in seltenen Fällen verkauft oder einem

Museum zur Verfügung gestellt - sollten sie wertvoll oder von öffentlichem Interesse sein. Auch diese Entscheidung oblag jedoch nicht ihr.

Einen kurzen Moment zögerte Emilia. Es war zu verführerisch, das Bild einfach einzustecken. Vermutlich wusste bisher niemand, dass die Kiste mit den Fotos überhaupt existierte. Emilia war seit Hanna Gleißners Tod die Erste, die die Villa besichtigte.

Nach einem kurzen, inneren Kampf widerstand sie der Versuchung und verschloss den Karton zur Sicherheit wieder. Dann entschied sie, dass es das Beste wäre, wenn sie zunächst einmal ins Immobilienbüro zurückgehen und alle bisherigen Notizen in einem ordentlichen Exposé zusammenfassen würde – zumindest in einem ersten groben Entwurf. Bei der Größe dieses Hauses würde es noch eine ganze Weile dauern, bis sie in der Lage wäre, ein aussagekräftiges und vor allem auch in Details zutreffendes Exposé zu verfassen, das anspruchsvolle Käufer zu überzeugen vermochte. Aus ihrer alten Anstellung kannte sie sich sehr gut mit exklusiven Kunden aus. Schließlich hatten sie hauptsächlich Luxusimmobilien angeboten. Emilia wusste genau, worauf die Schönen und Reichen dieser Welt Wert legten. Als habe jemand in ihrem Kopf eine Play-Taste gedrückt, drängten plötzliche Erinnerungen in ihren Verstand. Erinnerungen an ihr altes Leben. An Maximilian. An das, was sie getan hatte. An ihre überstürzte Flucht.

Mit einem Stoßseufzer löste sie sich aus der Vergangenheit und lief die Kellertreppe hinauf. Sie war nicht besonders gut darin, Geschehenes ruhen zu lassen. Das zeigte ihr die eigene Geschichte, von der sie nach wie vor verfolgt wurde, ebenso wie ihr unbändiges Interesse an den Menschen, die in diesem Haus gelebt hatten. Seit sie die Kiste mit den Bildern entdeckt hatte, wurde sie die innere Unruhe nicht mehr los, die sie dazu antrieb, mehr über das Geschehen in der Villa Gleißner herauszufinden, auch wenn sie so gut es ging gegen diesen Drang ankämpfte.

Energisch drückte sie auf den Lichtschalter und schloss die Kellertür. Im gleichen Moment überfiel sie eine tiefe Traurigkeit. Fast so, als würde sie die Menschen auf den Fotos durch das Schließen der Tür ihrem Schicksal überlassen. Vollkommener Unsinn, denn deren Schicksal war längst erfüllt. Sie waren tot. Begraben. Warum gelang es ihr nicht, wildfremde verstorbene Menschen in Frieden ruhen zu lassen?

Wütend auf ihren eigenen Kontrollverlust, wie ein Raucher, der sich zum hundertsten Mal die letzte Zigarette anzündete, öffnete sie die Kellertür wieder und stieg die Stufen hinunter. Verstohlen, als könne sie jemand dabei beobachten, öffnete sie erneut die Kiste, nahm das oberste Bild heraus und ließ es mit einem furchtbar schlechten Gewissen in ihrer Hosentasche verschwinden. Dann stahl sie sich davon wie ein Dieb in der Nacht, dem der Beweis seines Verbrechens in der Tasche brannte. In unnötiger Eile schnappte sie sich ihre Handtasche, welche noch immer im Flur stand, und stürmte aus der Villa.

Die frische Luft und das Sonnenlicht, das ihr ins Gesicht strahlte, begrüßten sie wie in einer anderen Welt. Vielleicht war es besser, wenn sie erst einmal ein bisschen Abstand zu diesem Gebäude bekam. Schließlich hatte sie sich, seit sie in Edelsbrunn angekommen war, kaum mit etwas anderem beschäftigt.

Mit schnellen, festen Schritten legte sie den kurzen Weg zum Immobilienbüro zurück und war froh, sich am Morgen für Turnschuhe entschieden zu haben. Voller Elan betrat sie die modernen Räume und klopfte wenig später an die Tür von Matthias Plaschke.

»Herr Plaschke ist noch nicht da.«

Da war er wieder: dieser unterschwellig feindselige Tonfall. Was hatte diese Frau nur gegen sie?

»Oh, guten Morgen Frau Sill«, grüßte Emilia betont freundlich. In Anbetracht der angespannten Stimmung zwischen ihnen fiel es ihr nicht leicht, die Kollegin anzulächeln. Doch Plaschke hatte direkt bei ihrem ersten Zusammentreffen erklärt, wie viel Wert er auf eine angenehme und freundliche Arbeitsatmosphäre legte.

»Frau Sill, wissen Sie zufällig, wann Herr Plaschke heute kommt?«

»Nein.«

Was für eine Antwort. Klar, schlicht, eindeutig. Ein einziges Wort, das keinen Zweifel daran ließ, dass sie an einem weiteren Gespräch mit ihrer neuen Kollegin nicht interessiert war. Emilia allerdings auch nicht. Dennoch war sie auf ihre Kollegin angewiesen, denn sie hatte keine Ahnung, wie sie ansonsten weiter hätte vorgehen sollen. So gab sie sich alle Mühe, ihr freundlichstes Lächeln aufzusetzen, während Frau Sill sie nach wie vor mürrisch beäugte, als sei sie keine neue Mitarbeiterin, sondern ein äußerst unwillkommener Gast.

»Vielleicht können Sie mir ja weiterhelfen«, versuchte es Emilia freundlich.

»Das glaube ich kaum«, wehrte Frau Sill die drohende Bitte direkt ab.

Vermutlich hätten viele an diesem Punkt aufgegeben und abgewartet, bis der Chef zurückkam, doch nicht E-milia.

»Es geht nur darum, dass ich gerne einen ersten Exposé-Entwurf für die Gleißner-Villa erstellen würde«, erklärte sie, als hätte sie die abwehrende Haltung ihrer Kollegin überhaupt nicht wahrgenommen. »Vielleicht können Sie mir sagen, welche Computer ich benutzen kann. Meinen Laptop habe ich leider in dem Gasthaus gelassen, in dem ich übernachte.«

Erneut schenkte sie Frau Sill ein strahlendes Lächeln, obwohl ihre eigene Anbiederung sie fast schon selbst anwiderte. Eigentlich hätte sie dieser unfreundlichen Schnepfe gerne heftig Kontra gegeben, aber das war in Anbetracht der Tatsache, dass sie selbst die Neue hier war, wohl wenig ratsam.

»Also meinen können Sie nicht benutzen. Da arbeite ich gerade an einer wichtigen Sache.« Frau Sill machte Anstalten, sich umzudrehen und sie einfach stehen zu lassen.

»Oh, das meinte ich auch nicht«, wiegelte Emilia schnell ab. »Ich brauche nur irgendeinen PC, an dem ich kurz meine Notizen abtippen kann. Vielleicht ist noch einer frei. Was ist denn mit dem, den meine Vorgängerin benutzt hat?«

»Den können Sie natürlich einschalten, aber der ist mit einem Passwort geschützt. Und das hat mir meine Kollegin nicht anvertraut.«

Na, das wundert mich jetzt aber, dachte Emilia ironisch, verkniff sich aber jeglichen Kommentar in dieser Richtung. Die sich öffnende Tür erübrigte glücklicherweise weitere Überlegungen.

»Frau Sandberg, na das freut mich aber, Sie hier zu sehen«, grüßte Plaschke freundlich. »Bedeutet das etwa, dass Sie in der Villa mit der Bestandsaufnahme schon fertig sind?«

»Guten Morgen«, erwiderte Emilia lächelnd, froh, nach der Beinahe-Auseinandersetzung mit ihrer unfreundlichen Kollegin doch noch ein so freundliches Gesicht zu sehen. »Leider muss ich Sie enttäuschen, Herr Plaschke. Ich habe zwar die grundlegenden Dinge gesichtet, doch das Haus und auch der Garten sind so groß, dass die endgültige Bestandsaufnahme wohl noch eine ganze Weile dauern wird.«

»Na, da machen Sie sich mal keine Sorgen, es eilt ja nicht«, beruhigte Plaschke sie. Dann lächelte er freundlich: »Es war ja auch ein bisschen gemein von mir, Sie direkt mit einem derartig riesigen Projekt zu überfallen.«

»Ach, das ist doch gar kein Problem.« Vorsichtig schielte Emilia zu Frau Sill, von der sie im Augenwinkel einen sehr säuerlichen Blick auffing. Die Situation schien ihrer missmutigen Kollegin ganz und gar nicht zu passen. Dennoch ließ sich Emilia nicht aufhalten. »Ich wollte gerade einen ersten Entwurf für das Exposé anfertigen und bräuchte dazu noch einen Arbeitsplatz.«

»Natürlich. Sie können am PC Ihrer Vorgängerin arbeiten.«

»Sehr gerne, dazu bräuchte ich aber noch ihr Passwort.«

»Ach, das ist ImmoPlaschke123, wie an jedem PC hier. Hat Ihnen Frau Sill das nicht gesagt?«

Erschrocken senkte die Genannte den Kopf und schielte mit den Augen vorsichtig nach oben, als befürchtete sie gleich ein Donnerwetter.

Doch Emilia hielt ihr freundliches Lächeln aufrecht. »Oh, das hätte sie sicherlich, wenn ich sie danach gefragt hätte. Aber so weit waren wir noch gar nicht.«

»Nun, dann kann Frau Sill Ihnen ja jetzt alles Weitere zeigen. Ich muss leider noch zwei dringende Telefonate führen. Ich schaue später nach Ihnen.«

»Sehr gerne«, antwortete Emilia. In Wahrheit glaubte sie nicht daran, dass die Kollegin ihr eine große Hilfe sein würde. Dennoch war sie der festen Überzeugung, dass es strategisch nicht besonders sinnvoll war, sich mit ihr anzulegen. Plaschke verschwand in seinem Büro und schloss die Tür hinter sich.

»Dann kommen Sie mal mit«, murmelte Frau Sill genervt und ihr Blick ließ nicht den geringsten Zweifel daran, dass es ihr ganz und gar nicht recht war, die Neue einzuarbeiten. Sie ging ein paar Schritte voraus und bog um eine große Stellwand, welche den Empfangsbereich von den eigentlichen Arbeitsbereichen abgrenzte. Plaschke hatte als Chef ein Büro, bei dem er die Tür jederzeit schließen konnte. Seine Mitarbeiter hingegen mussten sich mit einer Trennwand begnügen. Mürrisch ging Frau Sill zu zwei großen Schreibtischen, die einander gegenüberstanden, sodass sich beide Personen während der Arbeit direkt anschauen konnten. Vermutlich eine Maßnahme für ein gutes

Arbeitsklima, welch Ironie. Frau Sill wies auf einen der beiden Schreibtische.

»Ihr Platz, Ihr PC, das Passwort kennen Sie ja.«

Mehr schien sie zur Einarbeitung ihrer neuen Kollegin nicht beitragen zu wollen, denn im nächsten Moment setzte sie sich an den Schreibtisch, der Emilias neuem Arbeitsplatz gegenüberstand, und starrte auf den Bildschirm. In der nächsten Sekunde begann sie zu tippen.

Emilia wartete noch einen Moment, doch als Frau Sill keinerlei Anstalten machte, noch etwas zu sagen oder zu tun, was ihre Person betraf, setzte sie sich schließlich ebenfalls und fuhr den PC hoch. Dann würde sie eben allein zurechtkommen. Das war sie ja bisher auch immer. Wobei sie wirklich gerne wüsste, was sie dieser Frau getan hatte, dass sie sie derart gehässig behandelte. Wenigstens bedanken hätte sie sich können, dafür, dass Emilia sie beim Chef wegen ihres Passwort-Schwindels nicht verpfiffen hatte.

Während sie das Passwort eingab und darauf wartete, dass der Startbildschirm geladen wurde, betrachtete sie Frau Sill verstohlen über den Rand des PCs hinweg. Diese hielt ihren Blick eisern auf den Monitor gerichtet und hackte derart fest auf die Tasten ein, dass sich Emilia nicht sicher war, ob die Aggression, die sie der armen Tastatur zuteilwerden ließ, nicht eigentlich ihr galt. Wie sie dort so saß, in ihrem offensichtlich zur Schau gestellten Groll, machte sie ihr fast ein bisschen Angst.

Professionalität, Emilia, wies sie sich selbst zurecht. Schließlich verlangte niemand, dass sie Freundinnen wurden. Sie mussten zusammen arbeiten, nicht mehr und nicht weniger, und das war bestimmt auch mit einer aggressiven Zimtzicke möglich.

Im Versuch, die angespannte Stimmung zwischen ihren beiden Schreibtischen zu ignorieren, tippte Emilia das Passwort ein und orientierte sich kurz an den Icons, welche der Startbildschirm nun anzeigte. Unter diesen fand sich auch eines mit dem Titel *Vorlage Exposé*. Na toll. Sie verlangte ja nicht, dass Tina ihr eine umfassende Einweisung inklusive Bedienung der Computerprogramme, Kaffee und Keksen bot, obwohl das fraglos eine nette Geste gewesen wäre. Aber zumindest darauf, dass es eine Vorlage gab, nach der die Exposés bei *Immobilien-Plaschke* offenbar einheitlich gestaltet wurden, hätte sie ja wenigstens mal kurz hinweisen können.

Emilia konnte es sich nicht verkneifen, ihrem Gegenüber einen flüchtigen, säuerlichen Blick zuzuwerfen, doch diese sah nicht einmal auf, sondern hackte weiterhin ungerührt auf die arme Tastatur ein.

Mit einem diesmal unüberhörbaren Stoßseufzer, der jedoch nicht das Geringste an Frau Sills Haltung veränderte, öffnete Emilia die Vorlage und orientierte sich kurz innerhalb des Formulars. Bereits nach wenigen Sekunden war ihr klar, dass dieses einfache Dokument ihr die Arbeit ungemein erleichtern würde. Sämtliche Parameter, die sie angeben musste, waren in einer Maske voreingestellt, in welche sie nur noch die konkreten Angaben zur Villa Gleißner eintragen musste. Lediglich der genauere Beschreibungstext musste individuell formuliert werden. Doch auch entsprechende Bilder ließen sich mit einem einfachen Klick in das vorgefertigte Format hochladen. So etwas hätten sie in ihrem alten Immobilienbüro auch gebraucht. Emilia entfuhr ein spontaner Laut der Begeisterung. Was für eine wunderbare Erleichterung. Und was für eine enorme Zeitersparnis. Denn durch die Maske sparte sich der Benutzer des Formulars jegliche Formatierung, ein Vorgang, der Emilia jedes Mal eine Unmenge an Zeit und Nerven gekostet hatte, weil sie genau dies nicht beherrschte. Wie oft war sie schon kurz vor einem filmreifen Ausraster gewesen, weil die Formatierung nicht so geklappt hatte, wie sie sich das vorgestellt hatte. Mit einem einfachen Klick hatte sich manchmal alles wieder verschoben. Nahezu immer hatte Maximilian ihr schließlich bei der Schlussformatierung helfen müssen. Maximilian. Beim Gedanken an ihn entfuhr ihr erneut ein Seufzer. Sehr leise zwar, doch da war es schon geschehen.

»Wenn Sie es bitte unterlassen könnten, ständig irgendwelche Geräusche von sich zu geben«, keifte Frau Sill und strafte Emilia mit einem wütenden Blick. »Das behindert mich in meiner Konzentration und macht mir so die Arbeit unnötig schwer.«

»Verzeihung, es kommt nicht wieder vor«, entschuldigte sich Emilia sofort. Im gleichen Moment ärgerte sie sich maßlos über ihre eigene defensive Haltung. Deshalb holte sie tief Luft und bemühte sich trotz ihres Ärgers um einen sachlichen, aber bestimmten Tonfall: »Ich habe nun wirklich nicht *ständig* irgendwelche Geräusche von mir gegeben und außerdem waren die noch nicht einmal besonders laut. Wenn Sie sich durch mein Atmen gestört fühlen, tut es mir wirklich leid, aber ich glaube, dass das nicht das eigentliche Problem ist, habe ich recht?« Am liebsten hätte sie dieser giftigen

Ziege gehörig die Meinung gegeigt, doch wer konnte schon wissen, wohin das führen würde. Schließlich kämpfte sie noch immer um eine Festanstellung bei *Immobilien-Plaschke*, während Frau Sill womöglich schon ewig hier angestellt war. Trotzdem. Bisher hatte es sich noch immer als der bessere Weg herausgestellt, Unstimmigkeiten direkt zu klären. Frau Sill hingegen schien keinerlei Interesse an einer Klärung zu haben. Konsequent hielt sie den Blick auf ihren Bildschirm gerichtet und tat so, als habe sie von Emilias Ausbruch überhaupt nichts mitbekommen.

»Frau Sill?«, fragte Emilia mit fester Stimme.

Diese reagierte nicht.

»Frau Sill?«, versuchte Emilia es erneut. Noch immer würdigte die Kollegin sie keines Blickes, hob lediglich die Hand zum Zeichen, dass Emilia warten solle. Das tat sie. Fünf geschlagene Minuten lang. Als Frau Sill auch dann noch keine Anstalten machte, ihr ihre Aufmerksamkeit zu schenken, platzte Emilia direkt mit ihrer Frage heraus: »Was haben Sie eigentlich gegen mich? Habe ich Ihnen irgendetwas getan?«

Endlich hob Frau Sill den Kopf. Emilias Herz begann in Erwartung dessen, was ihre zickige Kollegin nun sagen oder tun würde unweigerlich schneller zu klopfen. Leider blieb dieser eine direkte Antwort erspart, denn in diesem Moment öffnete sich geräuschvoll die Bürotür von Matthias Plaschke und der Chef kam mit einem breiten Lächeln auf die beiden Damen zugelaufen. Zielstrebig ging er auf Emilia zu und sein Lächeln wurde noch ein bisschen breiter.

»Na, Frau Sandberg, haben Sie sich gut eingefunden?«

Glücklicherweise hatte er nicht gefragt, ob Frau Sill sie gut eingearbeitet hatte, denn diesmal wäre es ihr wirklich schwergefallen, die unkooperative Kollegin nochmals zu decken.

»Ja, vielen Dank«, antwortete sie deshalb schnell und erwiderte das freundliche Lächeln. »Ich bin ehrlich gesagt völlig hin und weg von der Exposé-Vorlage. Das ist ja eine tolle Idee. Und so effektiv.«

»Ja, nicht wahr?« Obwohl Plaschke die Maske natürlich kennen musste, trat er noch einen Schritt näher an den Schreibtisch heran und warf einen stolzen Blick auf das geöffnete Formular. Er befand sich nun so nah neben Emilia, dass sie sein herbes Aftershave riechen konnte, zu dem sie nicht hätte sagen können, ob sie es liebte oder hasste. Auf der einen Seite roch es extrem männlich, aber gerade in dieser Note wiederum etwas zu bitter.

»Ich habe das Formular vor einem Jahr erstellt«, fuhr Plaschke fort und der Stolz in seiner Stimme war nicht zu überhören. »Es ist mir sehr daran gelegen, dass sich meine Mitarbeiter auf die wichtigen Dinge konzentrieren können und sich nicht mit irgendwelchen Formatierungen herumärgern müssen, die nur unnötig Zeit und Nerven kosten.«

»Herr Plaschke, Sie sind mein Held«, scherzte Emilia, denn er hatte ihr quasi direkt aus der Seele gesprochen. Während sie ihm ein strahlendes Lächeln schenkte, das er selbst noch in seiner Erwiderung übertraf, nahm sie aus dem Augenwinkel einen verächtlichen Blick von Frau Sill wahr. Diesem zufolge wäre die Kollegin ihr vermutlich am liebsten ins Gesicht gesprungen. Emilia versuchte, die offene Hassbekundung bestmöglich zu ignorieren und wunderte sich gleichzeitig, dass Plaschke die Spannung überhaupt nicht wahrzunehmen schien, die die beiden Frauen umgab wie der Stromzaun einer Viehweide.

»Wie kommen Sie denn insgesamt voran? Brauchen Sie vielleicht noch Hilfe bei irgendetwas?« Nun wandte er ihr den Blick zu und da er ohnehin schon so nah neben ihr stand, war sein Gesicht dem ihren plötzlich so nah, dass es Emilia schon fast ein bisschen unangenehm war. Intuitiv wich sie mit dem Oberkörper ein wenig zurück, stieß aber dadurch lediglich an der Lehne des bequemen Bürostuhls an.

»Nein, nein, vielen Dank, ich komme sehr gut zurecht«, erklärte sie schnell. »Ich werde nun erst einmal alles, was ich bisher zusammengetragen habe, in diese wundervolle Maske eintragen und mir dadurch auch einen besseren Überblick verschaffen können, welche Informationen ich noch erheben muss. Danach werde ich nochmals in die Villa gehen müssen.«

»Oh. Sie sagen das, als sei es etwas Schlimmes. Ist mit der Villa etwas nicht in Ordnung?«

Den Blick, mit dem er sie musterte, konnte Emilia nicht sofort einordnen. Etwas Fragendes lag darin, zugleich aber auch etwas Lauerndes, als erwarte Plaschke eine ganz bestimmte Antwort. Emilia zögerte einen Moment. Sollte sie ihm von der Entdeckung der Fotos erzählen? Von der Frau, die aussah, als seien sie und sie selbst Zwillinge, lediglich getrennt durch ein halbes Jahrhundert? Schließlich hatte er ihr bei ihrem letzten Telefonat indirekt gestanden, dass er selbst auch daran glaubte, dass es in dem alten Haus spuke. Andererseits könnte er den Eindruck gewinnen, sie vertrödle die wertvolle Zeit lieber damit, in Privatsachen der Familie herumzustöbern, anstatt sich um die für den Verkauf relevanten Dinge zu kümmern.

»Nein, nein«, wiegelte sie deshalb schnell ab. »Mit der Villa ist alles bestens. Sie ist sogar in einem ganz hervorragenden Zustand, sodass ich davon ausgehe, dass wir sie sehr schnell und zu einem stattlichen Preis verkaufen können. Ich muss wie gesagt nur noch die Details erheben.«

»Oh, das freut mich aber sehr.«

Irrte sie sich oder klang aus seinen Worten Enttäuschung?

»Und sonst haben Sie nichts weiter gefunden, was irgendwie seltsam wäre? Geld oder so?«

Für einen kurzen Augenblick hatte Emilia geglaubt, er meine die Fotos, doch als er direkt nach dem Geld fragte, war ihr endlich klar, worauf er hinauswollte.

»Nein, Geld habe ich bisher keines gefunden«, antwortete sie wahrheitsgemäß. »Allerdings auch keine Geister oder sonstige unheimliche Wesen, wie es die Dorfbevölkerung offensichtlich zu erwarten scheint«, scherzte sie schnell, um die etwas eigenartig gewordene Stimmung aufzulockern. Wie erwartet ging Plaschke auf den Scherz ein.

»Dabei würde mich das nicht einmal wundern«, lachte er und bedachte sie dabei mit einem Blick, der sie auf eine sehr unangenehme Weise zu durchbohren schien. »Eine Frau wie Sie hat vermutlich auch die Kraft, Tote wieder zum Leben zu erwecken.«

Kurz war sie versucht, ihn zu fragen, wie er das meinte, doch dann entschied sie sich dafür, professionell zu bleiben.

»Nein, nein, es ist mir bisher niemand im Haus begegnet. Weder Lebende noch Tote.« Sie lachte etwas zu künstlich.

»Sehr gut, das freut mich. Schließlich soll Sie niemand bei der Arbeit stören.«

Eine weitere unangenehme Pause entstand, in der Plaschke seinen Blick einmal von oben nach unten über ihren Körper wandern ließ.

»Oh, und natürlich möchte ich Sie auch gar nicht länger von der Arbeit abhalten. Falls Sie irgendetwas brauchen, völlig egal was, zögern Sie bitte nicht, zu mir zu kommen. Ich bin in allen Belangen für Sie da, Frau Sandberg. Schließlich geht es hier um eine Festanstellung, nicht wahr?« Er zwinkerte ihr zu.

»Vielen Dank, das ist wirklich nett.«

Obwohl seine Worte tatsächlich nett formuliert waren, hatte er sie mit einem solch eigenartigen Unterton ausgesprochen, dass Emilia sich ein bisschen unwohl fühlte. Sie meinte, eine Mischung aus Anzüglichkeit mit dem Hauch einer leichten Drohung herausgehört zu haben. Sie war froh, als Plaschke sich wieder in sein eigenes Büro zurückzog und die Tür hinter sich schloss.

Verwundert blickte sie hinter ihm her. Sie war nicht blöd. Hatte ihr angehender Chef etwa gerade versucht, mit ihr zu flirten? Seine Blicke und die Art, wie er seine Aussagen hervorgebracht hatte, waren auf eine unangenehme Art anzüglich gewesen.

Mit einem Ruck riss Emilia ihren Blick von der Bürotür los, hinter der Plaschke eben verschwunden war und konzentrierte sich wieder auf ihr begonnenes Exposé.

»Na, was ist, wollen Sie nicht hinterhergehen?«, fragte Frau Sill schnippisch.

Irritiert blickte Emilia auf und sah sich von einem Blick getroffen, der zu töten in der Lage gewesen wäre.

»Warum sollte ich das tun?«

»Na, sein Angebot war ja wohl eindeutig.«

»Welches Angebot?«

Frau Sill schwieg, widmete ihre Aufmerksamkeit erneut dem Bildschirm ihres PCs und schien die Unterhaltung damit für beendet zu erachten. Nun hatte Emilia aber wirklich genug! Sie war ja ein außerordentlich geduldiger und sehr friedliebender Mensch, manch einer würde sie sogar als harmoniesüchtig bezeichnen, doch diese Frau trieb sie mit ihren geifernden Anspielungen an die Grenzen ihrer Selbstbeherrschung und sie musste aufpassen, dass aus diesen nicht die Grenzen des Wahnsinns wurden, wenn sie dem Ganzen nicht endlich Einhalt gebot.

»Frau Sill!«, sagte sie laut und klar. »Wollen Sie mir nicht einfach sagen, was für ein Problem Sie mit mir haben? Danach können Sie mich gerne weiter hassen, aber dann wüsste ich wenigstens mal wieso.«

Das Tippgeräusch unterbrach. Frau Sills Finger ruhten auf der Tastatur, als müsse sie überlegen, ob sie sich auf dieses Angebot einlassen sollte. Dann hob sie den Kopf und sah Emilia kampflustig in die Augen.

»Ich mag Sie nicht. Zufrieden?«

Überrascht über die direkte Antwort musste Emilia sich einen kurzen Moment sammeln. Dann entschied sie jedoch, sich nicht so leicht abspeisen zu lassen. Sie hatte mit der Klärung begonnen, nun würde sie das auch durchziehen.

»Nein, ich bin nicht zufrieden«, sagte sie ebenso angriffslustig wie ihre Kontrahentin zuvor. Dann bemerkte sie aber, dass dieser giftige Tonfall in einer Auseinandersetzung nicht besonders sinnvoll war, wenn das Ganze auf eine Versöhnung oder doch zumindest auf einen Waffenstillstand hinauslaufen sollte. Deshalb riss sie sich zusammen und legte in die folgenden Worte einen Hauch Freundlichkeit: »Wenn Sie mich nicht mögen, ist das Ihre Sache. Das ist ein freies Land, in dem jeder hassen kann, wen er will. Aber es wäre mir schon recht, wenn Sie mir wenigstens einen Grund dafür nennen könnten. Eventuell könnte ich mich dann bemühen, den Anlass für Ihre Wut auf mich abzustellen.«

»Jetzt seien Sie doch nicht auch noch nett.«

Erschrocken musste Emilia mit ansehen, wie die harte Fassade ihrer Konkurrentin auf einmal zu bröckeln begann. In ihren Augen begann es verdächtig zu glänzen und ihre Lippen zitterten kaum merklich.

»Hören Sie«, begann Emilia leise. Ohne es zu wollen, empfand sie plötzlich Mitleid mit der keifenden Kollegin, dabei wusste sie noch nicht einmal weshalb. »Es tut mir aufrichtig leid, wenn ich Sie durch irgendetwas, was ich gesagt oder getan habe, verletzt habe.«

»Ach, Sie haben gar nichts getan.« Schniefend schüttelte Tina den Kopf und nahm sich ein Taschentuch aus der großen Box auf dem Tisch, in welches sie sich anschließend geräuschvoll schnäuzte. »Sie haben gar nichts getan«, wiederholte sie mit leiser Stimme. »Das ist genau der Punkt. Sie sind schon wieder eine von denen, die gar nichts tut und trotzdem alles bekommt.«

Emilia wusste nicht genau, wie sie sich verhalten sollte. Innerhalb von Sekunden war ihre Kollegin von einer keifenden Furie zu einem armseligen Häufchen Elend mutiert und aus ihren kryptischen Aussagen konnte sie noch immer nicht entnehmen, warum. Nachdenklich betrachtete sie ihre Kollegin, die eben das nasse Taschentuch in den Papierkorb warf, ein neues aus der Box zog und sich erneut geräuschvoll schnäuzte. Noch nie hatte sie gesehen, wie bei einem Menschen derart die Fassade fiel.

»Frau Sill, ich versichere Ihnen, wenn ich verstehen würde, was Sie meinen, dann würde ich mein Bestes geben, um …«

»Sie müssen gar nichts tun«, unterbrach Frau Sill schluchzend. »Sie können ja gar nichts tun. Sie sind nun mal wie Sie sind. Und ich bin eben so, wie ich bin. Da kann man nichts machen.«

»Aber was ist denn verkehrt daran?«

»Sie verstehen das nicht. Wie sollten Sie auch?« Sie zerknüllte das Taschentuch und schoss es zielsicher in den Papierkorb.

Vorsichtig spähte Emilia in Richtung der Bürotür, ob das auffällige Geräusch nicht inzwischen Herrn Plaschke auf den Plan gerufen hatte. Doch die Tür blieb geschlossen.

»Sie brauchen gar nicht nachzusehen, dem ist egal, ob ich heule. Der interessiert sich nicht für mich. Nicht ein bisschen. Wenn *Sie* heulen würden, dann wäre das natürlich was anderes. Dann wäre er sofort da und würde Ihnen eine Schulter zum Ausheulen anbieten.«

»Aber Frau Sill, das ist doch Unsinn.«

»Ist es nicht! Wissen Sie, wie lange ich schon in dieser Firma bin? Seit acht Jahren! Seit acht Jahren leiste ich hervorragende Arbeit! Ich habe mir nicht einen Fehler geleistet. Alle Objekte, die er mir anvertraut hat, habe ich mit dem bestmöglichen Gewinn verkauft. Einhundert Prozent zufriedene Kunden. Unzählige Weiterempfehlungen, die zu Folgeaufträgen geführt haben. Und wissen Sie, wie er es mir dankt?«

Emilia zuckte mit den Schultern. Einerseits hatte sie keine Ahnung und andererseits war ihr klar, dass Frau Sill auf ihre Frage nicht wirklich eine Antwort erwartete.

»Er lädt meine neue Kollegin zum Essen ein!«, schimpfte diese. Nun schien ihre Stimmung zum ersten Mal wieder zu kippen – von Traurigkeit zu Wut. »Diese blöde Schnepfe war gerade einmal vier Wochen hier. Hatte ein einziges Objekt verkauft. Zu einem hervorragenden Preis, das muss ich zugeben, aber es war nur ein einziges Objekt. *Eins*, verdammt noch mal! Ich habe hunderte in dieser Preisklasse verkauft. Und mich hat er noch nie zum Essen eingeladen! Klar, ich verstehe auch warum. Ich bin ihm einfach nicht schick genug. Wer will sich schon mit der Dicken aus der Firma in der Öffentlichkeit sehen lassen? Dann doch lieber mit dem schlanken Püppchen im maßgeschneiderten Kostüm. Mit der kann man dann auch gleich noch die Nacht verbringen. Mit der Dicken nicht.«

Fassungslos wurde Emilia Zeugin dessen, wie sich die Kollegin in einen regelrechten Wutanfall hineinsteigerte. So langsam konnte sie sich die Ursache ihrer Aggression ihr gegenüber zusammenreimen. Bei dem *Püppchen im maßgeschneiderten Kostüm* schien es sich offensichtlich um ihre Vorgängerin zu handeln und wenn sie nicht vollkommen auf dem Holzweg war, dann sehnte sich Frau Sill nicht nur nach Anerkennung von Plaschke, sondern litt auch unter ihrem Aussehen. Dass sie sich selbst als *die Dicke* bezeichnete, sprach Bände, denn sie war allenfalls ein bisschen mollig, doch sich als dick zu bezeichnen, war vollkommen übertrieben.

»Und wissen Sie, wie dieses Püppchen Herrn Plaschke seine Aufmerksamkeiten gedankt hat? Sie hat sich von der Konkurrenz abwerben lassen. Einfach so. Wissen Sie, wie viele Angebote ich schon von denen ausgeschlagen habe? Vier! Ich bleibe *Immobilien-Plaschke* treu. Obwohl das gute Angebote waren. Sehr gute. Ich bin ein loyaler Mensch. Weil ich dumm bin, ich blöde Kuh.«

»Also, ich finde Loyalität einen sehr wunderbaren und lobenswerten Charakterzug.«

»Ach ja? Aber dumm ist es trotzdem. Ich könnte vermutlich schon längst in einer anderen Firma in der Chefetage sitzen – mit meinem Talent und meiner Erfahrung. Stattdessen bleibe ich hier und warte darauf, dass er mir das nächste Püppchen vor die Nase setzt, das er mir vorziehen kann. Oder warum glauben Sie, hat er Ihnen die Villa Gleißner übergeben, obwohl ich ihm schon seit vier Wochen damit in den Ohren liege, dass ich diese gerne übernehmen würde?«

Darauf wusste Emilia nun keine Antwort. Nach der Logik von Frau Sill war diese allerdings vollkommen offensichtlich.

»Na weil Sie hübsch sind, ist doch klar. Sie sind das nächste Püppchen, mit dem er in der Öffentlichkeit angeben kann. Sie machen sich gut bei den Luxuskunden. Und wenn Sie sich fachlich nicht vollkommen bescheuert anstellen, dann wird er Sie sogar noch vor mir befördern, da können Sie drauf wetten. Ganz abgesehen davon, dass er Sie natürlich demnächst zum Essen einladen wird, mit dem Angebot, hinterher die Nacht mit ihm zu verbringen. Ach kommen Sie, schauen Sie nicht so überrascht. Ich habe doch genau gesehen, wie gierig er Ihren perfekten Körper gemustert hat. Fast wäre ihm schon der Sabber aus dem Mund gelaufen.«

»Also das finde ich jetzt zwar übertrieben, aber Sie haben recht. Ich habe durchaus bemerkt, dass er mich etwas seltsam betrachtet hat und es war mir ehrlich gesagt nicht besonders angenehm.«

»Ach kommen Sie schon. Die nächste Gelegenheit, die sich bietet, werden Sie beim Schopf packen, wenn sich damit Ihre Karriere beschleunigen lässt. Ich kenne doch Weiber wie Sie. Und ich bleibe wieder brav auf meinem Stuhl sitzen, tue so, als würde mir das alles nichts ausmachen. Stattdessen ziehe ich weiterhin einen dicken Fisch nach dem anderen für Herrn Plaschke an Land. Und wissen Sie warum? Weil ich ihn liebe, diesen dummen, attraktiven, wundervollen Mann. Und genau deshalb wird sich für mich auch nie etwas ändern.«

Traurig betrachtete Emilia ihre schluchzende Kollegin. Die junge Frau war während ihres Gefühlsausbruchs immer mehr in sich zusammengesunken, als habe mit jedem Wort, das ihren Körper verließ, jemand die Luft herausgelassen. Emilia spürte den unbändigen Drang, diese arme, vom Leben und vor allem von ihrem Chef derart enttäuschte Frau zu trösten.

»Frau Sill«, begann sie vorsichtig und wartete einen
Moment ab, ob diese vielleicht doch noch etwas sagen
wollte, doch das schien nicht der Fall zu sein. »Es tut
mir ehrlich leid, was Sie für schlechte Erfahrungen gemacht haben, aber ich versichere Ihnen, ich habe keinerlei Interesse an Herrn Plaschke als Mensch und ich
strebe auch keine größere Karriere an. Im Gegenteil:
Ich bin eben erst aus meinem alten Leben geflohen, in
welchem ich eine sehr erfolgreiche Karriere hatte. Das
brauche ich alles nicht mehr. Der einzige Grund, warum ich hier bei *Immobilien-Plaschke* angefangen
habe, ist, dass ich die Arbeit brauche, um meinen Kopf
frei zu bekommen. Sonst würde ich mich immerzu nur
mit meinen Problemen beschäftigen. Und Immobilien
zu verkaufen ist nun mal das Einzige, was ich kann.«

»*Sie* haben Probleme?« Fast glaubte Emilia, ein leichtes Grinsen auf Frau Sills Gesicht zu erkennen.

»Mehr als Sie sich vorstellen können. Und deshalb
möchte ich nichts lieber, als ein ruhiges Leben hier. Ich
möchte weder irgendein Beziehungschaos noch Streitereien mit einer Kollegin. Ich möchte einfach nur
diese Villa verkaufen, weil mir gesagt wurde, dass ich
eine Festanstellung bekomme, wenn es mir gelingt.
Dann möchte ich in Edelsbrunn sesshaft werden oder
vielleicht auch nicht. Ich möchte einfach ein paar Monate in Frieden leben. Ohne Stress, ohne Streitereien
und ohne komplizierte Probleme, verstehen Sie? Und
wenn Sie mir sagen, was ich tun soll, damit wir unsere
Unstimmigkeiten ausräumen können und Sie nicht
mehr so unglaublich sauer auf mich sind, dann werde
ich das tun. Geben Sie mir nur eine Chance, ich bitte
Sie.«

Nun schien Frau Sill aufrichtig überrascht von dem plötzlichen Redeschwall ihrer neuen Kollegin. Auch Emilia wunderte sich darüber, wie leicht ihr diese Worte über die Lippen gegangen waren, doch sie entsprangen lediglich der tiefen Sehnsucht nach Ruhe und Normalität.

»Lassen Sie einfach die Finger vom Chef«, sagte Frau Sill schlicht.

Emilia hob ihre Finger zum Schwur in die Luft. »Ich verspreche, ich werde die Finger von Herrn Plaschke lassen. Ich garantiere Ihnen, ich habe keinerlei Interesse an diesem Mann.«

Frau Sill lächelte. »Gut.«

»Möchten Sie vielleicht, dass ich ihn darum bitte, dass er Ihnen die Villa übergibt?«

Frau Sill zögerte kurz, schien zu überlegen. Innerlich begann Emilia zu zittern. Die Frage war ihr einfach so herausgerutscht. Doch im gleichen Moment, in dem sie sie ausgesprochen hatte, wurde ihr klar, dass es ihr das Herz brechen würde, das Projekt abzugeben. Nicht nur, weil sie die Villa bereits mehr ins Herz geschlossen hatte als jedes andere Projekt zuvor, sondern vielmehr, weil sie wusste, dass sie damit auch das Geheimnis um die Villa Gleißner aus der Hand geben würde, das mit ihrer Doppelgängerin verbunden war. Wenn sie jemals wieder Frieden finden wollte, musste sie es lüften. Erstaunlicherweise wurde ihr erst in diesem Moment bewusst, wie wichtig ihr das Geheimnis dieser Familie wirklich war.

»Nein«, entschied Frau Sill endlich und Emilia fiel ein Stein vom Herzen, der während der vergangenen Sekunden des Wartens zu den Dimensionen eines

Felsbrockens angewachsen war. »Wenn Sie die Villa abgeben würden, dann würde der Chef Sie nicht einstellen. Es würde ihn zwar selbst ärgern, da bin ich mir sicher, aber in solchen Dingen ist er eisern. Wenn Sie die Villa nicht verkauft bekommen, war es das für Sie bei *Immobilien-Plaschke*. Und dann tritt an Ihre Stelle eine Neue, die vermutlich ebenso perfekt aussieht wie Sie, aber zudem noch Interesse an Herrn Plaschke hat. Damit würde ich mir ja ins eigene Fleisch schneiden. Nein. Nachdem Sie nun geschworen haben, die Finger von ihm zu lassen, werde ich alles daransetzen, dass Sie bleiben.«

Zum ersten Mal, seit sich die beiden Frauen begegnet waren, lächelte Frau Sill aufrichtig und Emilia war überrascht, wie schön ihr Gesicht dadurch auf einmal wirkte.

»Ich bin Tina«, sagte sie schließlich vollkommen überraschend und streckte Emilia über den Tisch hinweg die Hand entgegen. Emilia entwich ein tiefer Seufzer der Erleichterung.

»Emilia«, sagte sie lächelnd, während sie die Hand ergriff und einmal fest drückte.

Man muss Probleme ansprechen, um sie zu lösen, dachte sie im Stillen bei sich. Selbst wenn sie nicht gleich die besten Freundinnen werden würden, so war es ihr durch diese offene Konfrontation doch gelungen, eine Feindin zur Verbündeten zu machen und das war mehr, als sie sich überhaupt erhofft hatte. Zufrieden sah sie dabei zu, wie Tina sich erneut auf ihren Bildschirm konzentrierte, während sie sich selbst nun auch endlich wieder ihrem Exposé zuwandte.

Die Spannung, die bisher in der Luft gelegen hatte,
hatte sich vollständig aufgelöst.

1941

Elfie

»Elfie, Schatz, wo bist du?«

Die fröhliche Stimme von Heinrich schallte durch die Villa und verriet Elfie sofort, dass ihr Mann offensichtlich bester Laune war. Wie so häufig in letzter Zeit. Seit sie wieder schwanger war, trug er sie auf Händen. Nach der Geburt von Lea hatte er gerade mal acht Wochen gewartet, bis er einen erneuten Versuch unternommen hatte, seinen ersehnten Sohn zu zeugen. Obwohl die Hebamme dazu geraten hatte, die Stillzeit bis zu einer neuen Schwangerschaft abzuwarten, war Elfie schon dankbar gewesen, dass Heinrich sie zumindest während des Wochenbettes in Ruhe gelassen hatte. Länger hatte er seine Ungeduld dann nicht mehr zügeln können. Und tatsächlich war Elfie sofort wieder schwanger geworden. Aber der Gedanke, dass sie erneut ein Mädchen gebären könnte und die Vorstellung, wie sehr Heinrich dann ausrasten würde, jagten ihr große Angst ein. Was er gesagt hatte, war grausam. Und dennoch hatte sie nicht den geringsten Zweifel daran, dass er seine Drohung in die Tat umsetzen würde, sollte es sich bei der Frucht in ihrem Leib erneut um ein Mädchen handeln. Sie hatte ihn mehrfach gefragt, ob die Ankündigung, ein weiteres Mädchen zu töten, vielleicht nur der spontanen Enttäuschung über den fehlenden Sohn in jener Nacht entsprungen wäre. Doch immer wieder hatte er ihr versichert, dass er seine Worte absolut ernst meine. Wenn dieses Kind ein Mädchen würde, würde er es töten, ebenso wie alle weiteren, so lange, bis sie ihm endlich einen Sohn schenken würde. Immer wieder hatte sie versucht, ihm zu erklären, dass sie auf das Geschlecht des Kindes keinen Einfluss hatte. Hatte in ihrer Verzweiflung sogar die Hebamme vorgeschickt, um ihre Aussage aus medizinischer Sicht zu bestätigen, doch Heinrich hatte lediglich mit den Schultern gezuckt und gemeint, die Frauen steckten ohnehin alle unter einer Decke, er bleibe bei seinem Wort. Aus purer Verzweiflung hatte Elfie ihm angedroht, ihn als Mörder anzuzeigen, falls er ein neugeborenes Mädchen wirklich töten würde. Doch er hatte nur gelacht. Dann hatte er ihr erklärt, dass es ein Phänomen gebe, das man den plötzlichen Kindstod nannte: das unerklärliche Versterben von Säuglingen, ohne genaue Feststellung der Todesursache. Elfie hatte vor Entsetzen geschrien und gebrüllt, dann werde sie ihn erst recht als Mörder anzeigen und allen sagen, dass er das Kind mit Absicht umgebracht habe. Daraufhin hatte er ihr eine schallende Ohrfeige verpasst und ihr erklärt, dass sie nicht so dumm sein solle. Wenn sie das tue, werde er schlichtweg erklären, dass der Tod ihres Kindes sie um den Verstand gebracht habe und dann könne sie froh sein, wenn er sie nicht in eine Irrenanstalt einweisen lasse. Aus Erzählungen wisse sie ja inzwischen, wie es dort zuginge.

Von diesem Moment an hatte Elfie geschwiegen. Tatsächlich hatte sie eine sehr klare Vorstellung davon, was in diesen Anstalten vor sich ging. Einer der Männer, mit denen sich Heinrich inzwischen zweimal wöchentlich zu diesem Stammtisch traf, der ihr so verhasst war und von dem er jedes Mal diese furchtbaren Ansichten und Parolen mitbrachte, leitete eine solche Irrenanstalt. Zu Elfies Leidwesen hatte Heinrich sich ausgerechnet mit diesem immer enger befreundet, denn der seltsame Herr war ihr zutiefst unsympathisch, um genau zu sein sogar richtig zuwider. Mehrfach hatte Heinrich ihn bereits zum Essen eingeladen und Elfie hatte es kaum erwarten können, dass er später wieder verschwand. Heinrich dagegen schien diesen unmöglichen Menschen regelrecht zu verehren. Selbst als dieser erzählte, dass sie dem einen oder anderen Geisteskranken manchmal ein »besonderes Essen« servierten, um die Anzahl der Verrückten auf einem mäßigen Level zu halten, war Heinrich über diese perfide Methode regelrecht in Beifall verfallen. Natürlich war dieses Wissen nicht für Elfies Ohren gedacht gewesen, doch auch als Hausfrau und Mutter war sie keineswegs dumm und hatte natürlich sofort begriffen, dass es sich bei dem »besonderen Essen« um Gift handelte, das der normalen Mahlzeit beigemischt wurde. Da es sich bei den Irrenärzten um anerkannte Mediziner handelte, die zudem sehr gute Verbindungen zur NSDAP hatten, ja überwiegend sogar selbst aktive Mitglieder waren, stellte keiner die Todesursache infrage, die mit schlichtem Herzversagen angegeben war. Bei diesen Irren kam es schon mal vor, dass der eine oder andere sich derartig in seinen Wahn hineinsteigerte, dass sein Herz dabei aus dem Takt geriet.

Elfie war allein beim Zuhören schlecht geworden, doch für Heinrich und seinen Freund schienen Gespräche dieser Art vollkommen normal zu sein. Überhaupt schien ihr Mann immer mehr abzustumpfen. Je mehr er sich auf die Ideologie der Nationalsozialisten einließ, desto unerbittlicher und hartherziger schien er auch gegenüber seiner eigenen Familie zu werden – ein Charakterzug, den Elfie zu Beginn ihrer Ehe überhaupt nicht für möglich gehalten hätte. Wie oft sehnte sie sich nach diesen Zeiten zurück, nach dem Zauber der Anfangsjahre, in denen sie in die Villa eingezogen waren und umgeben von Gästen gefeiert und gelacht hatten. Wie sehr sehnte sie sich zurück nach dem Heinrich, der sie auf Händen getragen und in den Schlaf geküsst hatte. Dem Mann, für den sie früher aufgestanden war, um mit ihm gemeinsam frühstücken zu können. Doch diese Zeiten schienen unwiederbringlich dahin.

Wie oft hatte sie in den vergangenen Wochen und Monaten bittere Tränen vergossen, aus Trauer über das Leben, das ihr entglitten war. Das Leben, das sie an irgendeiner Stelle verpasst hatte festzuhalten. Immer wieder hatte sie sich gefragt, zu welchem Zeitpunkt sie noch etwas hätte ändern können. Doch nun war es zu spät.

Zu oft hatten die Mädchen sie weinen gesehen. Ihre drei Prinzessinnen, denen sie doch so gerne ein perfektes Leben vorspielen wollte. Denen sie alles bieten wollte, damit sie glücklich wären. Oh, sie liebte sie so sehr. Die siebenjährige Hanna, die sich schon viel zu erwachsen gab und große Freude daran hatte, sich um ihre jüngeren Geschwister zu kümmern. Von Anfang an hatte sie die kleine Valentina umsorgt, hatte geholfen, sie zu füttern und zu waschen, hatte sie auf den Arm genommen, geschaukelt und ihr Lieder vorgesungen, wenn das kleine Baby wieder einmal geschrien hatte. Und Valentina hatte viel geschrien. Elfie war Hanna unglaublich dankbar für ihre Geduld mit der kleinen Schwester, die sie selbst vor Wut fast einmal geschüttelt hätte, weil sie einfach nicht aufhören wollte zu schreien. Doch Hanna hatte ganz sanft den Arm ihrer Mutter berührt und darum gebeten, die kleine Schwester halten zu dürfen. Ja, sie war ein wahres Goldstück, ihre Hanna.

Valentinas Temperament dagegen hatte sich auch mit zunehmendem Alter nicht gelegt. Wenn die Kleine etwas wollte, dann bockte und schrie sie so lange, bis sie es bekam. Bereits als sie zwei Jahre alt gewesen war, war es Elfie nicht mehr gelungen, mit dem Kind fertig zu werden. Die Einzige, die zu dem kleinen Trotzkopf durchdringen konnte, war Hanna. Und so war Valentina Elfie immer mehr entglitten, doch sie sah mit großer Beruhigung, dass die Bindung zwischen den Schwestern dafür umso enger war und es Hanna überraschend gut gelang, das Temperament des kleinen Schreihalses zu zügeln. Als Lea dann schließlich geboren worden war, war Elfie umso dankbarer, dass sie mit den beiden »großen« Mädchen kaum Arbeit hatte, denn der kleine Säugling kränkelte oft und bedurfte ihrer besonderen Aufmerksamkeit. Mit jedem Tag, den sich das kleine Mädchen mehr durchs Leben kämpfte, wuchs Elfies Erleichterung und nun, da die Kleine fast ein Jahr alt war, schien ihr Gesundheitszustand endlich stabil. Pünktlich zur Geburt des neuen Babys, das die Aufmerksamkeit seiner Mutter wieder in besonderem

Maße beanspruchen würde. Obwohl ausgerechnet diese vierte Schwangerschaft ihr anstrengender erschien als alle bisherigen und sie sich deshalb nach der Geburt sehnte, fürchtete sie zugleich die Niederkunft, aus Angst, das Kind in ihrem Bauch könne doch wieder ein Mädchen sein. Seit sie wusste, dass sie wieder schwanger war, betete sie jeden Abend zu Gott und flehte ihn an, er möge ihr einen Sohn schenken. Sie konnte sich kaum vorstellen, dass Gott so grausam sein könnte, ihr diese Bitte nicht zu erfüllen, zumal er wissen musste, was dies für das Kind bedeuten würde. Doch ein letzter Zweifel blieb. Immer wieder überkam Elfie beim Gedanken an die bevorstehende Geburt tiefer Kummer. Häufig weinte sie und wischte sich verstohlen die Tränen aus den Augen, wenn ihre Mädchen sie dabei erwischten und fragend ansahen.

Besonders die einfühlsame Hanna schien sich zunehmend Sorgen um die Mutter zu machen. Doch wie sollte sie einem Kind erklären, wovor sie sich so sehr fürchtete? Nein, die Kinder durften um keinen Preis mitbekommen, was in ihr vorging. Sie durften nicht einmal merken, dass sie traurig war. Sie waren einfach noch zu klein, um zu verstehen, dass auch eine Mutter manchmal weinen musste.

»Ach, hier bist du, mein Schatz, ich habe dich schon überall gesucht.« Heinrich trat durch die Tür und präsentierte ihr mit großer Geste einen Korb, den er sogleich neben ihr auf dem Bett abstellte.

Elfie war eben dabei gewesen, die Bettwäsche frisch zu beziehen und hatte sich einen Moment hingesetzt, um die geschwollenen Füße etwas auszuruhen. Durch das geöffnete Fenster drang das Lachen ihrer drei

Mädchen, die zusammen im Garten spielten und noch nichts vom Elend der Welt wussten.

»Schau mal, mein Schatz. Ich habe bei meinen Freunden am Stammtisch für dich gesammelt. Damit du in den letzten Zügen deiner Schwangerschaft auch ausreichend mit Vitaminen versorgt wirst.«

Elfie starrte auf den Korb, der bis zum Rand mit buntem Obst gefüllt war und sofort huschte ein Lächeln über ihre Lippen. Man konnte über Heinrich denken und sagen, was man wollte, doch in dieser Schwangerschaft kümmerte er sich geradezu rührend um sie. Leider aufgrund der Überzeugung, dass sie endlich seinen Stammhalter im Leib trug, dachte Elfie bitter.

Lächelnd reichte Heinrich ihr eine Orange. Es war fast schon unmöglich, in diesen Zeiten eine solche Frucht zu bekommen. Dennoch hatte er es irgendwie hinbekommen, die buntesten Früchte zusammenzusammeln und wieder einmal staunte Elfie über sein Organisationstalent.

»Lass uns die Kinder holen und gemeinsam dieses wunderbare Obst genießen«, schlug sie lächelnd vor und erwiderte den zärtlichen Kuss, den Heinrich ihr auf den Mund drückte.

»Nein, mein Schatz«, wehrte dieser jedoch ab. »Diese Köstlichkeiten sind allein für dich und unseren kleinen Sohn hier.« Liebevoll streichelte er ihren Bauch und legte anschließend seine Lippen daran. »Hallo, mein Kleiner«, sagte er zärtlich. »Ich hoffe, du hast es sehr bequem da drinnen. Bald kommst du heraus und dann werde ich dich endlich in meinen Armen halten. Mein kleiner Heinz.«

Unweigerlich musste Elfie lachen. »Heinz?«

»Aber natürlich«, erwiderte Heinrich ernst. »Da du für alle drei Mädchen die Namen ausgesucht hast, denke ich, dass es nur recht und billig ist, wenn ich den Namen für unseren Sohn aussuche. Und ich würde ihn gerne nach mir benennen.«

Flüchtig schoss Elfie die Erinnerung an die Geburt von Valentina durch den Kopf. Damals war sie selbst der Überzeugung gewesen, sie hätte einen Sohn geboren. Und Heinz war genau der Name, den sie für diesen Sohn ausgewählt hätte. »Natürlich kannst du ihn nennen, wie du möchtest«, pflichtete Elfie schnell bei. *Falls es diesmal ein Sohn wird*, dachte sie im Stillen bei sich, doch sie wagte nicht, diesen Gedanken auszusprechen. »Aber ich dachte, du wolltest ihn eher direkt Heinrich nennen. Nach dir selbst.«

»Ja, aber wenn unser Sohn auch Heinrich heißt, dann führt das nur zu wilden Verwirrungen. Außerdem ist Heinz als Kurzform von Heinrich doch sehr passend. Es hört sich nach Elan an. Nach einem Punkt, nach Endgültigkeit. Und das ist er ja auch. Mein Heinz ist der Punkt nach den ganzen Kommas, die unsere Töchter gesetzt haben.«

»Das hast du aber sehr poetisch ausgedrückt«, staunte Elfie. Wie sehr hatte sie diese Seite an ihrem Mann vermisst. Den einfühlsamen, lustigen Mann, der mit Worten gewandt umgehen konnte und nicht nur mit leeren Parolen um sich warf. Den Mann, der ihr ein Lächeln aufs Gesicht zauberte. Der sie verwöhnte.

In diesem Moment kniete sich Heinrich auf den Boden, zog ihr vorsichtig die Schuhe von den Füßen und begann damit, sie liebevoll zu massieren. Elfie stöhnte vor Wonne auf. Die Massage tat ihren vom Tag malträtierten Füßen unglaublich gut. Außerdem hatte sie, wie bereits bei den vorherigen Schwangerschaften, mit bösen Wassereinlagerungen zu kämpfen. Genüsslich stützte sie sich auf den Ellenbogen ab und lehnte den Körper ein wenig zurück. Ein wohliger Seufzer drang aus ihrer Kehle, als Heinrich seine Massage an ihren Waden fortsetzte.

»Also sind wir uns einig, dass unser kleiner Stammhalter Heinz heißen wird?«, fragte er erneut, obwohl er ohnehin keinen Gegenvorschlag dulden würde.

»Natürlich«, seufzte Elfie glücklich und unterdrückte diesmal den Gedanken an das Schicksal.

In der folgenden Woche trug Heinrich sie weiterhin auf Händen. Jeden Abend massierte er ihr Schultern, Füße und Beine und überschüttete sie regelrecht mit Zuneigung. Elfie war glücklich. Für eine kurze Zeit glaubte sie, ihren alten Heinrich wieder zurückzuhaben. Den Heinrich, der sie liebte und niemals etwas tun könnte, was sie verletzen würde. Sie musste daran glauben. Wollte daran glauben. So lange, bis sie ihm eines Abends im Bett die Frage stellte, die ihr seit vielen Monaten auf der Seele brannte. Er hatte sie bereits mehrfach beantwortet, doch noch immer hoffte sie, dass er seine Meinung geändert haben könnte.

»Heinrich?«, flüsterte sie leise, als habe sie Angst, dass die Lautstärke die Situation gefährden könnte.

»Ja, mein Schatz?« Liebevoll streichelte er ihr übers Haar, das er zuvor noch mit vielen zärtlichen Küssen bedeckt hatte.

»Was geschieht, wenn das Kind, das ich bald auf die Welt bringe, doch wieder ein Mädchen ist?«

Schlagartig gefroren seine Gesichtszüge. »Dann werde ich es umbringen. Dieses und alle anderen nach ihm, so lange, bis du mir einen Sohn gebärst. So habe ich es geschworen und so soll es sein.«

Seine Antwort kam so prompt, so direkt und so kalt, dass Elfie in ihrem Innersten zu Tode erschrak. Während er die Worte ausgesprochen hatte, hatte er ihr fest in die Augen gesehen, sodass ihr keine Möglichkeit des Zweifels blieb. Wie gerne hätte sie seinen Schwur für einen schlechten Scherz gehalten. Doch so lange sie auch gebangt hatte, spätestens in diesem Moment war jegliche Hoffnung auf eine Meinungsänderung Heinrichs endgültig dahin. Die einzige Hoffnung, die ihr blieb, war jene, dass es sich bei dem Kind in ihrem Bauch um einen Sohn handelte.

Eine weitere Woche später war es so weit. Elfie spürte keine Wehen. Sie hätte kaum bemerkt, dass sie ein Kind bekam, wenn nicht plötzlich der Boden unter ihr vollkommen nass gewesen wäre. Ihre Fruchtblase war gänzlich unerwartet geplatzt. Gut, dass sie in der Küche war, schoss es ihr durch den Kopf. Im Wohnzimmer hätte das Fruchtwasser vermutlich die hübschen Dielen aufgeweicht. Hier in der Küche würde sie das Unglück auf den Fliesen später einfach wegwischen können. Einen Moment lang überlegte sie, ob sie die Hebamme anrufen oder sonst jemanden um Hilfe bitten sollte, doch die Kinder waren bereits alle im Bett, Heinrich war bei seinem Stammtisch und das Telefon befand sich im Wohnzimmer.

In diesem Moment zog sich ihr Unterleib schmerzhaft zusammen. Elfie fühlte sich nicht in der Lage, auch nur einen einzigen Schritt zu laufen. Ein stechender Schmerz fuhr durch ihren Bauch und ließ sie versteinern. Als die Wehe nachließ, sank sie auf dem Boden zusammen und lehnte sich mit dem Rücken an den Küchenschrank. Nun überflutete sie eine Welle von Schmerz, die ihr von ihren vorherigen Geburten so vertraut war. Elfie überlegte nicht. Sie ließ einfach geschehen, was geschah und handelte vollkommen intuitiv. Keuchend und hechelnd brachte sie um dreiundzwanzig Uhr abends auf dem Küchenboden ihr viertes Kind zur Welt.

Als es vollständig geboren war, drückte sie das Kleine an sich, das nicht schrie, doch offensichtlich am Leben und wohlauf war, denn der hungrige Winzling suchte mit seinem kleinen Mündchen sofort die Brust der Mutter. Elfie säugte das nackte Bündel und drückte es dabei so fest sie konnte an sich. Mit einer Hand griff sie nach dem Rock, den sie sich während der Geburt intuitiv abgestreift hatte und wickelte ihn schützend und wärmend um das kleine Menschlein. Als dieses schließlich von ihrer Brustwarze abließ und zufrieden schmatzte, stand Elfie vorsichtig auf. Langsam lief sie zur Schublade, nahm die Küchenschere heraus und durchtrennte die Nabelschnur. Dann wickelte sie das Kind, das noch immer selig schlummerte, in mehrere Küchenhandtücher ein und wischte den Fußboden. Nach einer halben Stunde war von der plötzlichen Geburt nichts mehr zu sehen.

Elfie spürte, wie sie von einer tiefen Erschöpfung überfallen wurde. Sie nahm ihr Baby und ging mit ihm hinauf ins Schlafzimmer. Dort hatte sie vorsorglich alles vorbereitet, was sie für einen neugeborenen

Säugling benötigen würde. Sie legte ein Tuch bereit, um das Kleine zu wickeln. Erst als sie das Kind aus dem groben Stoff des Rockes schälte, wagte sie einen Blick zwischen seine Beine: Es war ein Mädchen.

Ein Kloß schnürte Elfie die Kehle zu und machte es ihr kaum mehr möglich, zu atmen. Zitternd rang sie nach Luft. Was sollte sie denn jetzt nur tun? In diesem Moment hörte sie, wie unten die Haustür ins Schloss fiel. Heinrich war von seinem Stammtisch zurück. So schnell sie konnte, wickelte sie das kleine Mädchen mit der Mullwindel. Dann zog sie ihm mit geübten Fingern einen Strampler an, den sie glücklicherweise ebenfalls bereits in der kleinen Kommode bereitgelegt hatte. Kaum hatte sie das Baby angezogen, ging auch schon die Schlafzimmertür auf.

»Elfie, ich dachte, du wartest im Wohnzimmer auf ...«

In diesem Moment fiel Heinrichs Blick auf das kleine Bündel im Arm seiner Frau. Elfie zwang sich zu einem glücklichen Lächeln.

»Ist das etwa ...?«, begann Heinrich, doch seine eigene Rührung verhinderte, dass er die Frage zu Ende stellen konnte.

»Ja, mein Liebling«, antwortete Elfie, so klar und deutlich, wie sie nur konnte. »Das ist dein Sohn. Das ist Heinz.«

In diesem Moment begann Heinrich fürchterlich zu schluchzen. Tränen des Glücks liefen ihm die Wange hinunter, während er die Arme nach seinem Kind ausstreckte. Elfie gab es ihm vorsichtig.

»Mein Heinz«, stammelte Heinrich zärtlich. »Mein Sohn! Mein Stammhalter! Wie lange habe ich auf dich gewartet.«

In seinem Blick lag eine Liebe, die Elfie bisher noch nie gesehen hatte, weder wenn er sie noch eine seiner Töchter ansah. Es war der ganze Stolz eines Vaters, dessen Sehnsucht nach einem Sohn endlich erfüllt war.

Die Lüge brannte in ihrem Herzen und dennoch wusste sie, dass sie das einzig Richtige getan hatte.

2019

Emilia

Eine ganze Weile lang saßen die beiden Frauen sich gegenüber und tippten schweigend in die Tasten. Emilia genoss die Ruhe, die sich seit dem klärenden Gespräch im Raum ausgebreitet hatte. Ja, man konnte sogar fast von einer angenehmen Atmosphäre sprechen.

»Kaffee?«, fragte Tina plötzlich.

Emilia blickte auf und lächelte. »Sehr gerne.«

Sie konnte ihren Augen kaum trauen, als Tina aufstand und sie kurz darauf tatsächlich das Klappern einer Kaffeemaschine hören konnte. Offenbar gab es weiter hinten eine Küche, die sie bisher noch nicht zu Gesicht bekommen hatte, weil Tina ihr ja jegliche Einweisung verweigert hatte. Wenn sich die Situation allerdings weiterhin in dieser positiven Richtung entwickelte, blieb zu hoffen, dass sie die Küche früher oder später doch noch sehen und vielleicht sogar mit deren Funktionen vertraut gemacht wurde.

»Danke«, sagte sie freundlich und schenkte Tina ein möglichst herzliches Lächeln, als diese wenig später eine Tasse verführerisch duftenden Kaffees vor ihr abstellte.

»Ich wusste nicht genau, wie du ihn trinkst.« Erklärend deutete Tina auf Kondensmilch und

Zuckerstückchen, die sie auf der hübschen Untertasse drapiert hatte.

»Woher denn auch?«, entgegnete Emilia freundlich. »Wie trinkst du denn deinen Kaffee? Falls ich mal welchen holen gehe.«

»Schwarz.«

»Oh, das ist gut zu merken.«

Die Frauen lachten. Es war kein lustiges Lachen, aber dennoch ein heiteres, das bewies, dass sich ihre Beziehung mit jeder Minute und jeder freundlichen Geste in eine sehr angenehme Richtung zu entwickeln schien.

Die Melodie von *I am what I am* dröhnte aus Emilias Hosentasche und unterbrach die eben begonnene Unterhaltung. Mit einem geübten Handgriff nahm sie das Handy heraus und warf einen kurzen Blick auf das Display. Die Nummer kam ihr bekannt vor, doch sie hatte sie nicht gespeichert.

»Da gehe ich mal lieber ran«, entschuldigte sie sich kurz und drückte dann auf das Symbol mit dem kleinen grünen Hörer. Sofort breitete sich ein freudiges Lächeln auf ihrem Gesicht aus, als sie Toms warme, tiefe Stimme erkannte.

»Hey, wo bist du gerade?«

»Im Immobilienbüro. Und du?«

»Na im Gasthaus. Bist du in der Villa schon fertig?«

Emilia entfuhr ein leiser Seufzer. Wie oft würde sie das denn heute noch erklären müssen? »Nein, ich entwerfe gerade nur das Exposé.«

»Oh entschuldige, ich wollte dich nicht nerven.«

»Nein, nein, kein Problem.« Auf keinen Fall wollte sie ihm den Eindruck vermitteln, dass er ihr auf die Nerven ging. »Hier ist es nur so unglaublich heiß«, schwindelte sie und kassierte prompt einen irritierten Blick von Tina, denn die Klimaanlage lief auf Hochtouren und sorgte für eine überaus angenehme Raumtemperatur. Entschuldigend zuckte sie mit den Schultern in Richtung ihrer Kollegin. Diese grinste verstehend und lehnte sich dann betont lässig mit verschränkten Armen in ihrem Stuhl zurück, um zu demonstrieren, dass sie dem weiteren Gespräch mit voller Aufmerksamkeit beiwohnte. Unter normalen Umständen hätte Emilia dieses Verhalten vielleicht als unhöflich empfunden, doch in dieser Situation brachte es eine lockere, fast ulkige Seite an Tina zum Vorschein. Sie grinste fröhlich in sich hinein und deutete Emilia mit einer Handbewegung an, dass diese ruhig weitersprechen solle.

»Ach so«, hörte sie Toms Stimme, »na dann hättest du das Exposé vielleicht lieber in der Villa entwerfen sollen. Da ist es doch wunderbar kühl.«

»Ja, das wäre vielleicht gar keine schlechte Idee gewesen«, pflichtete Emilia bei. »Aber ich habe meinen Laptop heute im Gasthaus gelassen.«

»Oh, soll ich ihn dir schnell vorbeibringen?«

»Ach, hast du nun auch noch einen Paketlieferdienst?«

Tom lachte. »Nein, nein, ich dachte nur. So als ...«

»... Service des Hauses«, ergänzte Emilia lachend.«

»Ja, genau.«

»Nein, nein, lass mal. Ich nutze die Gelegenheit hier, um meine Kollegen besser kennenzulernen.« Freundlich zwinkerte sie Tina zu, die ihr Lächeln zum Glück direkt erwiderte. »Außerdem brauchte ich mal ein bisschen Abstand zur Villa.«

»Ach so, wegen der Fotos?«

»Ja. Auch. Irgendwie lasse ich das Ganze viel näher an mich heran, als es gut wäre.«

»Wieso?«

Emilia überlegte kurz. Wie sollte sie ihm das nur erklären? Wollte sie das überhaupt?

»Ach, egal«, wiegelte sie schließlich ab. »Sag mal, du hast doch nicht angerufen, um mich zu fragen, wo ich bin, oder?«

Tom lachte. »Nein, nein. Eigentlich wollte ich dich gerne zum Essen einladen.«

»Tom, das ist wahnsinnig nett von dir, aber das nächste Schnitzel mit Pommes kann ich selbst bezahlen. Du musst mich nicht auf Kosten des Hauses durchfüttern.«

»Nein, nein, jetzt hast du mich falsch verstanden. Es geht mir nicht darum, dein Essen zu bezahlen, sondern ich würde dich gerne ausführen. Nicht zu mir ins Gasthaus, irgendwo anders hin.«

»Du meinst, du willst mich zur Konkurrenz entführen? Soll ich dort irgendeinen geheimen Spionageauftrag ausführen oder so? Oder willst du eines der Restaurants kaufen?«

»Jetzt sag ihr halt, dass du sie scharf findest, Junge!«

Auch diese Stimme erkannte Emilia sofort. Sie gehörte Josef, dem alten Casanova. Offenbar stand er neben Tom, um diesen mit Tipps zu versorgen, falls er nicht weiter wusste.

Emilia konnte sich die Situation bildlich vorstellen. Solche Aktionen kannte sie noch allzu gut aus ihrer Teenagerzeit. Eine Freundin hatte bei ihrem Schwarm angerufen und die anderen Mädchen hatten gackernd hinter ihr gestanden, um ja kein Wort von dem pikanten Gespräch zu verpassen und sofort mit Rat und Tat zur Stelle zu sein, falls das Gespräch ins Stocken geriet oder in eine falsche Richtung abdriftete. Unweigerlich musste Emilia bis über beide Ohren grinsen.

»Also, ich möchte gerne mit dir ausgehen, weil du mich interessierst. So als Frau«, erklärte Tom etwas unbeholfen, aber doch erstaunlich direkt.

»Super, genau so, mein Junge«, hörte Emilia Josefs Stimme, die Tom wie ein Trainer anfeuerte. »Jetzt bloß nicht locker lassen.«

Jetzt konnte sich Emilia das Lachen doch nicht mehr verkneifen. »Sag mal, steht Josef mit Plakaten hinter dir? Oder hat er so komische Cheerleader-Puschel und fuchtelt damit vor deinem Gesicht herum?«

»Du hast ihn gehört?«

»Tom, sogar meine Kollegin am anderen Ende des Büros hat ihn gehört.«

»Okay, das ist mir jetzt ehrlich gesagt ein bisschen peinlich.«

Emilia gluckste. »Da muss dir nicht peinlich sein, ich weiß ja inzwischen, wie er ist. Und ich finde es irgendwie total süß, dass er dich so unterstützt. Sag ihm liebe Grüße von mir. Nur bitte sorge dafür, dass er dann nicht neben unserem Tisch steht und uns anfeuert, wenn wir essen gehen.«

»Heißt das, du sagst Ja?«

»Ja, ich sage Ja.«

Augenblicklich weiteten sich Tinas Augen gefühlt auf die Größe von Serviertellern. Sie sprang von ihrem Stuhl auf und presste theatralisch die Hände an ihre

Brust. »Oh mein Gott, hast du gerade einen Heiratsantrag angenommen?«

»Nein, eine Essenseinladung«, lachte Emilia.

»Puh, Herzinfarkt«, prustete Tina, ließ sich in gespielter Erschöpfung zurück auf ihren Stuhl sinken und fächelte sich mit einem Notizblock Luft zu.

»Aha, ich bin also nicht der Einzige, der sich anfeuern lässt oder wie darf ich diese Nebengeräusche deuten?«, witzelte Tom.

»Nein. Aber meine Cheerleaderin versorgt mich nebenher mit dem besten Kaffee der Stadt. Außerdem ist sie jung, sexy und trägt sowohl Stöckelschuhe als auch ein hautenges Kleid. Und dein Josef?«

»Da muss ich passen. Aber bevor dieses Gespräch jetzt in eine seltsame Richtung abdriftet, würde ich dich gerne auf einen Termin festnageln.«

»Wofür?«

»Na für unser Essen.«

»Oh, das hatte ich ganz vergessen.«

»Echt jetzt?«

»Nein, nur Spaß!« Seine Leichtgläubigkeit brachte Emilia erneut zum Lachen. »Also, wenn es um ein Abendessen geht, habe ich eigentlich jeden Abend Zeit. Da das bei dir wohl nicht so ist, würde ich sagen, such dir einfach einen Abend aus.«

»Heute.«

»Da kann ich nicht.«

»Ach so. Okay, dann ...«

»Hey, wieder nur ein Scherz, Tom. Natürlich kann ich heute.« Grinsend verdrehte Emilia die Augen und auch Tina gluckste mittlerweile in sich hinein.

»Oh, super. Dann heute Abend um acht?«

»Gerne. Holst du mich ab?«

»Na klar. Ähm ... wo denn?«

»Na an meiner Zimmertür am besten.«

»Alles klar. Super. Dann bis später.«

»Bis später. Und ... Tom?«

»Ja?«

»Ich freue mich.«

»Ich mich auch.«

Emilia legte auf. Das Grinsen, das während des Gesprächs immer breiter geworden war, wollte ihr nicht mehr aus dem Gesicht weichen.

»Mann, Mann, Mann, da ist aber jemand ganz schön verknallt«, feixte Tina und verzog ihr Gesicht zu einer schmachtenden Grimasse.

Emilia zuckte die Schultern. Obwohl ihr das alles eigentlich viel zu schnell ging und ein Date das Letzte war, womit sie hier in Edelsbrunn gerechnet hatte, freute sie sich mehr, als sie zugeben wollte über die Essenseinladung. Tom hatte ihr auf Anhieb gefallen. Er war nett, unkompliziert und unglaublich attraktiv.

»Wer war denn das?«

»Genau genommen mein Vermieter.« Emilia grinste. »Er ist der Mann, dem die Gaststätte gehört, in der ich vorübergehend untergekommen bin.«

»Du weißt aber schon, dass wir hier in einem Immobilienbüro sind, oder? Wir können dir im Handumdrehen eine hübsche kleine Wohnung besorgen.«

»Nein danke, das ist sehr lieb gemeint, aber ich glaube, ich wohne im Moment sehr gerne dort.«

Tina presste grinsend die Lippen aufeinander und nickte langsam, um zum Ausdruck zu bringen, dass sie mehr verstand, als ihre Kollegin mit ihren Worten gesagt hatte. Allerdings fragte Emilia sich, ob es da überhaupt mehr zu verstehen gab. Trotzdem war sie Tina dankbar, dass sie nicht weiter auf der Situation herumritt, sondern sich lächelnd wieder ihrem Monitor zuwandte.

Wo war denn nur die Zicke von vorhin geblieben? Kaum zu fassen, dass sich Tina innerhalb einer Stunde von einer zickigen Giftspritze in eine hilfsbereite und zuvorkommende Person verwandelt hatte. Hatte sie sich tatsächlich nur so fies verhalten, weil sie in Emilia eine Konkurrentin gesehen hatte?

Gruselig, was die Liebe mit einem Menschen anstellen konnte. Doch genau das war Emilia eine Warnung. Wenn sie sich auf Tom einließ, musste sie sehr vorsichtig sein. Außerdem kannte sie ihn kaum. Ihre letzte Beziehung hatte sie schließlich zu einer panikartigen Flucht getrieben und war überhaupt erst der Grund gewesen, warum sie hier gelandet war. Sich nun direkt in das nächste Abenteuer zu stürzen, war vermutlich mehr als fahrlässig. Trotzdem hätte sie es niemals übers Herz gebracht, Tom eine Abfuhr zu erteilen. Dazu war er einfach viel zu schnuckelig. Und außerdem war da irgendetwas zwischen ihnen, was sie unglaublich reizte. Sie konnte zwar beim besten Willen noch nicht sagen was, doch der einzige Weg, das herauszufinden, war ... nun ja ... es herauszufinden.

Es war seltsam: Als sie nach Edelsbrunn gekommen war, hatte sie zum ersten Mal seit langem das Gefühl gehabt, absolut sicher zu sein, wer sie war und was sie wollte. Doch zwei Komponenten hatten genügt, um sie komplett aus dem Konzept zu bringen: die Villa Gleißner und Tom. Es waren nur ein Haus und ein Mann und dennoch hatte sie das Gefühl, sich zu beidem auf eine Art und Weise hingezogen zu fühlen, die sie bisher nicht gekannt hatte. Es war kein unangenehmes Gefühl, nein, ganz und gar nicht. Eher ein wohliges und sehr angenehmes. Als hätten beide etwas an sich, das nur für sie allein bestimmt war und auf das sie extra gewartet hatte. Vermutlich hätte sie jeder, dem sie dieses Gefühl geschildert hätte, für verrückt erklärt. Doch es fühlte sich an wie eine Art von Vorsehung oder Vorbestimmung. Obwohl Emilia nie besonders schicksalsgläubig gewesen war, hatte sie nun auf einmal den Eindruck, als füge sich alles genau so, wie es sein musste. Vielleicht war die Ähnlichkeit zwischen ihr und Frau Gleißner ja gar kein Zufall, sondern ein Wink des Schicksals, um ihr zu zeigen, wie wichtig es war, dass sie dieser Bestimmung folgte.

Kaum hatte sich dieser Gedanke in ihrem Kopf manifestiert, war sie einfach nur froh, dass sie ihn nicht laut ausgesprochen hatte. Tina hätte sich vermutlich ausgeschüttet vor Lachen. Dennoch drängte irgendetwas in ihr weiter vorwärts, als wäre sie ein Abenteurer auf Schatzsuche und fände erst Ruhe, wenn sie den Schatz gehoben hätte. Wobei sie leider nicht einmal eine grobe Vorstellung davon hatte, worin dieser bestehen könnte. Sie war sich lediglich sicher, dass es etwas mit Tom und der seltsamen Ähnlichkeit zu Frau Gleißner zu tun hatte, die alle für eine Verrückte hielten. Augenblicklich erinnerte sich Emilia an das Foto, das sie heimlich eingesteckt hatte. Vorsichtig nahm sie es aus ihrer Hosentasche und betrachtete es eingehend, obwohl sich das Bild längst in ihr Gedächtnis eingebrannt hatte. Was hatte diese Frau nur getan, dass die

Menschen im Dorf sich bis heute noch vor ihr fürchteten? Hatte sie wirklich Kinder entführt und an die Nazis verkauft?

Ratlos blickte Emilia auf das Gesicht, das ihr von ihrem eigenen Spiegelbild so vertraut war. Erschrocken sah sie, dass sich eine Ecke des Fotos zu lösen begann. Hatte das Bild etwa in ihrer Hosentasche Schaden genommen?

Vorsichtig befühlte sie die Ecke, um zu untersuchen, ob sie noch zu retten war. Da löste sie sich schließlich komplett ab und darunter kam ein zweites Foto zum Vorschein. Überrascht betrachtete Emilia das Bild. An ein paar Stellen hatte es deutliche Flecken. Offensichtlich war es nass gewesen oder aus einem sonstigen Grund an der Rückseite des anderen Bildes haften geblieben. Dennoch war die Darstellung wunderbar zu erkennen.

Es handelte sich ebenfalls um ein Familienfoto. Dieses Mal war jedoch ein Mann mit auf dem Bild, vermutlich handelte es sich dabei um Herrn Gleißner, denn er hielt seine Frau zärtlich im Arm. Diese schenkte dem Fotografen ein großzügiges Lächeln. Trotzdem schien irgendetwas mit ihrem Gesicht nicht zu stimmen. Erst auf den zweiten Blick erkannte Emilia, was sie daran störte: Obwohl der Mund von Elfie Gleißner zu einem breiten Lächeln verzogen war, lachten ihre Augen nicht mit. Im Gegenteil – in ihnen spiegelte sich eine tiefe Trauer.

Sofort fiel Emilia wieder das vorherige Bild ein, auf welchem Frau Gleißner so traurig auf das Baby in ihrem Arm geblickt hatte. Damals hatten zwei Mädchen neben ihr gestanden und sie hatte den Säugling auf dem Arm gehalten. Bei dem Bild, das Emilia nun betrachtete, standen drei Mädchen hübsch aufgereiht vor den beiden Eltern. Alle drei trugen ein weißes Kleidchen, das mit Spitze verziert war und die kleinen Damen aussehen ließ wie kleine Prinzessinnen. Frau Gleißner stand hinter ihnen und hatte den beiden größeren jeweils eine Hand auf die Schulter gelegt. Herr Gleißner stand neben seiner Frau. Auf dem Arm trug er ein etwa einjähriges Kind. Einen Jungen mit den für die damalige Zeit typischen kurzen Hosen, einem ordentlichen Hemdchen und sogar einer kleinen Fliege am Kragen. Der kleine Mann und sein Vater strahlten regelrecht um die Wette. Auch die Mädchen wirkten allesamt sehr fröhlich, die Kleinste von ihnen hatte sogar etwas richtig Freches an sich, was Emilia aber sofort sympathisch fand. Alles hätte ausgesehen wie das perfekte Foto einer glücklichen Familie. Wäre da nicht die Trauer in den Augen von Frau Gleißner gewesen, die einem regelrecht ins Gesicht sprang. Weshalb war diese Frau nur so furchtbar unglücklich? Oder war sie das etwa gar nicht und Emilia bildete es sich nur ein?

»Tina?«, fragte sie vorsichtig.

»Ja?« Sofort sah die Kollegin auf und Emilia erinnerte sich lächelnd daran, dass sie vor nicht einmal zwei Stunden eine Rüge wegen eines läppischen Seufzers von ihr kassiert hatte. Wie unwirklich ihr das jetzt bereits vorkam.

»Falls du kurz einen Moment Zeit hast ... könntest du dir vielleicht mal dieses Foto kurz anschauen und mir sagen, was für einen Eindruck die Frau auf dich macht?«

»Klaro. Zeig mal.« Tina streckte die Hand aus und Emilia legte ihr das Foto in die Hände. Im selben Moment, in dem Tinas Blick auf die Darstellung fiel, riss sie erschrocken die Augen auf und schlug sich die freie Hand vor den Mund.

»Oh mein Gott, Emilia, die sieht ja aus wie du!« Aus ihren Worten sprach die pure Fassungslosigkeit.

»Oh ja, entschuldige, das hätte ich vielleicht erwähnen sollen.«

»Unglaublich. Wer ist denn das? Deine Großmutter?«

Emilia lachte. »Nein, dann wäre es nur halb so gruselig. Die Frau auf dem Bild ist aller Wahrscheinlichkeit nach Frau Gleißner.«

»Jetzt hör aber auf!« Ungläubig starrte Tina abwechselnd auf das Foto und auf Emilia, als erwartete sie, dass ihre Kollegin gleich zugeben würde, nur einen Scherz gemacht zu haben.

»Nein, echt. Ich habe das Bild in der Villa gefunden.«

»Das ist *die* Frau Gleißner? Aus der Geistervilla? Und warum seht ihr euch so ähnlich?«

»Tja, das wüsste ich ehrlich gesagt auch gerne. Ich habe nicht die geringste Ahnung. Aber im Moment geht es mir noch um etwas anderes. Schau mal bitte ihren Gesichtsausdruck genau an.«

»Sie sieht traurig aus.«

»Ach, findest du auch?« Es überraschte Emilia, dass Tina dies so schnell aufgefallen war, nachdem sie selbst erst eine Weile hatte überlegen müssen.

»Ja, absolut«, bestätigte diese und nickte zusätzlich, ohne ihren Blick von der Fotografie abzuwenden. Dann reichte sie Emilia das Bild zurück. »Sie lächelt zwar, aber ihre Augen lächeln nicht, siehst du?«

»Ja, das dachte ich auch. Aber warum nur?« Nachdenklich betrachtete Emilia wieder den eigenartigen Ausdruck in den Augen der Frau. »Es sieht doch aus, als wäre das eine total glückliche Familie, oder nicht? Alle strahlen vor Glück, schau dir mal den Mann an. Warum sie nicht?«

»Na ja, im Dorf geht das Gerücht um, dass die Gleißners damals im Krieg Kinder gestohlen und an die Nazis verkauft haben.«

»Ja, davon habe ich gehört.«

»Oh, dann hast du aber gute Quellen. Das erzählt man sich eigentlich nur so unter der Hand.«

»Wie gesagt: Ich wohne in einem Gasthaus. Da hält der Männerstammtisch mit seiner Meinung nicht so sehr hinter dem Berg.« Beim Gedanken an den lustigen Abend mit Josef und Klaus musste Emilia unwillkürlich grinsen.

»Oh.« Tina lachte. »Wie auch immer. Vielleicht ist an dem Gerücht ja was dran.«

»Das kann ich mir kaum vorstellen. Aber selbst wenn, was hätte das mit den Augen von Frau Gleißner auf diesem Bild zu tun?«

»Na ja, ich meine ja nur. Was, wenn die vier Kinder, die dort abgebildet sind, welche von den gestohlenen sind? Vielleicht haben sie ein Foto gemacht und sie danach dann an die Nazis verkauft. Und vielleicht war Frau Gleißner gar nicht so abgebrüht wie man immer sagt, sondern hat sich doch ein bisschen dafür geschämt, weil sie wusste, was gleich mit diesen Kindern passieren würde.«

»Oh Gott, du glaubst, die Kinder auf diesem Bild sind ...«

»… Kinder, die dann an die Nazis als Versuchskaninchen verkauft wurden, ja. Wäre doch möglich, oder?«

Emilia stutzte. Allein der Gedanke war grausamer als alles, was sie sich selbst hätte ausmalen können.

»Aber glaubst du, die Gleißners hätten dann noch ein Foto mit den Kindern gemacht? Das wäre doch gewissermaßen Beweismaterial für ihre Taten gewesen. Und das wiederum wäre ja schon ein bisschen dämlich, oder?«

»Eigentlich ja. Aber man weiß nie, wie weit Psychopathen gehen. Es gibt Psychos, die fotografieren ihre Opfer, *nachdem* sie sie umgebracht haben. Als Trophäen gewissermaßen.«

Sie hielt einen Moment inne und hob dann entschuldigend die Hände, als sie sah, wie entsetzt Emilia auf diese Äußerung reagierte.

»Sorry, vielleicht lese ich auch einfach zu viele Thriller. Ist seit Jahren ein Hobby von mir. Vermutlich ist das alles Unsinn und sie waren wirklich eine glückliche Familie. Vielleicht war der Frau nicht wohl. Möglicherweise war sie ja schon schwanger mit Kind Nummer fünf.«

»Glaubst du?«

»Nein. Aber wenn dich der Gedanke beruhigt …« Sie zwinkerte Emilia aufmunternd zu.

Diese versuchte ein Lächeln, doch es geriet angesichts ihrer aktuellen Gedanken eher zu einem schiefen Grinsen.

»Ach komm schon, Emilia«, versuchte Tina sie zu beruhigen. »Ehrlich gesagt glaube ich, wie die meisten hier im Dorf auch, dass die Gleißners eine sehr mächtige und skrupellose Familie waren, die tatsächlich

Kinder an die Nazis verkauft haben, um sich daran zu bereichern. Aber selbst wenn das wahr ist, was sich ja heute offensichtlich nicht mehr nachweisen lässt, dann ist es doch gewissermaßen Schnee von gestern. Auch wenn das jetzt hart klingt, aber alle Mitglieder dieser Familie sind tot. Selbst wenn sie das getan haben, was ihnen vorgeworfen wird, wen sollte man denn jetzt noch dafür zur Verantwortung ziehen? Es gibt niemanden, den man für diese Verbrechen noch bestrafen könnte. Also ist es vielleicht einfach an der Zeit, diese Dinge ruhen zu lassen, so schrecklich sie auch waren. Alles wieder und wieder hervorzuholen, das bringt doch niemandem etwas.«

Emilia war da ganz anderer Meinung, doch es war weder der richtige Ort noch der richtige Zeitpunkt, um eine Diskussion über den Umgang mit der Vergangenheit und der Verantwortung, die daraus resultierte, zu beginnen. Stattdessen spürte sie, wie der Drang in ihr immer stärker wurde, herauszufinden, was in dieser Familie geschehen war. Und vor allem, was mit dieser Frau nicht stimmte, die allein durch ihre Ähnlichkeit längst für immer mit ihr verbunden war. Selbst wenn sie wollte, sie hätte es einfach nicht ignorieren können.

In diesem Moment fasste Emilia einen folgenschweren Entschluss: Sie würde die Wahrheit über die Familie Gleißner herausfinden. Egal, was sie dafür tun und egal, wie weit sie dafür gehen musste.

1942

Villa Gleißner

Als Heinrich es endlich geschafft hatte, den Anblick von seinem vermeintlichen Sohn loszureißen, ging er hinunter in die Bibliothek und öffnete endlich die Flasche Champagner, die nun bereits seit sieben Jahren darauf wartete, geköpft zu werden. Da es mitten in der Nacht war, musste er leider darauf verzichten, gemeinsam mit seinen Freunden auf seinen langersehnten Stammhalter anzustoßen, doch das Begießen dieser großen Freude wollte er sich auf keinen Fall nehmen lassen. Überglücklich trank er Glas um Glas des teuren Getränks und schlief schließlich vollkommen betrunken auf dem gemütlichen Sofa ein. Dass das Glas dabei aus seiner Hand fiel und auf dem Boden zerbrach, bekam er nicht einmal mehr mit.

Elfie dagegen sehr wohl. Sobald Heinrich das Zimmer verlassen hatte, war sie in Tränen ausgebrochen. Noch immer war sie davon überzeugt, dass es das Richtige gewesen war, Heinrich bezüglich des Geschlechts seines Kindes zu belügen. Doch wie sollte sie diese Täuschung denn über all die kommenden Jahre hinweg aufrechterhalten? Das war schlichtweg unmöglich und das wusste sie, sobald sie den Gedanken daran zuließ.

Als sie ein lautes Poltern hörte, befürchtete sie, Heinrich könnte gestürzt sein. Für einen kurzen Moment erwischte sie sich bei der grausamen Hoffnung, er könne sich dabei das Genick gebrochen haben. Das hätte all ihre Probleme auf einen Schlag gelöst.

Vorsichtig schlich sie nach unten und fand ihren Gatten schlafend vor. Seine Arme hingen leblos neben seinem Körper herunter und aus seiner Kehle drang ein tiefes, wohliges Schnarchen. Vorsichtig nahm sie seine Arme und legte sie auf seinen Bauch. Dann holte sie eine Decke aus dem Wohnzimmer und legte sie vorsichtig über ihren schlafenden Mann. Wie er so dalag, sah er vollkommen harmlos aus. Niemand würde ihm zutrauen, dass er fähig sein könnte, sein eigenes Kind zu töten. Und dennoch wusste sie, dass er es tun würde. Sofort sammelten sich wieder Tränen in ihren Augen und kullerten ihr die Wangen hinunter. Als ihr Blick auf die leere Champagnerflasche fiel, ging sie hin und hob sie auf. Wie von einem fremden Geist gesteuert, trat sie mit der Flasche in der Hand vor ihren Mann und holte zum Schlag aus. Nur ein einziger gezielt platzierter Treffer auf seinem Schädel und sie bräuchte sich nicht mehr um ihr neugeborenes Mädchen zu sorgen. Sie biss sich so fest auf die Unterlippe, dass diese aufsprang und zu bluten begann. Der metallische Geschmack in ihrem Mund schockierte und beruhigte sie gleichermaßen. Blut oder Blut. Leben oder Leben. Wenn sie ihren Mann am Leben ließ, würde er das Kind töten. Wollte sie, dass das Kind lebte, musste sie ihren Mann töten. Sie schwang die Flasche hoch über dem Kopf, konnte sich aber nicht zum letzten Schritt überwinden.

Schließlich ließ sie den Arm kraftlos sinken. Die Flasche glitt aus ihren schlaffen Fingern und fiel polternd zu Boden. Heinrich schlief so tief, dass er nicht einmal zuckte. Der Alkohol und die Freude über seinen Sohn hatten ihn in ein Reich des glückseligen Schlummers transportiert.

Elfie weinte. Sie weinte so lange, bis sie meinte, ihr Herz müsse inzwischen die Form einer Dörrpflaume angenommen haben. Obwohl sich alles in ihr vor Schmerz zusammenkrampfte, kam keine einzige Träne mehr.

Auf einmal schoss ihr ein Gedanke durch den Kopf. Wie vom Blitz getroffen, erstarrte sie. Es war nur eine Idee, nur der Hauch einer Möglichkeit. Doch wenn das Schicksal ihr nur dieses eine Mal gewogen wäre, dann würde sie den Rest ihres Lebens in unendlicher Dankbarkeit verbringen.

Leise stand sie auf und ging hinüber ins Wohnzimmer. Dort hob sie die große Ballerina aus Porzellan hoch, in deren Sockel sie seit ihrer Jugendzeit immer Geld versteckt hatte. Ihre Großmutter hatte ihr damals beigebracht, dass man immer für Notzeiten vorsorgen musste. Sie war es, die Elfie die Ballerina mit dem hohlen Sockel geschenkt hatte.

Nahezu geräuschlos nahm Elfie das Geld heraus, das sich über die Jahre angesammelt hatte, und umklammerte es so fest mit ihren Fingern, dass die Knöchel weiß hervortraten. Dann warf sie einen letzten Blick auf Heinrich, der noch immer unbewegt auf dem Sofa schlummerte, und verließ das Wohnzimmer.

Wie eine Diebin im eigenen Haus schlich sie hinauf in ihr Schlafzimmer, zog sich an und bekleidete sich mit dem langen Regenmantel. Zwar war der heftige Regenguss eben vorbei, doch bei dem, was sie vorhatte, wollte sie auf keinen Fall erkannt werden. Leise hob sie ihr neugeborenes Mädchen aus der Wiege und drückte es fest an sich. Dann eilte sie aus dem Haus und schloss die Tür geräuschlos hinter sich.

Normalerweise mochte Elfie die Dunkelheit nicht und verkroch sich vor ihr in der Villa. Doch in dieser Nacht hüllte sie die traurige Gestalt ein wie ein schützender Mantel. Erstaunt nahm Elfie wahr, wie eine angenehme Ruhe sie überkam. Die Straßen waren menschenleer und die Feuchtigkeit des letzten Regengusses bildete noch einen feinen Film auf dem Asphalt, in dem sich das fahle Licht der Straßenlaternen spiegelte. Aus den Gullydeckeln stiegen leichte Nebelschwaden, denen Elfie im Lauf auswich. Nervös zog sie sich die lange Kapuze noch etwas tiefer ins Gesicht. Der Regenumhang war eine gute Wahl gewesen. Im schummrigen Licht, das nur die vereinzelten Laternen in die Dunkelheit warfen, glitt sie lautlos durch die Nacht. Jemand, der sie vorbeihuschen sah, hätte nicht sagen können, ob es sich um einen Mann oder eine Frau handelte. Allein das kleine Baby, das sie noch immer fest an sich gepresst hatte, hätte sie verraten können. Doch sogar das Kind schien den Ernst der Lage zu spüren und war ganz still, obwohl es die kleinen Äuglein geöffnet hatte und erstaunt in die Welt blickte, die in atemberaubendem Tempo an ihm vorüberflog. Edith, hatte Elfie im Stillen beschlossen. Das unselige Geschöpf auf ihrem Arm sollte Edith heißen. So hätte ihre Trauer wenigstens einen Namen.

Inzwischen hatte sie sich einige Kilometer weit von der Villa Gleißner entfernt, doch sie drängte unaufhaltsam weiter durch die Nacht, denn ihr Ziel lag noch weiter entfernt. Fast am Rande des Ortes. Elfie spürte

weder den leichten Nieselregen, der ihr kleine Tröpfchen von Feuchtigkeit ins Gesicht peitschte, noch ihre
Füße, an denen sie nicht einmal Schuhe trug. In der Eile
war sie einfach losgerannt.

Endlich sah sie den Ort, den sie bisher nur aus Erzählungen kannte. Obwohl sie der Anblick der windschie-
fen Hütten, die notdürftig aus ein paar Brettern zusam-
mengezimmert waren, bis ins Mark erschütterte, war
sie mehr als erleichtert, dass es sie tatsächlich gab und
sie nicht nur der Fantasie eines geltungssüchtigen
Tratschweibes entsprungen waren.

In ihrer Verzweiflung war Elfie zu allem bereit. Auch
wenn es schon mitten in der Nacht war und sicherlich
alle bereits in tiefem Schlummer lagen, würde sie nicht
aufgeben, bis sie fand, was sie suchte.

Leise schlich sie sich an die erste Hütte heran. Kein
Lichtschein war in ihr zu erkennen und so dauerte es
einen Moment, bis sich ihre Augen an die Dunkelheit
gewöhnt hatten und sie etwas in dem winzigen Raum
erkennen konnte. Viel gab es allerdings nicht zu sehen.
Auf dem Boden lag ein etwa handbreiter Haufen aus
Stroh. Darauf erkannte sie drei Gestalten, die eng anei-
nandergedrängt schliefen. Sie hatten nicht einmal eine
Decke, mit der sie ihre vollständig bekleideten Körper
hätten bedecken können. In der Mitte des Raumes
stand ein Tisch. Ein Topf, eine Pfanne, drei Schüsseln
und drei Tassen waren in Ermangelung eines Regals
sorgfältig am Rand der Hütte aufgestellt. Eine Küche
oder Kochstelle suchte man vergeblich. Vermutlich bereitete die Familie, ebenso wie alle anderen in dieser
ärmlichen Siedlung, ihr Essen außerhalb der Hütte zu.
Niemals hätte Elfie es für möglich gehalten, dass es so

etwas wirklich geben könnte. Mitten im Zwanzigsten Jahrhundert, mitten in Deutschland. Und dabei war sie noch davon ausgegangen, dass die Hebamme übertrieben hatte, als sie ihr von den Baracken am Rande des Ortes erzählt hatte. Bei den Menschen, die in diesen Bretterbuden hausten, handelte es sich um die Ärmsten der Armen. Allerdings wuchs mit der Armut dieser Menschen auch die Chance, dass Elfies Plan funktionieren könnte. Nein – musste. Es war die einzige Idee, die sie hatte, mit der sie ihre Ehe und das Leben ihrer kleinen Edith retten konnte.

Der schockierende Anblick fesselte ihre Aufmerksamkeit und Elfie musste sich zwingen, ihren Blick vom Inneren der kleinen Hütte abzuwenden. Hier gab es nicht das, was sie suchte. Schnell huschte sie zur nächsten Hütte.

Ein dünner Lichtschein schlich sich durch die Ritzen der Bretter nach draußen. Auch hier war es ein Leichtes, durch die Abstände in den Wänden in das Innere der Hütte zu spähen. Hier sah es ein wenig besser aus als in der vorherigen. An einem kleinen Tisch saß eine junge Frau über ein Stück Stoff gebeugt, das sie offensichtlich auszubessern schien. An der Seite auf dem Boden lag, wie auch in der vorherigen Hütte, Stroh aufgehäuft. Darauf schliefen zwei Kinder, dicht aneinander gekuschelt. Diese waren jedoch wenigstens mit einer warmen Decke zugedeckt.

Schnell riss Elfie sich los und ging zur nächsten Hütte. Auch hier fand sie nicht, was sie suchte.

In der übernächsten Hütte war es ebenso stockdunkel. Wieder spähte Elfie durch eine Ritze in der Wand und versuchte, ihre Augen an die Dunkelheit zu gewöhnen. Sie musste beim Auskundschaften der Hütten unbedingt schneller werden. Schließlich hatte sie nur diese eine Nacht Zeit. Bis zum Morgengrauen, wenn ihre Mädchen zu Hause aufwachten, musste sie wieder in der Villa sein und bis dahin musste sie es geschafft haben.

Und was, wenn nicht? Elfie mochte sich überhaupt nicht vorstellen, was passieren würde, wenn sie hier kein Glück hatte. Innerlich fing sie inbrünstig an zu beten. In diesem Moment vernahm sie das empörte Gebrüll eines kleinen Babys. Der Lautstärke und dem Tonfall nach konnte es noch nicht älter sein als ein paar Tage. Sein Stimmchen war kaum kräftig genug, die einzelnen krähenden Laute zu produzieren, die es in kurzen Stößen von sich gab. Ohne zu zögern wandte sich Elfie um und folgte dem jämmerlichen Klagen des kleinen Säuglings. Innerhalb weniger Sekunden hatte sie die Hütte ausfindig gemacht, in der sich das kleine Menschlein befinden musste.

Ihr Herz klopfte so schnell und fest, dass sie den Widerhall in ihren Ohren spüren konnte. Sie zwang sich, einmal tief durchzuatmen. Was sie vorhatte, würde nicht nur das Leben ihrer Tochter retten, sondern viel mehr. Sie tat etwas Gutes. Nur Gutes. So musste sie sich immer wieder selbst überzeugen, sonst hätte sie vielleicht nicht den Mut gehabt, mit dieser Entschlossenheit an die dünne Brettertür zu klopfen. Niemand reagierte auf das Klopfen. Niemand bat sie herein. Elfie klopfte noch einmal. Fester. Bestimmter.

»Wer ist da?« Die unsichere Stimme, die aus der Hütte drang, gehörte zweifellos einer Frau, ganz sicher der

Mutter des schreienden Säuglings, der nun aufhörte zu jammern.

»Jemand, der Ihnen helfen will.«

»Gehen Sie weg. Niemand hilft uns.«

»Doch. Ich werde Ihnen helfen, glauben Sie mir.«

Die Stimme im Inneren der Hütte zögerte. »Haben Sie Medizin?«

»Wofür?«

»Mein Sohn ist krank. Ich fürchte, er stirbt, wenn er keine Medizin bekommt.« Obwohl die Frau überaus verzweifelt klang, sprach sie sehr leise, vermutlich, um die Menschen in den anderen Hütten nicht zu wecken. Eine Höflichkeit, die Elfie sehr entgegenkam, denn auch sie hatte keinerlei Interesse daran, die anderen Menschen auf sich aufmerksam zu machen.

»Lassen Sie mich herein und ich verspreche Ihnen, Ihr Sohn wird überleben«, versprach sie mit einer Festigkeit in der Stimme, die sie selbst überraschte. Woher nahm sie nur die Gewissheit, dass sie den kleinen Jungen retten konnte? Vielleicht weil sie wusste, dass ihr gar nichts anderes übrig blieb.

Tatsächlich schienen ihre Worte die Frau in der Hütte überzeugt zu haben, denn ein schmaler Riegel wurde verschoben und die dünne Brettertür vorsichtig geöffnet.

Elfie sah sich einer Frau gegenüber, die höchstens Anfang zwanzig sein konnte. Hätte sie nicht den Säugling an ihrer Brust gehalten, der langsam zu trinken versuchte, hätte sie das Mädchen vermutlich eher für eine Schwester als für die Mutter des Kindes gehalten. Ihr Körper war bis auf die Knochen abgemagert. Um ihn schlackerte ein dünnes Kleid, das so abgenutzt war, dass ihre Haut an mehreren Stellen durch den dünnen Stoff schimmerte. Das blonde Haar hing fahl und strähnig an ihrem Kopf herab und bot einen armseligen Anblick. Dennoch ließ die Erkenntnis, dass es sich bei der Mutter um eine blonde Frau handelte, Elfies Herz höher schlagen. Diese Frau, so, wie sie vor ihr stand, war der Inbegriff der Armut. Perfekt. Innerlich dankte sie Gott von Herzen, dass er ihre Gebete offenbar erhört hatte. Das, was sie hier gefunden hatte, übertraf all ihre Hoffnungen.

»Wer sind Sie? Was wollen Sie hier?«, fragte die junge Frau leise. Nun, da sie Elfie vor sich stehen sah, schien ihre Angst zu schwinden. Sie wirkte nun eher neugierig.

»Ich bin eine Frau, die Ihnen Hilfe anbietet, im Gegenzug für die Ihre«, erklärte Elfie vorsichtig.

Warum hatte sie sich auf dem langen Weg hierher nur nicht überlegt, wie sie der Frau, wenn sie sie denn finden würde, ihr Anliegen verständlich vortragen konnte? Sie war so von der Panik getrieben gewesen, niemanden zu finden, der ihr helfen könnte, dass sie sich gar keine Gedanken darüber gemacht hatte, wie sie ihre Situation und vor allem ihr Angebot unterbreiten sollte.

»Ich kann Ihnen nicht helfen. Ich habe nichts, was ich Ihnen geben oder was ich für Sie tun könnte«, erwiderte die Frau und zu ihrem Erstaunen bemerkte Elfie etwas wie Bedauern in ihrem Gesichtsausdruck. Konnte es sein, dass es einer so armen Frau leidtat, einer anderen nichts geben zu können?

»Ich weiß, dass Sie und nur Sie all meine Probleme lösen können«, erklärte Elfie vorsichtig. »Und ich verspreche Ihnen, ich kann einen Großteil Ihrer Probleme lösen. Wir beide können so viel glücklicher werden als in diesem Moment. Wir müssen nur auf eine einzige Sache verzichten.«

»Wie meinen Sie das?« Die junge Frau wirkte nun vollständig irritiert. In diesem Moment ließ das kleine Baby von ihrer Brustwarze ab und begann wieder kläglich zu jammern. Sofort presste die Frau das Kind an ihren Körper und gab beruhigende Laute von sich, während sie leicht von einem Fuß auf den anderen wippte.

»Kann ich bitte hereinkommen?«, fragte Elfie freundlich und lächelte so aufrichtig, wie es ihr in dieser Situation möglich war.

Die junge Frau schien ihre Angst nun vollständig verloren zu haben. Elfie schien auf sie nicht weiter bedrohlich zu wirken. Mit einer Geste deutete sie in die kahle Hütte und trat einen Schritt zurück, um die unerwartete Besucherin einzulassen.

»Ich bin Maria«, erklärte sie dann. »Bitte setzen Sie sich. Ich habe leider nur diesen einen Stuhl.«

Elfie setzte sich und nahm ihre Kapuze ab. Etwas, was sie unter keinen Umständen hatte tun wollen, doch ihre Intuition sagte ihr, dass Maria ihr sehr viel mehr vertrauen würde, wenn sie ihr direkt in ihr harmloses Gesicht sehen konnte. Tatsächlich entspannten sich Marias Gesichtszüge nun vollständig, als sie erkannte, dass sich unter dem dunklen Umhang kein Monster verbarg, sondern ebenfalls eine junge Frau. Zudem schien sie in diesem Moment das kleine Baby auf Elfies Arm zu erkennen, denn sie lächelte und zeigte auf das kleine Bündel.

»Wie alt ist es?«, fragte sie.

»Meine Edith wurde heute erst geboren«, antwortete Elfie wahrheitsgemäß.

»Oh. Mein kleiner Franz hier ist schon vier Tage alt. Doch er macht mir nichts als Sorgen. Bereits am zweiten Tag hat er dieses fürchterliche Fieber bekommen. Und ich kann es einfach nicht lindern. Ich habe alles versucht.«

Traurig senkte sie ihren Blick auf den winzigen Jungen in ihrem Arm, der inzwischen eingeschlafen war. Vermutlich hatte ihn der Versuch zu trinken vollständig entkräftet. In Marias Augen sammelten sich Tränen.

»Ich weiß nicht mehr, was ich tun soll. Ich habe solche Angst, dass er stirbt.«

»Das wird er nicht«, tröstete Elfie und widerstand dem Drang, die junge Frau in den Arm zu nehmen. »Wenn du auf mein Angebot eingehst, wird dein Sohn leben wie ein Prinz. Er wird die beste medizinische Versorgung genießen. Er wird gesund werden und es wird ihm sein Leben lang an nichts mehr fehlen.«

»Wie kommen Sie dazu, so etwas zu sagen?« Maria starrte sie aus großen, hungrigen Augen an, unschlüssig, ob sie einer Frau vertrauen sollte, die so Ungeheuerliches von sich gab.

»Ich meine es ernst, Maria, todernst«, erklärte Elfie und ihre Stimme nahm einen solch dringlichen Ton an, dass Maria nicht wagte, sie zu unterbrechen. Plötzlich zog Elfie das Geldbündel aus ihrem Ärmel. »Ich mache dir folgendes Angebot, Maria: Ich habe hier ein gesundes kleines Mädchen. Du hast einen kranken kleinen

Jungen, der sterben wird, wenn ihm niemand hilft. Lass uns die Kinder tauschen.«

»Sie sind ja verrückt«, stieß Maria atemlos hervor und starrte Elfie an, als begreife sie in diesem Moment, dass sie einen Geist vor sich sähe.

»Nein, keineswegs. Hör mir doch erst einmal zu. Danach kannst du urteilen«, wies Elfie Maria scharf zurecht. »Ich brauche unbedingt einen Sohn. Du hast einen, den du mir geben kannst. Im Gegenzug lasse ich dir mein Mädchen da und ...«

Sie nahm das dicke Bündel mit dem Geld und legte es gut sichtbar auf den Tisch. Marias riss die Augen auf. Vermutlich hatte sie noch nie in ihrem Leben so viel Geld gesehen.

»Ich gebe dir für den Tausch zusätzlich zehntausend Reichsmark. Das genügt, um dir eine Wohnung zu besorgen, dich und deine Tochter neu einzukleiden und genügend zu essen zu kaufen. Wenn Edith etwas größer ist, kannst du dir eine Arbeit suchen, aber bis dahin kannst du mit dem Geld gut überleben. Im Gegenzug überlässt du mir deinen Sohn. Du wirst niemals wieder nach ihm fragen. Du wirst niemandem von unserem Tausch erzählen. Du hast vor vier Tagen ein Mädchen geboren, ich einen Sohn. Dein Sohn wird es bei mir wunderbar haben, das verspreche ich dir.«

Eine Weile lang war es vollkommen still in der kleinen Hütte. Obwohl Elfie ihr Herz so fest gegen ihre Rippen schlagen spürte, dass es schmerzte, war sie froh, dass Maria nicht mit sofortiger Ablehnung auf ihr Angebot reagiert hatte. Sie hatte keine Alternative. Wenn Maria nicht in den Tausch einwilligen würde, wüsste sie nicht, was sie tun sollte. Den Jungen einfach nehmen und davonlaufen? Sie war schnell, doch war sie schnell genug, um einer anderen Mutter davonzulaufen? Zudem spürte sie inzwischen, dass sie von der Geburt doch noch deutlich geschwächt war.

»Ich kann meinen Sohn nicht hergeben«, antwortete Maria leise. Tränen flossen über ihre Wange und tropften ungehindert zu Boden, während sie den kleinen Jungen mit einer Liebe im Blick ansah, die Elfie von sich und ihren anderen drei Mädchen kannte.

»Dann stirbt er«, stellte Elfie sachlich fest.

Maria schwieg.

»Du hast doch eigentlich keine Wahl, Maria«, redete Elfie leise und doch fast zärtlich auf die junge Frau ein. »Wenn du nicht auf den Tausch eingehst, dann stirbt dein Sohn. Dann hast du gar nichts. Wenn du dich aber darauf einlässt, dann wird sich dein gesamtes Leben verändern. Und seines ebenfalls. Er wird es gut haben und du kannst ein neues Leben beginnen, brauchst dich die kommenden Jahre um nichts zu sorgen. Zudem hast du dann eine gesunde kleine Tochter, die dir bestimmt nur Freude bereiten wird. Überleg doch, Maria. Ein sorgenfreies Leben und eine Tochter oder gar nichts. Da kannst du doch nicht ernsthaft noch zögern.«

»Sie haben recht.«

Der tiefe Seufzer, der Maria entfuhr, bewies, wie furchtbar diese Worte für sie waren. In ihnen lagen aller Kummer und aller Schmerz, den sie empfand. Dennoch wusste sie, dass das Angebot dieser fremden Frau, die mitten in der Nacht in ihre Hütte gekommen war, das Leben ihres Sohnes retten würde. Und war das nicht das Einzige, was zählte?«

Während die Tränen unaufhaltsam über ihre Wangen strömten, bedeckte Maria ihren kleinen Sohn über und über mit Küssen. Dann trat sie zu Elfie und hielt ihr weinend das kleine schlafende Bündel entgegen.

Elfies Herz quoll über vor Freude und Erleichterung, als Maria ihr den winzigen Jungen in den Arm legte. Anschließend griff Maria nach Edith, hob sie vorsichtig aus Elfies Arm und drückte sie fest an sich, als müsse sie mit dem fremden Kind die Lücke füllen, die der Verlust ihres Sohnes an ihrem Körper und in ihrem Herzen hinterließ.

»Sie heißt Edith«, sagte Elfie leise und bedachte ihre kleine Tochter ein letztes Mal mit einem liebevollen Blick. Dann drehte sie sich um und ging aus der Hütte.

»Mein Sohn heißt Franz«, flüsterte Maria, doch Elfie hatte längst zu rennen begonnen. Tief zog sie sich die Kapuze ins Gesicht und rannte, als ginge es um ihr eigenes und nicht um das Leben ihres Kindes. In ihrem Herzen sammelten sich die Tränen, doch Elfie ließ nicht zu, dass diese ihre Augen verließen. Auf dem hölzernen Tisch in der kahlen Hütte lagen zehntausend Reichsmark.

Keuchend erreichte Elfie die Villa. Es gelang ihr, ungesehen hineinzuhuschen und sich umzuziehen. In der Sauberkeit und Helligkeit ihres Schlafzimmers fiel ihr auf, wie schmutzig der kleine Junge wirkte. Außerdem roch er sehr seltsam. Schnell zog sie den Säugling aus, der vom Fieber zu glühen schien, ging mit ihm in das große Badezimmer und wusch ihn mit warmem Wasser, bis er sauber war. Dann wickelte sie ihn, zog ihm einen hübschen Strampelanzug an und packte ihn in eine warme Decke. Flüchtig betrachtete sie ihr

Spiegelbild. Sie wirkte erschöpft, doch nach einer anstrengenden Geburt konnte ihr das niemand vorwerfen. Zudem war sie ja die halbe Nacht wach gewesen.

Schnell huschte sie hinunter in die Küche, den kleinen fiebrigen Jungen noch immer fest an sich gepresst. Nun erst schien sie die Erschöpfung zu übermannen, denn sie bemerkte, wie ihre Finger zu zittern begannen, als sie den Küchenschrank öffnete und nach dem Fiebersaft griff, den ihr der Arzt damals für Lea verschrieben hatte. Auch diese war wenige Tage nach ihrer Geburt furchtbar krank geworden. Doch wenn Gott ihr noch dieses eine Mal beistehen würde, dann würde der Saft, der damals bei Lea wahre Wunder vollbracht hatte, auch dem kleinen Jungen das Leben retten.

Vorsichtig legte sie den Säugling in die warme Decke gehüllt auf den Boden. Um mit der Spritze den Saft aufzuziehen, benötigte sie beide Hände.

»Was machst du denn da?«

Fast wäre ihr vor Schreck die Flasche mit dem rettenden Fiebersaft aus den Händen gefallen, als sie plötzlich Heinrichs vorwurfsvolle Stimme hinter sich hörte. Er trug noch immer die Kleidung von vorhin. Sein Haar war zerzaust und sein Atem stank fürchterlich nach Alkohol. Dennoch beugte er sich zu dem schlafenden Kind auf den Boden hinunter. Augenblicklich begann er leicht zu schwanken und setzte sich infolgedessen einfach auf den Boden.

»Warum liegt mein Sohn auf dem kalten Fliesenboden?«, fragte er vorwurfsvoll.

In diesem Moment hatte Elfie die Flüssigkeit erfolgreich in die Spritze aufgezogen und nahm den kleinen

Jungen schnell aus Heinrichs Arm, als dieser ihn gerade hochheben wollte.

»Heinrich, ich fürchte, unser kleiner Heinz ist krank.«

»Krank?« Schlagartig wirkte Heinrich vollkommen nüchtern. Mit einem Ruck sprang er vom Boden auf und lief zu Elfie, die Heinz auf dem einen Arm hielt, während sie mit der freien Hand die Spritze an sein kleines Mündchen ansetzte und vorsichtig an seine Lippe stupste.

»Komm schon, kleiner Schatz, du musst aufwachen und das trinken. Sei ein liebes Kind«, redete sie dem schlafenden Jungen zu.

»Lass ihn doch schlafen. Warum weckst du ihn denn?«

»Weil er zu hohes Fieber hat, Heinrich. Er muss den Saft trinken. Danach kann er schlafen so viel er will, damit die Medizin auch ihre Wirkung entfalten kann. Doch er muss sie erst trinken.«

Mit ein paar schnellen Schritten erreichte Heinrich das Spülbecken, drehte das kalte Wasser auf und hielt ohne zu zucken seinen Kopf darunter. Anschließend trocknete er sich flüchtig mit einem Geschirrhandtuch ab und schon stand er wieder neben Elfie.

»Gib ihn mir«, forderte er sie auf.

»Heinrich, ich weiß nicht, ob du in deinem Zustand ...«

»Ich bin vollkommen klar, gib mir meinen Sohn.«

Vorsichtig legte Elfie den winzigen Jungen in Heinrichs Arme. Ihr Mann schwankte kein bisschen mehr und wirkte schlagartig so nüchtern, als sei er nach einer erholsamen Nacht aufgestanden. Behutsam hob er den kleinen Säugling ein bisschen nach oben und beugte seinen Kopf zu ihm hinunter. Dann rieb er seine

Nase an dem kleinen Gesicht und bedeckte seine glühende Stirn mit Küssen. Als er die Hitze, die von dem kleinen Kind ausging, an seinem eigenen Leib spürte, hob er den Blick und sah Elfie besorgt an. Diese nickte ihm aufmunternd zu. Dann lächelte sie. Tatsächlich hatten die liebevollen Berührungen Heinrichs den kleinen Jungen aufgeweckt. Erstaunt schlug er die Augen auf und sah den fremden Mann neugierig an.

»Seltsam«, sagte Heinrich in diesem Moment überrascht. »Ich dachte, seine Augen seien grün.«

Elfie stockte der Atem. Daran hatte sie nicht gedacht. Tatsächlich waren Ediths Augen grün gewesen. Die Augen des kleinen Jungen jedoch waren strahlend blau.

»Nein, nein, seine Augen sind blau«, lachte sie bemüht. »Vermutlich hat das Licht im Schlafzimmer sie nur grün wirken lassen.«

Erleichtert stellte sie fest, dass Heinrich sich nicht weiter daran zu stören schien, sondern ihr die Erklärung sofort abzunehmen schien. Wie hätte er auch daran zweifeln sollen, dass das Kind, das vor wenigen Stunden erst in dieser Villa geboren worden war, ein anderes war als das, welches er nun in seinen Armen hielt?

Mit einer Liebe, die Elfie fast die Tränen in die Augen trieb, betrachtete er seinen Sohn, der ihn noch immer neugierig musterte. Elfie trat neben die beiden, führte Heinz die Spitze der Spritze in das kleine Mündchen und drückte vorsichtig Milliliter um Milliliter des Fiebersaftes hinein, den das Kind zu ihrer großen Freude schluckte. Als die Spritze leer war, gähnte es herzzerreißend und schloss anschließend wieder seine Augen.

»Du kannst ihn jetzt in seine Wiege legen«, sagte Elfie leise. »Das Beste ist, wenn er jetzt schläft, damit sich sein kleiner Körper erholen kann.«

Heinrich schüttelte den Kopf. »Nein. Ich bleibe bei ihm. So lange, bis ich sicher bin, dass es ihm gutgeht«, antwortete Heinrich bestimmt.

Erfüllt von einem Glück, dessen Gefühl sie in all den Jahren fast vergessen hatte, sah Elfie, wie Heinrich mit seinem Sohn auf dem Arm die Treppen hinaufstieg und ins Schlafzimmer ging. Als sie wenig später hinaufkam, lag Heinrich auf dem großen Ehebett, in seinen Armen der kleine Heinz. Beide schliefen selig nebeneinander, als hätte es niemals anders sein können. Ein Bild des absoluten Friedens, bei dem sich Elfies Magen dennoch zusammenkrampfte.

»Ich hoffe, du wirst genauso sehr geliebt wie dieser kleine Mann, meine Edith«, flüsterte sie in die Nacht, nachdem sie leise die Schlafzimmertür hinter sich geschlossen hatte.

Es war an der Zeit, ihre drei Töchter zu wecken und ihnen beim Frühstück zu verkünden, dass der Klapperstorch ihnen in der Nacht ein kleines Brüderchen gebracht hatte.

2019

Emilia

Bereits zum vierten Mal innerhalb einer halben Stunde zog sich Emilia nun vollständig um. Wäre Tom nicht so unglaublich süß gewesen, hätte sie ihn vermutlich dafür verflucht, dass er ihr partout nicht verraten wollte, in was für eine Art Restaurant er sie ausführen wollte. Infolgedessen war sie vollkommen ratlos, was ihr Outfit betraf. Zunächst hatte sie intuitiv einen schicken Italiener vor Augen gehabt. Also hatte sie sich in ein elegantes schwarzes Cocktailkleid geworfen, in welchem sie absolut umwerfend aussah. Im gleichen Moment, wie sie sich dann aber die Perlenkette um den Hals gelegt und sich prüfend im Spiegel betrachtet hatte, war ihr bewusst geworden, dass Tom vermutlich kaum der Typ war, der sie in Anzug und Krawatte ausführen würde. So ein Schickimicki-Restaurant passte einfach nicht zu ihm. Zumindest konnte sie sich das nicht vorstellen. Auf die Frage, was sie anziehen solle, hatte er nur geantwortet: »Was du willst.« Toll! Das half kein bisschen weiter. Vermutlich hatte er als Mann einfach keine Ahnung, was es für eine Frau bedeutete, over- oder underdressed zu sein. Es war nicht nur unangenehm, sondern unter gewissen Umständen schlichtweg peinlich. Männer hatten es da sehr viel leichter.

Mit Jeans und einem schicken Hemd konnten sie eigentlich kaum etwas falsch machen. Alternativ war ein Anzug immer die richtige Wahl. Aber als Frau? Da begann das Chaos der Hilflosigkeit ja schon bei der Frage: Hose oder Rock?

Nachdem Emilia das Cocktailkleid für vollkommen overdressed befunden hatte, war sie schließlich in einen schlichten blauen Hosenanzug geschlüpft. Zweifellos noch immer sehr elegant, aber zugleich auch sehr modern. Danach hatte sie Jeans und ein Top angezogen. Und nun stand sie in einem leichten Sommerkleid vor dem Spiegel und war noch immer nicht zufrieden mit dem, was sie da sah. Zumindest musste sie noch eine leichte Jacke mitnehmen, um ihre Schultern zu bedecken. Oder sollte sie vielleicht doch lieber direkt ein Kleid anziehen, das ihre Schultern von vornherein bedeckte?

In diesem Moment klopfte es an der Tür.

»Ich bin noch nicht fertig!«, rief sie verzweifelt.

»Kein Problem«, drang Toms Stimme durch die Tür. »Wie lange brauchst du denn ungefähr noch?«

»Du kannst es ja so in zwei bis drei Stunden noch mal probieren«, rief sie zurück, während sie weiße Riemchensandalen aus dem Schrank nahm, die perfekt zu den weißen Blumen auf dem dunkelgrünen Sommerkleid passten.

Einen Moment war es vollkommen still jenseits der Tür, fast so, als ob Tom überlegen müsste, ob sie den Vorschlag ernst gemeint hatte. Dann begann er zu lachen.

»Egal, was du gerade an hast, ich bin sicher, du siehst perfekt aus«, schmeichelte er ihr.

»Mit Honig bekommst du mich auch nicht aus dem Bau«, rief Emilia, während sie die Schnalle des linken Schuhs schloss und ihren Lippenstift nachzog.

»Und wie wäre es mit Blumen?«

»Besser, aber noch nicht verlockend genug.« Emilia griff nach ihrer Handtasche. Schlüssel, Handy, Taschentücher, Lippenstift, Parfum – alles da.

»Pralinen?«

»Jetzt hast du mich.« Mit diesen Worten öffnete Emilia die Tür und sah sich Tom direkt gegenüber, dem der Mund einen Moment lang offen stand. In seinen Händen hielt er eine kleine Schachtel Pralinen und einen Strauß bunter Wildblumen. Augenblicklich war Emilia froh, dass es sich nicht um Rosen handelte. Das wäre ihr irgendwie übertrieben vorgekommen und hätte dem ganzen Abend etwas Zwanghaftes verliehen. Die bunten Blumen dagegen passten ebenso zu einem unverfänglichen Date wie zu dem unkomplizierten Tom, der in Jeans und Hemd vor ihr stand und wieder mal unverschämt gut aussah. Allerdings verharrte er noch immer regungslos vor ihr und starrte sie wortlos an.

»Du musst mir jetzt sagen, dass ich hinreißend aussehe und mir die Blumen geben. Es sei denn, sie sind gar nicht als Geschenk, sondern als Dekoration für dein Outfit gedacht, das dir echt richtig gut steht.« Verschmitzt zwinkerte Emilia ihm zu, während er kurz den Kopf schüttelte, als müsste er nach einer tiefen Hypnose wieder zu sich kommen.

»Tut mir leid«, murmelte er, während er ihr den Blumenstrauß entgegenstreckte. »Dein Anblick hat mir für einen Moment die Sprache verschlagen. Von hinreißend kann gar keine Rede sein, du siehst umwerfend aus.«

Bei jedem anderen Typen hätte dieses Geständnis vermutlich wie übertriebene Schleimerei gewirkt und Emilia hätte sich überlegt, ob es nicht doch besser wäre, Kopfschmerzen vorzutäuschen und das Date wieder abzusagen. Tom hingegen kannte sie zwar erst kurz, aber schon lange genug, um zu wissen, dass es die reine Ehrlichkeit war, die aus ihm sprach. In solchen Dingen wirkte er etwas unbeholfen und das war er offensichtlich auch. Bestimmt waren die Blumen und die Pralinen nicht einmal seine eigene Idee gewesen, sondern – wie bereits das Telefonat – ein Ergebnis von Josefs hingebungsvollem Coaching.

Mit einem Lächeln nahm sie die Blumen entgegen und streckte dann die Hand nach den Pralinen aus, die er noch immer umklammert hielt, als wolle er sich daran festhalten.

»Und das da?«, fragte sie und deutete auf die kleine Schachtel. »Bestechung?«

»Wegzehrung«, antwortete Tom schlicht und Emilia war froh, dass er offenbar seinen Humor wiedergefunden hatte. »Nachdem ich leibhaftiger Zeuge davon wurde, wie du in Rekordzeit ein extragroßes Schnitzel samt Pommes und Salat verschlungen hast, war ich mir nicht ganz sicher, ob du den Weg bis zum Restaurant hungrig überstehen würdest.«

Emilia war dankbar für diesen Scherz, der sie beide zum Lachen brachte und dazu führte, dass sie sich endlich von der Zimmertür lösten und sich auf den Weg machten. In Anbetracht der Erwähnung einer Wegzehrung hatte Emilia kurz die Befürchtung, dass die Fahrt ziemlich lang werden könnte, doch diese Angst wurde glücklicherweise zerstreut, als Tom knappe fünfzehn Minuten später auf eine Parklücke zusteuerte.

Die Auswahl des Restaurants war perfekt und insgeheim überlegte Emilia, ob Josef nicht vielleicht auch hier seine Hände im Spiel gehabt haben könnte. Fragen wollte sie lieber nicht, um Tom nicht unnötigerweise vor den Kopf zu stoßen oder in eine peinliche Situation zu bringen. Letztendlich war es ja auch vollkommen egal, wer das Restaurant ausgewählt hatte. Was zählte, war einzig und allein die wunderbare Atmosphäre so wie der hervorragende Geschmack des Essens, das beide in vollen Zügen genossen.

»Findest du es nicht komisch, bei der Konkurrenz zu essen?«, fragte Emilia leise, um Tom nicht in Verlegenheit zu bringen.

»Nein, überhaupt nicht«, antwortete dieser unbefangen, während er ein Stück von seinem Steak abschnitt. »Ich mag zwar mein eigenes Essen sehr gerne, aber ab und zu habe ich auch einfach Lust auf Speisen, die bei mir gar nicht auf der Karte stehen. Ein Steak zum Beispiel würde ich niemals so perfekt hinbekommen wie dieses hier. Außerdem ist es zwischendurch auch einfach mal schön, sich von anderen bedienen zu lassen.« Genüsslich schob er sich den eben abgeschnittenen Bissen in den Mund und rollte verzückt mit den Augen. Emilia lachte. Sie konnte seine Erklärung sehr gut nachvollziehen. Außerdem hatte Tom vollkommen recht: Das Essen schmeckte wirklich vorzüglich. Leider waren die Portionen so groß, dass sie bezüglich eines Nachtischs aufrichtige Bedenken hegte. Eigentlich war sie schon nach wenigen Bissen des Hauptgerichts satt gewesen. Doch allein die Beschreibungen und Abbildungen in der Dessertkarte waren derart verführerisch, dass sie einfach nicht widerstehen konnte. Infolgedessen bestellte sie einen kleinen Kirschbecher.

»Was hat dich eigentlich ausgerechnet nach Edelsbrunn verschlagen?«

Die Frage kam so unerwartet, dass Emilias frisch mit Kirscheis beladener Löffel in der Luft hängen blieb. Nachdenklich sah sie Tom an. Wie viel von der Wahrheit sollte sie ihm zumuten? Einfach zu sagen, dass es ihn nichts anginge oder dass sie nicht darüber reden wollte, würde die gesamte Stimmung ruinieren, darüber war sie sich vollkommen im Klaren. Aber bei der ganzen verzwickten Geschichte gab es so viele Aspekte, die man auf so vielerlei Weise falsch verstehen konnte, dass es vermutlich besser wäre, sie würde ihm nicht die ganze Wahrheit sagen.

Ihr Zögern entging ihm nicht. Nachdenklich legte er den Löffel auf dem Teller ab und sah sie an. »Du musst nicht darüber reden, wenn du nicht willst«, erklärte er dann freundlich, doch es gelang ihm nicht, seine Enttäuschung vor ihr zu verbergen.

»Doch, doch, es ist kein Problem. Ich weiß nur nicht ... also ich weiß nicht, wie ich das erklären soll, aber ich will nicht, dass du etwas falsch verstehst.«

Tom zuckte ratlos die Schultern. »Ich könnte dir jetzt sagen, dass ich es garantiert nicht falsch verstehen werde und du mir selbstverständlich alles anvertrauen kannst, aber das wäre gelogen. Ich habe keine Ahnung, wie ich es verstehen werde, weil ich ja nicht weiß, was du mir gleich erzählen wirst. Also wenn du lieber nichts sagen willst, ist das auch okay.«

Sie wusste, dass er es so meinte. Weil er einfach alles so meinte, wie er es sagte.

»Tom, ich weiß wirklich zu schätzen, dass du mich nicht drängen willst. Aber ich weiß auch, dass es ab jetzt irgendwie komisch wäre, wenn ich dir gar keine Antwort geben würde«, sagte sie ehrlich. »Du würdest dich in Verständnis ergehen und ich mich in tiefer Dankbarkeit dafür, aber in Wirklichkeit stünde diese Frage immer zwischen uns und am Ende würdest du dich fragen, ob ich vielleicht ein ganz furchtbarer Mensch bin, weil ich dir nicht sagen will, was ich getan habe. Und dann würde deine Fantasie sich verselbstständigen und du wärst irgendwann der Überzeugung, dass ich jemanden umgebracht habe oder so und das wäre dann mit Sicherheit das Ende unserer Freundschaft. Das will ich nicht.« Sie war selbst überrascht von ihrem Redeschwall, doch die Wörter waren einfach so aus ihr herausgesprudelt.

Tom sah sie an und lächelte. »Also ich habe eher das Gefühl, dass sich *deine* Fantasie gerade selbstständig macht«, grinste er. »Ich bleibe dabei: Du musst es mir nicht sagen. Aber interessieren tut es mich jetzt umso mehr. Und du hast mit der unsichtbaren Wand vermutlich recht. Aber wenn du mir versprichst, dass du niemanden umgebracht hast, dann werde ich die Wand akzeptieren.«

»Ich verspreche, ich habe niemanden umgebracht«, sagte Emilia ernst und hob die Hand zum Schwur.

»Na dann ist doch alles bestens. Und nun lassen wir uns von meiner Neugier doch bitte nicht den Abend verderben und vor allem nicht den Geschmack dieser wunderbaren Eiskreation hier.«

Mit diesen Worten schob Tom sich einen riesigen Löffel Zitroneneis in den Mund und zwinkerte Emilia aufmunternd zu. Diese ärgerte sich über sich selbst. Sie hatte geahnt, dass ihre Vergangenheit sie irgendwann einholen würde, aber sie wollte einfach nicht zulassen, dass diese ihre Zukunft ruinierte. Und je länger sie hier mit Tom saß, desto mehr konnte sie sich vorstellen, dass ihre Beziehung eine reelle Chance auf eine Zukunft hatte. Zwar konnte man das, was zwischen ihnen war, noch lange nicht als Beziehung im Sinne einer Partnerschaft bezeichnen, doch Emilia war alt genug, um zu wissen, dass es genau darauf hinauslaufen würde. Dieses Abendessen war nur eine hübsch getarnte Möglichkeit, um sich gegenseitig näher kennenzulernen und festzustellen, ob mehr möglich war als reine Freundschaft. Wobei auch eine solche sich zuerst entwickeln müsste. Genau genommen standen sie genau an dem Punkt, an dem sich entscheiden würde, ob sie als Freunde oder als Paar enden würden. Und sie war gerade auf dem besten Weg, sich die Chance auf Letzteres gründlich zu verderben. Insgeheim ärgerte sie sich darüber, dass sie keine bessere Lügnerin war. Dann hätte sie Tom auf seine Frage hin einfach eine spontan erfundene Geschichte liefern können und alles wäre in Ordnung gewesen. Nun aber hing diese Frage unbeantwortet in der Luft und keinem von beiden schien ein geeignetes Thema einzufallen, mit dem man das unterbrochene Gespräch wieder in Gang bringen und von der zwischen ihnen stehenden Frage ablenken könnte.

Mit prüfendem Blick versuchte Emilia einzuschätzen, was wohl gerade in Toms Kopf vorgehen mochte, doch dieser lächelte nur etwas hilflos und grinste sie dann an, bevor er schnell einen weiteren Löffel mit Eis belud.

»Also, spätestens wenn die Eisbecher leer sind, muss uns etwas eingefallen sein, worüber wir reden können«, platzte es aus Emilia heraus.

Tom prustete so plötzlich los, dass auch seine zusammengepressten Lippen das Schlimmste nicht mehr verhindern konnten und zarte Tröpfchen von Vanilleeis den Tisch sprenkelten. Erschrocken schluckte er, nahm die Serviette und wischte schnell den Tisch ab, wobei er sich verstohlen umsah, ob jemand außer Emilia sein Missgeschick bemerkt hatte. Dies schien nicht der Fall zu sein. Dennoch hatten seine Wangen einen deutlichen Rotton angenommen.

»Ups, das war jetzt wirklich peinlich«, kommentierte er den kleinen Unfall.

»Passiert«, lachte Emilia nur und zuckte mit den Schultern.

»Ich bin echt froh, dass du jetzt nicht angewidert aufgesprungen und davongerannt bist.«

»Habe ich einen Moment überlegt«, grinste Emilia. »Aber du hast die Autoschlüssel und in diesen Schuhen rennt es sich echt nicht besonders gut.«

»Du überraschst mich immer wieder«, lächelte Tom anerkennend und Emilia spürte, dass ihm ihre unkonventionelle Art zu gefallen schien. Diese Erkenntnis ließ etwas in ihrem Magen kribbeln, das sie lange nicht mehr gespürt hatte. Sie hatte sich schon ewig nicht mehr so wohl und unbefangen gefühlt. Jene lockere, lustige Lebensart, die sie an diesem Abend an den Tag legte, die Schlagfertigkeit und der Witz, mit dem sie gute Laune versprühte, das alles waren Eigenschaften, die sie noch aus früheren Zeiten von sich kannte, die sie aber in den vergangenen Jahren glaubte verloren zu haben. Nun erst wurde ihr bewusst, wie sehr sie diese unbeschwerte Seite an sich selbst vermisst hatte. Die Ernsthaftigkeit hatte sich in den vergangenen Monaten Schritt für Schritt in ihr Leben geschlichen und ihren fast kindlichen Esprit immer mehr übertüncht. Sie hatte sich eingeredet, dass das Erwachsenwerden nun mal eine gewisse Ernsthaftigkeit mit sich brachte und dass es vollkommen normal sei, dass sich ihr kindlicher Übermut langsam verlor. Nun aber, da sie mit Tom derart unbefangen scherzte und lachte, wurde ihr klar, was für ein gravierender Irrtum das gewesen war. Die lustige, freche und ja, zugegebenermaßen auch manchmal kindische Seite gehörte einfach zu ihr. So war sie. *Das* war sie: Emilia. Vielleicht war das der Grund dafür, dass sie sich an diesem Abend zum ersten Mal seit langem wieder vollständig fühlte und ein verloren geglaubtes reines, tiefes Glück verspürte. Sie hatte nicht das Gefühl, es irgendjemandem recht machen zu müssen. Sie musste keinen Konventionen gehorchen, keinem Protokoll folgen, bei niemandem einen guten Eindruck hinterlassen. Sie konnte einfach so sein, wie sie war. Und das war unglaublich befreiend.

»Ich bin auf der Flucht.«

»Erschrocken blickte Tom auf, der sich eben eine neue Portion Eis in den Mund hatte schieben wollen, und sah sie verständnislos an.

»Ich habe keine Ahnung, warum ich es dir jetzt doch erzähle, aber ich glaube, es muss einfach raus. Und ich hoffe sehr, dass du es nicht falsch verstehst.«

»So richtig auf der Flucht?«, fragte Tom perplex. Vermutlich kreisten in seinem Gehirn gerade Bilder einer wilden Verfolgungsjagd mit Polizei, Blaulicht, Sirenen und allem Drum und Dran. Und wahrscheinlich wurde ihm im selben Moment bewusst, dass er eine Art Fluchthelfer war, da er ihr in seinem Gasthaus Unterschlupf gewährte.

»Nicht *so* auf der Flucht«, unterbrach Emilia schnell seine Gedanken, bevor er sich in sein Kopfkino hineinsteigern konnte. »Also nicht auf der Flucht vor der Polizei oder so.«

»Aber was hast du denn getan?«

»Na ja, die richtige Frage wäre eher, was ich *nicht* getan habe.« Beim Gedanken an den Moment, der ihr Leben so drastisch verändert hatte, musste sie unweigerlich grinsen, obwohl es kein bisschen lustig war. »Ich bin vor einem Leben geflohen, das ich nicht führen wollte«, erklärte sie schließlich.

Obwohl sie ein bisschen gehofft hatte, dass Tom es bei dieser Information würde bewenden lassen, hatte sie bereits geahnt, dass dem nicht so sein würde. Tatsächlich starrte er sie nun erst recht mit unverhohlener Neugier an.

»Okay, ich erzähle dir die ganze Geschichte. Aber du musst mir versprechen, dass ... nein, du musst mir überhaupt nichts versprechen. Mach dir einfach dein eigenes Bild. Also ...« Emilia holte tief Luft. Eigentlich hatte sie überhaupt keine Ahnung, an welchem Punkt sie mit ihrer Erzählung beginnen sollte, doch dann sprudelte es nur so aus ihr heraus: »Ich bin vor meiner eigenen Hochzeit weggelaufen.«

»Nein!«

»Doch. Ich könnte jetzt sagen, ich wüsste nicht, was in mich gefahren war. Vermutlich erklären sich die meisten Gäste, die vergeblich in der Kirche auf die Braut gewartet haben, die Situation genau so . Aber das Schlimme ist: Ich weiß genau, was in mich gefahren ist: Erkenntnis. Vernunft. Überlebensinstinkt. Man kann es nennen, wie man will, aber ich war noch nie so klar wie in dem Moment, als ich dem Fahrer der Limousine vor der Hochzeit gesagt habe, er soll wieder umdrehen und mit Vollgas wegfahren.«

»Das hast du echt gemacht?«

»Ja. Ich könnte jetzt sagen, ich sei nicht stolz darauf, aber das stimmt nicht. Ich bin stolz darauf. Verdammt stolz. Weil es das einzig Richtige war. Alle, die mich kennen, denken, dass ich einfach nur kalte Füße bekommen habe. Dass es eine sehr feige Kurzschlussreaktion von mir war, einfach wegzulaufen. Aber die Wahrheit ist, dass es das Mutigste ist, was ich je getan habe. Und vermutlich auch das Beste. Diese ganze Ehe wäre zum Scheitern verurteilt gewesen, das ist mir in dem Moment klar geworden, als ich die Kirche gesehen habe. Vielleicht hätten wir uns am Anfang glücklich gefühlt. Und mit Sicherheit hätten wir zu Beginn das glückliche junge Paar abgegeben, das alle so gern in uns gesehen haben. Aber die Wahrheit ist, dass es früher oder später auf eine Scheidung hinausgelaufen wäre. Und zwar sobald ich wieder zu mir gekommen wäre. Deshalb bin ich froh, dass das noch vor dem Jawort geschehen ist und ich somit die Möglichkeit hatte, die Hochzeit zu verhindern.«

»Aber was war denn so schlimm an deinem Mann ... Verlobten?«, korrigierte sich Tom.

»Nichts. Gar nichts. Maximilian ist ein gut aussehender, erfolgreicher Immobilienmakler mit einem hervorragenden gesellschaftlichen Ruf und einem sehr großen Freundeskreis. Er ist lieb, höflich, redegewandt ...«

»Aber?«, unterbrach Tom.

Emilia biss sich kurz auf die Zunge. Ihre Beschreibung musste auf Tom ja wirken wie die reinste Schwärmerei.

»Aber ich liebe ihn nicht«, sagte sie deshalb geradeheraus. »Ehrlich gesagt habe ich ihn nie geliebt. Ich war fasziniert von ihm, ja. Beeindruckt, ja. Und, ich weiß nicht, irgendwie angetan. Ich fand es toll, wie er sich gab, wie er wirkte. Mir gefiel die Vorstellung von einem sorglosen, finanziell abgesicherten Leben an der Seite eines Mannes, der immer alles im Griff zu haben schien. Aber ich habe nie ihn als Menschen geliebt. Als ich in dieser Limousine saß und mir bewusst wurde, dass ich mich gleich für immer an diesen Mann binden würde, da wurde mir auf einmal erschreckend klar, dass ich etwas ganz Essenzielles in meinem Leben verpassen würde.«

Sie machte eine kleine Pause, doch Tom sah sie derart erwartungsvoll an, dass sie wusste, sie würde seine unausgesprochene Frage beantworten müssen.

»Die Chance auf die ganz große Liebe«, sagte sie leise. »Es hört sich vielleicht blöd an, aber ich war noch nie verliebt. Also ... noch nie so richtig. So mit Kribbeln im Bauch und nicht schlafen und nicht essen können. Mit Herzklopfen bis zum Hals und dem Gefühl, sterben zu müssen, wenn der Eine mich küsst. Und ich will das, verstehst du? Ich will wissen, wie es sich anfühlt, wenn man wirklich liebt. Hätte ich Maximilian geheiratet, hätte ich mir selbst die Chance genommen, das je zu erfahren.«

»Und was, wenn du niemals einen Mann triffst, den du wirklich liebst?«

»Dann habe ich es zumindest versucht.«

Der Gedanke daran, dass das geschehen könnte, stimmte Emilia zwar traurig, doch nicht genug, um das Glücksgefühl zu überschatten, das sie beim Gedanken an ihre Flucht noch immer überkam.

»Ich habe das Richtige getan, Tom«, sagte sie leise. »Ich weiß, dass es das Richtige war. Auch wenn alle anderen denken, ich sei verrückt geworden.«

»Ich habe ein bisschen Mitleid mit deinem Maximilian«, gestand Tom.

»Ich auch«, gab Emilia zu. »Aber es ist nicht mehr *mein* Maximilian. Und außerdem wird er früher oder später auch verstehen, dass es gut so war. Ich hoffe nur, dass er bald eine Frau findet, die ihn wirklich liebt, ihn heiratet und mit der er dann endlich das Leben führen kann, das er sich mit mir so gewünscht hat. Das hoffe ich wirklich.«

»Na ja ... im Endeffekt glaube ich, dass jeder Mensch für sein Glück selbst verantwortlich ist. Zumindest bis zu einem gewissen Maß. Und wenn es dir damit gutgeht ...«

»Es ging mir nie besser.« Emilia grinste. »Es tut mir leid für Maximilian, für meine Mutter und alle Gäste und anderen Beteiligten. Aber es war die richtige Entscheidung und ich bin absolut glücklich, dass ich diese Notbremse gezogen habe.«

»Und jetzt willst du in Edelsbrunn neu anfangen?«

»Ja. Sozusagen. Es war Zufall, dass es mich ausgerechnet hierher verschlagen hat.«

»Oder Schicksal.«

»Oder das.«

Der Blick, mit dem er ihr in die Augen sah, verschlug ihr kurz die Sprache. Das Blau seiner Iris schien in sämtlichen verschiedenen Farben zu schillern und hatte plötzlich eine Tiefe, dass sie beinahe fürchtete, sie würde magisch davon angezogen. Für einen Moment schien die Zeit eingefroren. Winzige Zeitkristalle schlugen klirrend gegeneinander und vereinten sich zu einer Melodie, die tief in ihrem Herzen einen Widerhall fand. Emilia hatte keine Ahnung, wie sie diesen Moment auflösen sollte, doch eigentlich wollte sie das gar nicht. Wenn es nach ihr gegangen wäre, dann hätten sie hier einfach bis in alle Ewigkeit so sitzen bleiben können.

»Danke für dein Vertrauen«, sagte Tom schließlich.

»Keine Ursache«, erwiderte sie. »Es wäre mir allerdings lieb, wenn du das nicht weitererzählen würdest. Erstens bin ich ja extra hergekommen, damit ich nicht ständig damit konfrontiert werde und zweitens bin ich in Edelsbrunn ja offenbar schon die Verrückte, die die Geistervilla verkaufen will, da kann ich auf den Ruf der *Braut, die sich nicht traut*, gerne verzichten.«

»Ehrensache«, sagte Tom ernst und schlug mit der flachen rechten Hand auf sein Herz. »Hast du vielleicht Lust auf einen kleinen Verdauungsspaziergang, bevor wir wieder zurück nach Edelsbrunn fahren?«

»Sehr gerne.« Allein das Wort *zurück* löste in Emilia Bedauern aus, denn das würde bedeuten, dass dieser wunderbare Abend zu Ende wäre. Daher war ihr alles recht, was einen Abschluss hinauszögern konnte. »Allerdings habe ich keine Ahnung, ob ich nach diesem üppigen Gelage überhaupt noch in der Lage bin, mich fortzubewegen«, überlegte sie dann.

»Kein Problem, ich biete der Dame gerne meinen Arm als Stütze.«

Während Emilia noch kurz auf der Toilette verschwand, bezahlte Tom das Essen. Als sie anschließend satt und glücklich das Lokal verließen, reichte Tom ihr wie angekündigt seinen Arm und Emilia ließ es sich nicht nehmen, sich mit ihrem ganzen Gewicht darauf zu stützen, während sie ein theatralisches Stöhnen von sich gab. Tom, der damit überhaupt nicht gerechnet hatte, schwankte kurz, fand dann aber schnell sein Gleichgewicht wieder, indem er mit der freien Hand ihre Schulter abstützte, mit der sie sich weit nach vorne gelehnt hatte.

»Vielleicht sollte ich dich unter diesen Umständen besser Huckepack nehmen«, lachte er.

»Da würde ich unter anderen Umständen nicht Nein sagen«, ächzte Emilia übertrieben. »Aber ausgerechnet heute trage ich dieses hübsche Blümchenkleid und ich befürchte unzüchtige Blicke der Passanten auf meine Unterwäsche. Das schickt sich nicht für eine junge Dame.«

»Tja, dann wirst du wohl mit meinem Arm vorlieb nehmen müssen und ich werde sehen, wie weit ich dich schleppen kann«, lachte Tom. »Obwohl ich zugeben muss, dass ich dir als Passant auch unter den Rock spicken würde. Lohnt es sich denn?«

Mit einem Ruck hob Emilia ihren Rock hoch und klappte ihn dann lachend sofort wieder herunter, sodass Tom kaum einen flüchtigen Blick auf ihre schwarze Spitzenunterwäsche erhaschen konnte.

Vor Schreck blieb ihm der Mund offen stehen, doch in seinen Augen spiegelte sich heimliche Begeisterung.

»Und jetzt du. Hosen runter.«

»Was?«

»Na, was ist denn hier los mit der Gleichberechtigung? Ich hab dir mein Höschen gezeigt, zeig du mir deins.«

»Das ist doch nicht dein Ernst!« Lachend sah Tom Emilia an, in der Überzeugung, sie müsse einen Scherz gemacht haben, doch diese verschränkte nur provokant die Arme vor dem Oberkörper und sah ihn herausfordernd an.

Geschlagen zuckte er mit den Schultern, fasste sich in den Hosenbund und zog den Bund seiner Boxershorts nach oben, sodass Emilia ihn sehen konnte.

»Schwarz. Tommy Hilfiger. Nicht schlecht«, grinste sie anerkennend, bevor sie sich umdrehte und weiterging, damit Tom ihr breites Grinsen nicht sehen konnte.

Dieser blieb einen Moment lang vollkommen perplex stehen und betrachtete die Rückansicht der Frau, die ihn immer wieder vollkommen aus der Fassung brachte. Dann lief er ihr hinterher, so schnell er konnte. Mit wenigen Schritten hatte er sie eingeholt, fasste sie an der Schulter, drehte sie zu sich um und küsste sie fest auf den Mund.

Emilia stockte der Atem, als sie seine weichen Lippen so vollkommen unvorbereitet auf ihren spürte. Vielleicht hätte sie auf irgendeine Art und Weise reagieren sollen, doch ihr Gehirn hatte sich im selben Moment, wie sich ihre Lippen getroffen hatten, ausgeschaltet. Stattdessen schien sich die Welt um sie herum aufzulösen. Nichts existierte mehr, außer Toms weichen Lippen, die noch immer auf ihren lagen, seinen starken Armen, die sie fest umschlungen hielten und seinem rasenden Herzschlag, den sie in ihrer Handfläche spüren konnte, weil sie in ihrer Überraschung die Hand auf seine Brust gelegt hatte. Als seine Zunge nun ganz vorsichtig gegen ihren Mund stupste, öffnete sie wie selbstverständlich die Lippen. Die sanfte Berührung entfachte eine Welle des Glücks in ihr und breitete sich von ihrem Mund über den Kopf bis in ihren gesamten Körper aus. Ihre Knie wurden so weich, dass sie jeglichen Halt verlor und sich kraftlos in seine Arme sinken ließ. Ohne dass ihre Münder sich voneinander lösten, spürte Emilia, wie sie gemeinsam in die Knie gingen und war froh, als sie eine feste Sitzfläche unter ihrem Hintern spürte, die ihr neuen Halt gab. Ihre Körper drehten sich leicht. Vermutlich hatte Tom sich neben sie gesetzt oder er umgab sie nun vollständig, so genau vermochte sie das nicht mehr zu sagen, doch es war ihr auch vollkommen egal. Als sie nun seine Hand auf ihrer Wange fühlte, nahm sie nichts mehr wahr als seine Wärme, seinen Geruch und das sanfte Zittern, das verriet, dass die Berührung auch an ihm nicht spurlos vorübergegangen war.

Auf einmal bemerkte sie etwas Kaltes an ihrem Rücken. Eisig, als habe sie jemand mit kaltem Wasser bespritzt. Erschrocken zuckte sie zusammen und für einen Moment meinte sie, sie habe alles nur geträumt und dieses Gefühl sei das eiskalte Erwachen. Doch plötzlich spürte sie erneut einen kalten Schwall an ihrem Rücken. Dann kühle Sprenkel an ihrem Kopf. Hatte es zu regnen begonnen?

Obwohl die Situation ihr mehr als unwirklich vorkam, gelang es Emilia erst ihre Augen zu öffnen, als Tom seine Lippen von ihren löste. Erstaunt sah sie ihn an. Er sah aus wie ein begossener Pudel. In seinem Haar glitzerten im Licht der Straßenlaterne kleine Wassertropfen.

Auf einmal begann er schallend zu lachen. Als habe sein Lachen die gläserne Glocke zerbersten lassen, die sich während des Kusses um sie gebildet hatte, nahm Emilia nun auch das rauschende Geräusch hinter sich wahr. Erschrocken drehte sie sich um, während sie von einem erneuten Schwall Wasser getroffen wurde. In diesem Augenblick griff Tom, der inzwischen aufgestanden war, sie an beiden Armen und zog sie fest an sich. Er strahlte über das ganze Gesicht, so, als habe sie eben einen wunderbaren Scherz gemacht. Nun kam auch Emilia endlich wieder in der Realität an und begriff, was es mit dem ganzen Wasser auf sich hatte, das die Rückseite ihres Kleides inzwischen vollkommen durchnässt hatte: Sie standen inmitten einer Springbrunnenanlage. Es handelte sich dabei nicht um einen Brunnen im eigentlichen Sinne, sondern vielmehr um eine gepflasterte Fläche, die mit verschiedenen Springwasserelementen ausgestattet war, die offensichtlich in verschiedenen zeitlichen Abständen eingeschaltet wurden. Sie waren vollkommen ahnungslos auf die Fläche gelaufen und als nun die Fontänen wie auf ein unsichtbares Kommando in die Höhe schossen, hatten sie sie voll erwischt.

Nun begann auch Emilia zu lachen. Strahlend sah sie Tom an, nahm dann Anlauf und sprang in eine kleine Pfütze, die sich auf der Fläche gebildet hatte. Kleine Wassertropfen spritzten zu allen Seiten weg und erwischten auch ihn, der in gespieltem Ernst drohend seinen Zeigefinger hob. Doch Emilia grinste nur. Herausfordernd sah sie ihn an, ging in die Knie und sprang dann in die Luft. Bei ihrer Landung spritzte das Wasser noch weiter als beim ersten Mal und nun waren die dunklen Sprenkel auf Toms Jeans deutlich zu erkennen. Dieser ließ sich nun nicht länger aufhalten. Er schnappte Emilia und hob sie auf seine Arme. Dann begann er sich mit dem jauchzenden Bündel auf seinem Arm zu drehen und bewegte sich dabei immer weiter in Richtung einer Fontäne, die in regelmäßigen Abständen in die Höhe schoss und wieder versiegte. Emilia quietschte vor Freude, als sie begriff, was er vorhatte. Wie ein außer Kontrolle geratener Derwisch drehten sie sich gemeinsam unter der Fontäne und begannen laut zu kreischen, als der Wasserstrahl sie genau erwischte.

»Wie die Kinder«, hörten sie eine Frau laut sagen, die kopfschüttelnd das Treiben der beiden beobachtete. »Sind Sie nicht zu alt für den Scheiß?«

»Lieber zu alt für den Scheiß als zu scheiße fürs Alter«, lachte Emilia und hielt ruckartig die Luft an, als Tom ihre Lippen mit einem weiteren Kuss verschloss. Als das Wasserspiel vorüber war und sich wieder Ruhe über den Platz legte, stellte Tom Emilia auf ihre Füße.

Lachend und triefend liefen sie zurück zum Gehweg, Hand in Hand, wie zwei Kinder, die Angst hatten, sich zu verlieren, wenn sie sich nicht gegenseitig festhielten.

»Also das ist mit Abstand das beste Date, das ich je hatte«, lachte Emilia, während sie ihre Haare auswrang.

»Du bist eine unglaubliche Frau, Emilia«, flüsterte Tom und die Zärtlichkeit in seiner Stimme jagte ihr einen warmen Schauer über den Rücken.

»Und du bist ein unglaublicher Mann«, sagte sie leise, bevor sie ihm erneut ihr Gesicht entgegenreckte.

Vorsichtig, als könne die Berührung sie zerbrechen, nahm Tom es in beide Hände und küsste sie. Und wieder hatte Emilia nur den einen Wunsch, er würde nie wieder damit aufhören. In diesem Moment wusste sie, dass die Entscheidung gefallen war: Sie waren mehr als Freunde.

Als sie es endlich geschafft hatten, sich voneinander loszureißen, hielt Tom sie noch immer an den Hüften umschlungen und sah ihr fest in die Augen.

»Vielleicht sollten wir besser zurückfahren und uns etwas Trockenes anziehen«, sagte er lächelnd, bevor er sie endgültig losließ und sein Hemd, das ihm nass am Körper klebte, vorsichtig von seiner Haut löste.

Emilia verkniff sich einen Kommentar dazu, wie unglaublich sexy Tom in dem nassen Teil aussah und nickte nun ebenfalls lächelnd.

»Ich meine ja nur«, erklärte Tom fast entschuldigend. »Nicht dass dieses wundervolle Date damit endet, dass wir uns beide eine Erkältung holen. Es ist zwar noch warm, aber nasse Klamotten am Leib sind niemals gut für die Nieren. Das hat mir meine Mutter zumindest als Kind schon so eingebläut. Und ... na ja ... wie soll ich sagen ... ihre Worte sitzen tief.«

»Meine hat dasselbe behauptet«, stimmte Emilia grinsend zu, die die Stimme ihrer Mutter förmlich hören konnte. »Lass uns fahren.«

Die Autositze wurden feucht, als sie schließlich den Heimweg antraten, doch das war es wert gewesen. Was für ein Spaß! Während der gesamten Fahrt gelang es Emilia nicht, das Grinsen aus ihrem Gesicht zu bekommen.

Schließlich standen sie gemeinsam vor ihrer Zimmertür, da Tom darauf bestanden hatte, sie *bis nach Hause* zu bringen, wie er es scherzhaft ausgedrückt hatte.

»Ich würde dich ja auf einen Kaffee hereinbitten, aber ich habe bei mir *zu Hause* keine Kaffeemaschine«, erklärte sie mit gespieltem Bedauern.

»Dann solltest du dringend mal mit deinem Vermieter sprechen.«

»Ja, das habe ich mir fest vorgenommen.«

»Soll ich mal mit ihm reden?«

»Nein, lass mal lieber.« In gespieltem Entsetzen verzog Emilia das Gesicht. »Das ist ein ganz unangenehmer Kerl. Riesig und seltsam. Und ehrlich gesagt wirkt er auf mich auch total aggressiv. Nicht dass er dir noch etwas antut.«

»Ist er wirklich so schlimm?«

»Schlimmer.« Emilia nickte ernst, um den Wahrheitsgehalt ihrer Aussage zu unterstreichen. »Wenn du mich fragst, stimmt mit diesem Kerl was nicht. In seiner Küche hält er bestimmt junge Mädchen gefangen. Und als ich nachts mal runtergeschlichen bin, da habe ich gesehen, wie er um einen Kessel mit irgendetwas Brodelndem herumgetanzt ist und gesungen hat: *heute back ich, morgen brau ich, übermorgen mache ich Schnitzel mit Pommes und Salat.* Aus *wem*, konnte ich leider nicht mehr hören, weil ich schnell abgehauen bin. Aber ich will echt nicht, dass er dich zu Schnitzel verarbeitet. *Dich* finde ich nämlich toll.«

Tom lachte schallend. »Na dann halte ich mich lieber mal fern von dem Kerl. Scheint sich ja um einen ganz üblen Typen zu handeln.«

So langsam, dass Emilias Herzschlag sofort die Gelegenheit ergriff, seine Frequenz zu verdoppeln, beugte er sich zu ihr hinunter und küsste sie erneut zärtlich, aber mit einem so tiefen Verlangen, dass Emilias Knie weich wie Butter wurden. Hilflos taumelte sie ein bisschen nach hinten und war froh, dass ihr Rücken Halt an der festen Zimmertür fand. Als er sich von ihren Lippen lösen wollte, griff sie mit der Hand nach seinem Hinterkopf und zog ihn schnell wieder zu sich heran. Erst nach einem weiteren langen Kuss ließ sie endlich zu, dass er ein bisschen Abstand zwischen ihre Lippen brachte.

»Ich glaube, wir sollten jetzt wirklich mal raus aus den nassen Sachen«, grinste er.

Auch Emilia spürte nun, dass ihr kalt war. In der Hitze der Erregung hatte sie es überhaupt nicht bemerkt.

»Du zuerst«, sagte sie mit einem provokanten Lächeln.

Tom sah sie erschrocken an. »Was, hier?«

»War nur Spaß«, lachte Emilia, die sich prächtig über seinen schockierten Gesichtsausdruck amüsierte. »Aber hereinbitten kann ich dich nicht«, fügte sie dann grinsend hinzu.

Tom sah sie fragend an.

»Ach komm schon«, erklärte sie und lachte glucksend. »Wenn ich dich jetzt hereinbitte, dann reißen wir uns drinnen die Kleider vom Leib und treiben es anschließend unter der heißen Dusche. Wenn wir es überhaupt so weit schaffen und nicht direkt auf dem Bett übereinander herfallen. Und das wäre so was von Klischee, findest du nicht?«

Grinsend nickte Tom. Auch wenn es vermutlich das übelste Klischee war, das man erfüllen konnte, schien ihm die Vorstellung davon trotzdem sichtlich zu gefallen.

»Na siehst du«, sprach Emilia weiter. »Und ich mag keine Klischees. Und vor allem will ich nicht, dass dieser wunderbare Abend, der so unkonventionell war, jetzt in einem solchen endet. Das würde ihm den ganzen Zauber nehmen. Wenn das mit uns eine ernsthaftere Geschichte wird, dann will ich immer an den lustigen Abend zurückdenken, an dem wir uns unter Wasserfontänen geküsst haben. Und nicht an Klischee-Sex unter der Dusche im Zimmer irgendeines Gasthauses.«

»Hey, es ist *mein* Gasthaus!«

Sofort musste Emilia über seine gespielte Empörung wieder lachen. Er hätte völlig anders reagieren können. Aber nein, er nahm es mit Humor. Einfach wunderbar. Für den Hauch eines Augenblicks musste sie dem Drang widerstehen, direkt hier auf dem Flur über ihn herzufallen. Das wäre zwar nicht besonders klischeehaft gewesen, aber vermutlich doch ein eher verstörender Anblick für die anderen Gäste.

»Ich danke dir für diesen wunderbaren Abend«, hauchte sie schließlich schwärmerisch.

»Und ich dir«, antwortete Tom leise, bevor er sie erneut hingebungsvoll küsste.

Als er sich schließlich umdrehte und die Stufen in den Gastraum hinunterging, dauerte es eine ganze Weile, bis Emilia ihren rasenden Herzschlag wieder auf ein normales Tempo gebracht hatte. Und als sie wenig später unter der heißen Dusche stand, wünschte sie sich, Tom wäre bei ihr.

1943

Villa Gleißner

»So, fertig, kleiner Dreckspatz«, sagte Elfie lächelnd, als sie dem kleinen Heinz Hände und Mund sauber gewischt hatte. Mit seinen zwei Jahren wollte er zwar beim Essen unbedingt selbst den Löffel halten, doch das Ergebnis war meist eine riesige Schweinerei, da der kleine Abenteurer es mit der Zielsicherheit nicht so genau nahm. So landete gefühlt die Hälfte des Essens auf Tisch und Boden und zudem war sein Gesicht nach jeder Mahlzeit so verschmiert, dass Elfie ihren kleinen Sohn am liebsten sofort in die Badewanne gesteckt hätte. Vermutlich hätte diese Maßnahme sogar seinen Beifall gefunden, denn immer, wenn sie ihn badete, dann jauchzte und lachte der Winzling, dass es eine wahre Freude war. Überhaupt machte der kleine Wonneproppen seinen Eltern und erstaunlicherweise auch seinen großen Schwestern fast nur Freude. Sein sonniges Gemüt vermochte auch die trübseligsten Tage aufzuheitern und obwohl ihm sehr viel Blödsinn einfiel, war doch alles, was er anstellte, einfach zu niedlich, als dass ihm irgendjemand ernstlich hätte böse sein können. Seine drei Schwestern hatten ihn vom ersten Moment an ins Herz geschlossen und so hielten die Geschwister zusammen wie ein vierblättriges Kleeblatt. Sie spielten zusammen, beschützten sich gegenseitig und waren immer füreinander da. Auch wenn sie manchmal erbärmlich streiten konnten, besonders Valentina und Lea, waren die vier Kinder ein Herz und eine Seele und allein beim Anblick ihrer Lieblinge floss Elfie das Herz regelrecht über vor Mutterglück. Dennoch verging kein Tag, an dem sie nicht an ihre kleine Edith dachte, die sie in jener verhängnisvollen Nacht vor zwei Jahren in die Hände einer vollkommen fremden Frau gegeben hatte. Sorgsam achtete sie darauf, nur dann über ihren heimlichen Kummer zu weinen, wenn niemand in der Nähe war. Wie hätte sie denn auch erklären sollen, was der Anlass für ihre Tränen war, ohne das dunkelste Geheimnis ihres Lebens zu verraten?

Obwohl das kleine Mädchen ihr noch immer fehlte, hatte sie sich mit jedem Tag, den der kleine Heinz bei ihnen lebte, mehr und mehr in den niedlichen Jungen verliebt. Mit seinen dicken Pausbäckchen, die vor Abenteuerlust meist einen gesunden roten Schimmer aufwiesen, und mit seinem spitzbübischen Lächeln machte er es einem aber auch leicht, ihn zu lieben. Seit sie ihn in jener Nacht vor zwei Jahren in einem erbärmlichen Zustand zu sich genommen hatte, hatte er sich sehr gut von seiner Krankheit erholt. Elfie erinnerte sich noch so intensiv an diese Zeit, als wäre es erst gestern gewesen. Als Heinrich gesehen hatte, wie schlimm es um das Leben seines vermeintlichen Sohnes stand, war er ihm nicht mehr von der Seite gewichen. Er war nicht einmal mehr in die Firma gegangen, die ihm sonst so unglaublich wichtig gewesen war, sondern hatte sich von seiner Sekretärin die wichtigsten Unterlagen nach Hause bringen lassen. Damit hatte er sich an den großen Tisch im Wohnzimmer gesetzt und gearbeitet, während der kleine Heinz an seiner Seite in der Wiege schlief. Die einzigen Momente des Tages, in denen er duldete, dass sein Sohn nicht in seiner unmittelbaren Nähe war, waren jene, in denen Elfie den Kleinen stillte. Diese Minuten nutzte Heinrich, um zu duschen, zur Toilette oder kurz in den Garten zu gehen. Die Liebe, mit der er seinen Sohn behandelte, trieb Elfie häufig die Tränen in die Augen. Nämlich immer dann, wenn sie daran dachte, dass er seine Töchter niemals mit dieser Art von Liebe überschüttet hatte, die er Heinz zuteilwerden ließ. Niemals, unter gar keinen Umständen, durfte er jemals erfahren, dass Heinz nicht sein Sohn war, auch wenn in Elfie noch immer der tief verborgene Wunsch brannte, ihre kleine Edith zurückzuholen und so an ihre Brust zu drücken, wie Heinrich es mit dem kleinen Heinz tat. Die Liebe und Hingabe, mit der er sich um den kleinen Mann kümmerte, zeigte schnell Wirkung. Bereits nach einer Woche war Heinz vollständig genesen und das, obwohl sie noch ein paar Tage zuvor ernstlich um sein Leben gebangt hatten. Die Wärme der Villa, die Liebe des Vaters, die gute Ernährung und die hervorragende medizinische Versorgung hatten gemeinsam ein Wunder vollbrachte. Auch der Arzt, den sie zu Hilfe gerufen und der Heinz anfänglich mit sehr besorgtem Blick gemustert hatte, war hellauf begeistert von der positiven Entwicklung des Kindes. Nun, zwei Jahre später, war Heinz ein derart gesunder Junge, dass man es kaum für möglich hielt, dass er als Säugling so schwer krank gewesen war. Elfies Herz quoll fast über vor Glück, wenn sie dabei zusah, wie der kleine Schlawiner mit seinen Schwestern durch den Garten tobte. Wenn sie die Kinder gleich zum

Abendessen hereinrief, würde er seine großen blauen Augen aufreißen und ihr mit bettelndem Blick ein Gänseblümchen überreichen. Damit wollte er die Mutter bestechen, um noch ein wenig draußen bleiben zu dürfen. Elfie wusste genau, dass es passieren würde, denn vor zwei Wochen hatte er dies zum ersten Mal getan und als sie daraufhin gelächelt und den Kindern weitere zehn Minuten im Garten erlaubt hatte, hatte der kleine Heinz schnell verstanden, dass er mit solchen Gesten das weiche Mutterherz bestechen konnte. Seitdem brachte er ihr jeden Abend ein Gänseblümchen, wenn sie die Kinder hereinrufen wollte, und hielt sich für besonders raffiniert, wenn die Mutter daraufhin lächelnd die Frist verlängerte. Was er nicht wusste, war, dass Elfie ihrerseits längst eine Möglichkeit gefunden hatte, die üblichen Essens- und Schlafenszeiten dennoch einzuhalten, denn als sie durchschaute, dass der kleine Heinz sich ein Spiel daraus machte, mit seiner niedlichen Geste Zeit zu schinden, war sie dazu übergegangen, die Kinder zehn Minuten früher hereinzurufen. Außer der kleinen Hanna hatte keines der Kinder schon ein solch ausgeprägtes Zeitgefühl, dass es ihnen aufgefallen wäre und ihre Größte war derart brav und vernünftig, dass sie gegenüber ihren Geschwistern das Verhalten der Mutter niemals infrage gestellt hätte.

Oh wie stolz war Elfie auf ihre vier Kinder. Und wie sehr schmerzte es sie, dass Heinrich ausgerechnet diese Zeit, in der sie so klein, so unschuldig und so unglaublich süß waren, nicht miterleben konnte. Seit ein paar Wochen befand er sich im Krieg. Die Nachricht von seiner Einberufung hatte Elfie wie ein Schlag getroffen. Jahrelang hatte er ihr versichert, dass er mit seiner

Familie unter einem besonderen Schutz stünde, weil sein Vater einer der besten Freunde von Fritz Goebbels sei. Lange schien dies auch zugetroffen zu haben. Doch inzwischen dauerte der Krieg vier Jahre an und offenbar hatte die Wehrmacht nun nicht mehr auf einen Mann wie Heinrich Gleißner verzichten können. Als er seiner Frau die Nachricht überbracht hatte, dass er nun seine Pflicht gegenüber seinem Vaterland wahrnehmen müsse, war Elfie in Tränen ausgebrochen. Mit Heinz waren sie endlich wieder zu der Familie geworden, die sie sich immer so sehr gewünscht hatte. Zwar hatte der Krieg auf alles bereits zuvor schon seine Schatten geworfen, und die Nachrichten, die zu ihnen durchdrangen, waren mehr als erschütternd, doch in Edelsbrunn schien die Welt nach wie vor in Ordnung. Während Elfie das größte Mitleid mit den Menschen in größeren Städten hatte, wo Bomben der Royal Air Force viele Menschenleben gekostet und unvorstellbare Zerstörung angerichtet hatten, lebten sie hier in der Villa Gleißner in nahezu paradiesischen Zuständen. In weiser Voraussicht hatte Heinrich schon bei Kriegsausbruch damit begonnen, Vorräte im großen Keller der Villa zu horten. Ausdrücklich und immer wieder hatte er auf Elfie eingeredet, dass sie unter keinen Umständen jemandem von diesen Vorräten erzählen dürfe. Es würden Zeiten kommen, so hatte er prophezeit, in denen die Menschen in Scharen in die Häuser einbrechen und diese plündern würden, wenn sie erführen, dass es dort etwas zu essen gäbe. Elfie konnte sich ein solches Szenario zwar überhaupt nicht vorstellen, doch in ihrer Ehe hatten sie sich auf eine klare Aufgabenverteilung geeinigt: Sie sollte sich um Haushalt und Kinder kümmern und Heinrich sorgte für alles andere. Früher, als junges und unbedarftes Mädchen, hätte sich ihr bei einem solchen Gedanken vermutlich der Magen umgedreht. Wenn sie daran dachte, was sie früher für Pläne geschmiedet und für abenteuerliche Träume und Vorstellungen gehegt hatte, dann musste sie jedes Mal über sich selbst schmunzeln. Wie naiv sie doch gewesen war. Seit der Geburt von Hanna ging sie so vollkommen in ihrer Rolle als Hausfrau und Mutter auf, dass ihr die junge Frau, die sie einst gewesen war, wie eine Fremde aus einem völlig anderen Leben vorkam.

Lächelnd nahm sie den frisch gebackenen Kuchen aus dem Ofen, den sie für den morgigen Nachmittag vorbereitet hatte. Morgen würden sie Leas dritten Geburtstag feiern. Zu diesem Anlass hatte sie extra einen großen Marmorkuchen gebacken, den sie anschließend noch mit Schokoladenglasur überziehen würde. Sicherlich würde sich die kleine Lea unglaublich freuen. Denn trotz der umsichtigen Vorsorge von Heinrich, was Lebensmittel anbelangte, war Schokolade etwas, das sogar im Hause Gleißner inzwischen knapp geworden war. Ansonsten waren sie, dank Heinrich, bestens ausgestattet. Direkt zu Kriegsbeginn hatte er darauf bestanden, dass sie zusätzlich zu den Obstbäumen, die im Garten wuchsen, im hinteren Teil des Grundstücks noch Gemüsebeete anlegten. So weit entfernt von der Straße, dass sie von etwaigen Passanten nicht gesehen werden konnten, denn im Ernstfall befürchtete Heinrich gnadenlose Plünderer. Elfie hatte über seine Vorsicht gelacht und ihn scherzhaft als paranoid bezeichnet, doch natürlich hatte sie ihm wie immer gehorcht. Ebenso wie sie all die Bücher über Obst und Gemüseanbau gelesen hatte, die Heinrich in den vergangenen drei Jahren angeschleppt hatte. Inzwischen war Elfie eine wahre Meisterin im Anbau und der Aufzucht von Lebensmitteln und so fehlte es ihnen an nichts. Sogar Mehl hatte er Säckeweise anliefern lassen, als es noch keine Mangelware gewesen war. Sorgfältig im Keller verstaut, würde es der Familie noch einige Jahre lang die Grundversorgung sichern.

Elfie nahm die geschmolzene Schokolade vom Herd und begann nachdenklich damit, den heißen Kuchen zu bestreichen. Kurz warf sie einen Blick aus dem Küchenfenster und sah, wie ihre vier Kinder ausgelassen im Garten herumtollten. Während Hanna gerade versuchte, Valentina das Radschlagen beizubringen, betrachtete Heinz eingehend seine Schwester Lea dabei, wie diese einen Purzelbaum schlug. Kaum war sie wieder auf die Beine gekommen, sah sie den kleinen Bruder provozierend an. Dieser presste in höchster Konzentration die Lippen aufeinander, stemmte seine kleinen Ärmchen in den Boden, rollte den Kopf ein und kippte dann zur Seite weg. Lea lachte über den ungeschickten Versuch, lief dann aber sofort zu ihm und hob ihn mit tröstenden Worten vom Boden auf.

Elfie lächelte, doch dann wurde sie plötzlich ernst. Wie jedes Mal, wenn ihr bewusst wurde, wie schön es hier in der Villa war. Immer wieder überkam sie eine tiefe Scham, wenn ihr bewusst wurde, wie gut sie es hatten und wie schlecht es anderen Familien im Moment erging. Besonders, wenn sie an jene Familien dachte, die ihr Zuhause oder gar ihre Familienangehörigen bei einem der Bombenangriffe verloren hatten.

Zu Beginn des Krieges hatte sie mit Heinrich gemeinsam häufig noch Radio gehört. Dadurch hatte sie erfahren, was tatsächlich in der Welt vor sich ging, die sie hier in der Villa Gleißner so sorgfältig aussperrten. Je weiter der Krieg fortgeschritten war, und damit auch seine Auswirkungen auf die Bevölkerung, umso mehr hatte Elfie damit begonnen, sich jeglicher Information über das Kriegsgeschehen zu verweigern. Schließlich hatte sie überhaupt keine Nachrichten mehr gehört und war nur noch ins Dorf gegangen, wenn es sich unter keinen Umständen vermeiden ließ. Sie wollte es nicht wissen. Sie wollte alles nicht wissen, was da draußen vor sich ging. Sie wollte nicht sehen, wie die Menschen in ihrer Trauer die Köpfe hängen ließen. Sie wollte die Tränen derjenigen nicht sehen, die Angehörige oder geliebte Menschen verloren hatten. Sie wollte die Worte der Politiker und die Klagen der Notleidenden nicht hören und schon gar nicht wollte sie erfahren, welche Städte bei Bombenangriffen zerstört worden waren.

Was Elfie wollte, war ein glückliches Leben mit ihren vier Kindern in ihrer selbst geschaffenen Idylle. Und fast immer gelang es ihr, diesen Wunsch auszuleben. Da die Kinder noch sehr klein waren, war es möglich, auch von ihnen jegliche Informationen über die Zustände in der Welt fernzuhalten. Lediglich Hanna wurde manchmal in der Schule mit den Tatsachen konfrontiert, doch sie war schlau genug, diese Dinge nicht anzusprechen, wenn ihre kleineren Geschwister in der Nähe waren. Lea und Heinz hätten sowieso nicht verstanden, worum es eigentlich ging, doch Valentina entwickelte in der letzten Zeit eine fast schon unangenehme Wissbegierde, der es Elfie immer weniger auszuweichen gelang. Von ihren Mitschülern und aus dem Unterricht schien Hanna zu wissen, was in der Welt außerhalb der Villa vor sich ging. Doch das Mädchen war derart einfühlsam, dass es spürte, dass Elfie ihrerseits nichts davon wissen wollte. So schluckte sie ihre brennenden Fragen hinunter und ging bald dazu über, auch selbst zu Hause so zu tun, als sei alles in bester Ordnung. Was tatsächlich in dem jungen Mädchen vorging, konnte Elfie nur erahnen, doch sie hatte zu viel Angst vor der Antwort, um Fragen zu stellen. Valentina hingegen sollte glücklicherweise erst im nächsten Jahr in die Schule kommen und Elfie graute bereits jetzt vor diesem Moment, denn ihre Zweitgeborene würde sich garantiert nicht so zurückhaltend und verständnisvoll zeigen wie ihre große Schwester. Inständig betete Elfie immer wieder, dass Heinrich bald aus dem Krieg zurückkommen würde. Sicherlich würde er Valentina deutlich besser in die Schranken weisen können. Das Mädchen wuchs ihr mit ihrer Wissbegierde immer mehr über den Kopf und konnte bereits jetzt flüssig lesen. Sie hatte es sich bei Hanna abgeschaut. Immer, wenn diese ihre Schulaufgaben erledigt hatte, hatte Valentina neben ihr gesessen, ihr über die Schulter gesehen und mitgelernt. Und wenn sie mal etwas nicht von selbst hatte verstehen können, war sie Hanna so lange damit auf die Nerven gegangen, bis diese es ihr erklärt hatte. Zunächst hatte Elfie die eifrigen Lernstunden belächelt, doch als Valentina schon nach zwei Wochen in der Lage gewesen war, vollständige Texte zu lesen, war sie regelrecht erschrocken. Mit einer Mischung aus Stolz und Verärgerung hatte sie

Hanna zu sich gerufen und ihr erklärt, wenn diese schon zulasse, dass die kleine Schwester sich das Lesen bei ihr abschaue, dann obläge es nun auch ihrer Verantwortung, dass diese nichts lese, was für ihr Alter und Gemüt ungeeignet war. Betroffen hatte Hanna versichert, dass sie daran nicht gedacht habe und dass sie sich selbstverständlich darum kümmern werde, dass Valentina nur geeignete Literatur in die Hände bekäme. Daraufhin hatte sie sich mit der kleinen Schwester geeinigt, dass diese nur lesen dürfe, was Hanna oder die Mutter ihr ausdrücklich erlaubten. Zu Elfies Erstaunen fügte sich Valentina dieser Anweisung ohne zu murren. Vermutlich war sie einfach zu dankbar dafür, dass sich ihr durch das Lesen eine vollkommen neue Welt erschlossen hatte und wollte es sich nicht mit der großen Schwester verderben. Schließlich wollte sie auch noch Rechnen und Schreiben lernen und das würde Hanna sicherlich nur zulassen, wenn sie jetzt gehorsam war.

Inzwischen hatten Elfie und Hanna die Wissbegierde von Valentina und ihren neu entfachten Leseeifer ganz gut zu nutzen gelernt. Elfies Blick fiel auf den dicken Ratgeber zum Einkochen von Früchten, den sie Valentina später noch geben würde. Sicherlich würde das neugierige Mädchen noch heute Abend im Bett heimlich damit anfangen, darin zu lesen. Und das kam Elfie gerade recht, denn sie hoffte, dass Valentina den dicken Wälzer durchgelesen haben würde, bis die Ernte- und Einkochsaison begann. Sie würde eine wunderbare Küchenhilfe abgeben und mit Sicherheit würde es ihr riesigen Spaß machen, die von den Geschwistern geernteten Früchte zu verarbeiten.

Schmunzelnd rührte Elfie in der kleinen Schüssel und deckte den Kuchen mit einer zusätzlichen Schicht Schokolade ein, als könne die klebrige Masse ihrer Liebe zu den Kindern besonderen Ausdruck verleihen.

Schade, dass Heinrich nicht hier sein konnte. Abgesehen davon, dass es unglaublich bedauerlich war, dass er so viel davon verpasste, wie seine Kinder groß wurden, vermisste sie ihn auch selbst schrecklich. Seit Heinz in ihrer Familie war, hatte sich Heinrich zu einem perfekten Ehemann entwickelt, der sie an die Anfangszeit ihrer Liebe erinnerte. Und auch Elfie hatte eine ganz neue Liebe für diesen Mann entwickelt, der sich so rührend um seine Familie kümmerte. Sie waren sich wieder näher gekommen. So nahe, dass sie die Intimität genoss und seine Abwesenheit fürchtete. Die Liebe, die sie für ihn empfand, hatte zu einer Kraft zurückgefunden, die sie längst hatte verzeihen lassen, dass er der Grund dafür gewesen war, dass sie ihre jüngste Tochter weggegeben hatte. Je länger das Leben in der heilen Familie andauerte, desto mehr war Elfie zu dem Entschluss gelangt, dass dieses Glück den Verlust des Kindes wert gewesen war. Außerdem durfte sie sich nicht beschweren. Wie viele Frauen verloren gerade jetzt ihre Kinder durch Bomben, Hunger oder weil ihre Söhne irgendwo an der Front fielen.

Dieser dämliche Krieg war dabei, alles zu zerstören. Wenn Heinrich hier wäre und die Welt draußen so, wie sie noch vor fünfzehn Jahren gewesen war, dann wäre alles bestens. Wütend strich Elfie eine dritte Schicht Schokoladenglasur über den Kuchen. Sie hatte Recht daran getan, die Nachrichten und das Geschehen der Außenwelt aus ihrem Leben zu verbannen. Zu wissen oder auch nur zu ahnen, was dort vor sich ging, führte nur dazu, dass sie nachdenklich und traurig wurde. Und das wollte sie nicht. Wenn sie ihre Kinder glücklich aufwachsen sehen wollte, dann musste sie selbst Glück ausstrahlen. Sie musste sich unbedingt mehr Mühe geben und durfte sich nicht mehr von diesen unsinnigen Gedanken aus der Ruhe bringen lassen. Schlimm genug, dass sie in letzter Zeit immer öfter den Fliegeralarm aus der Stadt, die einige Kilometer entfernt lag, gehört hatten und sich daraufhin stundenlang im Keller versteckt hatten. Den drei jüngeren Kindern hatte sie erklärt, dass es sich dabei um ein lustiges Spiel handelte. Verstecken für Erwachsene sozusagen. Sie hatte Spielsachen im Keller gelagert, Buntstifte, Papier und Bücher, damit sie es dort unten möglichst gemütlich hatten. Außerdem Matratzen und kuschelige Wolldecken, damit die Kleinen schlafen konnten, wenn in der Nacht ein Alarm ausgelöst wurde. Die kleinen Kinder schienen das Abenteuer auch ganz lustig zu finden, doch in Hannas Augen konnte Elfie deutlich die Angst sehen, wenn sie schweigend im Keller saß und ihre Furcht mit sich auszumachen schien. Dann versuchte Elfie ihr immer wieder wortlos zu verstehen zu geben, dass sie bloß nichts Falsches sagen sollte, was die Kleinen verängstigen könnte. Doch ein solcher Fehler wäre Hanna niemals unterlaufen. Immer mehr spürte Elfie eine tiefe Bewunderung für ihre älteste Tochter, die in ihren jungen Jahren so viel reifer und vernünftiger war als sie selbst es je sein würde. Insbesondere Hannas Selbstlosigkeit und ihre Bereitschaft, sich unermüdlich für ihre jüngeren Geschwister aufzuopfern, beeindruckte sie zutiefst. Noch nie hatte sie diesen Gedanken Hanna gegenüber laut ausgesprochen, doch sie hoffte, dass ihre Tochter insgeheim spürte, dass sie so dachte und empfand.

Als sie erneut aus dem Fenster sah, erkannte sie, dass Hanna auch jetzt wieder ihre mütterliche Seite zeigte. Gerade beugte sie sich über das Knie von Lea, die sich dieses offensichtlich bei irgendeinem Kunststück aufgeschlagen hatte, und an Hannas Lippen konnte Elfie erkennen, dass diese das kleine Liedchen sang, das auch sie selbst den Kindern immer zur Beruhigung und zum Trost vorsang, wenn sie sich verletzt hatten. Valentina hatte unterdessen mit beiden Armen einen Ast des Apfelbaums umklammert und schaukelte.

Dann schien sich die Szenerie schlagartig zu verändern. Irritiert blickten alle drei Mädchen in dieselbe Richtung. Auf ihren Gesichtern spiegelten sich so unterschiedliche Ausdrücke, dass Elfie sofort verunsichert war. Während Hanna skeptisch dreinblickte, spiegelte sich im Gesicht der kleinen Lea Angst und Valentina ließ sich schlicht von dem Ast plumpsen, kniff skeptisch die Augenbrauen zusammen und stemmte provozierend die Hände in die Hüften. Und Heinz? Wo war Heinz?

In einem spontanen Anfall von Panik rannte Elfie zum Küchenfenster und presste ihr Gesicht an die Scheibe, um ihr Sichtfeld auf den Garten zu erweitern. Dass die heiße Schokolade vom Löffel in ihrer Hand auf den Boden tropfte, bekam sie nicht einmal mit.

Im gleichen Moment, in dem sie erkannte, was draußen vor sich ging, stieß sie einen spitzen Schrei aus. Ihr Herz begann zu rasen und ihre Kehle war auf einmal so eng, dass sie glaubte zu ersticken. Sie hatte die Frau sofort erkannt.

Als werde sie vom Teufel persönlich verfolgt, rannte sie aus der Küche durch den Flur aus dem Haus. Der Anblick ließ ihr das Herz in die Hose rutschen.

Im Garten kniete Maria vor Heinz. Sie hatte seine Hand zwischen die ihren genommen und sagte irgendetwas zu ihm, was Elfie nicht verstehen konnte. Erstens war sie zu weit weg und zweitens rauschte ihr Blut dermaßen laut in den Ohren, dass sie außer dem brausenden Geräusch nichts mehr hören konnte.

»Lass sofort meinen Sohn los!«, schrie sie mit einer Stimme, die nicht die ihre zu sein schien.

»Hanna, Valentina, Lea, Heinz, sofort rein mit euch!«

Als sie die Stimme der Mutter vernahm, löste sich Hanna abrupt aus ihrer Starre und rannte zu Heinz. Sie warf der fremden Frau einen nachdenklichen Blick zu. Dann schnappte sie den kleinen Bruder, nahm ihn auf den Arm und wandte sich schnell zu ihren Schwestern um, die sich noch immer nicht aus ihrer Position gelöst hatten.

»Valentina, komm und nimm Lea mit«, befahl Hanna scharf, woraufhin nun auch Valentina sofort reagierte und die kleine Schwester an der Hand mit sich zog, die die fremde Frau noch immer neugierig betrachtete. Diese blieb ihrerseits im Gras knien und blickte Heinz und Hanna traurig hinterher, die sich mit schnellen Schritten in Richtung Villa entfernten. Auch Valentina schien den überraschenden Ernst der Situation zu spüren und gehorchte sofort. Etwas grob zog sie die kleine Lea am Ärmel hinter sich her, sodass diese verärgert zu weinen begann. Doch Valentina ließ sich nicht beirren und schließlich hatte die fast Dreijährige keine Chance mehr und folgte ihrer großen Schwester trotzig ins Haus. Als sie an der Mutter vorbeigingen, die noch immer auf dem Treppenabsatz stand, blickte Hanna Elfie fragend an.

»Geht in die Küche und sucht euch Brot und was ihr sonst noch essen wollt zusammen. Heute gibt es keine Regeln. Nehmt alles mit auf eure Zimmer und esst oben. Danach geht ihr direkt ins Bett. Kann ich mich auf dich verlassen, Hanna?«

»Natürlich, Mama.« Der Neunjährigen war deutlich anzusehen, dass ihr angesichts der seltsamen Situation viele Fragen auf der Zunge lagen, doch sie schluckte sie tapfer hinunter und scheuchte ihre drei Geschwister ins Innere der Villa.

»Den Kuchen dürft ihr auch mitnehmen«, rief Elfie ihnen hinterher, als sie sah, wie Hanna Valentina mit den beiden kleinen Geschwistern nach oben dirigierte und selbst in der Küche verschwand. Das schlechte Gewissen begann sofort an ihr zu nagen, als sie mitansehen musste, wie die Kinder mit eingezogenen Köpfen, völlig verwirrt und doch so gehorsam ihren seltsamen Anweisungen Folge leisteten. Sollten sie sich wenigstens an dem leckeren Schokoladenkuchen erfreuen. Morgen würde sie sich etwas Neues einfallen lassen, um die Kinder zu überraschen und zusätzlich für ihren heutigen Gehorsam zu belohnen.

Ohne die Frau im Gras aus den Augen zu lassen, wartete Elfie ab, bis Hanna mit einem Korb aus der Küche kam, in welchen sie offenbar alles gepackt hatte, was sie an Essbarem für sich und die Kinder hatte finden können. Sogar ein paar Äpfel hatte sie eingepackt. Als ihre Große schließlich mit dem Korb im Arm die Treppen hinauf verschwand, atmete sie tief durch.

Bis jetzt hatte sie gehofft, die alte Bekannte auf dem Rasen würde einfach aufstehen und wieder gehen, doch dem war leider nicht so. Noch immer kniete diese im Gras, an derselben Stelle, wo sie ihren Sohn das erste Mal seit zwei Jahren berührt hatte. Nun jedoch sah sie auf.

In ihrem Gesicht spiegelte sich exakt derselbe Ausdruck trauriger Sehnsucht, den Elfie seit zwei Jahren von sich selbst kannte. Der plötzliche Gedanke an Heinrich schoss ihr durch den Kopf. Wie oft hatte sie ihre Traurigkeit vor ihm verbergen müssen? Und was war es für ein Segen, dass er in diesem Augenblick nicht da war. Wie hätte sie ihm die Anwesenheit der fremden Frau in ihrem Garten erklären sollen?

Langsam, als könnte sie den Augenblick der Auseinandersetzung bis ins Unendliche hinauszögern, ging sie auf die kniende Frau zu. Jeder Schritt fühlte sich an, als müsse sie gegen einen unsichtbaren Widerstand ankämpfen und würde zugleich von einer ebenfalls unsichtbaren Kraft weiter vorwärts geschoben. Schließlich hatte sie sie erreicht.

»Maria«, sagte sie schlicht.

»Frau Gleißner, es tut mir leid. Ich konnte nicht anders.«

»Geh bitte«, forderte Elfie sie auf, in einer Strenge, die sie selbst nicht so von sich erwartet hätte. Doch Maria schüttelte nur den Kopf.

»Ich kann nicht.«

Elfie überlegte. Betrachtete schweigend die Frau, die noch immer im Gras kniete und den Kopf bedrückt wieder sinken ließ, als schäme sie sich, ihr direkt in die Augen zu sehen.

»Was willst du hier? Heinz sehen? Du hast ihn gesehen, also geh und lass dich nie wieder hier blicken.«

»Heinz?«

Elfie zuckte entschuldigend mit den Schultern. Nie hatte sie vergessen können, dass der kleine Junge bereits einen Namen gehabt hatte, als sie ihn mit sich genommen hatte. Sie hatte alles versucht, um den Namen aus ihrem Gedächtnis zu löschen, um zu verhindern, dass er ihr versehentlich über die Lippen kommen könnte. Möglicherweise bei einem ihrer unzähligen Albträume, von denen einer in diesem Augenblick Realität zu werden schien. So sehr sie sich auch bemüht hatte, zu vergessen, dass Heinz eigentlich einen anderen Namen trug, den ihm eine andere Mutter in seinem anderen Leben gegeben hatte – es war ihr nicht gelungen. Und nun, da sie Maria vor sich sah, brachen alle Ängste wieder auf, die sie mit einer gewaltsam aufgebauten Schicht aus Zuversicht bedeckt hatte.

»Warum bist du hier?«, fragte Elfie endlich, obwohl sie furchtbare Angst vor der Antwort hatte. »Und wie hast du mich überhaupt gefunden?«

Nun endlich erhob sich Maria aus dem weichen Gras, das in der kühlen Abendluft bereits feucht zu werden begann.

»Ich habe Sie zufällig gesehen, Frau Gleißner. Auf dem Marktplatz. Sie sind direkt an mir vorübergegangen, aber Sie haben mich nicht gesehen.«

Eine Sekunde lang überlegte Elfie, ob diese Frau ihr möglicherweise dreist ins Gesicht log. Wie hätte sie die Person übersehen können, deren Gesicht sie in jedem ihrer Albträume sah, immer und immer wieder und das sie in den vergangenen zwei Jahren mehr gefürchtet hatte als alles andere?

Mehr als den Krieg. Mehr als den Tod.

Doch dann erinnerte sie sich daran, dass sie tatsächlich vor zwei Wochen einmal im Dorf gewesen war. Sie hatte Medizin für Lea geholt, die über Halsschmerzen geklagt hatte. Da Hanna zugleich in der Schule gewesen war, hatte sie sich große Gedanken gemacht, ob die übermütige Valentina während ihrer Abwesenheit mit den kleineren Geschwistern zurechtkommen würde. Sie erinnerte sich, in Sorge um ihre Kinder sehr unkonzentriert nach Hause geeilt zu sein. Ein unachtsamer Moment, der offenbar ausgereicht hatte, um sie ins Unglück zu stürzen. Denn allein die Tatsache, dass Maria noch immer keine Anstalten machte, das Grundstück zu verlassen, war ein deutlicher Hinweis darauf, dass sie etwas Unheilvolles im Schilde führte.

»Was willst du hier? Geh und lass uns in Ruhe«, forderte sie erneut, als sie sah, wie Maria sie abwartend beobachtete.

»Ich möchte meinen Sohn abholen.«

Die Worte trafen Elfie mitten ins Herz, exakt an dem Punkt, an dem sie am verwundbarsten war. Sie fühlte sich, als hätte Maria ihr eine schallende Ohrfeige verpasst. So viele Monate lang hatte sie befürchtet, dass die junge Frau es sich anders überlegen und ihren Sohn zurückfordern könnte. Diese Angst war nie vollständig verschwunden, doch sie hatte sich verringert, mit jedem Tag, der seit dem Tausch vergangen war. Und nun schien ihre schlimmste Befürchtung sich doch noch zu bewahrheiten.

»Du wirst Heinz nicht mitnehmen«, sagte sie dann klar, schlicht und unbeugsam.

»Ich kann nicht anders«, seufzte Maria. Es war ihr deutlich anzusehen, wie schwer ihr die Worte fielen, doch darauf konnte Elfie nun keine Rücksicht nehmen.

»Wir hatten eine klare Abmachung«, sagte Elfie laut, während sie spürte, wie sich Tränen der Verzweiflung in ihren Augen sammelten. »Du hast Geld von mir bekommen, Maria«, sagte sie dann in einer plötzlichen Eingebung. »Ich habe für den Tausch bezahlt. Ich habe für dein Schweigen bezahlt. Wenn du mir Heinz nicht gegeben hättest, wäre er heute nicht mehr am Leben. Er ist mein Sohn.«

»Er ist *mein* Sohn und das wird er auch immer bleiben. Leider ist mir das viel zu spät klar geworden. Es tut mir leid, aber ich kann nicht ohne meinen Franz leben. Ich werde nicht ohne ihn gehen.«

»Wo ist Edith?«

»Edith geht es gut. Sie ist bei meiner Schwester. Aber ...« Maria deutete mit einer leichten Kopfbewegung nach oben. Schnell folgte Elfie ihrem Blick. Am Fenster stand Valentina und drückte sich die Nase an der Scheibe platt. Auf ihrer Schulter konnte sie die Hand von Hanna erkennen, die vergeblich versuchte, sie zurückzuziehen.

»Komm mit«, forderte Elfie ihre ungebetene Besucherin auf. »Ich möchte nicht, dass die Kinder etwas mitbekommen.«

Schweigend folgte Maria Elfie in den hinteren Teil des Gartens, der sich dem Sichtbereich des Hauses entzog. Elfie hoffte inständig, dass Valentina noch nicht begriffen hatte, um was es ging. Hoffentlich hatte sie nichts von dem Gespräch gehört. Zum Glück hatten sie sich sehr leise unterhalten, doch dass es eine deutliche Spannung zwischen ihnen gab, das hatte Valentina ihnen bestimmt angesehen. Elfie würde sich später eine passende Erklärung für ihre neugierige Tochter einfallen lassen. Schließlich würde sie die ganze Nacht Zeit dazu haben, denn auch, wenn sich diese Angelegenheit geklärt hätte, würde sie heute sicherlich kein Auge zutun können.

Als sie den hübschen Seerosenteich erreicht hatten, an welchen Elfie sich früher so gerne zurückgezogen hatte, um in einem romantischen Liebesroman zu schmökern, sah sie sich vorsichtig um, doch weit und breit war niemand zu sehen. Dieser Platz war nicht einsehbar, weder von der Straße noch von der Villa aus.

»Meine Schwester und ich wollen Edelsbrunn verlassen«, begann Maria unvermittelt. »Und ich möchte, dass Franz mit uns kommt. Selbstverständlich werde ich Edith zu Ihnen zurückbringen. Wenn Sie mir nicht vertrauen, kann ich Edith auch gerne zuerst zu Ihnen bringen und Sie geben mir dafür Franz.«

»Auf gar keinen Fall. Du bist ja verrückt geworden, Maria!«

»Keineswegs. Falls es Ihnen um das Geld geht - das bekommen Sie selbstverständlich zurück. Hier, sehen Sie.« Sie zog einen dicken Umschlag aus der Tasche, den sie Elfie entgegenstreckte. »Ich bin Ihnen sehr dankbar dafür, dass Sie in jener Nacht zu mir gekommen sind. Das Geld hat es mir ermöglicht, ein neues Leben zu beginnen. Edith und mir ging es gut. Doch ich habe gespart, weil mir schon nach kurzer Zeit klar wurde, dass ich den Tausch würde rückgängig machen müssen. Ich habe nie einen Bezug zu Edith aufbauen können. Sie ist ein liebes Kind, Sie werden sie sicherlich mögen. Aber ich habe ihr von Anfang an gesagt, dass sie eine andere Mutter hat und bei mir nur vorübergehend ist. Ich habe ihr erzählt, dass Sie krank seien und sich daher nicht um sie kümmern konnten. Sie ist zwar erst zwei Jahre alt, aber glauben Sie mir, sie ist ein wirklich intelligentes Kind. Sie freut sich darauf, Sie wiederzusehen. Ihre Mutter.«

Die Worte rissen alle Wunden auf, die Elfie in den vergangenen zwei Jahren so sorgfältig zu heilen versucht hatte. Sie hatte immer gedacht, es seien Narben geblieben, doch das stimmte nicht. Der Schmerz um den Verlust von Edith war niemals verheilt. Wie gerne hätte sie ihre kleine Tochter wieder in die Arme geschlossen. Doch allein der Gedanke, Heinz zu verlieren, war wie ein giftiger Pfeil, den Maria soeben auf ihr Herz abgeschossen hatte. Auf keinen Fall würde sie ihren kleinen Sohn dieser Frau mitgeben. Denn genau das war er in den vergangenen zwei Jahren geworden: ihr Sohn! Nicht Marias. Sie hatte bereits einmal ein Kind verloren. Ein zweites Mal würde sie das nicht durchstehen.

»Verlass sofort dieses Grundstück und komm niemals wieder. Niemals! Hast du mich verstanden?«, zischte sie zwischen zusammengebissenen Zähnen hervor.

Maria schüttelte den Kopf. »Ich werde Franz mit mir nehmen. Ob es Ihnen passt oder nicht. Lieber würde ich sterben, als ohne mein Kind zu leben.«

Elfie wurde schwindelig. Vor ihren Blick schob sich ein nebliger roter Schleier. Der idyllische Garten mit dem hübschen Seerosenteich verschwamm vor ihren Augen zu einer unwichtigen Hintergrundkulisse. Sie versuchte, ruhig zu atmen. Nachzudenken. Doch sie konnte nichts anderes mehr sehen, nichts anderes fühlen, als eine alles verschlingende rohe Wut. Während Elfie losrannte, erkannte sie Maria vor sich nur schemenhaft. Dann spürte sie den harten, dumpfen Aufprall, als sie sich mit ihrem ganzen Gewicht auf sie warf. Von der Wucht wurde Maria derart nach hinten geschleudert, dass sie taumelnd umfiel. Erstaunt nahm Elfie das leise Platschen wahr, mit dem Marias Körper auf der Wasseroberfläche des Seerosenteichs aufschlug und nahezu geräuschlos unterging.

Langsam, viel zu langsam, klärte sich der Schleier vor Elfies Augen und die Konturen des Gartens gewannen wieder an Schärfe. Fassungslos starrte sie auf die Wasseroberfläche des romantischen Teichs. Nichts außer ein paar Blasen verriet, dass er gerade einen Menschen verschluckt hatte.

Elfie wartete. Warum tauchte Maria nicht wieder auf?

Eine ganze Weile lang blieb sie regungslos stehen und betrachtete nachdenklich die Wasseroberfläche, die sich nach Marias Versinken allmählich wieder geglättet hatte. Wo war Maria? Konnte sie etwa nicht schwimmen?

Die plötzliche Erkenntnis schickte einen heißen Adrenalinstoß durch Elfies Körper. Maria war schon viel zu lang unter Wasser, als dass ein Auftauchen noch möglich wäre. Zudem war sie wie ein Stein untergegangen. War sie ohnmächtig gewesen? Wie heftig hatte sie sie in ihrer Wut erwischt? Sollte sie ins Wasser springen und sie wieder herausziehen?

Weitere Minuten vergingen, während Elfie unschlüssig am Ufer verharrte und auf die glatte Wasseroberfläche stierte. Ihr Herzschlag dröhnte so laut in ihren Ohren, dass sie fürchtete, selbst ohnmächtig zu werden.

Plötzlich huschte ein vorsichtiges Lächeln über ihr Gesicht. Sie würde nicht in diesen Teich springen. Sie würde die Frau nicht herausziehen, die bis vor wenigen Minuten noch im Begriff gewesen war, ihr Leben zu zerstören. Sie würde gar nichts tun. Überhaupt nichts. Der Zufall hatte das Problem auf seine Weise gelöst.

Der Zufall?

War es ein Zufall gewesen, dass Maria genau in dem Moment, als sie sie gestoßen hatte, am Teich gestanden hatte?

War es ein Zufall, dass Maria nicht schwimmen konnte?

Die Erleichterung vermochte das leise Unbehagen nicht zu stillen. Auch wenn sich vieles durchaus zufällig ergeben hatte, so war sie es doch gewesen, die Maria gestoßen hatte. War sie eine Mörderin?

Sie hatte Maria doch nicht mit Absicht gestoßen. Andererseits hatte sie sie sehr wohl mit Absicht nicht gerettet. Wobei nicht feststand, ob ihr das überhaupt gelungen wäre. Aber hätte sie es nicht zumindest versuchen müssen?

Plötzlich tauchte Marias Körper wieder an der Wasseroberfläche auf. Erschrocken zuckte Elfie zusammen. Mit dem Gesicht nach unten trieb der leblose Leib durch den Teich. Das weiße Kleid wallte geheimnisvoll um den Körper und bildete eine nahezu künstlerische Einheit mit den weißen Seerosen, die so gänzlich unbeteiligt auf der Wasseroberfläche weilten.

Wäre der Anblick ein Gemälde, es würde sicher seine Liebhaber finden, dachte Elfie bei sich und schämte sich im selben Augenblick für den Gedanken. Dennoch sah sie eine ganze Weile lang fasziniert dabei zu, wie Marias lebloser Körper ruhig auf dem Wasser trieb. Ihr Verstand schien nicht erfassen zu können, was die Realität ihm darbot. Erst als die Nacht die Szenerie mit ihrer Schwärze umhüllte und das weiße Kleid ebenso wie die Seerosen seltsam im Mondlicht zu schimmern begann, kam Elfie wieder zu sich. Wie lange hatte sie hier gestanden? Waren Minuten vergangen? Oder waren es bereits Stunden?

Nur langsam begriff sie, dass es ihr Körper war, der in der feuchten Kälte der Nacht zitterte und ihre Lippen aufeinanderschlagen ließ. Und nun begriff sie auch, dass sie etwas tun musste. Schließlich konnte sie die Leiche Marias nicht einfach im Seerosenteich liegen lassen. Und dass sie tot war, stand inzwischen außer Frage. Niemand wäre in der Lage, so lange zu überleben, ohne zu atmen. Doch was sollte sie nur tun?

Vorsichtig tauchte Elfie ihren Fuß ins Wasser. Von der Sonne des Tages war es erstaunlich warm, vermutlich wärmer als die Luft. Ohne zu zögern glitt sie in den Teich und schwamm zu dem toten Körper. Sie drehte ihn nicht um. Das Gesicht Marias zu sehen, hätte sie nicht ausgehalten. Fest packte sie Marias Arm und zog die Leblose ans Ufer. Noch während sie wieder aus dem Seerosenteich krabbelte, wurde ihr klar, dass es eine überaus dumme Idee gewesen war, die Leiche aus dem Teich zu ziehen. Erstens war die zarte Frau viel zu schwer, um sie irgendwohin zu tragen und zweitens hatte sie nicht die geringste Ahnung, wohin.

Nachdenklich saß sie am Ufer und überlegte. Wenn sie aus dieser Situation heil herauskommen wollte, dann musste sie vernünftig nachdenken.

Endlich hatte sie eine Idee. Elfie stand auf und schlich sich so leise wie möglich zurück in die Villa. Für einen Moment war sie versucht, in die Kinderzimmer zu gehen, um zu sehen, ob ihre vier Lieblinge inzwischen in aller Seelenruhe schlummerten. Doch dann wurde ihr bewusst, dass sie dafür erstens keine Zeit hatte und zweitens eine Erklärung für die Frau, ebenso wie für ihren eigenen nassen Aufzug hätte finden müssen. Schnell ging sie in die Küche und holte den dicken Bindfaden, den sie normalerweise benutzte, um Rouladen zu machen oder einen Braten zusammenzuschnüren.

Damit eilte sie wieder hinaus, zurück zum Seerosenteich. Marias Leiche war inzwischen vom Ufer abgetrieben und schwamm wieder gleichmäßig gleitend fast in der Mitte des Teichs.

Es dauerte eine ganze Stunde, bis Elfie genügend Steine gefunden hatten, die sich in ihrer Form und Größe für ihr Vorhaben eigneten. Dann stieg sie wieder ins Wasser, schwamm, und zog Marias Leiche erneut in Richtung Ufer. Dort hievte sie sie mit aller Kraft ein Stückchen an Land, sodass sie während der folgenden mühsamen Arbeiten nicht wieder fortgetrieben werden konnte.

Dann machte sie sich an ihr grausames Werk. Sie dachte nicht nach, verbot sich selbst jegliche Gewissensbisse, während sie Stein für Stein mit dem Bindfaden umwickelte und an Maria festband. Schneller als sie gedacht hatte, wurde der zarte Körper nach unten

gezogen und Elfie sah mit einem Gefühl, das ihr bis
dato vollkommen unbekannt gewesen war dabei zu,
wie die Leiche der jungen Frau schließlich vollständig
im Wasser versank.

War es Erleichterung? Traurigkeit? Scham? Sie wäre
beim besten Willen nicht in der Lage gewesen, dieses
Gefühl zu beschreiben. Nun spürte sie auch, wie eine
unglaubliche Erschöpfung von ihr Besitz ergriff. Am
liebsten hätte sie sich einfach an Ort und Stelle ins Gras
gelegt und wäre dort eingeschlafen. Ein letztes Mal
nahm sie all ihre Kräfte zusammen und schleppte ihren
erschöpften Körper zurück in die Villa. Dort zog sie sich
um und legte sich in ihr warmes Bett. Um nach den Kindern zu sehen, fehlte ihr schlichtweg die Kraft. Ihre Augen fielen wie von selbst zu, bevor sie in einen tiefen,
traumlosen Schlaf sank.

2019

Emilia

Die ganze Nacht über hatte Emilia so intensiv von Tom geträumt, dass sie meinte, seinen warmen Körper noch neben sich spüren zu können, als sie die Augen aufschlug. Obwohl sie selbst es gewesen war, die ihn am gestrigen Abend fortgeschickt hatte, empfand sie eine leichte Enttäuschung darüber, allein im Zimmer zu sein. Dennoch fühlte sie sich seltsam energiegeladen. Seltsam deshalb, weil sie normalerweise ein genüsslicher Langschläfer war, der erst nach mehrmaligem Herumwälzen im Bett dazu zu bewegen war, dieses zu verlassen. Maximilian hatte einmal scherzhaft gemeint, wenn er jemals einen Roman schreiben würde, dann würde es ein Psychothriller mit dem Titel *Dauersnooze* werden.

Maximilian.

Was war überhaupt in sie gefahren? Es war noch nicht einmal eine Woche her, dass sie ernsthaft vorgehabt hatte, einen anderen Mann zu heiraten. Und nun lag sie hier und verzehrte sich nach Tom? Was war nur los mit ihr? Das alles war nicht nur irrsinnig absurd, es ging auch viel zu schnell. Und dennoch hatte sie, sobald sie Tom auch nur sah, das Gefühl, dass alles gar nicht schnell genug gehen konnte.

Ein kurzer Blick auf den Wecker verriet ihr, dass sie heute sogar vor der Zeit wach geworden war. Erst in einer Viertelstunde würde ihr der kleine Kasten mit seinem nervtötenden Piepen das Ende der Nacht verkünden. Energisch zog sich Emilia die Decke über den Kopf, schloss die Augen wieder und konzentrierte sich darauf, wieder einzuschlafen. Es gelang ihr nicht. Offensichtlich hatte sie jegliche Gewalt über ihren Körper verloren. Er schlief nicht mehr, wenn sie wollte, er verliebte sich, in wen er wollte und in Toms Nähe spielte er ohnehin vollkommen verrückt. Wo sollte das nur alles enden?

Energisch und leicht genervt von sich selbst schlug sie die Decke zurück und zog sich an. Zwar versuchte sie sich einzureden, dass die hautenge, sexy Jeans und das schwarze Top mit dem tiefen Ausschnitt überhaupt nichts mit Tom zu tun hatten, doch wenn sie ehrlich war, konnte sie seinen Blick gar nicht erwarten, wenn er sie in diesem Outfit sah.

Gespannt ging sie die Treppe hinunter. Dabei schlug ihr das Herz bis zum Hals, fast, als würde Tom die sexy Klamotten tragen und nicht sie. Wobei der tiefe Ausschnitt ihm wohl kaum so gut stehen würde.

Strahlend trat sie durch die Tür zum Gastraum. Überrascht stellte sie fest, dass dieser sehr gut gefüllt war. Sie brauchte sogar einige Sekunden, um mit den Augen einen leeren Tisch auszumachen, an dem sie in Ruhe würde frühstücken können.

Kaum hatte sie sich gesetzt, kam eine junge Blondine mit gezücktem Blöckchen und Kugelschreiber in der Hand auf sie zu.

»Einen wunderschönen guten Morgen!«, trällerte die junge Frau fröhlich. *Eine typische Klassensprecherin*, schoss es Emilia sofort durch den Kopf – hübsch, charismatisch. Ihre ganze Persönlichkeit strahlte Offenheit und Freundlichkeit aus und es war nahezu unvorstellbar, dass irgendjemand diese Frau nicht sofort ins Herz schließen könnte.

»Sie können wählen, ob Sie sich lieber selbst am Buffet bedienen wollen oder ob ich Ihnen etwas bringen soll. Falls Sie das erste Mal hier sind, dürfen Sie sich selbstverständlich gerne einen Überblick über Buffet und Frühstückskarte verschaffen, bevor Sie sich entscheiden.«

Lächelnd nahm sie eine der Karten aus der Halterung in der Tischmitte und streckte sie Emilia entgegen, die sie dankend nahm und artig aufschlug.

»Ich glaube, ich nehme das Buffet«, sagte Emilia lächelnd, weil sie sich unwohl dabei fühlte, die Bedienung angesichts des vollen Raumes unnötig lange mit Überlegungen aufzuhalten.

»Alles klar, sehr gerne«, trällerte diese. »Falls Sie es sich doch noch anders überlegen - Handzeichen genügt.«

»Ähm ... wo ist denn Tom?«, rang sich Emilia schließlich zu der Frage durch, die sie sich selbst schon gestellt hatte, seit sie den Gastraum betreten hatte.

»Oh, Tom hat sich heute freigenommen«, lächelte die hübsche Blondine. »Hat irgendwas von einem Date gefaselt. Ups ...« Erschrocken schlug sie sich die Hand vor den Mund. »Sagen Sie ihm bitte nicht, dass ich das verraten habe. Er hat mich eigentlich zum Stillschweigen verdonnert. Nicht dass mich mein Plappermaul noch den Job kostet ...«

Begleitet von ihrem sympathischen Lachen rauschte sie davon und wandte sich den Gästen am Nebentisch zu, die ihre Geldbörsen gezückt hatten und augenscheinlich bezahlen wollten. Bewundernd sah Emilia der jungen Bedienung dabei zu, wie diese völlig entspannt und fröhlich von einem Tisch zum anderen eilte, abkassierte, bediente, abräumte und Bestellungen aufnahm. Und das in einem solch atemberaubenden Tempo, dass einem dabei fast schwindelig werden konnte. Bestimmt bekam eine Frau wie sie jede Menge Trinkgeld und das nicht nur wegen ihres hervorragenden Aussehens. Sie schien ihren Job wirklich zu beherrschen.

Aber Date? Was hatte sie denn da eben von Date gesagt? Hatte Tom sich etwa wegen ihres Dates von gestern freigenommen? Das konnte sie sich kaum vorstellen. Zumal es doch dann viel logischer gewesen wäre, wenn er das am Vortag getan hätte. Und so spät war es gestern nun auch wieder nicht geworden. Oder war er vielleicht nicht hier, weil er davon ausgegangen war, dass der Abend sehr viel länger dauern und nicht ein solch jähes Ende an der Zimmertür finden würde? Könnte sein. Passte aber nicht zu ihm. Außerdem hatte er nicht enttäuscht gewirkt, als sie den Abend gestern so beendet hatte. Eher belustigt. Oder ... nein, das war ein zu absurder Gedanke. Oder doch? Konnte es vielleicht sein, dass Tom heute noch ein anderes Date hatte? Vielleicht war er ja aktuell auf der Suche nach einer Beziehung und datete verschiedene Frauen.

Unwillkürlich dachte Emilia an das Telefoncoaching von Josef und lachte kurz auf. Dass er auf einmal zum Supercasanova mutiert war, war eher unwahrscheinlich. Trotzdem war sie in diesem Moment froh, dass gestern nicht mehr passiert war. Wenn er noch eine andere traf, was hatte sie dann schon verloren? Der Abend war wunderschön gewesen und die paar Küsse hatte sie gerne an ihn verloren. Vielleicht, nein ganz sicher, wäre es das Beste, wenn sie erst einmal frühstückte und die Sache in Gedanken nicht unnötig verkomplizierte. Zu oft hatte sie in Filmen und Büchern miterlebt, wie sich die Protagonistinnen unnötig in etwas verrannten und sich schließlich so sehr in ihre eigenen absurden Gedanken hineinsteigerten, dass sie am Ende eher alles kaputtmachten, obwohl es für das Verhalten ihrer Liebsten eine vollkommen logische Erklärung gab. Auf keinen Fall wollte sie so werden wie eine von diesen hysterischen Weibern. Also zwang sie sich, den Gedanken an eine andere Frau so weit wie möglich von sich zu schieben und erst einmal ihr Frühstück zu genießen.

Überrascht von der üppigen Auswahl stellte sie sich eine riesige Portion Obst und Brötchen zusammen, sodass sie ein paar Minuten später bereits das Gefühl hatte, gleich platzen zu müssen, doch etwas auf dem Teller liegen zu lassen, war ihr dann doch zu peinlich.

Mit viel zu vollem Magen und zwei Latte Macchiato intus, machte sie sich eine halbe Stunde später auf den Weg. Diesmal hatte sie allerdings daran gedacht, ihren Laptop mitzunehmen. Die Idee, das Exposé direkt in der Villa zu verfassen, war ihr anfangs etwas seltsam vorgekommen, doch inzwischen hatte sie sich mit dem

Gedanken immer mehr angefreundet. Zum einen hatte es den Vorteil, dass sie alle Informationen, die ihr fehlten, vor Ort direkt recherchieren konnte und zum anderen ließ sie die Villa an sich einfach nicht los. Sie konnte sich nicht erklären, ob es die Atmosphäre war, die dort vorherrschte, der unheimliche Ruf, der dem Haus anhaftete oder die Kiste mit den Fotos im Keller. Irgendetwas an diesem Haus schien sie anzuziehen wie ein Magnet und sie wusste, dass sie erst zur Ruhe kommen würde, wenn sie herausgefunden hatte, was das war. Deshalb würde sie heute einen weiteren wichtigen Schritt wagen: noch einmal in den Keller gehen und sich den restlichen Inhalt der Kiste genauer ansehen, obwohl es äußerst unprofessionell war, sich mit den Privatangelegenheiten der Vorbesitzer auseinanderzusetzen und obwohl ihr dabei ein bisschen unbehaglich zumute war. Sie hatte die Kiste geöffnet wie die Büchse der Pandora und nun war es ihr nahezu unmöglich, sie wieder zu schließen, ohne dass sie wusste, was sich noch alles in ihr befand und was dies wiederum mit der alten Geistervilla und ihrem unheimlichen Ruf zu tun hatte.

Völlig in Gedanken versunken prallte sie direkt vor der Tür des Gasthauses mit einem Mann zusammen.

»Hoppla, Entschuldigung«, murmelte sie schnell.

An dem samtweichen Lachen erkannte sie allerdings sofort, mit wem sie da zusammengeprallt war und ein Lächeln huschte über ihr Gesicht. Vor ihr stand Tom und hielt ihr einen Strauß Wildblumen entgegen.

»Guten Morgen«, sagte er sanft. »Ich dachte, wenn ich dich schon nicht mit Kaffee am Bett überraschen kann, dann wenigstens so.«

»Oh, das ist allerdings eine Überraschung.« Emilia strahlte und roch kurz an dem Strauß, den er ihr in die Hand gedrückt hatte.

»Was hast du jetzt vor?«, fragte Tom.

»Nach was sieht es denn aus?«, fragte sie und schwenkte ihre Laptoptasche. »Ich gehe arbeiten.«

»Kann ich mitkommen?«

»Wie bitte?«

»Ob ich mitkommen kann.«

»Hä? Wie meinst du das?«

»Na, so wie ich es sage. Kann ich mitkommen?«

»Die Worte vernahm ich, allein ihr Sinn will sich mir nicht erschließen«, sagte Emilia in der Manier einer Bühnenschauspielerin, die versucht, jedem Wort ihres Textes einen besonderen Klang zu verleihen.

Tom lachte. »Na ja, ich dachte, dass du vielleicht heute in die Villa fährst. Und da habe ich mir freigenommen, weil ich gehofft habe, ich könnte dich dorthin begleiten.«

»Aber was willst du denn in der Villa?«

»Schnüffeln.«

Irritiert sah Emilia ihn an, doch er schien es vollkommen ernst zu meinen.

»Erst hat mich die Villa ja nicht so besonders interessiert«, gab Tom zu. »Ich war eher an der Frau interessiert, die sie verkaufen soll. Aber als ich dann dort war und wir in dem Keller standen und so ... man mag es vielleicht nicht für möglich halten, aber in mir steckt so eine Art winziger Indiana Jones. Ich liebe Geheimnisse. Und Abenteuer. Natürlich sollten sie nicht gefährlich sein, da hört für mich die Abenteuerlust ganz schnell auf, aber die alte Geistervilla schien mir ehrlich gesagt nicht besonders gefährlich. Eher wahnsinnig geheimnisvoll. Und eigentlich ... na ja ... hätte ich wahnsinnig große Lust, das Geheimnis des Fluches zu lüften. Schließlich bin ich mit den Geschichten über die alte Villa aufgewachsen und ich glaube, diese Chance bietet sich nur einmal.«

»Du hast dich gestern aber nicht nur an mich herangemacht, weil ich den Schlüssel zur Villa habe, oder?«, fragte Emilia scherzhaft.

»Sagen wir so: ich habe das Notwendige mit dem Nützlichen verbunden«, erwiderte Tom grinsend, bevor er sie in die Arme nahm und stürmisch küsste. Auf der anderen Straßenseite pfiff jemand anerkennend durch die Zähne.

»Na gut, du kannst mitkommen«, lachte Emilia glücklich, als Tom sie endlich wieder losließ. »Deine Argumente sind aber auch wirklich überzeugend.«

»Ich hab noch mehr davon.«

Sie lachte. »Nein, lass mal lieber, sonst stehen wir heute Abend noch hier. Wir sind ohnehin jetzt schon ein bisschen spät dran.«

»Ach, die Zeit holen wir doch locker wieder raus.«

»Ach ja? Und wie, Meister Hora?« Kurz überlegte sie, ob er die Anspielung auf das bekannte Kinderbuch von Michel Ende überhaupt verstehen würde, doch Tom machte seinerseits eine präsentierende Handbewegung und deutete auf sein Auto, das er am gestrigen Abend am Straßenrand, genau vor der Gaststätte, geparkt hatte.

»Mit meiner persönlichen Zeitmaschine, kleine Momo«, sagte er schmunzelnd.

Das ließ sich Emilia nicht zweimal sagen. Tom hielt ihr die Tür auf und sie stieg ein. Dieser Tag hätte nicht besser beginnen können. Zuerst ein wunderbares Frühstück, dann von Tom mit Blumenstrauß und Küssen zur Arbeit begleitet werden, nicht mit dem Bus fahren zu müssen und dann auch noch die Aussicht darauf, den ganzen Tag mit diesem wundervollen Menschen verbringen zu können! Allein beim Gedanken daran, wie wunderbar angenehm sich ihr Leben im Moment anfühlte, stiegen ihr fast die Tränen in die Augen. Einmal mehr war sie davon überzeugt, mit der Flucht vor ihrem alten Leben die richtige Entscheidung getroffen zu haben.

Bereits nach wenigen Minuten kamen sie in der Villa an.

»Wie würdest du denn jetzt am liebsten weiter vorgehen?«, fragte Tom. »Ich meine, ich bin ja nicht mitgekommen, um dich von der Arbeit abzuhalten, sondern ich will lediglich in dieser geheimnisvollen Kiste stöbern. Was musst du denn noch alles erledigen?«

»Ehrlich gesagt würde ich das am liebsten gemeinsam mit dir tun«, erklärte Emilia wahrheitsgemäß. »Andererseits muss ich den Garten noch für das Exposé erfassen – Zahlen, Fakten und ein paar wunderschöne Bilder sammeln. Wenn die Morgensonne gerade so wunderbar auf alles scheint, ist das vermutlich die perfekte Möglichkeit. Da sollte ich zuschlagen.«

Innerlich war sie hin- und hergerissen. Tatsächlich musste sie regelrecht dagegen ankämpfen, nicht mit Tom in den Keller zu gehen, sondern sich zu ihrer Arbeit zwingen, was sonst eigentlich nicht vorkam. Doch andererseits durfte sie diese wunderbare Gelegenheit

nicht verpassen. Und je schneller sie im Garten fertig
wäre, desto schneller würde sie Tom im Keller Gesellschaft leisten können. Die fehlenden Details aus dem
Haus würden eben dann noch ein bisschen warten
müssen.

Nachdem Tom ihr noch einen weiteren leidenschaft-
lichen Kuss verpasst hatte, verschwand er schließlich
im Haus. Während er ihr grinsend zuwinkte, konnte
sie seine Aufregung förmlich spüren. Und sie konnte
ihn gut verstehen.

Kurz zögerte sie, doch dann wandte sie sich schnell
von ihm ab, aus Angst, dass sie es sich doch noch mal
anders überlegen könnte, und ging wieder hinaus in
den Garten. Dort baute sie ihren Laptop auf, um alle
Zahlen, die sie gleich erheben würde, direkt in das vor-
bereitete Exposé einzutragen. Erfreulicherweise war
die Vorlage auf dem PC im Computer nicht gesperrt gewesen, daher hatte sie die Datei einfach auf einen USB-
Stick ziehen können.

Energisch zwang sie ihre Gedanken, nicht zu Tom ab-
zuschweifen und nach einigen Minuten schaffte sie es
endlich, sich auf den Garten zu konzentrieren. Zunächst begann sie damit, die unterschiedlichen Flä-
chen zu vermessen und zu fotografieren. Insbesondere
von dem idyllischen Seerosenteich gelang ihr ein
Schnappschuss. Bei Gelegenheit würde sie einmal tes-
ten müssen, ob man in diesem Teich auch schwimmen
konnte. Bei ihren früheren Verkäufen waren zwei Immobilien mit Schwimmteich dabei gewesen, daher
wusste sie, dass ein solcher den Gesamtwert einer An-
lage nochmals erheblich steigerte. Zwar gab es inzwischen schon für kleines Geld erschwingliche Pools in

allen Größen und Formen, doch Emilia wusste, dass gerade die anspruchsvollere Klientel das Besondere bevorzugte. Und besonders war dieser Teich auf jeden Fall.

Kurz schweiften ihre Gedanken zu dem Foto ab, auf dem ihre Doppelgängerin vor diesem Teich posierte. Unwillkürlich fragte sie sich, ob Tom wohl inzwischen etwas entdeckt hatte und was, doch sie war nicht umsonst schon immer besonders stolz auf ihre Selbstdisziplin gewesen. Schnell wischte sie den Gedanken an ihn beiseite und begann damit, die Obstsorten der Bäume zu überprüfen und zu notieren. Apfel, Birne und Kirsche waren bei den Käufern besonders beliebt. Pflaumen dagegen eher weniger, warum auch immer.

Nach kurzer Zeit war Emilia so vertieft in ihre Arbeit, dass sie nicht einmal mehr wahrnahm, wie Tom nach ihr rief. Erst als sie sich zufällig umdrehte und sah, wie er durch den Garten auf sie zugelaufen kam und wild mit den Armen fuchtelte, als wolle er einen Hubschrauber zur Landung einweisen, hielt sie inne und betrachtete ihn überrascht. Er näherte sich so schnell, dass ihr sofort klar war, dass irgendetwas nicht stimmte.

»Ist etwas passiert?«

»Und ob. Komm mit, ich muss dir was zeigen.«

»Tom, ich arbeite.«

»Aber das ist es wert, deine Arbeit zu unterbrechen, glaub mir.«

Kritisch betrachtete Emilia den sichtlich aufgebrachten Tom vor sich. Er schien vollkommen aufgelöst und zugleich euphorisch.«

»Kann das nicht warten? Ich war gerade so gut dabei.«

»Es kann warten. Es läuft nicht weg. Aber ich weiß nicht, ob *ich* so lange warten kann.«

»Womit denn?«

»Komm mit, dann siehst du es selbst.«

»Tom, du machst mich wahnsinnig.«

»Ja, aber das ist es auch wert.«

Nun musste Emilia lachen. Es war zu niedlich, wie dieser große Junge, zappelnd wie vor der Bescherung zu Weihnachten, vor ihr stand und sie dazu aufzufordern versuchte, ihm ins Haus zu folgen.

»Es ist aber nichts Ekliges, oder?«

»Das kann ich nicht garantieren, aber ich glaube eher nicht. Ich habe nur den Anfang gesehen.«

»Den Anfang von was?«

»Netter Versuch.«

Emilia grinste. »Okay, ich komme.«

Seufzend und etwas verärgert folgte sie Tom in die Villa, der ungeduldig ihre Hand ergriff und sie förmlich hinter sich her zog.

»Aber wehe, es lohnt sich nicht«, drohte Emilia ihm spielerisch.

»Dann schulde ich dir ein Abendessen.«

»Haha, sehr lustig.«

In diesem Moment hatten sie die Kellertreppe erreicht. Tom ließ Emilias Hand los und flog förmlich hinunter. Während sie noch damit beschäftigt war, die harten Stufen hinunterzusteigen, griff er schon auf den Boden und streckte ihr dann mit triumphierendem Blick etwas entgegen.

»Was ist das?«

»Na schau es dir an.«

Vorsichtig, als könne doch noch etwas Ekelhaftes geschehen, nahm Emilia es entgegen. »Ein Buch«, sagte sie skeptisch.

»Nein, nicht irgendein Buch. Mach es auf.«

Emilia musterte Tom mit einem nachdenklichen Blick. Warum brachte ihn ein Buch derart zum Durchdrehen? Dann schlug sie es auf und wusste es.

Liebe Hanna,

stand dort in einer wunderschön geschwungenen Handschrift.

Ich weiß, dass du es in deinem Leben nicht leicht hast. Und trotzdem bist du ein so wundervolles Mädchen. Bewahre dir dein gutes Herz. Damit du deine Gedanken und Gefühle jemandem offenbaren kannst, ohne dich fürchten zu müssen, möchte ich dir dieses Tagebuch schenken. Bewahre es sorgfältig auf. Unsere innersten Gedanken und Geheimnisse gehen nur uns selbst etwas an.
Alles Liebe für dich,
deine Lehrerin Ottilie Wenz
Edelsbrunn, im Sommer 1943

»Das glaube ich jetzt nicht«, entfuhr es Emilia.

»Na siehst du!« Tom triumphierte. »Und? War es das jetzt wert, deine Arbeit mal kurz zu unterbrechen?«

»Das weiß ich noch nicht. Je nachdem, was drinsteht.« Bedächtig ließ Emilia die Seiten durch ihre Finger gleiten. Sie waren nicht einmal zur Hälfte beschrieben, aber dafür in einer sehr akkuraten und hervorragend lesbaren Kinderhandschrift.

»Ich glaube es nicht«, ächzte sie erneut fassungslos.

Eine Weile lang stand sie einfach nur da, hielt das kleine Buch in den Händen wie einen Schatz und starrte auf den Buchdeckel.

»Und?«, drängelte Tom. »Willst du es nicht lesen?«

Emilias Antwort kam zögerlich: »Ich bin mir nicht sicher.«

»Bist du verrückt? Das ist doch *die* Chance, alles über die Familie zu erfahren. Die tiefsten Geheimnisse! Und vielleicht sogar, was es mit den gestohlenen Kindern und den angeblichen Geistern auf sich hat.«

»Ich weiß nicht, Tom.«

Emilia hielt einen Augenblick inne, suchte nach den richtigen Worten, um auszudrücken, was sie in diesem Moment empfand. »Vielleicht ist mir genau deshalb ein bisschen unwohl dabei. Klar, du hast schon recht, mich interessiert es auch brennend, was in dieser Familie vorgefallen ist, was sie so in Verruf bringen konnte. Außerdem ist es unglaublich, etwas lesen zu können, das vor fast achtzig Jahren geschrieben wurde. Aber andererseits sind das die intimsten Gedanken eines kleinen Mädchens. Das sind Hannas Geheimnisse.«

Wieder zögerte sie einen Moment.

»Weißt du, ich habe als Kind auch Tagebuch geschrieben. Eigentlich sogar bis kurz vor meiner geplanten Hochzeit. Und wenn ich nur daran denke, dass jemand anderes das mal lesen könnte, dann ist mir das echt peinlich.«

»Okay, kann ich verstehen.« Nachdenklich legte Tom die Stirn in Falten. »Aber weißt du, Hanna ist schon tot. Sie bekommt ja gar nicht mehr mit, dass wir ihr Tagebuch lesen. Und außerdem gelten solche Tagebücher doch heutzutage als wichtige Zeitdokumente, oder? Ich meine, dieses hier stammt immerhin aus dem Jahr 1943. Es hätte auch gut sein können, dass ihr Tagebuch nicht in unseren Händen landet, sondern in irgendeinem Museum oder so. Und da würde es dann ja noch von viel mehr Menschen gelesen.«

»Sag mal, willst du mich gerade bequatschen?«

»Schon ein bisschen.«

»Hast du es denn schon gelesen?«

»Nein.« Er hob die rechte Hand und legte sie an sein Herz. »Ich schwöre. Ich habe es gefunden und wusste dann sofort, dass ich dir das unbedingt zeigen muss. Schließlich ist das hier deine Villa.«

»Ist es nicht. Es ist die Villa der Stadt. Ich verkaufe sie nur.«

»Ja, jetzt sei mal nicht so kleinlich. Aktuell hast du den Schlüssel und kannst hier ein- und ausgehen wie du willst, also ist es vorübergehend so etwas wie dein Haus.«

Nun musste Emilia doch ein bisschen schmunzeln. Wenn Tom etwas wollte, konnte er ganz schön hartnäckig sein.

»Na gut. Wir lesen es. Aber die Stellen, die einem jungen Mädchen peinlich werden könnten, überspringen wir.« An was für Stellen sie dabei konkret dachte, verschwieg sie lieber.

Tom nickte. »Okay. Super. Aber vielleicht nicht hier unten in diesem dunklen Keller oder?«

»Im Garten?«

»Prima Idee. Aber musst du nicht noch arbeiten?«

»Das wird wohl warten müssen. Jetzt bin ich doch auch zu neugierig. Ich mache uns nur schnell noch einen Kaffee und dann setzen wir uns an den hübschen Seerosenteich, okay?«

»Es gibt Kaffee hier im Haus?«

»Im Haus nicht, aber in meiner Handtasche. Musst du nicht verstehen«, fügte sie lachend hinzu, als Tom irritiert die Stirn runzelte.

»Okay, dann warte ich draußen.«

»Aber nicht ohne mich anfangen.«

»Würde ich nie wagen.«

Emilia hoffte, dass Tom seine Neugierde besser unter Kontrolle hatte als sie selbst, denn sie hätte es ihrerseits niemals geschafft, mit diesem Buch in den Händen auf ihn zu warten. Schade, dass sie Tom von der Küche aus nicht sehen konnte. Sie musste ihm wohl vertrauen.

Als sie wenige Minuten später die beiden heißen Tassen hinausbalancierte und schließlich in den hinteren Teil des Gartens gelangte, sah sie Tom im Gras liegen. Das Gesicht hatte er der Sonne zugewandt und die Hände als Stütze unter dem Hinterkopf verschränkt. Das Buch lag geschlossen neben seinem Körper.

»Hier, bitteschön.«

»Oh, vielen Dank.« Sofort richtete er sich auf und nahm ihr eine der beiden Tassen ab. »Es ist schön, sich zur Abwechslung mal bedienen zu lassen. Noch dazu, wenn es sich bei der Bedienung um eine so wunderschöne Frau handelt.«

»Alter Charmeur«, tadelte Emilia, doch sie konnte nicht verhehlen, dass sie sich sehr über das Kompliment freute.

Als wage keiner von ihnen, das Tagebuch in die Hand zu nehmen, nippten beide an ihrem Kaffee und starrten auf den hübschen Seerosenteich, jeder in seine

eigenen Gedanken versunken. Emilia spürte das Gefühl
der Neugierde in sich kribbeln wie Ameisen, die sich
langsam den Weg durch ihre Adern bahnten. Schließlich sah sie Tom fragend an. Dieser verstand sofort. Er
nickte. Daraufhin griff sie nach dem Buch, stellte ihre
Kaffeetasse ins Gras und strich mit der Hand vorsichtig
über den Einband.

»Ein merkwürdiges Gefühl, es in der Hand zu halten
und gleichzeitig zu wissen, dass Hanna Gleißner es vor
vielen Jahren als kleines Mädchen einmal in der Hand
gehalten hat«, murmelte sie mehr zu sich selbst als zu
Tom, der sie abwartend betrachtete.

Emilia holte tief Luft, als müsse sie sich selbst überwinden, den nächsten Schritt zu tun. Dann schlug sie
das Buch auf und begann laut vorzulesen.

Liebes Tagebuch,
ich habe Frau Wenz gefragt, wie man überhaupt in ein
Tagebuch schreibt. Sie hat gemeint, so, als ob man einer
guten Freundin einen geheimen Brief schreiben würde.
Und wie bei einem Brief läge es auch bei einem Tage-
buch an der Schreiberin selbst, was sie entscheide von
sich preisgeben zu wollen. Nun, so will ich es also ver-
suchen und hoffen, dass du mir eine treue Freundin
sein wirst, die meine Geheimnisse für sich behält, so
lange ich lebe.

Emilia klappte das Buch zu.

»Was ist?« Tom war deutlich anzumerken, dass er mit
dieser Reaktion ganz und gar nicht einverstanden war.

»Ich weiß nicht, ob wir das wirklich lesen sollten.
Hanna schreibt doch extra, sie hofft, dass das Buch ihre

Geheimnisse für sich bewahrt. Sicherlich hätte sie nicht gewollt, dass wir sie nun ... na ja ... stehlen.«

»Dein Mitgefühl in allen Ehren, aber meinst du nicht, du siehst das ein bisschen zu eng? Da steht doch auch, dass das Buch die Geheimnisse für sich behalten soll, so lange sie lebt. Sie ist aber bereits tot. Das entbindet das Buch doch von seiner Geheimhaltung, oder?«

»Ehrlich gesagt finde ich, du siehst das ein bisschen zu locker. *Die Gedanken sind frei* heißt es immer. Und mit seinen Gedanken kann jeder machen, was er will.«

»Ja, genau. Und Hanna hat sich eben dafür entschieden, ihre Gedanken aufzuschreiben. Das war ihr gutes Recht, oder nicht? Aber dann musste sie auch damit rechnen, dass eventuell jemand in ihrem Tagebuch lesen würde.«

»Vielleicht hatte sie es so gut versteckt, dass sie sich sicher war, es würde nie jemand finden.«

»In einer Kiste im Keller?«

Emilia verzog nachdenklich das Gesicht. »Stimmt auch wieder.«

Plötzlich strahlte Tom, als sei ihm eben etwas Wichtiges eingefallen.

»Emilia, was ist, wenn Hanna Gleißner sogar *wollte*, dass das Tagebuch gelesen wird?«

»Hä? Wie kommst du denn darauf?«

Ein siegessicheres Lächeln breitete sich in seinem Gesicht aus. »Na, eben deshalb, weil sie es in dem Karton im Keller verstaut hat. Hätte sie gewollt, dass man es nicht liest, dann hätte sie es doch einfach verbrennen können, oder? Schließlich hat sie am Ende alleine in diesem Haus gelebt und wenn ich mich nicht irre, habe ich oben im Wohnzimmer einen Kamin gesehen. Da hätte sie es problemlos ins Feuer werfen können.«

Verdutzt sah Emilia ihn an. Seine Argumentation war ebenso logisch wie einleuchtend.

»Du hast recht«, sagte sie zögerlich.

Tom lächelte und machte eine auffordernde Kopfbewegung in Richtung Tagebuch.

»Sie hätte es verbrennen können … vielleicht wollte sie, dass jemand es findet und liest«, wiederholte Emilia, als wolle sie sich selbst davon überzeugen. »Vielleicht wollte sie, dass jemand ihre Geschichte kennt. Meinst du, dieses Tagebuch in die Kiste zu legen, in der Hoffnung, dass es jemand findet und liest, ist eine Art Hoffnung darauf, nicht vergessen zu werden?«

Nun sah Tom sie seinerseits fragend an.

»Ich meine ja nur …«, erklärte Emilia vorsichtig, »Menschen haben ja meist den Wunsch, nicht vergessen zu werden. Deshalb sind vielen doch Kinder so wichtig. Oder etwas anderes Großes zu hinterlassen. Weil sie dann eben wissen, dass sie von der Nachwelt nicht vergessen werden. Dass ihr Leben eine Bedeutung, einen Sinn hatte. Oder glaubst du, das ist zu romantisch gedacht?«

»Ich finde es vor allen Dingen sehr philosophisch. Und ehrlich gesagt gar nicht so abwegig. Aber meinst du nicht, dass das ein Grund mehr wäre, ihre Geschichte zu lesen?« Wieder nickte er auffordernd in Richtung Tagebuch, das Emilia noch immer geschlossen auf dem Schoß festhielt.

Sie lachte verhalten. »Na, wir sind vielleicht zwei Marken. Jetzt haben wir innerhalb von wenigen Minuten die Tatsache, dass das Tagebuch Hannas

Geheimnisse bewahren soll, in die Aufforderung verdreht, dass wir ihre Geheimnisse lesen sollen. Ganz schön raffiniert.«

»Ja, aber dann sollten wir es vielleicht auch endlich lesen.« Tom verlieh seinen Worten diesmal besonderen Nachdruck und machte Anstalten, Emilia das Tagebuch vor lauter Ungeduld aus den Händen zu nehmen.

»Hey, wag es bloß nicht! Ich möchte die Gedanken eines jungen Mädchens auf keinen Fall von einer tiefen Männerstimme vorgetragen hören, auch wenn ich den Klang deiner Stimme sonst mag – wirklich.«

»Schon gut. Aber dann fang bitte endlich an, ich platze sonst vor Neugier.«

»Wohl noch nicht so oft in den Gedanken von Mädchen herumgestöbert, was?«

»Emilia!«

»Ja, ich lese.«

Nun schlug sie endlich das Buch auf – langsam und bedächtig. Nicht um Tom zu ärgern, sondern weil sie es schlichtweg der Situation angemessen hielt, das Buch und die darin enthaltenen Gedanken mit dem nötigen Respekt zu behandeln.

Sie suchte die Stelle, an der sie aufgehört hatte zu lesen und fand sie sofort. Dann entschied sie sich jedoch um und begann, den Text von vorne zu lesen.

Liebes Tagebuch,
ich habe Frau Wenz gefragt, wie man überhaupt in ein Tagebuch schreibt. Sie hat gemeint, so, als ob man einer guten Freundin einen geheimen Brief schreiben würde. Und wie bei einem Brief läge es auch bei einem

Tagebuch an der Schreiberin selbst, was sie entscheide von sich preisgeben zu wollen. Also, ich versuch es mal und hoffe, dass du mir eine treue Freundin sein wirst, die meine Geheimnisse für sich behält, so lange ich lebe.

Ich mag Frau Wenz. Ich habe das Gefühl, dass sie mich verstehen kann. Manchmal möchte ich gerne mit ihr sprechen. Ihr alles anvertrauen, was mich beschäftigt. Ihr sagen, was bei uns zu Hause los ist. Doch dann traue ich mich wieder nicht. Einmal habe ich es nämlich versucht. Das war, als ich mit einer nassen Uniform in die Schule gekommen bin. Morgens, vor der Klasse, hat Frau Wenz nichts gesagt. Zum Glück. Ich hätte mich so geschämt, wenn sie mich vor allen zur Rede gestellt und ausgefragt hätte. Aber ich glaube, das hat sie gewusst und hat es deshalb nicht gemacht. Das zeigt aber doch nur wieder, wie nett sie eigentlich ist, findest du nicht? Oh, du kannst ja nicht antworten. Du bist ja nur ein Buch. Aber siehst du, auch das, was sie gesagt hat, das mit der Freundin, stimmt. Ich habe schon jetzt das Gefühl, dass du mir zuhörst. Frau Wenz ist sehr schlau. An jenem Morgen hat sie mich also nicht ausgefragt, sondern nur mitleidig angeschaut. Ich habe fürchterlich gefroren, weil die Uniform im Klassenzimmer irgendwie nicht getrocknet ist und ganz nass an meinem Körper geklebt hat. Trotzdem habe ich den ganzen Morgen durchgehalten und mir nicht anmerken lassen, dass es nicht schön war. Das ist die Tapferkeit, die man von uns deutschen Mädchen erwartet und ich bin froh, dass ich sie habe. Als der Unterricht vorbei war, hat Frau Wenz mir ein Zeichen gegeben, dass ich noch warten soll. Ich hatte ein bisschen Angst. Obwohl sie

noch nie böse mit mir war oder mich ausgeschimpft
hat wie die vorlaute Lene zum Beispiel, wenn sie wieder
ungefragt dazwischenredet, habe ich ein bisschen
Angst gehabt, dass sie mich jetzt doch wegen der nassen Uniform ausschimpft. Aber das hat sie nicht einmal
gemacht. Sie hat mich nur traurig angesehen und mich
gefragt, warum die Uniform so nass ist. Und da ist es
einfach aus mir herausgeplatzt. Ich hätte eine Lüge er-
finden können, so wie ich Mama immer anlüge. Eigentlich kann ich das mittlerweile so gut, dass mir immer
ganz schnell was Passendes einfällt. Aber als die Frau
Wenz mich so angesehen hat, da ist mir irgendwie
überhaupt gar nix mehr eingefallen. Und so hab ich ihr
die Wahrheit gesagt. Dass ich gestern ein bisschen zu
spät heimgekommen bin und die Mama plötzlich auf
der Haustreppe stand. Dass ich keine Zeit mehr hatte,
die Uniform in meinem Rucksack zu verstecken und
dass ich sie deshalb einfach unter den Busch gestopft
habe. Und als es heute Nacht dann geregnet hat, da ist
sie nass geworden. Aber ich kann ja nicht in meinen
normalen Sachen in die Schule kommen. Also habe ich
sie nass angezogen. Jetzt gibt es ein richtiges Donnerwetter, habe ich gedacht. Aber Frau Wenz hat nur ganz
verständnisvoll genickt.

»Darfst du denn die Uniform nicht mit ins Haus nehmen?«, hat sie gefragt. Da hab ich gut überlegt. Ich darf
schon, hab ich ihr gesagt, und dann ist mir nix mehr
eingefallen. Dann sind mir die Tränen gekommen.
Frau Wenz hat mich auf einmal in den Arm genommen, um mich zu trösten, aber das hat es nur noch
schlimmer gemacht. Und da habe ich ihr alles erzählt.
Dass meine Mama nix wissen will vom Krieg und von

Hitler und von Uniformen und Gehorsam. Dass wir in der Villa ein Leben leben, das mit dem Leben außerhalb überhaupt nix zu tun hat. Dass sie alles von sich schiebt, was mit der Wahrheit zu tun hat. Ich hab ihr auch erzählt, dass sie immer noch behauptet, Papa ist auf einer Reise. Dabei ist er im Krieg, ich weiß es ganz genau. Zuerst habe ich immer gedacht, sie behauptet das wegen Valentina, Lea und Heinz. Weil die nicht verstehen, was der Krieg ist. Aber dann habe ich begriffen, dass Mama es wegen sich selbst behauptet. Sie will es wirklich glauben. Dass Papa nur auf einer Reise ist. Und dass es gar keinen Krieg gibt. Am Anfang ist sie noch manchmal ins Dorf gelaufen, wenn es etwas zu erledigen gab. Aber inzwischen schickt sie immer mich. Sie geht gar nicht mehr raus. Und wenn sie mich in meiner Uniform sehen würde, mit dem großen Hakenkreuz dran, dann würde sie wahrscheinlich heulen oder noch Schlimmeres. Ich weiß es nicht. Irgendwas stimmt auf jeden Fall nicht mit Mama. Deshalb ziehe ich mich jeden Morgen vor der Schule heimlich um und wenn ich heimkomme wieder. Ich spiele einfach mit, tue zu Hause so, als ob es überhaupt keinen Krieg gibt. Dabei fällt es mir schwer, nicht über all das sprechen zu können.

Das alles habe ich Frau Wenz einfach so erzählt, während ich ihr die ganze Uniform nassgeheult habe und mein Rotz auf ihre Bluse getropft ist. Dafür habe ich mich dann auch gleich entschuldigt, denn das war nicht höflich. Außerdem war ich in dem Moment überhaupt kein bisschen tapfer, sondern ganz schwach und dafür habe ich mich furchtbar geschämt. Frau Wenz war aber überhaupt nicht böse. Im Gegenteil. Sie hatte selbst Tränen in den Augen und hat mir immerzu den Kopf gestreichelt. Ich glaube, ich tue ihr leid. Schade, dass sie selbst keine Kinder hat. Frau Wenz wäre bestimmt eine ganz tolle Mama. Ich habe mich dann bei ihr entschuldigt und sie gebeten, mich nicht zu verraten. Und auch niemandem etwas über meine Mama zu sagen. Dass sie nichts vom Krieg wissen will und so. Denn das sehen die Leute von Hitler nicht gerne. Ich weiß, dass sie die Menschen, die gegen den Krieg sind, normalerweise mitnehmen und wegbringen. Wohin, weiß ich nicht. Aber meine Mama kann nicht weg. Papa ist ja schon weg. Und wenn er im Krieg stirbt, dann wären wir ja ganz allein. Frau Wenz hat mich beruhigt und mir gesagt, dass mein Papa ganz sicher nicht im Krieg sterben wird und dass ich daran nicht einmal denken darf. Aber ich weiß, dass sie mich damit nur trösten wollte. Die Papas von Julia und Friedrich sind ja auch schon im Krieg gestorben. Warum sollte das meinem Papa nicht auch passieren können? Frau Wenz hat mir dann versprochen, dass sie niemandem von meinem Ausbruch erzählt. Auch nicht, dass ich geweint hab oder was ich über meine Mama verraten hab. Und sie hat gesagt, dass ich selbst auch ganz arg aufpassen muss, was ich sage und vor allem, wem ich etwas erzähle. Aber das weiß ich schon. Es gibt viele, die einen verraten, wenn man was gegen den Krieg sagt. Auch in unserer Klasse. Deshalb behalte ich das ja alles für mich.

Als ich endlich aufhören konnte zu weinen, da hat Frau Wenz mir ein Taschentuch gegeben und gesagt, ich solle dann ganz schnell nach Hause laufen und aus den nassen Sachen raus, damit ich nicht noch krank werde.

Wenn mich jemand fragt, warum ich geweint habe, solle ich einfach sagen, sie habe mich geschimpft, weil ich unkonzentriert gewesen sei. Falls sie jemand fragt, werde sie dasselbe behaupten. Frau Wenz ist einfach toll. Manchmal wünschte ich, sie wäre meine Mutter und nicht Mama. Aber das darf natürlich auch niemand wissen. Nur du, mein liebes Tagebuch, meine Freundin. Du darfst alles wissen.

Als ich am nächsten Tag dann in die Schule gekommen bin, war alles wie immer. Frau Wenz hat sich nicht anmerken lassen, dass wir so lange miteinander gesprochen haben. Und ich habe natürlich auch nichts verraten. Aber am Ende hat sie mich dann noch mal zurückbehalten, als die anderen Schüler alle gegangen sind. Und dann hat sie mir dich geschenkt. Mein erstes Tagebuch. Falls ich mal wieder jemanden zum Reden brauche, dem ich vertrauen kann, hat sie gesagt. Weil man manchmal einfach seine Gedanken loswerden muss. Ich habe mich artig bedankt, wusste aber noch nicht so richtig, was ich eigentlich mit dir anfangen soll. Aber jetzt, wo ich erst mal die ersten Seiten geschrieben habe, weiß ich, was sie gemeint hat. Es geht mir schon viel besser. Ich fühle mich leichter und irgendwie gut. Ich bin froh, dass ich dich habe, mein liebes Tagebuch. Ich glaube, wir werden enge Freundinnen.
Deine Hanna

Emilia klappte das Buch zu, so, als habe sie mit Hannas Namen eben das Ende eines Märchens vorgelesen. In ihrem Inneren war sie zutiefst aufgewühlt. Die Worte des kleinen Mädchens hatten sie im Herzen erreicht, als hätte dieses direkt zu ihr gesprochen, obwohl aus ihm natürlich längst eine alte Frau geworden war, die inzwischen nicht einmal mehr am Leben war. Doch so nah war schon lange keine Kinderstimme mehr in sie eingedrungen. Es war ein sonderbares Gefühl. So, als habe sie das alte Tagebuch einfach in der Zeit zurückversetzt.

»Ist dir klar, dass wir hier ein einzigartiges Zeitdokument haben?«, fragte Tom leise. Er war sichtlich ergriffen, ebenso wie Emilia, die das Buch so zärtlich in den Händen hielt, als handle es sich dabei um ein Lebewesen.

Diese nickte langsam. »Ich frage mich, ob es nicht tatsächlich unsere Pflicht ist, das Tagebuch in ein Museum zu geben.«

»Das kannst du später immer noch überlegen. Lass uns erst einmal weiterlesen.«

Emilia spürte die Neugier, die er ausstrahlte auch in sich selbst. Dennoch fühlte sie auch, dass die Beschreibungen der kleinen Hanna sie emotional tiefer berührten als sie erwartet hatte. Und ein bisschen hatte sie auch Angst vor dem, was sie noch zu lesen bekommen würden. Die Kinder, die in den Zeiten des Zweiten Weltkriegs groß geworden waren, hatten Dinge erlebt, von denen sie nicht einmal eine Ahnung haben sollten. Sie hatten gesehen, was sie niemals hätten sehen sollen und gehört, was sie für immer geprägt hatte. Das, was diese Kriegskinder durchgestanden hatten, war so übel, dass es schon heftig war, sich eine Dokumentation darüber anzuschauen oder in irgendwelchen Geschichtsbüchern darüber zu lesen. Und hier lasen sie die Gedanken und Erlebnisse der kleinen Hanna gewissermaßen direkt aus ihrem Munde. Das war vielleicht mehr, als sich ein normaler Mensch zumuten sollte.

Andererseits war ohnehin geschehen, was geschehen war. Es war nicht mehr rückgängig zu machen, auch nicht dadurch, dass sie nicht lasen, was dieses kleine Mädchen zu sagen hatte. Im Gegenteil: Immer mehr überkam Emilia der Gedanke, dass es das Recht von Hanna Gleißner war, endlich eine Stimme zu bekommen. Dass sie es verdient hatte, gehört zu werden. Dass es ihr zustand, dass ihr Schicksal nicht vergessen wurde. Und vielleicht waren dies ja auch tatsächlich ihre Gedanken gewesen, als sie ihr altes Tagebuch in der Kiste im Keller der Villa versteckt hatte. Sie würden niemals herausfinden, ob sie dabei gehofft hatte, dass der Käufer der Villa die persönlichen Dinge wegwerfen würde oder ob er aus ihnen eine Erinnerung machen würde, die weiterlebte.

Langsam schlug Emilia das Buch wieder auf. Den Finger hatte sie intuitiv zwischen den Seiten gelassen, wo sie aufgehört hatte zu lesen. Sie sah hinüber zu Tom, doch dieser nickte nur stumm. Also las Emilia weiter vor.

Liebes Tagebuch,
du bist kaum zwei Tage bei mir und schon bin ich unendlich froh darüber, dich zu haben. Ich wüsste nicht, mit wem ich sonst darüber sprechen sollte. Normalerweise rede ich über Dinge, die die Familie betreffen, mit Valentina. Sie ist zwar noch klein, aber sie ist unglaublich klug. Sie versteht mehr, als man denkt. Das dachte

ich zumindest. Mittlerweile glaube ich, dass sie nicht ganz richtig im Kopf ist.

Alles hat mit dieser komischen Frau angefangen. Sie ist gestern Abend plötzlich in unserem Garten aufgetaucht, als wir Kinder noch draußen gespielt haben. Mama war in der Küche und hat einen Kuchen gebacken, deshalb waren wir besonders brav. Nicht einmal Heinz und Lea, die sich sonst so gerne mal streiten, haben es gewagt, durch unnützes Geschrei und Gezanke die Mama in der Küche zu stören. Wir lieben Kuchen. Alle. Und wir wissen genau, dass Mama eine Schokoladenglasur draufmacht, wenn sie besonders gut gelaunt ist. Also waren wir wahnsinnig brav. Wir haben turnen geübt und als Lea hingefallen ist, hab ich mich sofort um sie gekümmert und sie war richtig tapfer und hat sich große Mühe gegeben, nicht zu lange zu heulen, obwohl es schon richtig wehgetan hat. Und auf einmal stand da diese Frau. Ich habe gar nicht mitbekommen, woher sie gekommen ist. Sie war einfach da, sodass ich im ersten Moment gedacht habe, dass sie vielleicht ein Engel ist oder so. Sie sah so schön aus, das kannst du dir gar nicht vorstellen. Sie hatte langes blondes Haar, das in der Sonne geglänzt hat und ihr bis zu den Hüften hinuntergefallen ist. Ein weißes Kleid hat sie angehabt, das ganz zart war, fast durchsichtig. Und ihr Gesicht war wunderschön. Ganz helle Haut hat sie gehabt, fast wie ein Gespenst und ganz blaue, strahlende Augen. Genau so, wie man sich die perfekte deutsche Frau vorstellt. Ich konnte sie eine ganze Weile nur anstarren und auch die anderen haben kein Wort gesagt. Es war auf einmal eine ganz komische Stimmung. Und dann ist die Frau einfach zu Heinz gelaufen. Sie hat sich vor ihn auf den Boden gekniet und sein Gesicht mit ihrer Hand berührt. Ich hab kurz überlegt, ob sie vielleicht blind ist, weil sie sein Gesicht so langsam abgetastet hat. Und dann hat sie seine kleine Hand genommen und festgehalten. Heinz hat sich das alles gefallen lassen, obwohl er es sonst gar nicht mag, wenn man ihn anfasst. Das Haarewaschen ist jedes Mal ein riesiges Theater, aber diese Frau durfte ihm einfach auf den Kopf und ins Gesicht fassen und er hat sich nicht einmal bewegt. Vielleicht war er auch so fasziniert, weil sie so schön war. Plötzlich kam Mama herangestürmt. Sie hat irgendwie ängstlich ausgesehen und uns angeschrien, wie sollten sofort ins Haus reingehen. Das haben wir natürlich gemacht. Und ich habe mich ein bisschen geschämt, weil ich die fremde Frau auch nur angestarrt habe und gar nicht daran gedacht habe, dass sie vielleicht gefährlich sein könnte. Dabei ist es als Älteste doch meine Aufgabe, auf meine Geschwister aufzupassen und sie zu beschützen. Ich darf gar nicht daran denken, dass sie unserem kleinen Heinz auch etwas hätte antun können, anstatt ihn nur zu streicheln. Ich war wütend auf mich selbst. Mama war vollkommen außer sich. Sie hat uns gleich aufs Zimmer geschickt und gesagt, wir dürfen oben essen. Sogar den Kuchen hat sie uns mitnehmen lassen. Das hat sie noch nie gemacht. Da habe ich mir natürlich große Sorgen gemacht, weil wenn Mama so was macht, dann kann irgendwas nicht stimmen. Aber ich hatte keine Zeit, darüber nachzudenken, denn ich musste dafür sorgen, dass Heinz und Lea einigermaßen ordentlich essen, ohne überall alles vollzukrümeln. Mit Valentina habe ich mich gleich gestritten, weil sie, anstatt mir mit den

Kleinen zu helfen, ihre Nase am Fenster plattgedrückt hat. Ich kann ja verstehen, dass sie sehen wollte, was Mama und die fremde Frau da machen, aber in dem Moment war es einfach wichtiger, dass die Kleinen versorgt sind. Valentina kapiert einfach nie, dass die Pflicht immer Vorrang hat. Deshalb bin ich jedes Mal wütend auf sie. Aber sie will es einfach nicht einsehen. Als ich die Kleinen dann schließlich gewickelt und gebadet habe, hat sie sich sogar noch mal rausgeschlichen. Valentina ist manchmal wirklich unmöglich. Zum Glück haben Lea und Heinz an diesem Abend kein Theater gemacht.

Als sie endlich im Bett waren und ich mich auch bettfertig gemacht habe, kam Valentina wieder zurück. Eigentlich war ich immer noch stinkesauer auf sie, aber als ich sie gesehen habe, bin ich richtig erschrocken. Sie war ganz blass, aber ihre Wangen haben vor Aufregung so rot geglüht. Ich hatte direkt Angst, dass sie wieder krank wird. Aber so war es nicht. Es war viel schlimmer.

»Sie hat sie umgebracht«, hat Valentina atemlos gekeucht und mich dabei mit einem Blick angesehen, den ich nie wieder vergessen werde. Es war eine Mischung aus Überraschung und Triumph und Neugier und irgendwas, das ich mir bis jetzt nicht erklären kann, irgendwie ganz komisch einfach.

»Wer hat wen umgebracht?«, habe ich gefragt, weil ich echt nicht kapiert habe, was sie meint und ihr außerdem kein Wort geglaubt habe. Wir sind die Familie Gleißner. In unserer Villa bringt niemand einen um.

»Mama hat die fremde Frau umgebracht«, hat Valentina behauptet, als wär das völlig normal.

»Du spinnst ja«, habe ich zu ihr gesagt, aber sie hat den Kopf geschüttelt und ist näher zu mir hergekommen. Dann hat sie mich mit ganz großen Augen angesehen, so wie wenn sie immer versucht, den Kleinen eine Geistergeschichte zu erzählen, damit sie Angst bekommen und nicht mehr schlafen können. Und dann hat sie allen Ernstes behauptet, Mama habe die fremde Frau geschubst und dabei zugesehen, wie sie stirbt. Ich habe mir die Ohren zugehalten. So einen Unsinn wollte ich mir nicht anhören. Valentina hat schon immer eine blühende Fantasie gehabt und es macht ihr riesigen Spaß, irgendwelche Geschichten zu erzählen, vor allem, wenn sie andere damit erschrecken kann. Mama hat immer gesagt, das liegt wahrscheinlich daran, dass sie so früh schon lesen konnte. Ich habe ihr damals immer Romane zu lesen gegeben. Vermutlich war das doch noch zu früh und so ist sie dann ein bisschen übergeschnappt. Ich hab Valentina gesagt, dass sie so etwas nicht erzählen darf. Dass sie sofort den Mund halten soll und dass es einfach eine Unverschämtheit ist, zu behaupten, dass Mama eine Mörderin ist. Und dass ich es Mama petze, wenn sie nicht sofort damit aufhört. Und weißt du, was Valentina gemacht hat? Sie hat gelacht. Sie hat nur gelacht und gesagt, dass ich das ruhig petzen kann, weil sie Mama sowieso fragen wird, wer die Frau war und warum sie sie umgebracht hat. Da hab ich Valentina auf einmal mit ganz anderen Augen gesehen. Mama nach etwas zu fragen, was überhaupt nicht passiert ist, weil sie es sich nur ausgedacht hat, das ist doch verrückt, oder findest du nicht? Das ist doch vollkommen verrückt! Das war es, was mir durch den Kopf ging und das habe ich ihr auch gesagt. Dass sie verrückt ist und auf keinen Fall mit so einem Unsinn zu Mama gehen soll. Aber Valentina hat wieder nur gelacht und gesagt, sie wisse ganz genau, was sie gesehen habe und ich würde schon noch sehen. Da habe ich kapiert, dass sie wirklich verrückt ist. Ich bin zu ihr gelaufen und habe ihr den Mund zugehalten. So was darf sie nicht sagen. Und im gleichen Moment habe ich furchtbare Angst bekommen. Denn wenn Valentina wirklich verrückt ist, dann ist das gefährlich für sie. Leonore hat nämlich behauptet, dass verrückte Kinder eingesperrt werden und die ganz verrückten sogar umgebracht. So ganz genau weiß ich nicht, ob das stimmt, weil sie damit eigentlich Friedrich ärgern wollte. Der hatte nämlich ihre Puppe weggenommen und auf den Schrank im Klassenzimmer geworfen. Und Friedrich hat doch so eine dicke Brille, weil er schlecht sieht. Und da ist Leonore ganz wütend geworden und hat ihn angebrüllt, wenn er ihre Puppe nicht sofort wieder vom Schrank holt, dann sagt sie ihrem Vater, dass er behindert ist, weil er nicht richtig sieht. Und außerdem sei er verrückt im Kopf. Und ihr Vater würde dann dafür sorgen, dass er eingesperrt und vielleicht sogar umgebracht würde. Da hat Friedrich es ganz schön mit der Angst bekommen, weil Leonores Vater Arzt ist. In dem Moment ist zum Glück Frau Wenz hereingekommen und Friedrich hat riesigen Ärger bekommen. Leonore hat nichts mehr gesagt, aber ich hab sie später gefragt, ob sie das ernst gemeint hat, was sie gesagt hat. Über die verrückten Kinder und das Einsperren und so. Und da hat sie mir im Vertrauen erzählt, dass ihr das so herausgerutscht ist und dass sie das eigentlich gar niemandem erzählen darf, aber dass sie mal ein Gespräch zwischen ihrem Vater und einem anderen Mann belauscht hat, wo sie genau darüber gesprochen haben. Welche Kinder bei der Untersuchung eben geistig oder körperlich behindert seien. Und Leonores Vater habe dem Mann eine Liste gegeben, mit Namen und Adressen von den Familien. Leonore hat gesagt, sie weiß nicht genau, was dann mit den Kindern passiert ist, aber sie hat ganz genau gehört, wie ihr Vater mit dem anderen Mann darüber gesprochen hat, dass sie abgeholt werden sollen. Und sie hätten in der Liste welche markiert, die lebensunwert seien. Sie glaubt, dass das bedeutet, dass die dann umgebracht werden. Mir hat es furchtbar leidgetan, dass ich überhaupt gefragt habe, denn eigentlich mag ich so was gar nicht wissen. Ich mag mir gar nicht vorstellen, dass sie irgendwelche Kinder einfach abholen. Aber gleichzeitig habe ich an mich und meine Geschwister gedacht und war erleichtert, dass niemand von uns eine Brille hat oder im Kopf behindert ist. Und jetzt stellt sich heraus, dass Valentina doch verrückt ist. Wenn sie so einen Unsinn erzählt und dann auch noch selber glaubt. Und ich bin mir sicher, dass sie das glaubt. Sie hat immer wieder felsenfest behauptet, sie würde Mama morgen fragen und sie sei sich sicher, was sie gesehen habe. Sie war wirklich überzeugend. Aber das ist trotzdem Unsinn, das weiß ich. Ich hoffe nur, dass sie nichts sagt. Ich muss ihr morgen noch mal ins Gewissen reden. Sie darf das auf keinen Fall irgendjemandem sagen. Niemand darf herausfinden, dass sie verrückt im Kopf ist. Ich streite zwar viel mit Valentina, aber sie ist trotzdem meine Schwester und ich hab sie lieb. Den Gedanken, dass sie irgendjemand von hier wegholt oder ihr *vielleicht sogar etwas antut, mag ich gar nicht denken. Ich muss irgendwie dafür sorgen, dass sie den Mund hält.*

Als Valentina endlich eingeschlafen war, bin ich kurz zu Mama ins Schlafzimmer. Sie lag ganz ruhig da und hat sogar im Schlaf gelächelt. Bestimmt hat sie von Papa geträumt. Der ist immer noch im Krieg. Ich hoffe, er kommt bald wieder, dann ist sie vielleicht nicht mehr so traurig. Mama weint oft. Sie denkt, ich bekomme das nicht mit, aber ich bin ja nicht blöd. Ich habe sie nicht gefragt, warum sie weint. In dieser furchtbaren Zeit hat vermutlich jeder einen Grund zu weinen. Ich lasse sie lieber in dem Glauben, dass hier in der Villa und bei uns Kindern und überhaupt in unserer Familie alles in Ordnung ist. Das hier ist doch unser kleines Paradies. Und das soll es auch bleiben. Ich hoffe nur, Valentina verrät sich nicht.

Jetzt muss ich schlafen. Durch diese ganze Sache ist es sehr spät geworden. Gute Nacht, liebes Tagebuch und vielen Dank fürs Zuhören.

Deine Hanna

Eine ganze Weile lang saßen Emilia und Tom schweigend nebeneinander im Gras. Dann stand Emilia auf und sah ihn entschuldigend an. »Tut mir leid, ich muss mal kurz ein paar Schritte gehen.«

Tom nickte. In seinem Gesichtsausdruck spiegelte sich tiefes Verständnis dafür, dass Emilia einen Augenblick allein sein wollte. Ihm ging es ja selbst auch nicht anders. Während er einfach sitzen blieb und damit begann, gedankenverloren kleine Stöckchen in den Seerosenteich zu werfen, lief Emilia durch den großen

Garten, ohne ihn wahrzunehmen. Die körperliche Bewegung tat ihr gut. Nun war genau das geschehen, wovor sie Angst gehabt hatte: Die Geschichte des kleinen Mädchens, das Hanna Gleißner einmal gewesen war, ging ihr näher, als sie hatte zulassen wollen. In die Schilderungen aus dem Tagebuch mischte sich ihr eigenes Wissen über die damalige Zeit, was die Ausführungen, die dort in dieser unschuldigen Kinderschrift zu lesen waren, nur noch grausamer machte. Natürlich hatte Hanna recht gehabt mit ihrer Angst davor, dass geistig und körperlich behinderte Kinder im Dritten Reich umgebracht worden waren. Wenn Emilia die Zahlen aus ihrer Schulzeit noch richtig im Kopf hatte, dann waren es mehr als 300.000 geistig und körperlich behinderte Menschen gewesen, die von den Nazis getötet wurden. Wie viele davon Kinder gewesen waren, wusste sie nicht mehr, aber allein die Tatsache, dass so etwas überhaupt geschehen war, war einfach unvorstellbar grausam. Insgeheim hoffte Emilia nur, dass die kleine Hanna damals für sich entschieden hatte, dass ihre Freundin Leonore ihren Vater damals falsch verstanden hatte. Ebenso wie sie hoffte, dass sie sich täuschte und Valentina, Hannas kleine Schwester, nicht verrückt gewesen war, sondern, wie Hanna eben auch geschrieben hatte, sich einfach nur eine Geschichte ausgedacht hatte. Aber was, wenn Valentina keine Geschichte erfunden hatte, aber auch zugleich nicht verrückt war? Würde das dann nicht bedeuten, dass ...

Emilia wagte es nicht, den Gedanken zu Ende zu denken, doch es war bereits zu spät. Er ließ sich nicht mehr verdrängen. Was, wenn Hannas Mutter wirklich eine Frau umgebracht hatte? Hier in der Villa?

Krampfhaft konzentrierte sich Emilia auf den wunderschönen Anblick des Seerosenteiches, um sich von dieser grausamen Vorstellung abzulenken. Tom saß noch immer an dessen Ufer und winkte ihr schüchtern zu. Dann ließ er ertappt die Stöckchen fallen, die er noch in der Hand hatte, und hob entschuldigend die Arme. Emilia winkte ab. Dann kam sie wieder zu ihm herüber.

»Na?«, fragte er in einem Tonfall, der Interesse zeigte, aber es letztendlich Emilia überließ, ob sie darauf antworten wollte. Diese zuckte ratlos mit den Schultern.

»Ich weiß auch nicht«, begann sie traurig. »Es ist irgendwie wie bei allem, was mit dieser Zeit und dem Krieg zu tun hat: Auf der einen Seite will ich überhaupt nicht wissen, was damals geschehen ist, weil es einfach viel zu grausam war und es mich bedrückt. Auf der anderen Seite aber will ich es unbedingt erfahren. Zum einen, weil es mich interessiert und zum anderen, weil ich das Gefühl habe, dass wir es den Menschen von damals schuldig sind, zu wissen und zu verstehen, was passiert ist. So grausam es auch sein mag. Ich habe das Gefühl, dass es richtig ist, mit diesen Menschen gemeinsam auf die Gräuel wütend zu sein, die damals verübt wurden. Und dann gemeinsam zu trauern und dafür einzustehen, dass so etwas nicht mehr passiert. Ich weiß nicht einmal, ob das aufgrund meiner Erziehung so ist, es meine eigenen Gedanken sind oder ein Resultat des Geschichtsunterrichts, aber es ist so, als würde ich zwischen zwei Stühlen sitzen. Ich will, dass all das möglichst von mir fernbleibt und doch trifft es mich mitten ins Herz.«

»Ich verstehe, was du meinst«, antwortete Tom leise. »Willst du das Tagebuch lieber zurückbringen? Oder willst du es lesen?«

»Was willst du denn?«

»Das ist deine Villa. Und insofern auch ein bisschen deine Familie. Versteh mich bitte nicht falsch, ich will dir da jetzt keine falsche Verantwortung zuschieben oder so, aber ich finde, dass du entscheiden solltest, was mit dem Tagebuch geschieht. Obwohl ich es wirklich, wirklich gerne lesen würde.«

Emilia zögerte. Überlegte. Kramte in der hintersten Kammer ihres Herzens nach einer Entscheidung, in ihrem Gehirn nach einem überzeugenden Argument dafür oder dagegen. Doch nichts geschah. Schließlich sah sie ein, dass sie die Entscheidung wohl allein ihrer Intuition überlassen musste.

»Ich möchte es auch gerne lesen.«

Als die Worte einmal ausgesprochen waren, war es eine Erleichterung.

»Aber ich hätte gerne eine kleine Pause. Und ich habe Hunger. Wie hoch stehen denn die Chancen, dass wir in deinem Gasthaus ein Schnitzel mit Pommes bekommen?«

Tom grinste, froh darüber, dass Emilia sich wieder einigermaßen gefasst zu haben schien.

»Sehr hoch, schätze ich.«

»Obwohl der Chef nicht da ist?«

»Oh, unterschätze Sandra nicht. Sie ist eine wahre Perle. Zwar ist ihr Schnitzel nicht ganz so perfekt wie meines, aber ihre Pommes sind ein Gedicht.«

Damit war es entschieden. Zum zweiten Mal an diesem Tag war Emilia froh, dass sie nicht mit den öffentlichen Verkehrsmitteln fahren musste, sondern von Tom bequem bis vor die Tür chauffiert wurde.

Als sie gemeinsam das Gasthaus betraten und sich zusammen an den Tisch setzten, kam Sandra, die hübsche Bedienung vom Vormittag, sprichwörtlich angeflogen. Auf ihrem Gesicht verriet ein breites Grinsen, dass sie sofort kapiert hatte, dass es sich bei der jungen, hübschen Frau neben Tom um dessen Date handeln musste.

»Na, das ist ja eine Überraschung. Wenn das mal nicht unser Übernachtungsgast ist, der heute Morgen nach Tom gefragt hat. Ich freue mich, dass Sie ihn gefunden haben«, plapperte sie freundlich drauflos.

»Das war keine Kunst«, grinste Tom. »Sie ist heute Morgen sozusagen direkt in mich hineingerannt.«

»Das müsste mir auch mal passieren, dass in mich morgens ein hübscher Mann hineinrennt, der mich dann sogar noch zum Mittagessen einlädt.«

»Na ja, ganz so war es nicht«, erklärte Tom augenzwinkernd. »Darf ich vorstellen: Sandra, meine Bedienung, die beste, die auf diesem Erdball zu finden ist. Und das hier ist Emilia. Wie du sagtest, unser Übernachtungsgast und gleichzeitig meine ...« Er hielt erschrocken inne, als würde ihm in diesem Moment erst bewusst, dass sie ihren Beziehungsstatus offiziell noch überhaupt nicht geklärt hatten. Fragend sah er Emilia an, doch diese grinste nur und genoss es, ihn ein bisschen zappeln zu sehen.

»... mein Date«, sagte Tom schließlich und hob etwas hilflos die Arme.

»Freut mich sehr«, lächelte Emilia und streckte Sandra die Hand entgegen, die sie nahm und kräftig schüttelte.

»Ebenfalls. Und was verschlägt Sie hierher ins schöne Edelsbrunn?«, fragte sie.

Innerlich musste Emilia schmunzeln, da sie diese Frage nicht zum ersten Mal hörte. Offenbar schien sich jeder hier im Ort darüber zu wundern, wenn es jemand Fremden hierher verschlug.

»Ich verkaufe die alte Geistervilla«, sagte sie stattdessen in verschwörerischem Tonfall und zwinkerte Sandra zu.

»Ach du lieber Gott!«, rief Sandra in ebenfalls gespielter Hysterie aus. »Und so was lässt du hier wohnen, Tom? Der Gleißner-Fluch wird uns alle umbringen.«

Alle drei lachten.

Nachdem Emilia und Tom schließlich ihre Bestellung aufgegeben hatten und Sandra in einer atemberaubenden Geschwindigkeit das Essen sowie die bestellten Getränke servierte, gab es keinen Zweifel mehr, dass sie die beste Kellnerin der Welt war. Bereits beim Frühstück hatte Emilia ihren Elan und ihre fröhliche Ausstrahlung bewundert, doch darüber hinaus schien sie auch hervorragende Arbeit zu leisten. Zudem sah sie auch noch bei jedem Handgriff einfach umwerfend aus.

»Sag mal, du und Sandra ...«, begann Emilia, hielt dann aber inne, weil sie sich nicht sicher war, ob es wirklich ein angemessenes Gesprächsthema zum Essen war oder ob es nicht eher die Stimmung kippen würde.

»Du meinst, ob wir mal was miteinander hatten?«, fragte Tom jedoch ohne Umschweife und Emilia nickte schnell, erleichtert, dass sie die Frage nicht aussprechen musste.

Tom schüttelte den Kopf. »Nein, hatten wir nicht. Und werden wir auch niemals. Erstens ist Sandra nicht mein Typ und zweitens ist ihr Mann der Inhaber des einzigen Fitnessstudios hier im Ort. Er würde mich vermutlich wie eine Fliege zwischen Daumen und Zeigefinger zerquetschen, wenn ich seiner Sandra zu nahe käme.« Mit einer theatralischen Geste griff er sich an die Gurgel, was Emilia zum Kichern brachte, wobei die Vorstellung eigentlich nicht besonders lustig war. Oder vielleicht doch? Ja, doch, ein bisschen.

»Na, da schau her, unsere frisch Verliebten. Kann ich also davon ausgehen, dass das Date ein Erfolg war?«

Emilia erkannte die raue Stimme sofort.

»Josef«, strahlte sie ehrlich erfreut. »Setz dich doch zu uns.«

»Oh, ich möchte das junge Glück nicht stören«, schmunzelte der alte Mann verschmitzt, setzte sich aber im gleichen Augenblick auf den freien Stuhl am Tisch.

Tom schenkte Emilia einen Blick, der so viel bedeutete wie *typisch Josef*, doch das Grinsen in seinem Gesicht verriet, dass er den alten Mann viel zu gerne mochte, um ihm jemals böse sein zu können.

»Hübsche Frau, wäre es möglich, für mich und meine Freunde ein Schnäpschen zu bekommen?«, rief Josef laut in Sandras Richtung, kaum dass er sich gesetzt hatte.

»Oh nein, bleib mir bloß weg mit deinen Schnäpschen«, stöhnte Emilia. »Es ist ja noch nicht einmal Nachmittag.«

»Es ist kurz nach eins, also genau genommen ist es sehr wohl Nachmittag«, sagte Josef ernst und nahm eigenständig eines der drei Schnapsgläser vom Tablett, das Sandra eben brachte.

»Auf euer Wohl.« Mit einem Schwung kippte er die klare Flüssigkeit in seine Kehle und sah Emilia dann fragend an. »Willst du echt nicht, Kind?«

Emilia schüttelte den Kopf und verzog dabei angewidert das Gesicht. Daraufhin zuckte Josef leicht mit den Schultern und kippte sich dann auch noch ihren Schnaps hinunter.

»Das hält Leib und Seele in Schwung«, erklärte er lachend in ihre Richtung. »Wie weit bist du denn mit deiner Arbeit? Hast du die Villa schon verkauft?«

Mit einem kurzen Auflachen brachte Emilia zum Ausdruck, dass dies nicht der Fall war. »So schnell geht das auch wieder nicht. Ein Haus zu verkaufen, ist jede Menge Arbeit«, verteidigte sie sich. »Außerdem wurde ich abgelenkt.«

»Ja, von unserem kleinen Casanova hier, nicht wahr?« Josef schlug amüsiert mit der flachen Hand auf den Tisch, aber vermutlich nur deshalb, weil er Tom über den Tisch hinweg nicht erreichen konnte, sonst hätte er ihm höchstwahrscheinlich in kumpelhafter Manier auf die Schulter geklopft.

»Auch«, grinste Emilia und schenkte Tom einen schmachtenden Blick. »Aber heute vor allem deshalb, weil unser Casanova hier das Tagebuch der jungen Hanna Gleißner gefunden hat.«

»Nein!« Überrascht riss Josef die Augen auf und sah sie in Erwartung einer genaueren Erklärung an.

Emilia konnte nicht widerstehen. Erstens war ihr Josef einfach sympathisch und zweitens konnte sie ja selbst noch kaum fassen, was sie am heutigen Morgen entdeckt und gelesen hatten. Einem anderen davon zu erzählen, machte die ganze Sache irgendwie realer. Also fasste sie so kurz wie möglich zusammen, wie Tom Hannas Tagebuch gefunden hatte und was darin stand.

Als sie ihren Bericht beendet hatte, trat ein längeres Schweigen ein. Emilia sah Josef an, in Erwartung irgendeiner Reaktion. Dieser starrte seinerseits Emilia an, als überlege er, ob er ihr diese Geschichte wirklich glauben könne. Und Tom saß einfach nur still da, sah von einem zum anderen und wartete darauf, dass irgendjemand die Stille durchbrach.

»Valentina Gleißner ist tatsächlich als Kind gestorben«, murmelte Josef dann nachdenklich.

Emilia runzelte ungläubig die Stirn.

»Doch, doch«, bestätigte Josef seine eigene Aussage. »Ich bin mir ganz sicher. Ich weiß zwar nicht mehr in welchem Jahr, aber ich kann mich noch gut daran erinnern, dass wir uns damals auf den Friedhof geschlichen haben, um die Beerdigung anzuschauen. Die Gleißners waren ja schon zu Lebzeiten hier eine lebende Legende, weil sie eben so gut wie nie ihre Villa verlassen haben. Und irgendwie hat meine Cousine Lene mitbekommen, dass die Valentina gestorben ist.«

»Lene? Deine Cousine hieß Lene?«, fragte Emilia überrascht, während sie in ihrem Kopf die Wahrscheinlichkeit überschlug, dass es sich bei der in Hannas Tagebuch erwähnten Lene um dieselbe Person handeln könnte, die Josef eben als seine Cousine bezeichnet hatte. »Hanna schreibt in ihrem Tagebuch kurz von einer vorlauten Lene, die von der Lehrerin öfters zurechtgewiesen worden sei.«

Josef nickte. »Ja, das passt genau zu Lene. Sie ging damals mit Hanna Gleißner in die Schule. Sie waren nicht befreundet oder so. Im Gegenteil: Lene mochte Hanna nicht besonders. Sie hat immer erzählt, dass die total komisch sei. So wie Lene es dargestellt hat, hatte Hanna Gleißner überhaupt keine Freunde. Aber dass ihre Schwester gestorben war, das haben sie dann in der Klasse doch irgendwie mitbekommen.«

»Deine Cousine, also Lene, lebt nicht zufällig noch, oder? Glaubst du, sie wäre bereit, mit mir über Hanna Gleißner zu reden?«

Traurig senkte Josef den Kopf. »Nein. Sie ist 1945 gestorben. Als der Krieg eigentlich schon vorbei war. Sie ist in ein Haus gegangen, vermutlich, um etwas zu essen zu suchen und das ist dann eingestürzt.«

»Oh mein Gott, das ist ja furchtbar!«

»Na ja, so war der Krieg.« Josef seufzte. Ein Geräusch, in dem sich der gesamte Schmerz seiner spontanen Erinnerung entlud. »Wisst Ihr, man spricht immer über die Opfer des Krieges. Gefallene Soldaten, ermordete Juden und so weiter. Und das ist auch gut so, was anderes will ich gar nicht sagen. Aber immer wenn ich mal an Lene denke, dann werde ich fast ein bisschen wütend, dass kaum jemand über die Menschen spricht, die nach dem Ende des Krieges noch gestorben sind, weil sie eben von Trümmern verschüttet wurden. Oder weil sie, wie viele Kinder damals, mit Granaten und Blindgängern gespielt haben, die dann doch noch hochgegangen sind. Ja, wir haben mit Bomben gespielt. Mit allem, was wir finden konnten. Es war Krieg, Emilia«, fügte er erklärend hinzu, als er ihren entsetzten Gesichtsausdruck sah.

Emilia lief es kalt den Rücken hinunter. Wieder einmal wurde ihr bewusst, dass sie sich nicht vorstellen konnte und wollte, was die Kinder von damals alles durchgemacht hatten. Josef so vor sich sitzen zu sehen und zu wissen, dass er so alt und doch noch so glücklich geworden war, war wirklich eine Freude.

»Ich bin froh, dass es dich noch gibt. Und dass du so bist, wie du bist«, sagte Emilia leise.

Sie hatte die Worte gar nicht laut aussprechen wollen, doch sie waren ihr einfach so herausgerutscht. Sie schienen den alten Mann ins Hier und Jetzt zurückzuholen und ihn daran zu erinnern, dass er längst nicht mehr der kleine Junge war, der in den Trümmern spielte, sondern der Dorfcasanova von Edelsbrunn, der Frauen jeglichen Alters mit seinem Charme um den Finger wickelte.

Mit einem breiten Grinsen nahm Josef das kleine Schnapsglas, das noch immer unberührt vor Tom stand, hob es in die Luft und rief: »Darauf trinke ich.« Dann stürzte er auch dessen Inhalt in einem Zug hinunter. »Ich bin übrigens auch froh, dass es mich noch gibt«, schmunzelte er dann und zwinkerte Emilia zu. »Man muss einfach das Beste aus seinem Leben machen. Egal was für schwere Zeiten auch kommen. Man lebt ja schließlich nur einmal, nicht wahr?«

Mehr als häufig hatte Emilia diesen Spruch schon gehört, aber aus Josefs Mund klang er überhaupt nicht so hohl und floskelhaft, wie sie ihn sonst immer empfunden hatte. Er kreiste in ihren Gedanken wie ein Habicht und fasste schließlich Fuß.

Zum ersten Mal seit Beginn des Gesprächs meldete sich Tom zu Wort: »Wenn ihr auf der Beerdigung wart, habt ihr dann auch mitbekommen, woran die kleine Valentina gestorben ist?«

Dankbar sah Emilia ihn an. Er lenkte die Fragen wieder in die richtige Richtung. Sie selbst hatte sich von Josefs Schicksal und von ihren eigenen Gedanken an die Kinder des Krieges vollkommen aus dem Konzept bringen lassen.

»Ja, stimmt«, pflichtete sie nun bei. »Hanna hat vermutet, dass Valentina geisteskrank sei, weil sie behauptet hat, ihre Mutter habe diese fremde Frau umgebracht. Hältst du es für möglich, dass das stimmt? Also dass vielleicht herauskam, dass Valentina geisteskrank war und sie deshalb dann umgebracht wurde?«

Josef verzog das Gesicht zu einer entschuldigenden Grimasse und zuckte leicht mit den Schultern. »Ich habe leider keine Ahnung, woran die Kleine gestorben ist. Aber ehrlich gesagt könnte ich mir das gut vorstellen. Das kam ja damals öfter vor. Haben wir aber erst hinterher erfahren.«

Nachdenklich schwieg er einen Moment und weder Emilia noch Tom wussten, was sie dazu sagen sollten.

»Allerdings ...«, fuhr Josef auf einmal fort und legte nachdenklich den Zeigefinger an die Lippen. »Allerdings würde ich nicht einmal ausschließen, dass sie dann vielleicht sogar von ihrem Vater umgebracht wurde.«

»Das ist nicht dein Ernst!«

»Doch. Heinrich Gleißner hat sich zwar anfangs wohl aus allem herausgehalten, was mit Politik oder dem Krieg zu tun hatte, aber später ist er zu einem glühenden Nazi geworden. Die Gleißners haben ja dann zum Ende des Krieges hin sogar Kinder entführt und an die Nazis verkauft. Wer so was macht, der bringt bestimmt auch seine eigene Tochter um, wenn sie sich als der Ideologie nicht entsprechend herausstellt. Zumindest hat das meine Mutter immer gesagt. Heimlich natürlich. In der gleichen Art und Weise, wie eben alle Gerüchte über die Gleißners verbreitet wurden. Ich selbst war noch viel zu klein, um die eigentlichen Zusammenhänge zu begreifen. Ich habe halt hier und da etwas aufgeschnappt.«

»Ja, aber das ist immerhin schon viel mehr, als wir jemals wissen können.«

»Das würde ich so nicht sagen.«

»Wie meinst du das?« Irritiert sah Emilia den alten Mann an, der nachdenklich die Stirn in Falten legte. »Schließlich können wir die Zeit nicht zurückdrehen.«

»Doch, irgendwie schon.«

Emilia hatte nicht die geringste Ahnung, warum diese Behauptung Tom zum Grinsen brachte. Sie begriff erst, als er seinen Gedanken laut aussprach: »Wir haben doch Hannas Tagebuch.«

Nach dieser Erkenntnis kribbelte es Emilia regelrecht in den Fingern. Nun ging es nicht mehr nur um das Schicksal von Hanna, sondern auch um das ihrer kleinen Schwester Valentina. Wenn diese wirklich umgebracht worden war, sei es nun von den Nazis oder gar von ihrem eigenen Vater, dann wurde es höchste Zeit, dass dieses Verbrechen aufgedeckt wurde, auch wenn es Valentina natürlich nun nicht mehr helfen konnte. Zumindest in der Theorie konnten sie dem kleinen Mädchen Gerechtigkeit verschaffen. Es nicht einfach verschwinden lassen als ein verstorbenes Kind, sondern als eines der vielen Opfer betrauern, deren Täter niemals zur Rechenschaft gezogen worden waren.

Sie brauchten eine Weile, um Josef schließlich von seiner Idee abzubringen, sie könnten ja das Tagebuch zu dritt lesen. Auf der einen Seite wäre das vielleicht gar nicht so dumm gewesen, da er sicherlich einiges an Hintergrundwissen hätte beisteuern können, das sie mit Sicherheit an der einen oder anderen Stelle gebrauchen könnten. Aber noch wichtiger als das Verstehen war Emilia das Fühlen. Sie wollte Hanna nahe sein. Zum ersten Mal, seit sie das Tagebuch gefunden hatten, war sie bereit, Hannas Gedanken und Gefühle ganz nah an sich heranzulassen. Sie wollte nicht nur wissen, was das junge Mädchen beschäftigt hatte, sie wollte es fühlen. Ganz bewusst. Und je mehr Personen sie im Raum waren, desto weniger würde ihr das gelingen, das spürte sie ganz intuitiv.

Daher war sie mehr als erleichtert, als Josef versicherte, er sei keineswegs böse, dass sie das Tagebuch allein lesen wollten. Zwar sei er unglaublich neugierig, aber er gebe sich damit zufrieden, wenn sie ihm ihre Erkenntnisse dann anschließend zusammenfassten oder ihn das Tagebuch vielleicht am Ende sogar selbst lesen ließen.

Emilia war sich nicht sicher, ob das Lesen eines Zeitdokuments das Richtige für Josef war, da es den alten Mann auf eine sehr eigene Art mit seiner eigenen Kindheit konfrontieren würde, doch dann sah sie ein, dass

Josef ein erwachsener Mann war, der sehr wohl selbst in der Lage war, zu entscheiden, was er sich zumuten konnte und was nicht. Sie versprach ihm, dass er das Tagebuch lesen dürfe, wenn sie damit fertig wären.

Damit keine unangenehmen Fragen entstehen konnten, wenn sie weder im Büro noch in der Villa zugange war, beschloss sie, mit Tom gemeinsam das Tagebuch im Garten der Villa weiterzulesen. Zwar würde sie dann mit ihrem Exposé wieder nicht vorankommen, doch Hanna zu verstehen, war ihr in diesem Moment einfach wichtiger. Und wenn Herr Plaschke anrief, um zu fragen, wie es lief, dann würde sie sich eben eine gute Ausrede einfallen lassen.

1943

Villa Gleißner

Es war noch dunkel, als Elfie in ihrem Bett die Augen öffnete. Kurz war sie verwirrt. Sie hatte furchtbar schlecht geträumt. Davon, dass Marias Leiche auf einmal wieder zu neuem Leben erwacht und aus dem See gestiegen war. Der Blick ihrer hellblauen Augen, die noch viel wässriger gewirkt hatten als in Wirklichkeit, hatte Elfie regelrecht durchbohrt – so lange, bis ihr selbst die Luft weggeblieben war. Stöhnend hatte sich Elfie im Schlaf von einer auf die andere Seite gewälzt, dennoch war es ihr nicht gelungen aufzuwachen. Immer näher war die tote Maria auf sie zugekommen, langsam und bedrohlich, ihr Blick ein einziger Vorwurf. Erst als die Traumgestalt die Hand nach Elfie ausgestreckt hatte, war diese endlich aufgewacht. Entsetzt fasste sie sich an die Kehle, an der sie glaubte, noch die kalten Finger Marias spüren zu können. Dann begriff sie, dass es gar nicht der Traum war, der sie geweckt hatte. Aus der Küche drangen leise Geräusche herauf. Ruckartig setzte sich Elfie in ihrem Bett auf. War eines der Kinder heimlich aufgestanden?

Irritiert glitt ihr Blick hinüber zum Wecker, der gerade mal kurz nach fünf anzeigte. Wer schlich denn um Himmels Willen um diese Uhrzeit im Haus herum? Hanna sicherlich nicht. Sie war viel zu brav, um vor der Zeit alleine aufzustehen und die beiden Kleinen kamen ohne Hilfe überhaupt nicht aus ihren Bettchen. Gemeinsam mit Hanna hatte Elfie die Betten extra so zur Wand gedreht, dass weder Heinz noch Lea herausklettern konnten. Blieb also nur Valentina. Aber was wollte diese mitten in der Nacht in der Küche? Eventuell hätte sich Elfie noch vorstellen können, dass sie heimlich von dem Kuchen naschte, der eigentlich für den morgigen Tag gedacht gewesen war … ja, das hätte ihrer Zweitgeborenen ähnlich gesehen, doch den Kuchen hatten die Kinder ja bereits am Abend mit in ihr Zimmer genommen.

Leise stand Elfie auf und ging hinüber zum Schlafzimmer ihrer Kleinen. Wie erwartet schlummerten Lea und Heinz friedlich in ihren Bettchen. Geräuschlos schloss Elfie die Tür und ging zu Hannas und Valentinas Zimmer. Auch die beiden Großen lagen in friedlichem Schlummer. Ein Lächeln huschte über Elfies Gesicht, als ihr Blick auf die schlafende Valentina fiel. Kinder, so frech sie auch sein mochten, sahen im Schlaf so unfassbar niedlich und unschuldig aus.

Eine Woge der Liebe zu ihren Kindern erfüllte sie. Dann ein kurzer, eiskalter Schock, als wäre sie in einem zugefrorenen See eingebrochen und würde vom eisigen Wasser umgeben. Die Angst durchfuhr Elfies Körper und erfüllte ihre Nerven bis in die Finger- und Zehenspitzen. Wenn Valentina friedlich in ihrem Bettchen schlummerte, wer zum Kuckuck schlich dann unten durch das Haus?

Intuitiv suchte Elfie nach einer Waffe, was natürlich vergeblich war, denn sie selbst hatte dafür gesorgt, dass sich in den Kinderzimmern keine gefährlichen Gegenstände befanden. Und in ihrem Schlafzimmer? Kurz überlegte sie, ob sich dort irgendetwas befände, mit dem sie sich verteidigen könnte, doch ihr fiel absolut nichts ein. Die Villa lag in solchem Frieden, dass sie bisher nie etwas zu befürchten gehabt hatten. Seit Jahren hatte niemand das Grundstück betreten, außer der Hebamme, die bei der Geburt der Kinder geholfen hatte und der Arzt, als Heinz damals so krank gewesen war. Der Briefträger gab die Post vor dem Tor ab und Besuch empfingen sie schon seit Ewigkeiten nicht mehr. Das Einzige, was eventuell als Waffe zu gebrauchen wäre, waren die scharfen Messer in der Küche, doch in dieser befand sich – wer auch immer.

Niemals wäre Elfie auf die Idee gekommen, dass sie sich gegen ungebetene Eindringlinge würde verteidigen müssen. Bis gestern. Bis … ihre Gedanken stockten, ihr Körper erstarrte. Nein, das war doch nicht möglich! Sie hatte mit eigenen Augen gesehen, wie der zarte Körper Marias im Seerosenteich versunken war. Sie hatte lange genug dort gestanden, um sicher zu sein, dass sie nicht wieder aufgetaucht war. Und sie war sich absolut sicher, dass sie tot war. Kein Mensch überlebte so lange, ohne zu atmen. Das war einfach unmöglich.

Und dennoch hörte sie eindeutig weiter Geräusche aus der Küche, leise, kaum hörbar und doch so laut, dass sie ihr in den Ohren dröhnten und sich in das Rauschen ihres Blutes mischten, das inzwischen zu einem tosenden Wasserfall geworden war.

Elfie wusste, dass es dumm war. Dass sie sich am besten wieder in ihr Schlafzimmer zurückziehen und die Tür verschließen sollte. Doch sie konnte nicht anders. Wie von einem inneren Zwang getrieben, schlich sie die Treppe hinunter und sah, dass die Küchentür einen

Spaltbreit offen stand. Ein verräterischer Lichtschein drang heraus in den Flur. Mit wackeligen Beinen, die sich anfühlten, als würden sie sie nicht mehr lange tragen, kämpfte sich Elfie Schritt um Schritt weiter vorwärts, bis sie schließlich mit laut pochendem Herzen direkt vor der Küchentür stand. Vorsichtig spähte sie durch den Spalt.

»Heinrich!«

Die Gestalt, die eben nach der Tür des Küchenschranks gegriffen hatte, drehte sich um, lächelte verschwörerisch und legte den Zeigefinger der rechten Hand auf die Lippen, zum Zeichen, dass sie leise sein sollte.

Erleichterung durchflutete Elfies Körper und ließ die Anspannung der eben durchlebten Minuten einfach von ihr abfallen wie eine zweite Haut. Es war alles in Ordnung. Sie träumte nur. Es gab keine Eindringlinge und keine Geister. Marias Leiche lag auf dem Grund des Seerosenteiches und sie selbst würde gleich in ihrem Bett aufwachen, dann aufstehen und den Kindern Frühstück machen. Da sie ohnehin gleich erwachen würde, konnte sie den Moment, in dem sie ihren Mann so klar vor Augen sah wie schon lange nicht mehr, einfach genießen.

Hingerissen betrachtete sie die Gestalt ihres Mannes, der vor ihr stand und sie noch immer anlächelte. Jetzt noch nicht aufwachen, zwang sich Elfie. Jetzt bloß noch nicht aufwachen. Nur noch einen Moment seine Nähe spüren. Sein Lächeln sehen. Nur noch einen Moment.

Sie betrachtete sein blondes Haar, das kürzer geschnitten war als sonst. Die Soldatenmütze hatte er auf der Kücheninsel in der Mitte des Raumes abgelegt.

Daneben stand ein Teller mit ein paar Scheiben Brot. Er hatte Hunger. Natürlich. Heinrich hatte immer Hunger. Intuitiv trat Elfie an die Kücheninsel heran, im Begriff, die Brotscheiben mit Butter zu bestreichen. Doch kurz bevor ihre Hand das Messer berührte, zuckte sie zurück. Wenn sie versuchte, einen Gegenstand anzufassen, dann würde sie bestimmt aufwachen.

Heinrich stand noch immer unbewegt an derselben Stelle und lächelte sie an. In seinem Blick lag die ganze Liebe, die sie in all den Monaten vermisst hatte, seit er fortgegangen war. Seine Uniform stand ihm gut. Doch sie passte nicht zu ihm. Sie passte nicht in dieses Haus, nicht in diese Familie. Hier hatten der Krieg und alles, was damit zu tun hatte, nichts verloren. Am liebsten hätte Elfie ihn gebeten, die Uniform auszuziehen, doch sie wagte nicht zu sprechen, aus Angst, diese Traumszene zu zerstören.

Plötzlich fiel ihr Blick auf seinen linken Ärmel. Er war nicht wie der rechte. Irgendetwas war seltsam an dem Anblick. Elfie legte den Kopf schief, konnte den Fehler aber nicht sofort erfassen. Dann begriff sie, dass dort, wo Heinrichs linker Arm gewesen war, nur ein leerer Ärmel baumelte.

Wo war sein Arm? Wo war seine Hand? War er etwa verwundet worden? Hatte sie diesen Traum, weil er sie warnen wollte? Sie darauf vorbereiten sollte, dass ihrem Mann etwas Furchtbares zugestoßen war?

»Es ist nicht schlimm. Ich habe noch beide Beine. Und ich bin am Leben. Außerdem kann ich jetzt bei euch bleiben.«

Seine Stimme drang zu ihr wie aus einer anderen Welt und doch erkannte sie sie sofort.

»Oh, wenn du nur für immer bleiben könntest«, seufzte Elfie, ängstlich, das Traumbild würde sich nun gleich vor ihr auflösen, weil sie den Zauber mit ihren Worten durchbrochen hatten. Doch das war nicht der Fall. Stattdessen sah sie dabei zu, wie Heinrich um die Kücheninsel herumging und direkt vor ihr stehen blieb. Dann strich er mit seiner rechten Hand zärtlich über ihre Wange und hauchte ihr einen Kuss auf die Stirn.

Die Berührung riss Elfie vollständig aus ihrer Erstarrung. Schnell, als müsse sie das Traumbild festhalten, griff sie nach seiner Hand und umklammerte sie mit ihren kleinen Fingern. Sie fühlte sich warm und weich und fest an, erwiderte ihren Druck. Nun endlich begriff Elfie: Es war kein Traum. Es war die Wirklichkeit. Vor ihr stand ihr Mann, zum ersten Mal seit Monaten. Er war schwer verwundet, doch er war da. Warm, weich und stark. Sie konnte ihn anfassen, konnte ihn fühlen.

Wie eine Blinde tastete sie ungläubig mit den Händen zunächst sein Gesicht ab und legte ihre Hand dann immer wieder auf seinen Oberkörper, als habe sie Angst, dass Heinrich verschwände, wenn sie die Berührung auch nur für eine Sekunde unterbrach. Als endlich zu ihrem Verstand durchgedrungen war, dass dies nicht der Fall war, warf sie sich an seine Brust, umschlang ihn mit beiden Armen und begann fürchterlich zu weinen.

Erst nach vielen Minuten gelang es ihr, sich so weit zu beruhigen, dass ihr Körper nicht mehr von heftigen Schluchzern geschüttelt wurde. Heinrich hatte während der ganzen Zeit einfach nur dagestanden und sie festgehalten.

»Warum hast du denn nicht gesagt, dass du kommst?«, klagte Elfie. »Ich hätte für dich gebacken, gekocht. Wir hätten dich angemessen empfangen.«

»Ich habe doch geschrieben«, wunderte sich Heinrich. »Von meiner Verwundung. Von meinem Aufenthalt im Lazarett. Davon, dass ich bald zu euch zurückkehren könnte. Hast du denn die Briefe nicht bekommen?«

Elfie senkte bedrückt den Kopf und schüttelte ihn leicht. Beschämt dachte sie an all die Briefe, die sie ungeöffnet weggeworfen hatte, weil sie eindeutig aus dem Krieg stammten. Sie hatte nicht wissen wollen, was die Wehrmacht von ihr wollte. Hatte nicht lesen wollen, dass Heinrich eventuell verwundet, vielleicht sogar gefallen war. Die Villa vor dem Eindringen des Krieges zu beschützen, hieß auch, alles fernzuhalten, was mit ihm zu tun hatte. Heinrich würde eines Tages zu ihr zurückkehren – an diese Hoffnung hatte sie sich all die Monate geklammert. Und es war geschehen. Sie hatte recht gehabt. Die ganzen Briefe hätten nur unnötigen Kummer bereitet.

»Du bist hier. Das ist das Einzige, was zählt«, lächelte sie und berührte zum unzähligen Mal seine Wange. Auch wenn ihm nun der linke Arm fehlte, sein Gesicht war vollkommen unversehrt. Er war ein bisschen blass und die Wangen wirkten etwas eingefallen, doch Heinrich war nach wie vor ein schöner Mann und Elfie war sich sicher, dass sie den fehlenden Arm vergessen könnte, wenn sie ihm nur lange genug in sein hübsches Gesicht sah.

»Papa?«

Mit einem Ruck drehte Elfie sich um. In der Küchentür stand Valentina und starrte das innig verschlungene Paar aus weit aufgerissenen Augen an. Dann gab das Mädchen auf einmal einen lauten Jauchzer von sich und rannte auf Heinrich zu. Mit einer Heftigkeit, die sogar den starken Mann kurz ins Wanken brachte, umschlang sie ihn an der Hüfte und klammerte sich fest an ihn.

»Oh Papa, du bist wieder da!«, keuchte die kleine Valentina und begann vor Glück zu weinen.

Ein kleiner Stich der Eifersucht durchbohrte Elfie, als Heinrich sie nun losließ und in die Knie ging, um seinen übriggebliebenen Arm um seine Tochter schlingen zu können.

»Das gibt es nicht!« In der Tür erschien nun auch Hanna, die sich ungläubig die verschlafenen Augen rieb. Im Gegensatz zu Valentina und zuvor Elfie, schien sie die Situation jedoch sofort zu begreifen. Mit festen Schritten ging sie auf Heinrich zu, umarmte ihn kurz und sagte: »Herzlich willkommen zu Hause, Papa. Schön, dass du wieder bei uns bist.«

Heinrich küsste Hanna kurz auf den Kopf, ließ Valentina aber dabei nicht los, was allerdings auch kaum möglich gewesen wäre, denn diese klammerte sich mit aller Kraft an den Arm ihres Vaters.

Wieder spürte Elfie die Eifersucht in sich nagen. Heinrich war ihr Mann. Sie hatte sich die Zeit mit ihm verdient. Was musste Valentina auch hereinplatzen und ihnen diesen besonderen Moment kaputtmachen?

»Geht euch bitte erst einmal anziehen, Mädchen«, sagte sie strenger als beabsichtigt.

»Das werden wir. Komm, Valentina«, forderte Hanna ihre kleine Schwester auf und zog sie energisch am Arm. »Und danach werden wir das Frühstück für uns alle machen«, kündigte Hanna an. »Ihr könnt euch so lange in den Garten oder ins Wohnzimmer zurückziehen. Ihr habt euch bestimmt wahnsinnig viel zu erzählen.«

Elfie warf Hanna einen dankbaren Blick zu. Ja, das war ihre Älteste. Ihre Hanna. Ihr Mädchen. Sie verstand ihre Mutter. Sie war klug, vernünftig und liebenswert. Sie würde den kleinen Wildfang Valentina schon zu bändigen wissen. Zufrieden sah sie dabei zu, wie Hanna Valentina etwas ins Ohr zischte, welche ihren neu gewonnenen Vater noch immer nicht loslassen wollte, und sie anschließend hinter sich her aus der Küche schleifte, obwohl Valentinas Gesichtsausdruck sichtlichen Unwillen demonstrierte. Heinrich lachte.

»Ach, wie habe ich euch alle vermisst. Die Kinder sind so groß geworden. Ich muss unbedingt meinen kleinen Heinz sehen. Wartest du hier auf mich?«

Elfie nickte. Schluckte gegen den Kloß in ihrem Hals an. Natürlich war Heinz ihm wichtiger als sie. Das war er schon immer gewesen. Wäre sie nicht von den Geräuschen wach geworden und zufällig als Erste in die Küche gekommen, dann wäre Heinrich mit Sicherheit zuerst zu Heinz gegangen. Zu diesem kleinen, niedlichen Jungen, der nicht einmal ahnte, dass Heinrich nicht sein Vater war.

Ein plötzlicher Gedanke durchzuckte Elfie und ließ sie heftig zusammenschrecken. Was für ein Glück, dass Heinrich nicht ein paar Stunden früher gekommen war! Nur ein paar Stunden und er hätte gesehen, wie seine Frau die Leiche einer Fremden im Seerosenteich versenkte. Elfie konnte nur hoffen, dass die Befestigung hielt und die Steine, mit denen sie Marias Körper beschwert hatte, schwer genug waren, um die Leiche am Grund des Teiches zu halten. Nicht auszudenken, was passierte, wenn der tote Körper auftauchen und an der Wasseroberfläche treiben würde. Was sollte sie denn dann sagen? Oh Gott! Und nicht auszudenken, was geschehen wäre, wenn Heinrich einen Tag früher gekommen wäre! Dann hätte er Maria sogar noch lebend angetroffen. Und in der Verfassung, in der diese gestern gewesen war, hätte sie es wohl fertiggebracht und Heinrich alles erzählt. Nicht auszudenken!

Mit einem Mal wurde Elfie furchtbar schwindelig. Wankend ließ sie sich auf den kalten Küchenboden fallen und blieb dort sitzen, die Beine weit von sich gestreckt und die Arme seitlich neben ihrem Körper abgestützt, um den Halt wiederzufinden, den sie eben verloren hatte. So fand Heinrich sie vor, als er wenig später die Küche wieder betrat.

»Ist alles in Ordnung?«

Die Besorgnis in seiner Stimme ließ ihr Herz schmelzen. Obwohl sie den Gedanken an Maria noch nicht ganz verdrängen konnte, gelang es ihr, ihrem Mann ein herzliches Lächeln zu schenken. Dieser reichte ihr seinen gesunden Arm und hob sie vom Boden hoch.

»Das war einfach ein bisschen viel für mich«, erklärte Elfie. »Dass du wieder da bist ... ich kann es noch immer nicht glauben. Ach Heinrich, ich bin so glücklich.«

Während sie sich erneut schluchzend an seine Brust warf, hoffte sie, er würde fraglos davon ausgehen, dass ihre heißen Tränen Freudentränen waren.

Nachdem sie ihn schließlich davon überzeugt hatte, dass es sicher angenehmer für alle wäre, wenn er seine Soldatenuniform auszöge, ließ sie Heinrich ein heißes

Bad ein und half ihm zärtlich beim Waschen. Der Stumpf seines Armes erschreckte sie im ersten Moment, als sie ihn so gänzlich unbedeckt sah, doch sie gewöhnte sich schneller an den Anblick, als sie für möglich gehalten hätte. Es war nun einmal so. Heinrich hatte nur noch einen Arm. Na und? Er war am Leben. Ganz im Gegensatz zu Maria.

Schnell schob Elfie den Gedanken an die Tote von sich und bedachte ihren Mann wieder mit einem zärtlichen Blick, den er sichtlich genoss. Wohlig lehnte er sich im heißen Wasser zurück und ließ zu, dass Elfie ihn einfach nur betrachtete.

Währenddessen bereiteten Hanna und Valentina wie versprochen ein üppiges Frühstück zu, das jeden Betrachter komplett hätte vergessen lassen, dass in der Welt außerhalb der Villa Gleißner noch immer Krieg herrschte. Außer Heinrichs fehlendem Arm erinnerte nichts mehr daran, dass die Welt nicht in Ordnung war.

Innerhalb kürzester Zeit hatte er sich perfekt in das Bild der heilen, glücklichen Familie eingefügt und schien es sichtlich zu genießen. »Der Krieg scheint hier so weit weg, als wäre er nur ein Traum«, sagte er nachdenklich, während er Heinz, den er auf seinem Knie balancierte, eine Himbeere in den Mund schob und der Kleine ein genüssliches Schmatzen von sich gab.

»Wie ein Traum«, wiederholte Elfie seine Worte. »Und damit das auch so bleibt, möchte ich hier in meinem Haus nichts davon hören, verstanden?«

Die Tatsache, dass sie ihrem eigenen Ehemann gerade einen Befehl erteilt hatte, überspielte sie mit einem liebenswerten Lächeln, das Heinrich prompt erwiderte.

»Verstanden«, erwiderte er gehorsam und salutierte kurz.

Allein diese Geste war Elfie bereits zuwider, doch sie sah großzügig darüber hinweg. Wenn Heinrich sich erst daran gewöhnt hatte, wieder zu Hause zu sein, dann würde er den Krieg vergessen. So wie sie alle, die hier in der Villa lebten, da war sie sich sicher.

»Worüber redet ihr denn hier normalerweise beim Frühstück, wenn nicht über den Krieg?«, fragte Heinrich interessiert. Dass er dieses scheußliche Wort schon wieder aussprach, machte Elfie deutlich, dass er ihre Anweisung nicht ernst genug genommen hatte.

»Über dies und das«, sagte sie schnell. »Über den Garten, darüber, wer welche Aufgaben am Tag erledigen soll oder was wir am Tage so vorhaben.«

»Oder darüber, wer die Frau war, die gestern hier war, zum Beispiel.« Provozierend sah Valentina ihre Mutter an, die sofort blass wurde.

Elfie blieb für einen Moment die Luft weg und auch Hanna schien wie erstarrt. Der kleine Heinz dagegen stibitzte sich unbeeindruckt eine weitere Himbeere vom Teller des Vaters und Heinrich sah mit fragendem Blick abwechselnd von Valentina zu Elfie.

»Da war gestern eine Frau. Eine wunderschöne. Sie kam einfach in den Garten und hat Heinz gestreichelt. Und dann hat sie mit Mama ganz fürchterlich gestritten.« Valentina schien sich nicht beirren lassen zu wollen.

In diesem Moment hatte Hanna sich wieder gefasst und trat Valentina so fest gegen das Schienbein, dass diese vor Schmerz zusammenzuckte und ihre große Schwester wütend anfunkelte.

»Papa ist seit Monaten das erst Mal wieder hier«, zischte Hanna zu Valentina. »Sicherlich gibt es Wichtigeres zu besprechen als diese dämliche Frau.«

»Von welcher Frau sprecht ihr denn bloß?« Heinrich wirkte aufrichtig verwirrt, aber selbst Elfie begriff, dass er nun nicht mehr locker lassen würde, bis er wusste, was hier vor sich ging.

»Ach, gestern tauchte hier plötzlich eine fremde Frau auf«, erklärte sie in einem möglichst belanglosen Tonfall. »Eine Bettlerin. Sie wollte, dass wir ihr Essen mitgeben.«

»Für eine Bettlerin sah sie aber ziemlich hübsch aus«, stichelte Valentina.

»Du hast doch überhaupt keine Ahnung, wie Bettlerinnen aussehen«, zischte Hanna wütend, doch ihre Schwester sah sie nur mit trotzigem Gesicht an.

»Ich hatte eher den Eindruck, dass sie und Mama sich kennen«, ließ Valentina patzig die Bombe platzen. »Und ich glaube, dass Mama lügt.« Dabei wies sie mit dem Finger anklagend auf Elfie, der einen Moment lang fast das Herz stehen blieb. Es war Hanna, die schneller reagierte als die Mutter.

»Valentina«, sagte sie streng. »Du gehst jetzt sofort auf dein Zimmer und denkst über dein Verhalten nach. Papa kommt gerade nach Monaten zurück aus dem ...«, sie hielt erschrocken inne, wusste, dass sie das Wort Krieg nicht aussprechen durfte und verbesserte sich dann schnell, »... er ist endlich wieder hier. Und du hast nichts Besseres zu tun, als irgendwelche dummen Geschichten zu erzählen und frech zu sein. Das ist unerhört. Geh hinauf und denk darüber nach, was du getan hast. Und wenn du wieder zu dir gekommen bist, dann entschuldigst du dich.«

Überrascht sah Heinrich seine älteste Tochter an, die in ihrer Strenge wirkte, als sei sie die wahre Mutter der trotzigen Valentina.

»Du hast mir überhaupt nichts zu sagen! Außerdem habe ich die eigentliche Geschichte ja noch gar nicht erzählt«, schrie diese prompt. Doch nun hatte auch Elfie sich wieder gefasst.

»Hanna hat recht«, rief sie wütend. »Sofort ab auf dein Zimmer, Valentina, und wage es nicht, wieder herunterzukommen, bevor du nicht bereit bist, dich zu entschuldigen.«

Valentina warf einen Hilfe suchenden Blick zu Heinrich, doch dieser nickte nur. Zwar liebte er seine Zweitgeborene als einzige von seinen Töchtern wirklich, doch um sich so kurz nach seiner Rückkehr in die Erziehung der Kinder einzumischen, war es schlichtweg noch zu früh. Außerdem wollte er die Idylle dieses wunderbaren ersten gemeinsamen Frühstücks nicht weiter gefährden, an das sie sich für immer erinnern würden.

Er nickte Valentina erneut kurz zu, um die Anweisung von Hanna und ihrer Mutter zu bestätigen, woraufhin die kleine Valentina endlich trotzig von ihrem Stuhl sprang und geräuschvoll die Treppe hinauftrampelte. In ihrem Zimmer angekommen knallte sie die Tür so fest zu, dass alle am Tisch zusammenzuckten.

»Ich weiß nicht, was ich mit diesem Kind noch machen soll«, klagte Elfie und hob hilflos die Arme. »Sie hat ein solches Temperament, das ist wirklich schwer zu bändigen.«

»Sie kommt eben nach ihrem Vater«, lachte Heinrich, den die ganze Situation zu Hannas Erleichterung eher zu amüsieren als zu erschrecken schien. »Wer war denn nun diese ominöse Frau, die Valentina so beschäftigt?«

»Wie gesagt, nur eine Bettlerin«, erklärte Elfie mit einem schiefen Lächeln. »Sie wollte, dass ich sie mit Lebensmitteln versorge. Sie war sehr dreist in ihren Forderungen. Und als ich ihr gesagt habe, dass ich das nicht tun würde, ist sie wutentbrannt wieder gegangen. Ich denke, wir haben von dieser Frau nichts weiter zu befürchten.«

Die Wortwahl ihrer Mutter irritierte Hanna, doch sie ging bewusst nicht darauf ein. Warum dachte ihre Mutter, dass sie von einer Bettlerin etwas zu befürchten haben könnten? Hanna kannte Bettler von ihrem Schulweg. Sie saßen meist am Straßenrand: arme, bedauernswerte Menschen, die um ihr Leben bangten und sich von Tag zu Tag hungerten. Ausgemergelt und schmutzig waren die meisten. Diese Frau hingegen hatte sauber und gepflegt gewirkt. Hanna zwang ihre Konzentration auf das Essen, nahm sich einen Apfel und biss herzhaft hinein. Sie würde später noch einmal mit Valentina sprechen müssen. Ihre Mutter hatte offenbar nicht die Kraft dazu.

2019

Emilia

»So, dieses Mal sind wir aber perfekt ausgerüstet«, freute sich Emilia, als sie die große Kühlbox öffnete und den Inhalt derselben im Gras verteilte. Als Sandra erfahren hatte, dass Emilia und Tom gerade dabei waren, vielleicht ein Paar zu werden und den Nachmittag noch dazu im Garten der Villa Gleißner verbringen wollten, der dem Hörensagen nach der romantischste in ganz Edelsbrunn war, war sie nicht mehr zu halten gewesen. In Windeseile war sie in der Küche verschwunden und hatte Emilia und Tom das Versprechen abgenommen, auf gar keinen Fall loszugehen, bevor sie wieder zurück wäre. Eine geschlagene Dreiviertelstunde hatte Sandra in der Küche herumhantiert und Tom hatte nicht nur einmal nachgefragt, wie lange es noch dauern würde, denn er brannte genauso sehr darauf wie Emilia, zu erfahren, wie die Geschichte von Hanna und Valentina Gleißner weiterging. Sandra hatte ihn jedoch immer wieder vertröstet. Erst als er schließlich gedroht hatte, sie würden jetzt trotz ihres Versprechens aufbrechen, wenn sie nicht sofort aus der Küche käme und ihnen verriet, was sie darin trieb, war diese wieder erschienen. Sie hatte eine große Kühlbox auf den Tresen gestellt und ein breites Grinsen dazu spendiert, das Tom in dem Augenblick nicht so genau zu deuten vermocht hatte. Dennoch hatte er sich gemeinsam mit Emilia für die Fürsorge bedankt und dann waren sie endlich in Richtung Villa aufgebrochen.

Als Emilia die üppig gefüllte Kühlbox nun auspackte, wurde ihnen auch klar, warum Sandra so lange gebraucht hatte, um den Inhalt zusammenzustellen. Neben kleinen Häppchen, die liebevoll auf Zahnstochern aufgespießt waren, kamen belegte Brote, eine Flasche Sekt, eine Flasche Wein, mehrere Gläser und Teller zum Vorschein. Außerdem verschiedene Mini-Gerichte, die in kleinen Plastikdöschen verstaut waren.

»Sandra scheint ja sehr daran zu liegen, dass wir einen schönen Nachmittag haben«, lachte Emilia, während sie die Köstlichkeiten betrachtete.

Tom grinste etwas verlegen. »Na ja. Sie hat meine letzte Freundin nicht besonders gemocht. Als die Beziehung nach drei Jahren dann schließlich zerbrochen ist, hat sie sich, glaube ich, irgendwie schuldig gefühlt. Obwohl sie natürlich nicht den geringsten Anteil an unserem Scheitern hatte. Aber irgendwie hat sie sich in den Kopf gesetzt, mich mit einer Frau zu verkuppeln, die besser zu mir passen würde. Dass ihr das weitere drei Jahre lang bisher nicht gelungen ist, scheint sie in die Verzweiflung getrieben zu haben.«

»Woran ist denn deine letzte Beziehung zerbrochen?«, fragte Emilia möglichst unbefangen, obwohl sie allein beim Gedanken daran, dass Tom mal eine andere Frau geliebt hatte, einen kleinen Stich im Herzen spürte. Vollkommen ungerechtfertigt natürlich, denn es ging sie überhaupt nichts an, mit wem Tom vor drei Jahren in seiner Beziehung gescheitert war. Die Frage war ihr sofort ein klein wenig peinlich, doch glücklicherweise schien sich er keineswegs an ihrer Neugierde zu stören.

»Nun«, schmunzelte er. »Um es in deinen Worten zu sagen: Wir haben einfach nicht zueinander gepasst. Und dann kam der Tag, an dem mir klar geworden ist, dass es besser ist, die Sache zu beenden. Ich bin zwar nicht vor dem Traualtar geflohen, aber es war ein klarer Abgang, ohne Aussicht auf Rückkehr.«

Emilia wollte nicht, dass Tom litt. Wirklich nicht. Aber die Worte beruhigten sie irgendwie. Es war gut zu wissen, dass die Sache, die vor ihr gelaufen war, unwiderruflich beendet war.

»Willst du ein Glas Sekt?«, fragte sie, um deutlich zu machen, dass ihr seine Antwort vollkommen genügte und sie dieses Thema auch keineswegs weiter vertiefen wollte.

Tom überlegte. »Mir ist eigentlich noch nicht nach Feiern zumute«, gestand er dann. Aber zu einem Glas Wein würde ich nicht Nein sagen.«

Wenig später saßen sie im Gras nebeneinander, hatten die Flasche geöffnet, angestoßen und jeder einen Schluck getrunken. Dann stellte Emilia ihr Glas möglichst weit weg und griff nach dem alten Tagebuch.

»Ich möchte auf keinen Fall, dass Wein auf die Seiten kommt«, erklärte sie. Dann sah sie Tom an. Dieser beantwortete ihre unausgesprochene Frage mit einem bestimmten Nicken und Emilia schlug das Tagebuch erneut auf. Während Tom seinen Blick über die glatte Wasseroberfläche des Seerosenteiches wandern ließ, begann Emilia zu lesen.

Liebes Tagebuch,

ich bin so schrecklich sauer auf Valentina. Weißt du, was sie gemacht hat? Sie hat überhaupt nicht ihren Mund gehalten, wie ich es ihr gesagt habe. Nein, im Gegenteil! Sie hat Mama doch tatsächlich auf die fremde Frau angesprochen! Am Frühstückstisch! Vor Papa! Kannst du dir das vorstellen? Oh, das weißt du ja noch gar nicht. Papa ist aus dem Krieg zurückgekommen. Heute Morgen. Ganz arg früh und ganz überraschend. Nicht einmal Mama hat gewusst, dass er wiederkommt. Es geht ihm gut. Zum Glück. Da hat Gott doch auf mich gehört, als ich immer und immer wieder gebetet habe, er solle Papa beschützen. Er ist verletzt. Papa, nicht der liebe Gott natürlich. Der linke Arm fehlt ihm vom Ellenbogen bis zur Hand. Aber das ist nicht so schlimm. Man kann es auch nicht wirklich sehen, weil sein Hemd einen langen Ärmel hat, den er einfach so leer herumbaumeln lässt. Und er scheint keine Schmerzen zu haben, das ist doch das Wichtigste, oder? Aber eigentlich wollte ich nicht von Papa schreiben, sondern von Valentina, diesem kleinen Biest. Weißt du, was sie gemacht hat? Sie hat mich hier im Zimmer eingeschlossen. Ja, du hörst richtig, sie hat mich einfach hier eingeschlossen! Ich glaube, jetzt ist sie richtig übergeschnappt. Wie ich dir ja schon geschrieben habe, hat sie heute Morgen beim Frühstück Mama nach der Frau gefragt, Mama ist ganz blass geworden. Ich glaube, sie wollte nicht, dass Papa an seinem ersten Tag direkt mit Problemen belastet wird. Und dass die komische Frau Probleme machen wollte, muss ja so gewesen sein, sonst hätte uns Mama nicht auf unser Zimmer geschickt und schon gar nicht hätte sie uns erlaubt, sogar den Kuchen mitzunehmen.

Nach dem Frühstück hat Papa beschlossen, mit Lea und Heinz einen Spaziergang durch den Ort zu machen. Ich habe Mama erst mit dem Aufräumen geholfen, aber dann wollte sie sich auf dem Sofa ein bisschen hinlegen. Ich glaube, der Streit mit Valentina hat sie ziemlich müde gemacht, was mich noch mehr sauer gemacht hat. Valentina weiß genau, das Mama nicht so stark ist, wie sie selbst immer glaubt. Und ich habe Valentina oft genug gesagt, dass sie da einfach ein bisschen Rücksicht nehmen muss. So auch vorhin, als ich dann nach oben gegangen bin und sie schmollend in ihrem Zimmer gefunden habe. Sie hat mich eine dumme Ziege und eine rechthaberische Kuh genannt, als ich sie gefragt habe, was das beim Frühstück sollte. Ganz schön frech, aber Valentina ist wirklich manchmal unmöglich. Ich habe versucht, normal mit ihr zu reden. Habe ihr gesagt, dass sie die Geschichte mit der fremden Frau vergessen soll. Auch wenn sie selbst davon überzeugt ist, dass es stimmt. Ich habe versucht, ihr klarzumachen, dass sie sich die ganze Geschichte nur einbildet. Dass die fremde Frau vermutlich wirklich nur Essen haben wollte und dann wieder gegangen ist, als Mama sie fortgeschickt hat. Aber Valentina hat mich ausgelacht und gesagt, ich sei ja so was von dumm und ich hätte überhaupt keine Ahnung, was eigentlich los ist. Mama sei eine Mörderin und das habe sie mit eigenen Augen gesehen. Und ich würde schon noch sehen, was ich davon hätte, wenn ich mich gegen sie stelle. Es fühlt sich ganz schön komisch an, wenn die kleine Schwester einen so anschaut, das kann ich dir sagen. Ich habe dann versucht, noch mal ganz ruhig auf sie einzureden und sie in den Arm zu nehmen, aber sie hat mich von sich gestoßen und mit Sachen nach mir geworfen. Ich war total entsetzt. So habe ich sie noch nie gesehen. Valentina ist schon manchmal frech, aber dass sie so ausrastet, habe ich noch nie erlebt.

Ich bin in mein Bett geflüchtet und habe mich unter der Bettdecke versteckt, damit mich die harten Sachen, die sie nach mir geworfen hat, nicht treffen. Und auf einmal war es still. Dann habe ich nur noch ein Klicken gehört. Als ich unter der Bettdecke hervorgeschaut habe, war das Zimmer leer.

Valentina ist verschwunden. Ich habe keine Ahnung, wo sie hin ist und was sie vorhat. Ich weiß nur, dass sie die Tür von außen abgeschlossen hat. Diese blöde Kuh hat mich eingesperrt! Ich kann es immer noch nicht glauben. Das werde ich ihr heimzahlen. Und vor allem werde ich es Papa sagen, wenn er heimkommt. Er mag Valentina zwar lieber als mich, aber so was kann selbst er nicht erlauben, da bin ich mir sicher.

Oh, ich höre Stimmen. Ich glaube, Valentina ist im Wohnzimmer. Wenn ich mein Ohr ganz fest auf den Boden presse, kann ich bestimmt hören, was sie da macht. Ich schreibe dir später wieder. Bis dann.

Oh Gott! Oh Gott, oh Gott, oh Gott! Ich weiß gar nicht, wie ich das schreiben soll, was gerade im Wohnzimmer passiert ist. Ich hatte recht. Durch den Fußboden kann man hier im Kinderzimmer alles hören, was da unten vor sich geht. Obwohl mir gerade lieber wäre, ich hätte es nicht gehört. Ich bin ganz durcheinander. Und trotzdem habe ich den Stift in meiner Hand und muss einfach schreiben. Meine Hand zittert, aber ich kann nicht anders. Oh Gott, es ist so schrecklich!

Erst war alles gar nicht so schlimm. Ich habe durch den Fußboden gehört, wie Valentina Mama wieder nach der Frau gefragt hat. Mama hat wieder nur gesagt, dass es eine Bettlerin war und Valentina endlich aufhören soll, von dieser Person zu sprechen. Und da ist Valentina völlig ausgerastet. Sie hat Mama angeschrien, dass sie genau gehört hat, wie Mama die fremde Frau Maria genannt hat. Und dass sie genau gehört hat, dass die Frau gesagt hat, dass sie ihr Kind zurück will. Und außerdem, dass die fremde Frau behauptet hat, dass sie das Kind von Mama hätte, das Edith heißt und bei ihrer Schwester ist. Valentina hat Mama angebrüllt, warum sie unsere Schwester an diese Frau verkauft hat. Und dass sie alles Papa erzählen wird, wenn er wieder heimkommt. Mama hat eine ganze Weile lang überhaupt nichts gesagt, aber auf einmal hat sie auch angefangen zu schreien. Sie hat Valentina angeschrien, dass sie ihren Mund halten soll und dass sie ja nichts Papa erzählen soll. Da hat Valentina noch mehr gebrüllt. Von einer Mörderin lasse sie sich überhaupt nichts sagen, hat sie geschrien. Dann habe ich ein lautes Klatschen gehört. Ich bin mir ziemlich sicher, dass Mama Valentina eine Ohrfeige gegeben hat. Für einen kurzen Moment war es ganz still und ich habe richtig Angst bekommen. Denn die Stille war noch viel unheimlicher als das Schreien. Aber dann habe ich Mamas Stimme wieder gehört. Sie hat zu Valentina gesagt, dass sie Papa auf keinen Fall etwas erzählen darf. Und dass Papa ihr diese Geschichten sowieso nicht glauben würde. Dass er dann genau wisse, dass seine Tochter eine Lügnerin sei und sie nie wieder lieb haben würde. Aber Valentina hat sich davon gar nicht beeindrucken lassen, sondern Mama wieder angebrüllt, dass sie die Lügnerin sei und dass Papa Mama nie wieder lieben würde, wenn Valentina ihm alles sagen würde. Und außerdem müsse Papa ihr glauben. Spätestens, wenn sie die Leiche dieser Maria aus dem Seerosenteich ziehen würden. Dann war es auf einmal wieder ganz still. Und dann habe ich plötzlich einen lauten Schrei gehört. Ich war mir nicht sicher, ob es die Stimme von Valentina oder von Mama war. Ich hatte keine Ahnung, wer von beiden geschrien hat, weil sich dieser Schrei so furchtbar angehört hat. Und dann habe ich wieder Valentina gehört. Sie hat gebrüllt wie am Spieß und immer wieder geschrien: »Warum hast du das gemacht, Mama? Warum hast du das gemacht?« Mama habe ich nicht mehr gehört. Ich hatte solche Angst, dass Valentina Mama irgendetwas getan hat. So fest wie ich nur konnte, habe ich mein Ohr auf den Boden gepresst, aber ich habe nichts mehr gehört, außer ein ganz verzweifeltes Weinen von Valentina. Und diesmal war ich mir absolut sicher, dass es ihr Weinen war, weil sie so immer heult, wenn sie auf ihr Zimmer geschickt wird, weil sie mal wieder etwas angestellt hat. Mein Ohr hat schon angefangen wehzutun, so fest habe ich es auf den Boden gedrückt, aber Mamas Stimme konnte ich nicht mehr hören. Nur Valentinas Heulen. Aber auch das wurde immer leiser. Und dann war es still. Vollkommen still. Es war die stillste und schrecklichste und unheimlichste Stille, die ich je gehört habe.

In meinem Kopf habe ich die schlimmsten Bilder gesehen. Ich habe mir einfach ausgedacht, was alles passiert sein könnte. Ich konnte gar nichts dagegen machen. Eine ganze Zeit verging. Ich habe keine Ahnung, ob es nur ein paar Minuten waren oder vielleicht sogar Stunden. Es blieb still und ich blieb einfach auf dem Boden liegen und versuchte, irgendetwas zu hören, aber da war nichts. Absolut nichts.

Dann bin ich endlich aufgestanden. In diesem Moment ist mir klar geworden, dass ich unbedingt aus diesem Zimmer raus muss. Also habe ich mit den Fäusten an die Tür gehämmert und geschrien, dass mich bitte jemand hören und rauslassen soll. Es dauerte eine ganze Weile, aber endlich habe ich Schritte gehört. Dann wurde der Schlüssel herumgedreht. Gerade wollte ich Valentina schon anschreien, was sie getan hätte, da öffnete sich die Tür und Mama stand vor mir. Sie war ganz blass und ihre Augen waren irgendwie komisch. Ich wusste sofort, dass etwas nicht stimmt.

»Valentina hat mich hier eingesperrt«, habe ich sofort gepetzt.

Da hat Mama den Kopf schief gelegt, so, als müsse sie ganz fest über etwas nachdenken. Und dann hat sie gesagt: »Valentina ist verrückt geworden.«

Ihre Worte sind mir tief in mein Herz gefahren, denn ich habe ja selbst schon vermutet, dass sie verrückt geworden ist. Aber ich hatte gehofft, dass wir das verheimlichen können. Dumme Valentina, habe ich bei mir gedacht, wofür ich mich jetzt schäme. Wie für alles, was ich je zu ihr gesagt oder ihr getan habe. Denn ich werde nie mehr die Möglichkeit haben, mich bei ihr zu entschuldigen. Valentina ist tot. Sie kommt nie wieder.

»Wo ist Valentina denn jetzt?«, habe ich Mama wieder gefragt, aber sie hat einfach gar nichts gesagt. Ist stumm und irgendwie steif die Treppe wieder hinuntergelaufen und hat mich gar nicht richtig angesehen. Ich bin ihr dann hinterhergelaufen. Und dann sind wir ins Wohnzimmer gekommen. Diesen Anblick werde ich niemals wieder vergessen, so lange ich lebe. Auf dem Boden lag Valentina. Meine Valentina. Meine geliebte Schwester. Sie sah ganz blass und winzig aus, wie sie da so auf dem Boden lag. Um sie herum war schon ganz viel Blut, aber das wurde immer mehr. Ich habe zuerst überhaupt nicht kapiert, woher das ganze Blut kommt, bis ich gesehen habe, dass es aus ihren Handgelenken kommt. Ich bin zum Tisch gelaufen, der schon für das Mittagessen gedeckt war und habe mir zwei Servietten genommen. Ich weiß nicht einmal, warum ich das gemacht habe, aber ich habe die einfach so fest ich konnte auf Valentinas Handgelenke gepresst. Ich habe sie angeschrien, dass sie aufwachen soll. Dass sie nicht sterben darf. Aber jetzt, wo ich wieder in meinem Zimmer sitze und schreibe, ist mir klar, dass das alles umsonst war. Dass sie schon längst tot war, als ich in das Wohnzimmer gekommen bin. Mama hat die ganze Zeit nur neben uns gestanden und auf Valentina gestarrt. Ich habe keine Ahnung, was in ihr vorgegangen ist. Sie hat mir nicht einmal geholfen. Als ich schließlich verstanden habe, dass Valentina nicht mehr aufwacht, habe ich eine ganze Weile neben ihr gesessen und geweint. Irgendwann sind keine Tränen mehr gekommen. Da hab ich Mama angesehen. Ich habe mich nicht getraut zu fragen, was passiert ist. Ich wollte die Antwort gar nicht hören.

»Sie ist verrückt geworden«, hat Mama plötzlich gesagt.
»Sie hat das Messer genommen und sich die Pulsadern
aufgeschnitten. Ich konnte nichts dagegen machen.«
Ich habe genickt, damit Mama denkt, ich glaube ihr.
Dann bin ich zu ihr gegangen und habe sie fest um-
armt. Sie hat mich an sich gedrückt und mich auf den
Kopf geküsst.
»Du bist mein gutes Mädchen«, hat sie leise gesagt.
Dann nichts mehr.
»Was machen wir denn jetzt?«, habe ich dann gefragt.
Mama hat mich angeschaut, als ob sie nicht verstehen
würde, was ich gesagt habe. Aber dann hat sie mit den
Schultern gezuckt und gesagt: »Wir warten, bis Papa
nach Hause kommt. Geh solange auf dein Zimmer.«
Ich habe gehorcht. Weil ich immer gehorche. Weil ich
das brave Mädchen bin. Und jetzt sitze ich in meinem
Zimmer und kann noch gar nicht fassen, dass das alles
gerade passiert ist. Vor allem, weil es nicht stimmen
kann. Es kann ja gar nicht stimmen, dass Valentina
sich die Pulsadern aufgeschnitten hat. So etwas Dummes würde sie überhaupt niemals machen. Außerdem
heult sie ja schon, wenn sie hinfällt und einen kleinen
Kratzer bekommt.
»Mama, warum hast du das getan?« Das war Valentinas
Frage, die ich durch den Boden gehört habe. Sie dröhnt
in meinem Kopf. Immer und immer wieder. Nicht Valentina war es. Mama hat es getan. Ich bin mir ganz sicher. Das große Messer lag ja auf dem Tisch, als wir ins
Wohnzimmer kamen. Genau in der Mitte. Valentina ist
viel zu klein. Sie hätte es nicht dort hinlegen können.
Mama hat ihr die Pulsadern aufgeschnitten. Weil Valentina gedroht hat, sie zu verraten. Weil Mama unsere

Schwester weggegeben hat. Weil sie eine Frau umgebracht hat, die nun tot in unserem Seerosenteich liegt. Weil alles wahr ist, was Valentina gesagt hat. Und ich habe ihr nicht geglaubt. Ich bin die furchtbarste Schwester der Welt. Ich habe den Tod verdient, nicht Valentina. Ich hätte sie beschützen müssen.

Ich weiß nicht, was ich machen soll. Papa wird bald nach Hause kommen. Sicherlich wird er wissen, was zu tun ist. Aber er darf nichts von alledem erfahren. Er darf es niemals wissen. Dass Mama eine Mörderin ist. Dass unsere Schwester weg ist. Ich könnte es Papa sagen, aber er würde mir nicht glauben. Genauso wenig, wie ich Valentina geglaubt habe. Und Mama würde mich umbringen. Genau so, wie sie Valentina umgebracht hat. Ich darf nichts sagen. Ich kann nichts sagen, wenn ich am Leben bleiben will. Hoffentlich ahnt Mama nichts davon, dass ich etwas weiß. Hoffentlich glaubt sie, dass ich keine Ahnung habe von alledem, was Valentina ihr an den Kopf geworfen hat. Ich habe schreckliche Angst. Ich will nicht sterben. Ich muss schweigen. Und ich darf mir nichts anmerken lassen. Nie. Ich bin die brave Tochter. Ich weiß nichts. Und doch weiß ich alles. Oh, liebes Tagebuch, es zerreißt mich. Aber was kann ich tun? Sag, was kann ich nur tun?

Papa kommt. Ich muss dich verstecken.

Deine Hanna

Emilia ließ das Tagebuch geöffnet wie es war auf ihren Schoß sinken und sah Tom an. Sie hatte nicht bemerkt, dass sie während des Lesens zu weinen begonnen hatte. Damit hatte sie nicht gerechnet. Sie war darauf eingestellt gewesen, dass das Tagebuch ein Zeitdokument war. Dass es die Gräuel des Krieges aus der Sicht eines Kindes beschreiben würde. Das allein wäre schlimm genug gewesen. Doch was sie eben gelesen hatte, war so grausam, dass ihr schlichtweg die Worte fehlten. Hanna Gleißner tat ihr unglaublich leid. Es war die Ausdrucksweise eines Kindes, in der die Aufzeichnungen formuliert waren und doch hatte Emilia den Eindruck, dass Hanna schon viel erwachsener war, als sie es hätte sein dürfen.

Als sie Toms Blick traf, sah sie, dass auch er sehr ergriffen wirkte. Schließlich nahm er sein Weinglas und trank einen tiefen Schluck. Dann sah er Emilia direkt in die Augen.

»Wir müssen die Polizei informieren«, sagte er vollkommen ruhig.

Mit allem hätte Emilia in diesem Moment gerechnet, aber damit nicht. Irritiert sah sie ihn an. War Tom emotional so sehr in die Erzählung eingetaucht, dass er ernsthaft glaubte, die Polizei könnte hier noch irgendetwas ausrichten?

»Die Polizei kann weder Hanna oder Valentina retten noch Elfie Gleißner festnehmen«, sagte sie leise.

Tom schüttelte energisch den Kopf. »Nein, natürlich nicht. Aber sie müssen eventuell eine Leiche bergen, die auf dem Grund dieses Teiches liegt.« Er deutete mit einer leichten Kopfbewegung in Richtung der spiegelglatten Wasseroberfläche.

Emilia sprang ruckartig auf.

»Oh Gott, glaubst du, dass da unten eine Leiche liegt?«, fragte sie mit einer Mischung aus Ekel und Panik. Allein die Vorstellung ließ ihr vor Entsetzen die Haare zu

Berge stehen. Sie hatte emotional so sehr mit Hanna mitgefühlt, dass sie vollkommen übersehen hatte, dass deren Geschichte aus der Vergangenheit reale Überschneidungspunkte mit der Gegenwart hatte. Zwar lebten Hanna und ihre Familie nicht mehr, doch es gab noch immer die Villa. Und es gab noch immer den Seerosenteich, in welchem laut Hannas Aufzeichnungen eine Leiche lag.

Nun erhob sich auch Tom aus dem Gras und trat neben Emilia. Zärtlich umarmte er sie und sah ihr tief in die Augen. »Wenn es stimmt, was Hanna geschrieben hat, dann liegt in diesem Teich die Leiche dieser fremden Frau.«

»Maria.«

»Genau. Und ich finde, dann sollten wir die Polizei informieren.«

»Du hast recht, Tom, du hast vollkommen recht.«

Emilia atmete hörbar aus und schüttelte sich kurz, als käme sie erst jetzt wieder richtig zu sich. Hannas Worte hatten sie so tief in die Vergangenheit eintauchen lassen, dass es ihr für einen Moment schwergefallen war, zu verstehen, dass all diese Grausamkeiten, so schlimm sie auch waren, der Vergangenheit angehörten und keine aktuelle Bedrohung mehr darstellten. Weder für sie selbst noch für das kleine Mädchen, das Hanna zu diesem Zeitpunkt noch gewesen war.

Sie atmete tief durch und schloss für einen Moment die Augen. Dann nahm sie ihr Handy aus der Hosentasche und wählte.

Matthias Plaschke nahm sofort ab. So knapp sie konnte, schilderte Emilia den Fund des Tagebuches und gestand auch ehrlich die Tatsache, dass sie gemeinsam mit Tom an diesem Nachmittag darin gelesen hatte, anstatt sich um das Exposé zu kümmern. Mit den Konsequenzen müsste sie dann eben zurechtkommen. Die Wahrheit hatte in diesem Fall Vorrang.

Herr Plaschke dachte zuerst, sie mache einen seltsam morbiden Scherz, aber als er schließlich verstand, dass sie es absolut ernst meinte, versicherte er, sofort zur Villa Gleißner zu kommen. Direkt im Anschluss informierte Emilia die Polizei. Auch diese schien zunächst an ihren Worten zu zweifeln, was sie ihr nicht einmal verübeln konnte. Zu unglaublich war es nahezu, dass eine Frau eine Leiche im Teich eines Gartens meldete, die dort angeblich schon mehrere Jahrzehnte liegen sollte. Es kostete Emilia einiges an Überredungskunst, die Beamten davon zu überzeugen, dass sie nicht hundertprozentig wisse, ob tatsächlich eine Leiche im See läge, dass sie aber hinreichende Anhaltspunkte dafür habe, dass es so sei. Der Beamte war schließlich so verunsichert, dass er zusagte, sofort Verstärkung anzufordern und so bald wie möglich zu kommen.

Nicht einmal eine Stunde später standen Tom, Emilia und Herr Plaschke schweigend nebeneinander und beobachteten mit klopfenden Herzen, wie Polizeitaucher den Seerosenteich untersuchten und schon wenige Minuten später tatsächlich etwas zu finden schienen. Als sie das Skelett auf einer Bahre aus dem Teich zogen, wandte sich Emilia ab und presste ihr Gesicht an Toms Brust. Ein kurzer Blick hatte genügt. Sie war sich sicher, dass sie diesen Anblick niemals vergessen würde.

»Ihnen ist schon klar, dass dieser Vorfall den Wert des Anwesens erheblich senkt«, murmelte Plaschke in Emilias Richtung, doch er schien sich dessen bewusst zu sein, dass sie weder etwas dafür konnte noch dass dies der richtige Zeitpunkt war, um über Geldfragen nachzudenken.

Dennoch sah ihn Emilia ernst an. »Ich weiß«, murmelte sie. »Aber wenn wir gerade dabei sind, habe ich vermutlich noch eine schlechte Nachricht.«

Erschrocken sah Plaschke sie an. »Erzählen Sie mir jetzt bitte nicht, dass auf dem Grundstück noch mehr Leichen verscharrt sind«, bat er ungläubig.

»Nein, das nicht«, wiegelte Emilia schnell ab. »Aber wir haben Grund zu der Annahme, dass im Haus ein Mord stattgefunden hat.«

»Genauer gesagt sogar im Wohnzimmer«, ergänzte Tom.

»Das ist jetzt bitte nicht Ihr Ernst, Emilia.«

»Doch, leider schon. Wir haben das Tagebuch von Hanna Gleißner gefunden. Darin beschreibt sie, wie sie gehört hat, dass ihre Mutter ihre kleine Schwester im Wohnzimmer umgebracht hat.«

»Was?« Das Entsetzen war Plaschke deutlich ins Gesicht geschrieben, doch Emilia war sich sicher, dass dieses nicht nur daher rührte, dass der Mord den Wert der Villa weiter sinken ließ. Sie nickte.

»Letztendlich wird sich das wohl nie vollständig aufklären lassen, aber Hannas Anschuldigungen sind eindeutig.«

»Oh Gott, das ist eine Katastrophe!«, rief Plaschke so laut, dass die Polizisten, die das Skelett eben in einen Sarg aus Metall legten, ihn mitleidig ansahen, in der Annahme, sein Ausruf gelte der Toten aus dem Teich. »Können wir das vielleicht irgendwie vertuschen?« Diese Worte hatte er deutlich leiser ausgesprochen.

»Können vielleicht, aber das halte ich ehrlich gesagt nicht für angemessen«, erklärte Emilia etwas angesäuert. Dass Plaschke sich angesichts dieser menschlichen Tragödie Sorgen um seinen Profit machte, ließ sie wütend werden.

Dieser überlegte einen Moment. »Und haben Sie dann inzwischen wenigstens das Geld gefunden?«

Emilia schüttelte den Kopf. Abgesehen davon, dass sie noch immer nicht richtig nach Geld gesucht hatte, konnte sie sich ebenfalls noch immer nicht vorstellen, dass die Gleißners tatsächlich Kinder an die Nazis verkauft hatten. Wobei sie zugeben musste, dass diese Vermutung mit jeder Seite, die sie aus Hannas Tagebuch lasen, immer wahrscheinlicher wurde.

»Ich habe keine Ahnung, was in diesem Haus alles vor sich gegangen ist. Aber ich bin mir sicher, wir können es herausfinden«, erklärte sie dann vorsichtig. Schließlich war es nicht ihre Aufgabe, Detektiv zu spielen, sondern das Haus zu verkaufen. Das wusste sie genauso gut wie ihr Chef. Daher fügte sie schnell noch hinzu: »Ich weiß, dass ich das Haus eigentlich schnellstmöglich verkaufen soll, aber ich glaube, dass dies sehr viel besser gelingen kann, wenn wir den Verkäufern eine lückenlose Geschichte der Vorbesitzer erzählen können, meinen Sie nicht? Das ist doch allemal besser, als wenn die Käufer lediglich die Gerüchte aus dem Dorf kennen. Und wer weiß: Vielleicht stoßen wir wirklich noch auf Details, die beweisen, dass die Gleißners eine größere Rolle im Dritten Reich gespielt haben. So makaber das auch sein mag, wissen wir doch beide, dass es Menschen gibt, die sich gerade für Häuser interessieren, die eine historische Vergangenheit haben. Denken

Sie nur an die Häuser von Politikern, Schriftstellern oder sogar Verbrechern. Wenn jemand Berühmtes etwas mit der Villa zu tun hatte, sei es im Guten oder im Schlechten, dann macht es sie direkt zu etwas Besonderem. Und mit dem Besitz von etwas Exponiertem, historisch Wertvollem, brüstet sich doch insbesondere die reichere Klientel sehr gerne. Noch dazu, wenn es sich dabei um etwas so Hübsches wie die Villa Gleißner handelt, meinen Sie nicht?«

»Sie sind gut. Sie sind wirklich gut.« Plaschke lächelte anerkennend. »Also gut, Sie haben meine volle Rückendeckung. Recherchieren und schnüffeln Sie so viel Sie wollen. Je mehr Sie über diese Familie und ihre Rolle im Dritten Reich herausfinden, umso besser. Aber halten Sie mich über alle Schritte auf dem Laufenden. Und vergessen Sie über all der Schnüffelei nicht, dass es am Ende immer noch darum geht, dieses Anwesen gewinnbringend zu verkaufen.

Emilia nickte – dankbar, dass sie nun ganz offiziell die Erlaubnis hatte, tiefer in die Geschichte der Familie einzutauchen. Denn eines wusste sie ganz gewiss: Wenn sie nicht alles daransetzte, das Geheimnis der Gleißners aufzudecken, dann würde sie nie wieder Ruhe finden.

1943

Villa Gleißner

Etwas hatte sich verändert, das spürte Heinrich sofort, als er mit seinen zwei Jüngsten die Villa wieder betrat. Der Spaziergang war entgegen seines Vorhabens deutlich üppiger ausgefallen als geplant. Ursprünglich war es seine Absicht gewesen, einfach nur ein bisschen durch den Ort zu schlendern. Etwas anderes zu sehen als Soldaten, Lazarette, Zerstörung und Angst. Etwas anderes zu riechen als Feuer, verbranntes Fleisch, Eiter und Angstschweiß.

Bereits als er sein eigenes Grundstück in den frühen Morgenstunden betreten hatte, war er fasziniert davon gewesen, wie unberührt sein Zuhause von dem ganzen Kriegsgeschehen geblieben war. Nach Hause zu kommen hatte sich für ihn angefühlt, als sei er nach einer viel zu langen Zeit aus einem fürchterlichen Albtraum aufgewacht und käme endlich wieder in der Wirklichkeit an, die so harmonisch und idyllisch war wie eh und je. Allein der Schmerz im Stumpf seines Armes machte ihm bewusst, dass es seine Villa, sein Garten und seine Familie waren, die wie in einer Art Traumwelt bestanden. Hanna hatte ihm jedoch beim Frühstück versichert, dass der gesamte Ort Edelsbrunn bisher vom Krieg nahezu unbehelligt geblieben wäre. Obwohl es ihm äußerst schwerfiel, das zu glauben, hatte er spontan beschlossen, sich mit eigenen Augen davon zu überzeugen, dass Hannas Behauptung der Wahrheit entsprach.

Da Elfie auf keinen Fall hatte mitkommen wollen und beim Erledigen des Haushalts nur ungern auf die großen Mädchen hatte verzichten wollen, war er schließlich nur mit Heinz und Lea losgezogen. Zu Beginn war ihm nicht ganz wohl bei der Sache gewesen, mit zwei kleinen Kindern allein in den Ort zu gehen. Er hatte schließlich keine Ahnung, wie er hätte reagieren sollen, wenn sie nicht gehorchten oder sich gar losrissen und weglaufen wollten. Doch zu seiner Verwunderung und Freude hatten sich beide Kinder absolut vorbildlich verhalten. Anfangs hatten sie sich zwar eine ganze Weile darum gestritten, wer an der Hand des Vaters gehen durfte, doch als Heinrich schließlich gedroht hatte, wenn sie weiter zanken würden, dürfe keiner seine Hand halten, hatten sie sofort Ruhe gegeben und sich immer nach hundert Schritten abgewechselt. Vergnügt waren sie durch den kleinen Ort spaziert und Heinrich hatte deutlich gespürt, wie ihn der Stolz übermannt hatte, wenn die Menschen im Ort ihn respektvoll musterten. Er war stolz darauf, im Krieg gewesen zu sein. Ein Teil der großen Sache gewesen zu sein, die Deutschland zum mächtigsten Land der Welt machen würde. Stolz darauf, die Gefechte überlebt zu haben. Und ganz besonders verspürte er den Stolz auf seine Familie. Auf seinen Sohn, der mit ebenfalls stolz geschwellter Brust an seiner Seite ging, weil er dem Dorf endlich seinen Vater präsentieren konnte.

In dieser guten Stimmung waren sie viel weiter gegangen als ursprünglich geplant und als sie schließlich den Heimweg angetreten hatten, hatte Heinrich ernsthaft Sorge gehabt, dass die Kinder nicht mehr so lange durchhalten würden. Zu seiner großen Freude schien es sich jedoch bei beiden um starke Persönlichkeiten zu handeln. Obwohl ihnen deutlich anzumerken gewesen war, dass sie von dem langen Fußmarsch erschöpft waren, hatte keiner von beiden auch nur ein Wort der Klage verloren, sondern sie waren tapfer nach Hause marschiert. *Meine tapferen deutschen Kinder*, hatte Heinrich bei sich gedacht. *Hitler wäre ebenso stolz auf diese beiden, wie ich es bin.*

Als nun jedoch endlich die Villa Gleißner vor ihnen aufragte, konnte er beiden Kindern die Erleichterung förmlich anmerken und Heinz gab einen so tiefen Seufzer von sich, dass Heinrich automatisch darüber lachen musste und ihm liebevoll durch das volle blonde Haar wuschelte.

Dann öffnete er die Tür und spürte es sofort: Die Atmosphäre des Hauses hatte sich im Vergleich zum Morgen verändert. Anstatt des glücklichen Familienfriedens, den er erwartet hatte, hatte sich etwas ausgebreitet, das er sofort wiedererkannte. Zu tief hatten sich die Eindrücke in seiner Erinnerung festgebrannt. Es roch nach Blut und Tod.

Für einen Moment glaubte Heinrich, sich getäuscht zu haben. Hoffte, sich getäuscht zu haben. Doch der Geruch blieb und damit auch seine Gewissheit, dass etwas ganz Furchtbares geschehen sein musste.

»Elfie!«, rief er so laut, dass seine Stimme durch das ganze Haus schallte. Sofort kam seine Frau aus dem Wohnzimmer. Der Ausdruck auf ihrem Gesicht bekräftigte nur seine Vermutung.

Da sah er, wie die kleine Hanna hinter ihrer Mutter auftauchte. Ihr Gesicht war verquollen und in ihren Augen stand ein tiefer Schrecken. Derselbe, den er bei den jungen Soldaten im Schützengraben gesehen hatte, wenn ihnen zum ersten Mal bewusst geworden war, dass der Krieg kein Spiel war und sie tatsächlich dabei sterben könnten.

»Hanna, sorge dafür, dass die beiden tapferen Soldaten hier etwas trinken und geh dann mit ihnen hinaus in den Garten«, befahl Heinrich und war dankbar, dass seine Älteste schlicht gehorsam nickte und dann sofort die Hände der beiden Kinder ergriff.

Kurz klammerte sich Heinz, der zuletzt die Hand des Vaters hatte halten dürfen, an dieser fest, doch ein strenger Blick von Heinrich genügte, damit der Kleine sich ebenfalls gehorsam zeigte. Es dauerte ein paar Minuten, bis Hanna Wasser in eine Flasche gefüllt und mit ihren Geschwistern nach draußen gegangen war. Erst dann lösten sich Heinrich und Elfie aus ihren Positionen, in denen sie bis dato regungslos verharrt hatten.

»Was ist geschehen?«

Es war eine einfache Frage und doch brachte Elfie keine Antwort darauf zustande. Sie wusste es ja selbst nicht mehr so genau. Sie wusste nur noch, dass sie sich fürchterlich mit Valentina gestritten hatte. Weil diese gedroht hatte, Heinrich zu erzählen, dass sie Maria umgebracht habe. Weil sie Heinz nicht mehr seiner rechtmäßigen Mutter hatte zurückgeben wollen. Doch nichts davon konnte sie Heinrich sagen.

»Ach Heinrich, es ist so schrecklich«, jammerte sie stattdessen und warf sich an seine Brust.

Heinrich jedoch war nicht mehr gewohnt, dass sich jemand weinend an seine Brust warf. Mit Schwäche zu reagieren, egal worauf, war unangemessen, undeutsch, inakzeptabel.

Grob schob er Elfie von sich und folgte seinem Instinkt, der ihn auf direktem Weg ins Wohnzimmer führte. Dort fand er Valentina vor. Seine Zweitgeborene. Die einzige Tochter, die er außer Heinz geliebt hatte. Weil sie ihm so ähnlich war. Gewesen war, korrigierte er seine Gedanken.

Heinrich starrte auf den leblosen Körper und spürte, wie sich ein Kloß in seinem Hals zusammenballte. Sofort schluckte er dagegen an.

In diesem Augenblick begann Elfie, die die Stille nicht länger ertrug, zu schluchzen. »Sie ist verrückt geworden«, jammerte sie. »Sie hat einfach das Messer genommen und sich die Pulsadern aufgeschnitten. Dabei hat sie irgendwelche Geschichten erzählt, von Frauen, die sie verfolgen und Ängsten in ihrem Kopf. Ich hatte schon länger den Gedanken, dass etwas mit ihr nicht stimmen könnte, Heinrich. Dass Valentina vielleicht nicht ganz richtig im Kopf ist. Aber dass sie das tun würde ...«

»Hör auf zu jammern!«, schalt Heinrich sie streng. »Was geschehen ist, ist geschehen. Die Frage ist nun, was zu tun ist.«

Vor Schreck vergaß Elfie zu schluchzen und sah ihren Mann überrascht an. Sie hatte damit gerechnet, ihm eine ausführliche Lügengeschichte auftischen zu müssen. Hatte sich bis zu seiner Rückkehr den Kopf darüber zerbrochen, wie sie ihn davon überzeugen könnte, dass Valentina verrückt geworden war. Seine pragmatische Reaktion überforderte sie.

»Ich weiß nicht, was wir tun sollen«, antwortete sie wahrheitsgemäß und so ruhig, wie es ihr in dieser Situation nur möglich war.

»Stift und Zettel«, kommandierte Heinrich. Sofort wetzte Elfie los und brachte ihm das Verlangte. Abwartend sah sie dabei zu, wie er eine Nummer auf einen Zettel schrieb.

»Du rufst jetzt diese Nummer an. Erwähne nur meinen Namen und sag, dass Doktor Kanz sofort zu uns kommen soll. Erwähne mit keinem Wort, was geschehen ist, auch wenn du danach gefragt wirst. Verstanden?«

»Verstanden.«

Elfie war froh, den Raum verlassen zu können, in dem ihre tote Tochter noch immer auf dem Boden lag. Dass sie hatte sterben müssen, tat ihr leid. So unglaublich leid. Sie war eine Gefahr gewesen, es hatte keine andere Möglichkeit gegeben. Aber sie hatte niemals die Absicht gehabt, sie zu töten. Die Situation hatte es erfordert. Ihr war keine Wahl geblieben. Dennoch schmerzte sie der Verlust des Kindes tief in ihrem Herzen und sie wusste bereits jetzt, dass Valentinas Tod ihr eigenes Leben für immer verändern würde.

Nach einer knappen halben Stunde des Wartens traf der Arzt ein. An der Art, wie Heinrich mit ihm sprach, wurde Elfie sofort klar, dass es sich bei dem jungen Mann um einen sehr guten Bekannten oder vielleicht sogar um einen Freund von Heinrich handeln musste, obwohl sie ihn noch nie zuvor gesehen hatte. Still zog sie sich in eine Ecke zurück und beobachtete passiv das

Geschehen, dankbar dafür, dass Heinrich die Angelegenheit regelte. Wie in Trance nahm sie wahr, wie Heinrich Dr. Kanz erklärte, dass seine Tochter sich selbst das Leben genommen habe. Dass sie offensichtlich an einer Form der Geisteskrankheit gelitten habe, die bisher nicht erkannt worden sei. Dass er aber auf keinen Fall wolle, dass dies bekannt würde.

Schnell wurde klar, dass es Heinrich um einen Handel mit Dr. Kanz ging. Spätestens als er ihm ein Bündel Geldscheine reichte, welches dieser dezent in seiner großen Arzttasche verschwinden ließ, war Elfie klar, dass Heinrich genau wusste, was er wollte und was er tat.

»Ich schreibe auf den Totenschein *Ersticken wegen anaphylaktischen Schocks*, ist das in Ordnung?« Der fragende Blick des Arztes galt allein Heinrich, der sofort nickte. Elfie schien für die beiden Männer längst unsichtbar. Mit klopfendem Herzen sah sie dabei zu, wie der Arzt Heinrich einen Zettel überreichte, bei dem es sich offenbar um den Totenschein handelte. Heinrich warf einen kurzen Blick darauf und steckte ihn anschließend ein.

»Was machen wir hiermit?«, fragte Heinrich vollkommen sachlich und deutete auf Valentina, die noch immer in ihrem Blut auf dem Boden lag.

»Ich schicke Ihnen gleich einen Bestatter. Einen guten Freund, der keinerlei Fragen stellt, wenn die Bezahlung stimmt und sich ebenfalls um die Beseitigung aller Unannehmlichkeiten kümmert«, erklärte der Arzt vollkommen ruhig, als spräche er über das neueste Angebot der örtlichen Bäckerei. »Sorgen Sie nur dafür, dass die anderen Kinder nichts mitbekommen. Es ist kein schöner Anblick«, bat er und zum ersten Mal seit seinem Eintreffen überlegte Elfie, ob dieser Mann vielleicht doch ein Herz hatte. Dann gab Dr. Kanz Heinrich kurz die Hand, nickte Elfie zum Abschied kurz zu und verschwand ebenso plötzlich wie er gekommen war.

Heinrich kam auf sie zu und führte sie aus dem Zimmer.

»Ich denke, wir sollten den Rest des Tages heute im Garten verbringen, hinten am Seerosenteich«, schlug er vor, ohne dass Elfie eine Möglichkeit gehabt hätte zu widersprechen. Traurig schlug sie die Augen nieder.

»Trauere nicht zu viel um sie«, sagte Heinrich sanft und gab ihr einen Kuss auf die Stirn. »Wenn sie geisteskrank war, dann ist es besser, dass sie sich das Leben genommen hat. Unser deutsches Volk braucht starke, gesunde Menschen. Keine Verrückten. Wer weiß, wohin das alles geführt hätte.«

Elfie war viel zu erschöpft, um schockiert zu sein. Doch ab diesem Moment betrachtete sie ihren Mann mit anderen Augen.

Zwei Tage später beerdigten sie Valentina lediglich im Kreise der Familie. Sie hätten ohnehin niemanden gekannt, den sie hätten einladen können. Auch in dieser Situation zahlte es sich wieder einmal aus, dass Elfie Gleißner sich und ihre Familie komplett von der Außenwelt abgeschottet hatte. So konnte es wenigstens niemanden geben, der unangenehme Fragen stellte.

2019

Emilia

Vollkommen erledigt ließ sich Emilia auf die Bank fallen und seufzte laut auf.

»Ein Glück, dass wir wieder hier im Gasthaus sind. Ich brauche jetzt dringend einen Schnaps. Oder zwei oder drei oder fünf.«

Tom hob die Hand, doch das war eigentlich unnötig, denn die fleißige Sandra war bereits auf dem Weg zu ihrem Tisch.

»Wir brauchen ungefähr zehn Schnäpse«, bestellte er, ohne dabei das Gesicht zu verziehen oder auch nur den Anflug eines Grinsens zu zeigen, was Sandra wiederum sichtlich irritierte.

»Kommt Josef noch?«, fragte sie und lachte kurz auf.

»Nein, die sind alle für mich«, stöhnte Emilia.

»Na, deine Leber will ich haben«, schmunzelte Sandra, doch sie stellte keine weiteren Fragen. Ein kurzer Blick auf Emilia hatte genügt, um zu verstehen, dass zumindest ein Schnaps nicht schaden konnte und so flitzte die junge Kellnerin sofort zurück in die Küche, um innerhalb von Rekordzeit mit einem großen Tablett wieder aufzutauchen.

»Ich hab mal fünfzehn draus gemacht«, sagte sie augenzwinkernd und deutete mit einer leichten

Kopfbewegung hinter sich. Nun musste auch Emilia lachen, obwohl ihr überhaupt nicht danach zumute war, denn direkt hinter Sandra war Josef aufgetaucht, in seinem Arm untergehakt eine auffallend hübsche ältere Dame.

Ohne dass Tom oder Emilia es ihm angeboten hätten, nahm er einen der freien Stühle und rückte ihn für seine augenscheinlich neueste Eroberung zurecht, die sich auch prompt darauf niederließ. Dann setzte sich Josef auf den Stuhl neben seiner Herzdame und sah Emilia fragend an.

»Na, Kinder? Habt ihr Neuigkeiten?«

»Und ob.« Mit diesen Worten hob Emilia eines der Schnapsgläser in die Höhe, nickte den anderen kurz zu und stürzte den Inhalt hinunter, ohne die Reaktion der anderen abzuwarten.

»Oh, das sieht aber übel aus«, kommentierte Josef ihr Verhalten, grinste dabei aber sensationslüstern. »Erzählt.«

»Mach du. Ich kann nicht«, raunte Emilia Tom zu.

Dieser bedachte sie mit einem besorgten Blick. »Zu erschöpft?«

»Nein. Kann nicht reden. Muss trinken«, erwiderte Emilia schlicht, während sie nach einem weiteren Schnapsgläschen griff und es ohne lange zu fackeln leerte.

Josef lachte auf. »Na, da scheint es aber jemandem zu schmecken. War das Tagebuch so schlimm?«

»Schlimmer«, erklärte Tom. »Offenbar hat Elfie Gleißner eine Frau umgebracht und ihre Leiche im Seerosenteich versenkt. Die Polizei hat bis eben gebraucht, um ihr Skelett zu bergen.«

Nun entgleisten auch Josef die Gesichtszüge. Die neben ihm sitzende Dame zeigte sich dagegen keineswegs überrascht, was Emilia dazu brachte, erstaunt innezuhalten, bevor sie auch das dritte Glas leertrank und die Frau dann genauer betrachtete. Sie schien mindestens so alt zu sein wie Josef, wenn nicht sogar ein bisschen älter. Ihre Kleidung war von einer zurückhaltenden Eleganz, wie bei wohlhabenden Damen, die damit aber nicht hausieren gingen. Ihr Gesicht war faltig, aber außerordentlich hübsch. Zwei wache graue Augen betrachteten das Geschehen und doch hatte sie bisher keinerlei Anstalten gemacht, sich einzumischen oder die Situation in irgendeiner anderen Form verbal oder nonverbal zu beurteilen. Ob oder gerade weil sie ein wenig geheimnisvoll wirkte, war sie Emilia sofort sympathisch.

»Es kommt noch schlimmer«, kündigte Tom den zweiten Teil ihrer Erkenntnisse an. »Wenn wir den Aufzeichnungen von Hanna Gleißner Glauben schenken dürfen, dann hat ihre Mutter nicht nur eine Frau im Seerosenteich verschwinden lassen, sondern auch ihre kleine Tochter umgebracht. Valentina.«

»Wie ... umgebracht?« Nun schien Josef aufrichtig irritiert. »Das kleine Mädchen bei dessen Beerdigung wir uns eingeschlichen haben? Aber warum haben sie denn dann Elfie Gleißner nicht festgenommen?«

Tom und Emilia zuckten gleichermaßen mit den Schultern.

»Was genau da los war, wissen wir leider auch nicht«, erklärte Tom, während Emilia sich den dritten Schnaps hinunterkippte und sich kurz schüttelte, weil das scharfe Getränk ihr nun doch merklich in der Kehle brannte.

»Jetzt brauche ich auch einen«, sagte Josef schlicht und nahm sich einen der Schnäpse. »Zum Wohl.«

»Ich bin übrigens Emilia.«

Nachdem Josef bisher keinerlei Anstalten gemacht hatte, ihr seine Begleitung vorzustellen und sie sich durch den Schnaps schon viel besser fühlte, hatte sie spontan beschlossen, die Vorstellung einfach zu übernehmen.

»Lieselotte«, antwortete die Frau lächelnd. »Es tut mir leid, ich wollte mich keinesfalls in Ihr Treffen oder Gespräch einmischen.«

»Oh, das tust du nicht«, beschwichtigte Josef sofort. »Und schon gar nicht, wenn wir den beiden gleich erzählen, was du mit der alten Gleißner erlebt hast. Ich war nämlich auch nicht untätig«, erklärte er grinsend mit Blick auf Emilia und Tom. Kurz überlegte Emilia, auf welche Tätigkeit sich das Wort *untätig* bei Josefs Äußerung wohl beziehen mochte, doch sie schob jegliche unsittlichen Gedanken schnell von sich. Sicherlich würde er sich gleich erklären, falls es etwas war, das sie etwas anging.

»Ich habe nämlich *recherchiert.*« Josef betonte das letzte Wort derart, dass sich Emilia ein bisschen bei ihren unlauteren Gedanken ertappt fühlte und leicht errötete. Doch Tom kam ihr zur Hilfe.

»Was hast du denn *recherchiert*, lieber Josef?«

»Diese wundervolle Dame hier.« Wieder einmal zeigte Josef sein spitzbübisches Lächeln, das Emilia bereits bei ihrem ersten Abend so sympathisch gefunden hatte. »Unsere liebe Lieselotte«, fuhr Josef fort, »hat nämlich ihre ganz eigenen seltsamen Erfahrungen mit der lieben Frau Gleißner gemacht. Aber das soll sie euch am besten selbst erzählen.«

»Ich möchte mich aber keinesfalls aufdrängen«, sagte die alte Dame freundlich. »Und ehrlich gesagt ist mir jetzt, wo ich Sie so sehe, gar nicht mehr wohl bei der ganzen Situation.«

Irritiert zog Emilia die Augenbrauen zusammen. »Wie meinen Sie das, jetzt wo Sie mich sehen?«

Lieselotte stockte einen Moment. Zögerte, als müsse sie sorgfältig abwägen, ob die Worte, die ihr auf der Zunge lagen, es wert waren, ausgesprochen zu werden. Dann legte sie verlegen den Kopf etwas schief und begann zögerlich zu sprechen.

»Nun ja, Hannelore hat mich ja bereits vorgewarnt. Sonst hätte ich ehrlich gestanden wohl auch einen riesigen Schrecken bekommen. Sie sehen Elfie Gleißner wirklich extrem ähnlich.«

»Oh, *das* meinen Sie«. Obwohl sie sich selbst inzwischen an ihre Ähnlichkeit mit Frau Gleißner gewöhnt hatte, fühlte sie sich unter dem musternden Blick Lieselottes etwas seltsam. Es war, als sehe diese zwar sie selbst, aber zugleich auch Elfie Gleißner an und das war Emilia zutiefst unangenehm, obwohl sie nicht mit Sicherheit hätte sagen können wieso.

»Nun erzähl' schon, was du mir erzählt hast«, begann Josef, seine Begleiterin zu drängen. »Die beiden werden ganz schön Augen machen.«

»Ich möchte der jungen Dame aber auf keinen Fall zu nahetreten«, druckste Lieselotte weiter herum.

»Aber ich habe dir doch gesagt, dass sie gar nichts mit den Gleißners zu tun hat.« Josefs Stimme klang leicht genervt. Vermutlich war es nicht das erste Mal, dass die beiden diese Diskussion führten.

»Ich weiß«, raunte Lieselotte sehr leise, nur in Josefs Richtung gewandt. »Aber schau dir das doch mal an. So eine Ähnlichkeit. Das kann doch kein Zufall sein.«

»Ist es aber«, mischte sich Emilia in den Austausch ein, der wohl nur ein Zwiegespräch hätte bleiben sollen, doch das war ihr egal. Wenn Lieselotte etwas über die Gleißners zu erzählen hatte, dann sollte sie das tun. So langsam war sie es leid, ständig mit Elfie Gleißner verwechselt und verglichen zu werden, die allem Anschein nach auch noch eine ganz furchtbare Frau und vielleicht sogar eine Mörderin gewesen war.

»Ich habe nichts mit dieser Frau oder dieser Familie zu tun«, versicherte sie. »Ich komme aus einem völlig anderen Teil Deutschlands. Dass ich in Edelsbrunn gelandet bin, ist wirklich nur ein Zufall.« Nahezu flehend hatte sie die letzten Worte ausgesprochen und war gespannt, ob Lieselotte sich endlich dazu durchringen würde, von ihren Erlebnissen aus der Kriegszeit zu erzählen.

»Also entweder du erzählst es jetzt oder ich übernehme das«, mischte sich Josef ein. Emilia wäre ihm vor Dankbarkeit am liebsten um den Hals gefallen.

»Ich red' ja schon«, gab sich Lieselotte widerwillig geschlagen. »Aber auf Ihre eigene Verantwortung.« Wie um sich nachdrücklich zu versichern, sah sie Emilia weiterhin skeptisch an, doch diese nickte schnell mit dem Kopf, bevor Lieselotte es sich wieder anders überlegen könnte.

»Also ...«, begann sie schließlich, holte aber direkt nach dem ersten Wort tief Luft, als koste es sie unendliche Überwindung, ihre Geschichte zu erzählen.

»Ich muss ungefähr drei oder vier Jahre alt gewesen sein. Also ich denke mal, es war so 1944 oder 1945 ... eher 1944, denn ich bin mir sicher, dass noch Krieg war, obwohl wir davon in Edelsbrunn wenig mitbekommen haben. Aber mein Vater war im Krieg und ich erinnere mich noch genau daran, dass meine Mutter damals vor Freude weinend zusammengebrochen ist, als das Kriegsende verkündet wurde. Und das war auf jeden Fall deutlich später als meine Begegnung mit Frau Gleißner. Ist ja auch egal. Auf jeden Fall erinnere ich mich noch genau daran, dass die größeren Kinder und auch meine Mutter immer wieder gesagt haben, dass wir auf jeden Fall alle vor Einbruch der Dunkelheit zu Hause sein müssen, weil nachts die Frau Gleißner kommt und die kleinen Kinder stiehlt.« An diesem Punkt brach sie die Erzählung ab und sah Emilia abwartend an.

Doch diese hatte keine Ahnung, was sie dazu sagen sollte. Es war ja nun wirklich keine neue Information.

»Das Gerücht kenne ich bereits«, sagte sie schließlich vorsichtig, als Lieselotte auch nach mehreren Sekunden des Schweigens keinerlei Anstalten machte weiterzusprechen.

»Es ist aber kein Gerücht«, fiel ihr Lieselotte sofort ins Wort. »Es ist kein Gerücht, junge Frau, es ist die reine Wahrheit.«

Mit einem mulmigen Gefühl beobachtete Emilia, wie die Gesichtszüge der alten Frau sich veränderten. Sie schienen härter zu werden, ihre Augen zugleich aber auch ängstlicher. »Ich bin ihr damals selbst begegnet. Und sie sah genauso aus wie Sie jetzt. Ich hatte zu lange draußen gespielt. Die Zeit vergessen, wie das bei Kindern eben manchmal passiert. Doch es hätte mir nicht passieren dürfen. Nicht in diesen Zeiten und nicht in Edelsbrunn, das wurde mir klar, als ich diese Frau auf einmal auf mich zukommen sah. Das heißt, zuerst habe ich nur gesehen, wie sie herumgelaufen ist. Sie hat orientierungslos gewirkt, so, als habe sie etwas verloren und suche verzweifelt danach. Obwohl ich noch sehr klein war, war mir sofort klar, dass das der Moment war, in dem ich dringend nach Hause laufen sollte, doch ich konnte nicht. Ich weiß noch genau, wie ich einfach dastand und diese seltsame Frau fasziniert betrachtete, die ziellos von einer Richtung in die andere lief. ›Edith‹, hat sie dabei immer wieder gerufen, ›Edith‹. Da dachte ich mir, dass sie vielleicht nach ihrer Tochter sucht, die Edith heißt. Vielleicht hatte sie wie ich die Zeit vergessen und ihre Mutter wollte sie jetzt abholen und schimpfen. Ich wusste ja zu diesem Zeitpunkt noch nicht, dass es sich bei der seltsamen Frau um Elfie Gleißner handelte. Erst als sie auf mich zukam und mich aus ganz seltsamen leeren Augen anstarrte, da war mir sofort klar, dass es entweder ein Geist oder Elfie Gleißner sein musste. Inzwischen war es dunkel geworden und ich hätte schwören können, dass ihre Haut geleuchtet hat. Damals ... in meiner kindlichen Wahrnehmung. Heute weiß ich natürlich, dass das Unsinn ist. Haut leuchtet nicht. Trotzdem faszinierte mich der Anblick dieser Frau irgendwie und ich war nicht fähig, mich von der Stelle zu rühren. Und dann stand sie genau vor mir. Ihr Gesicht sah genauso aus wie Ihres,

Emilia, nur ganz weiß und die Augen waren vollkommen anders. Starr, kalt und irgendwie ganz weit weg. ›Edith‹, hat sie da wieder gerufen und auf einmal hat sie mich angelächelt, als würde sie mich kennen. Ich war noch klein, aber ich werde niemals vergessen, was sie zu mir gesagt hat, das müssen Sie mir glauben. ›Edith, mein Schatz, da bist du ja endlich. Ich habe dich so lange gesucht. Komm jetzt mit nach Hause.‹ Ich war völlig überfordert. Ich weiß noch, dass ich ihr gesagt habe, dass ich nicht Edith bin und dass sie mich verwechselt, aber das hat sie überhaupt nicht interessiert. Als sie mich dann mit ihrer kalten Hand an meinem Arm gepackt hat, habe ich panisch angefangen zu schreien. Und dann kam meine Mutter plötzlich angerannt, hat mich von der komischen Frau losgerissen und sie weggestoßen. Ich kann heute noch spüren, wie fest sie mich an sich gedrückt hat, als sie mit mir auf dem Arm nach Hause gerannt ist. Ich glaube, ich habe geschrien, bis sie die Tür hinter uns geschlossen hatte. Danach bin ich nie wieder zu spät nach Hause gekommen. Ich habe auch niemandem davon erzählt, aus Angst, die Frau könnte wiederkommen und mich dann zur Strafe holen. Erst vorgestern, als ich bei Hannelore zum Kaffeeklatsch war, hat sie mir erzählt, dass der Geist von Frau Gleißner wieder sein Unwesen in Edelsbrunn treibt. Ich habe ihr natürlich nicht geglaubt. Geister gibt es nicht. Aber Hannelore hat mir erzählt, dass sie als kleines Mädchen mal dem Geist von Frau Gleißner begegnet sei, der sie habe stehlen wollen. Und da ist mir klar geworden, dass ihr das Gleiche passiert sein musste wie mir. Offenbar ist diese Frau Gleißner mehrfach nachts durch Edelsbrunn gelaufen und hat versucht, irgendeine Edith zu finden. Ob sie wirklich Kinder mitgenommen hat, das weiß ich nicht, aber so fest, wie sie mich gepackt hat, glaube ich schon, dass sie mich mitgenommen hätte, wenn meine Mutter nicht gekommen wäre. Ich weiß auch nicht, ob sie die gestohlenen Kinder an die Nazis verkauft haben, wie es hier allgemein behauptet wird, aber ich kann es mir ehrlich gesagt gut vorstellen.«

Atemlos schwieg sie einen Moment. Dann griff sie nach einem der kleinen Schnapsgläschen auf dem Tisch. »Darf ich?«

»Bitte«, sagte Emilia.

Lieselotte schloss die Augen, während der Schnaps ihr die Kehle hinunterrann.

Eine Weile lang sprach niemand ein Wort.

»Meine Großmutter heißt Edith.«

Alle am Tisch starrten Emilia an. Sie wusste selbst nicht, warum sie das gesagt hatte, ohne darüber nachzudenken. Der Gedanke war ihr während der Erzählung Lieselottes ganz plötzlich gekommen. Es war, als hätten sich verschiedene Informationssplitter in ihrem Kopf schlagartig zu einem Bild gefügt, das sie gerade im tiefsten Inneren erschütterte. Verunsichert wandte sie sich an Tom, der sie betrachtete, als versuche er, in ihren Gedanken zu lesen.

»Sag mal, in ihrem Tagebuch hat Hanna doch auch geschrieben, dass es bei dem Gespräch zwischen Elfie Gleißner und dieser Maria um eine Edith ging, oder?«

Tom nickte. Dann erhellte die plötzliche Erkenntnis seine Miene.

»Du meinst ...«

Emilia nickte. »Was, wenn diese Edith tatsächlich eine Tochter von Elfie war, die sie verloren oder dieser Maria gegeben hat oder wie auch immer?«

»Und die sie dann, nachdem sie ihr Handeln bereut hat, versucht hat wiederzufinden?«

»Genau. Nur dass irgendjemand mit dem kleinen Mädchen bereits über alle Berge war. Wo er dann auch mit ihr geblieben ist. Wo Edith aufgewachsen ist und selbst eine Tochter bekommen hat.«

»Die wiederum eine Tochter bekommen hat.«

»Mich.« Das letzte Wort war nur noch der Hauch eines Flüsterns. Emilia war wie unter Schock. Auf einmal ergab das alles einen Sinn. Was, wenn es sich bei der verschwundenen Edith wirklich um ihre Großmutter handelte?

»Das würde auch diese gravierende Ähnlichkeit erklären«, überlegte Tom. »Sei mir bitte nicht böse, aber insgeheim habe ich mir schon die ganze Zeit gedacht, dass das kein Zufall sein kann. Eine Ähnlichkeit ohne Verwandtschaft, ja, meinetwegen. Aber du und Elfie Gleißner, ihr sehr ja wirklich zum Verwechseln ähnlich aus.«

»Ich habe eine Idee«, sagte Emilia plötzlich und nahm ihr Handy aus der Tasche. Schnell tippte sei eine Nachricht an ihre Mutter. Bereits nach wenigen Minuten piepte das Handy und zeigte an, dass sie mehrere Nachrichten erhalten hatte. Vier Fotos mit der Frage, warum sie diese denn auf einmal so dringend benötigte. Emilia ignorierte diese und öffnete die Bilder. Sprachlos starrte sie auf das Foto des kleinen Mädchens.

»Edith Gleißner ist meine Großmutter«, hauchte sie und legte das Handy auf den Tisch, sodass auch die anderen einen Blick auf die Nachricht werfen konnten.

Das Bild, das Emilias Mutter schnell mit dem Handy aus einem alten Album abfotografiert hatte, zeigte ein kleines Mädchen mit langen blonden Zöpfen. Sie sah exakt so aus wie die kleine Hanna auf den Familienbildern, die Tom und Emilia im Keller der Villa gefunden hatten.

»Sie sind Schwestern«, entfuhr es Emilia. »Meine Großmutter muss die Schwester von Hanna sein. Und damit die Tochter von Elfie und Heinrich Gleißner.«

»Das ist unfassbar.« Kopfschüttelnd betrachtete auch Josef das alte Foto des kleinen Mädchens. »Aber weißt du, was das auch bedeutet? Du musst die Villa gar nicht mehr verkaufen. Eigentlich gehört sie doch dann dir. Ich meine, mal rein rational überlegt bist du doch dann die Großnichte von Hanna Gleißner oder wie nennt man das? Na auf jeden Fall bist du die letzte Erbin, es sei denn, du hast noch Geschwister, dann eben ihr alle zusammen.«

»Nein, ich bin Einzelkind«, murmelte Emilia, vollkommen erschlagen von Josefs Behauptung. »Aber die Villa gehört trotzdem nicht mir«, fügte sie dann hinzu. »Selbst wenn wir verwandt waren, dann wird sich das heute nicht mehr nachweisen lassen. Und ehrlich gesagt will ich da auch gar keine Ansprüche erheben. Es ist wie gesagt ein reiner Zufall, dass ich nach Edelsbrunn gekommen bin. Wäre ich nicht ... na ja ... wäre eben einiges in meinem Leben anders gelaufen, dann hätte ich ja nicht einmal gewusst, dass dieser Ort existiert.«

»Es gibt keine Zufälle.« Es war das Erste, was Lieselotte seit langem beitrug, denn bisher hatte sie nur wie paralysiert auf das alte Bild von Edith gestarrt.

Emilia überlegte, ob Lieselotte Hanna Gleißner als Kind vielleicht auch einmal gesehen hatte, doch sie mochte im Moment nicht nachfragen. Viel zu sehr kreisten ihr die Gedanken über ihre eigene verrückte Situation durch den Kopf.

»Nehmt es mir bitte nicht übel, aber ich glaube, ich will jetzt erst einmal ein bisschen alleine sein und das alles irgendwie verdauen.« Emilia stand auf.

Keiner der anderen sagte etwas dazu und sie war auf eine gewisse Weise berührt, als sie in die verständnisvollen Gesichter blickte. Sie verabschiedete sich lediglich mit einem kurzen Winken. Dann ging sie hinauf in ihr Zimmer und legte sich auf das weiche Bett. Die Augen starr auf die Zimmerdecke gerichtet, ließ sie ihre Gedanken kreisen. Das konnte doch alles einfach nicht wahr sein ...

1944

Villa Gleißner

»Lass mich in Ruhe! Geh weg!« Es waren nur Worte, kaum verständlich im Halbschlaf dahergemurmelt. Irgendwo an der Grenze zwischen Traum und Realität und doch waren es immer dieselben Worte, die Elfie aus dem Schlaf rissen. Seit Valentinas Tod hatte sie keine Nacht mehr Ruhe gefunden. Zu Beginn waren es nur wirre Träume gewesen, Bilder, die sich aus ihrem Unterbewusstsein den Weg in ihre nächtlichen Gedanken bahnten und sie immer wieder hochschrecken ließen. Doch irgendwann waren sie immer stärker geworden. Sie hatte begonnen, im Traum um Hilfe zu rufen, hatte wild um sich geschlagen, in der Hoffnung, die Geister ihres Verstandes abwehren zu können und nicht nur einmal den schlafenden Heinrich mit unkontrollierten Schlägen dabei getroffen. Inzwischen war ihre nächtliche Unruhe derart aus dem Ruder gelaufen, dass Heinrich beschlossen hatte, ein anderes Schlafzimmer zu beziehen. Mehrfach hatte er Elfie auf ihre Albträume angesprochen, versucht, ihr zu entlocken, worin die Ursache davon läge. Doch Elfie hatte ihm die Wahrheit bis heute verschwiegen. Stattdessen hatte sie ihn im Glauben gelassen, seine Abwesenheit im Krieg sei der Auslöser für ihre Albträume. Heinrich hatte gehofft, dass sich ihre nächtlichen Überreaktionen legen würden, wenn erst in ihrem Unterbewusstsein angekommen wäre, dass er wieder zu Hause war und sie ihn auch sicher nicht verlieren würde. Doch das Gegenteil war der Fall. Je mehr Zeit ins Land ging, desto schlimmer wurden Elfies Anfälle. Selbst in seinem separaten Schlafzimmer, das am anderen Ende des Ganges lag, hörte er sie manchmal rufen. Leider war es unmöglich, dem traumgebundenen Gestammel irgendeinen Sinn zu entnehmen, doch nach und nach wurde er sich immer sicherer, dass seine Frau unter einer Art Verfolgungswahn zu leiden schien. Immer wieder schien sie verschiedene Gestalten verscheuchen zu wollen. Unter anderem offenbar Valentina, denn ihren Namen hatte er einmal nahezu deutlich heraushören können. Immer wieder schien Elfie Maria, die Mutter Jesu, anzurufen und um Hilfe zu bitten. Außerdem meinte er einmal, den Namen Edith gehört zu haben, doch diesen konnte er mit nichts aus seinem oder ihrem Leben in Verbindung bringen. Er nahm an, dass es sich bei dieser ominösen Edith entweder um eine der Heiligen handelte, die in der Kirche verehrt wurden, und an die er, im Gegensatz zu seiner Frau, kein bisschen glaubte oder dass diese Edith irgendein Sinnbild für einen Dämon war, der Elfie regelmäßig heimsuchte.

Je schlimmer die Anfälle seiner Frau wurden, desto besorgter wurde Heinrich. Immer wieder drängte sich ihm der Gedanke auf, dass seine Frau vielleicht unter derselben Form der Geisteskrankheit litt, von welcher auch Valentina ergriffen worden war. Diese hatte sich letztendlich selbst das Leben genommen und wenn er seine Frau so betrachtete, schien diese auch nicht mehr weit von diesem Gedanken entfernt zu sein. Immer wieder musterte er sie skeptisch, wenn sie in ihren Gedanken versunken durch die Villa wandelte, als sei sie selbst eines der Gespenster, vor denen sie sich so zu fürchten schien. Zudem war sie seit Valentinas Tod sichtlich abgemagert. Lächeln hatte er sie schon seit einer gefühlten Ewigkeit nicht mehr gesehen. Dabei war doch alles in Ordnung. Heinrich konnte sich einfach nicht erklären, was mit Elfie los war. Immer mehr wurde seine Frau zu einem undurchschaubaren Rätsel, das er auch unter höchster Anstrengung nicht zu lösen vermochte.

Elfie dagegen gab ihr Bestes, um ihre wahren Gedanken und Gefühle vor ihrem Mann zu verbergen. Auch sie befürchtete mitunter, langsam verrückt zu werden, doch die Worte, die Heinrich damals über Valentina gesagt hatte, dröhnten noch in ihren Ohren. Besser eine Person sei tot als verrückt, das war die Quintessenz davon gewesen. Und das machte Elfie Angst. Fürchterliche Angst. Sie wusste, dass das, was sie empfand und das, was sie tat, keinesfalls als normal gelten konnten. Die seelischen Qualen, die sie jede Nacht aufs Neue durchstand, wenn die Geister von Valentina und Maria sie heimsuchten, trieben sie Schritt für Schritt in den Wahnsinn und kosteten sie alle Kraft, die ihr zerbrechlicher Körper noch aufbringen konnte. Jede Nacht kamen die Geister der beiden Toten in ihr Schlafzimmer, standen mit traurigen Gesichtern vor ihrem Bett und zeigten anklagend mit dem Zeigefinger auf sie. Monate waren bereits vergangen, seit die beiden Traumgestalten sie zum ersten Mal aufgesucht und durch die Dunkelheit gequält hatten.

Die halb durchwachten Nächte voller Albträume und Angst forderten allmählich ihren Tribut. Selbst am Tage war Elfie inzwischen häufig derart schlaftrunken, dass sie meinte, Maria oder Valentina zwischen den Bäumen des Gartens zu sehen. Manchmal glaubte sie, Maria im Seerosenteich treibend zu erkennen. Und immer häufiger, wenn sie sich im Wohnzimmer aufhielt, nahm das Bild der verblutenden Valentina auf den Dielen mehr und mehr Gestalt an, bis Elfie es nicht einmal mehr dadurch vertreiben konnte, dass sie sich die Augen rieb. Dann blieb ihr nichts anderes übrig, als den Raum zu verlassen, wobei Heinrich sie jedes Mal mit einem Blick bedachte, den sie nicht zu deuten vermochte.

Heute war es besonders schlimm gewesen. Zunächst hatte sie das Gefühl gehabt, Maria lauere ihr hinter jeder Ecke des Hauses und sogar im Garten auf. Und dann hatte sie ständig Valentinas Stimme vernommen. Mal lachend, mal weinend, mal anklagend. Als der Abend hereinbrach und sie sich schließlich zu Bett legte, wusste sie nicht, ob sie sich auf die Nacht freuen oder sich vor ihr fürchten sollte. Wenn der Tag schon so grauenvoll gewesen war, wie sollte dann erst die Nacht werden? Doch Elfie war derart müde, dass ihr innerhalb von Sekunden die Augen zufielen.

Ein Geräusch neben ihr ließ sie hochschrecken. Jemand hatte sich zu ihr ins Bett gelegt. Sie spürte die Anwesenheit des fremden Körpers, doch vermisste die Wärme, die immer von Heinrich ausgegangen war, als er noch schlafend neben ihr gelegen hatte. Schlaftrunken drehte sie sich auf die Seite und öffnete die Augen. Oder meinte die Augen zu öffnen, denn was sie sah, konnte nur ein weiteres Trugbild ihrer Albträume sein. Neben ihr lag Valentina. Aus ihren Handgelenken tropfte unaufhörlich rotes Blut, das sich jedoch sofort auflöste, als es die Bettdecke berührte. Valentina sagte nichts. Sah sie nur anklagend an.

Elfie setzte sich auf, versuchte den Blick von ihrer Tochter abzuwenden, mit dem Ergebnis, dass sie direkt in Marias vorwurfsvolles Gesicht sah, die, wie so häufig, am Fußende ihres Bettes Platz genommen hatte.

»Was wollt ihr denn von mir?«, flüsterte Elfie verzweifelt. »Lasst mich doch endlich in Ruhe.«

Maria lächelte. »Du musst büßen für das, was du getan hast, Elfie Gleißner. Du hast zwei Menschen das Leben genommen. Damit wirst du nicht davonkommen. Du musst es wiedergutmachen.«

»Aber wie soll ich das anstellen?« Elfie war berührt von ihrer eigenen Verzweiflung, doch beide Traumgestalten zeigten sich unbeeindruckt.

»Du musst büßen, Mama«, wiederholte Valentina die Worte Marias. Dann lösten sich beide Zerrbilder in Nichts auf.

Keuchend schreckte Elfie hoch. Hatte sie geträumt? War sie wach? Sie wusste es nicht. Wie von einer fremden Hand gesteuert, stand sie auf und ging zu ihrem großen Schrank. Mit einem einzigen Handgriff nahm sie den langen Umhang daraus hervor und warf ihn sich über. Barfuß wie sie war, schlich sie aus dem Haus und machte sich auf den Weg in den Ort. Es war das erste Mal seit einer Ewigkeit, dass sie die Villa verließ.

Die Straßen umfingen sie wie dunkle Arme und die Dunkelheit der Nacht hüllte sie wie ein nebliger Schleier aus Schweigen.

Ohne sich noch einmal umzuwenden, ging Elfie weiter. Sie spürte nicht, ob die Straße kalt oder warm war, nicht, ob Steinchen ihr in die Fußsohlen stachen. Sie ging einfach weiter, auf der Suche nach irgendetwas, das sie selbst nicht kannte.

»Edith?«, flüsterte sie in die Nacht. Irgendwo musste ihre kleine Tochter sein und sie würde sie finden. Die Erkenntnis war ihr in dem Moment gekommen, als sie sich in ihrem Bett aufgesetzt hatte. Wenn jemals wieder alles in Ordnung kommen sollte, musste sie büßen. Valentina und Maria würden sie erst in Ruhe lassen, wenn sie Edith wiederfinden und zu sich nehmen würde. Denn mit ihr hatte alles angefangen. Dass sie ihre Tochter weggegeben hatte, war der Beginn dieser Kette von schrecklichen Ereignissen gewesen. Hätte sie das nicht getan, hätte sie Maria niemals getroffen und diese hätte sie folglich nicht aufsuchen und im Seerosenteich ertrinken können. Valentina hätte nichts gesehen und nichts gehört und so hätte auch sie am Leben bleiben können.

Elfie bemerkte nicht, wie absurd ihr Vorhaben war. Begriff nicht, dass man die Zeit nicht zurückdrehen konnte. In ihrem Herzen und ihrem Verstand hatte sich die Überzeugung festgesetzt, dass Edith der Schlüssel zu allem war. Würde sie sie wiederfinden, dann würde sie die Schicksalskette durchbrechen. Maria würde wieder in ihrer Hütte sitzen und Valentina würde wieder leben. Den Gedanken daran, dass Heinz auch verschwinden würde, wenn ihre Annahme funktionierte, ließ sie überhaupt nicht zu. Elfie Gleißner war endgültig dem Wahnsinn verfallen.

Wie eine Diebin huschte sie durch die Dunkelheit der Nacht, auf der Suche nach einem kleinen Mädchen, das sie vor Jahren eingetauscht hatte. Sie fand es nicht. Die Straßen waren menschenleer.

Weinend und am Rande der körperlichen Erschöpfung ging Elfie wieder zurück nach Hause. Die Menschen aber, die in dieser Nacht zufällig aus dem Fenster gesehen hatten, waren sich sicher, sie hätten ein Gespenst gesehen.

Als der Tag anbrach, war Elfie nicht fähig aufzustehen. Heinrich versorgte die Kinder und Hanna brachte ihrer Mutter das Essen ans Bett und erledigte den Haushalt. Die Kinder gingen davon aus, dass ihre Mutter krank war und hofften, dass sie schnell wieder gesund würde. Doch Heinrich begriff, dass diese Krankheit kaum heilbar sein würde.

Als die Dämmerung hereinbrach, schlich sich Elfie erneut aus dem Haus. Die Kinder waren bereits auf ihren Zimmern und Heinrich saß in der Bibliothek. Elfie wusste, dass er nicht mehr nach ihr sehen würde. Zu weit hatten sich die Ehepartner inzwischen voneinander entfernt, als dass er sich noch ernsthaft um sie sorgen würde.

Leise nahm sie ihren Umhang und machte sich auf den Weg ins Dorf. In ihrer Tasche trug sie einen weißen Umschlag, identisch mit jenem, den sie damals Maria übergeben hatte. Auch der Inhalt stimmte überein. Sie wusste, was zu tun war.

Im grauen Schimmer der Dämmerung lief sie ins Dorf. Tatsächlich waren am heutigen Abend noch Menschen unterwegs. Auch Kinder. Nicht viele, aber dafür die richtigen. Ein Lächeln huschte Elfie über das

Gesicht, als sie eine junge Frau mit einem Kinderwagen erblickte. Schnell eilte sie zu ihr hin und sah in den Wagen.

»Es ist ein Mädchen«, erklärte die junge Mutter stolz.

»Ich weiß. Das ist Edith. Meine Edith. Endlich habe ich sie wieder.« Sie streckte ihre Arme aus, in der Absicht, das Kind herauszunehmen, doch die junge Mutter reagierte sofort.

»Nehmen Sie die Finger von meinem Kind!«, rief sie empört und hob das kleine Mädchen ihrerseits aus dem Wagen, das so jäh aus dem Schlaf gerissen, leise zu jammern begann.

»Hier, nehmen Sie.« Lächelnd streckte Elfie der jungen Mutter den Umschlag entgegen. »Nehmen Sie und geben Sie mir dafür das Kind.«

Die junge Frau starrte zuerst auf den Umschlag, dann auf Elfie. In ihren Augen stand das blanke Entsetzen.

»Verschwinden Sie!«, sagte sie laut, legte dann das Kind in den Wagen zurück und rannte, so schnell es ihr möglich war, davon.

Elfie blickte ihr traurig nach. Sie hatte versagt. Sie hatte Edith nicht bekommen. Auf einmal sah sie am Straßenrand ein kleines Mädchen sitzen. Neben ihm ein größerer Junge. Schnell eilte sie zu den beiden hinüber.

»Edith?«, fragte sie laut.

Das kleine Mädchen hob neugierig den Blick, als es die Stimme einer Frau hörte. Dies deutete Elfie sofort als ein Wiedererkennen. Ihre Edith hatte sie erkannt! Sie hatte auf ihren Namen gehört und hatte die Stimme der Mutter vernommen. Es war ihre Edith! Endlich hatte sie sie gefunden!

»Komm mit mir«, sagte sie sanft und streckte dem kleinen Mädchen eine Hand entgegen.

»Wohin denn?«, fragte die Kleine irritiert.

»Nach Hause.«

»Ich bringe meine Schwester selbst nach Hause«, unterbrach der größere Junge skeptisch, trat noch näher an seine Schwester heran und legte ihr beschützend eine Hand auf die Schulter.

»Edith geht mit mir«, stellte Elfie lediglich fest. »Hier, ich kann bezahlen.«

Sie reichte dem Jungen den Umschlag mit dem Geld, der ihn überrascht entgegennahm und einen Blick hineinwarf. Seine Augen weiteten sich erschrocken beim Anblick des vielen Geldes. Dann schloss er ihn wieder und sah die fremde Frau skeptisch an.

»Wollen Sie mir etwa meine Schwester abkaufen?«

Doch Elfie würdigte ihn weder eines weiteren Blickes noch einer Antwort. Stattdessen betrachtete sie voller Liebe das kleine Mädchen, das vollkommen durcheinander schien und mit der Situation überhaupt nichts anzufangen wusste.

»Komm schnell weg hier, Hannelore«, sagte der Junge und zog seine Schwester am Ärmel.

Das Mädchen gehorchte. So schnell sie konnten, rannten die beiden Kinder davon. Den Umschlag hatte der Junge einfach auf den Boden fallen lassen.

Elfie ging weiter. Das konnte doch nicht sein. Irgendwo musste doch ihre Edith sein. Da war sie sich ganz sicher. Verwirrt sah sie sich um. Inzwischen war die Dunkelheit vollständig hereingebrochen. Die Straßen hatten sich geleert, doch dafür hatte Elfie keinen Blick. Ihre Aufmerksamkeit galt nun allein einem kleinen Mädchen, das seelenruhig und vollkommen alleine mit ein paar Steinen und Stöcken spielte. Offenbar versuchte sie, daraus ein hübsches Bild zu legen und war derart vertieft in ihr Spiel, dass sie nicht einmal bemerkte, wie Elfie sich ihr näherte.

»Edith!«, rief diese freudig aus, als sie das kleine Mädchen erreicht hatte. Es hob überrascht den Kopf.

»Oh nein, gnädige Frau, mein Name ist Lieselotte«, berichtigte sie höflich.

»Aber nein, mein Kind.« Elfie schüttelte tadelnd den Kopf, als hätte das Mädchen eben etwas furchtbar Dummes gesagt. »Du bist Edith. Meine Edith. Komm mit, wir gehen jetzt nach Hause. Es ist allerhöchste Zeit.«

In dem kleinen Kindergesicht breitete sich Panik aus, als die fremde Frau sie am Arm packte und sie mit festem Griff mit sich zerrte.

»Lassen Sie mich los«, schrie Lieselotte panisch. »Ich bin Lieselotte Kramer. Und ich will jetzt sofort zu meiner Mama.«

In diesem Moment kam Lieselottes Mutter angestürmt. Von blanker Panik ergriffen, angesichts der Erkenntnis, dass eine fremde Frau offenbar versuchte, ihr Kind mit sich zu nehmen, entwickelte sie eine Kraft, die sie sich selbst niemals zugetraut hätte. Mit einem kräftigen Ruck entriss sie ihr Kind den Klauen der Fremden und stieß diese anschließend so heftig von sich, dass Elfie überrascht rückwärts taumelte, fiel und mit dem Kopf so heftig auf dem Boden aufschlug, dass sie regungslos liegen blieb.

Erschrocken betrachtete Frau Kramer die reglose Gestalt. Wenn sie sich nicht täuschte, handelte es sich bei dieser Frau um Elfie Gleißner. War sie tot? Warum bewegte sie sich nicht mehr? Genügte es, mit dem Kopf fest auf dem Boden aufzuschlagen, um zu sterben?

Ratlos blickte Frau Kramer auf die daliegende Elfie. Sollte sie sie wegbringen? Oder einfach liegen lassen? Was, wenn sie starb? Aber was, wenn sie plötzlich zu sich kam?

Nun erst entdeckte sie auch den Umschlag, der einen Meter neben der Frau auf dem Boden lag. Eigentlich wollte sie ihn nur in deren Umhang zurückstecken, doch die Neugier war zu groß. Schnell warf sie einen kurzen Blick hinein, ohne die auf dem Boden Liegende dabei aus den Augen zu lassen.

Als sie das viele Geld sah, stockte ihr einen Moment der Atem. Kurz war sie versucht, den Umschlag selbst einzustecken, doch sie hatte eine sehr klare Vorstellung von Recht und Unrecht und so verschloss sie ihn wieder und steckte ihn Elfie Gleißner unter den Umhang. Diese regte sich noch immer nicht. Doch Gerda Kramer hatte eine Entscheidung getroffen. Kalte Wut stieg in ihr auf, als ihr bewusst wurde, dass diese Frau, die jahrelang niemand zu Gesicht bekommen hatte, offenbar ins Dorf gekommen war, um Kinder zu kaufen. Ihr Kind zu kaufen. Lieselotte. Und wer konnte schon wissen, mit welcher Absicht? Sicherlich würden die Gleißners die Kinder an die Nazis verkaufen, damit diese irgendwelche Experimente an ihnen durchführten. Schließlich hatte Heinrich Gleißner enge Verbindungen nach ganz oben, wie man hörte. Gerüchte dieser Art hatte es in den vergangenen Wochen und Monaten immer wieder gegeben, doch bisher hatte Gerda Kramer ihnen keinen großen Glauben geschenkt. Nun hatte sich das Blatt jedoch gewendet. Vor ihr lag die Frau, die eben versucht hatte, ihr Kind zu kaufen. Lieselotte einfach mitzunehmen.

Sie widerstand dem Gedanken, der am Boden liegenden Frau mit einem Stein den Schädel einzuschlagen, doch sie spürte deutlich, wie der Hass auf diese Familie immer mehr von ihr Besitz ergriff.

Hastig bekreuzigte sie sich und bat Gott in einem Stoßgebet um Vergebung für ihre Gedanken, während sie Lieselotte trotz deren Gewichts auf den Arm nahm und sie so schnell sie konnte nach Hause trug. Dort schloss sie die Tür ab und schob zur Sicherheit noch einen schweren Tisch davor. In diesem Moment begann die kleine Lieselotte fürchterlich zu schreien.

2019

Emilia

Nach einer furchtbaren Nacht wachte Emilia am nächsten Morgen völlig gerädert auf. Stunde um Stunde hatte sie sich schlaflos von einer Seite auf die andere gewälzt, im hilflosen Versuch, die gestrigen Ereignisse zu verstehen. Natürlich konnte sie die neuen Erkenntnisse erfassen, dennoch fiel es ihr schwer, die Informationen vollständig zu begreifen. Es war einfach viel zu viel in zu kurzer Zeit geschehen.

Noch vor einer Woche war sie drauf und dran gewesen, Maximilian zu heiraten. Alles hatte danach ausgesehen, als würde ihr Leben in reibungslosen, vorgezeichneten Bahnen verlaufen. Dann hatte sie sich aus einem Instinkt heraus spontan anders entschieden und diese einzige Entscheidung schien ihr Leben nun komplett auf den Kopf zu stellen.

Es gibt keine Zufälle, hatte Lieselotte gestern gesagt. War das so? War es vorherbestimmt? War es ihr Schicksal, die Wurzeln ihrer Familie zu finden? Eigentlich glaubte sie nicht an Schicksal, aber für einen Zufall wirkte alles irgendwie zu passend. Nicht nur dass sie hier die Vergangenheit ihrer Familie gefunden hatte, sie hatte auch Tom gefunden, mit dem sie sich seltsamerweise sofort eine gemeinsame Zukunft hatte vorstellen können. Dabei war das vollkommen verrückt. Solche Gedanken hatte man nicht, wenn man jemanden erst eine Woche kannte. Das war absurd und vollkommen unlogisch. Was machte dieser Ort nur mit ihr? Edelsbrunn, das letzte Kaff am Ende der Welt. Wie hatte es dieser Ort geschafft, sie innerhalb kürzester Zeit derart in seinen Bann zu ziehen, dass sie sich so zu Hause fühlte wie noch nie zuvor in ihrem Leben? Ja, vielleicht war es sogar genau das, was sie am meisten verstörte. Ihr Plan war es gewesen, aus ihrem bisherigen Leben herauszukommen. Vorübergehend woanders unterzukommen, wo sie sich neu sortieren, ihr Leben neu überdenken könnte. Vorübergehend! Das war das Stichwort. Stattdessen hatte dieser Ort mit all seinen Menschen und Erlebnissen sie derart überrumpelt, dass sie ein Gefühl der Endgültigkeit hatte, was ihre Beziehung zu Edelsbrunn anging. Und das sollte ein Zufall sein?

Wütend auf ihre Unsicherheit stand Emilia auf und schleppte sich unter die Dusche. Auf der kleinen Kommode lag Hannas Tagebuch. Damit hatte alles seinen Anfang genommen – nein, eigentlich schon früher. Damit, dass sie im Keller auf die Kiste gestoßen war und ihre Neugier nicht im Griff gehabt hatte. Hätte sie dieses unselige Ding nicht geöffnet, hätte sie auch das Bild von Elfie Gleißner niemals gesehen. Sie hätte Tom nicht davon erzählen können und dieser hätte das Tagebuch nicht gefunden. Sie hätten die Geschichte der Familie nie erfahren. Vermutlich hätte sie das Exposé inzwischen fertig und bereits einen oder mehrere Käufer an der Hand, denen sie die Villa präsentieren konnte. Einer von ihnen hätte das Haus dann gekauft und dann wäre die Kiste im Keller sein Problem gewesen. Es hätte alles so einfach sein können.

Als sie aus der Dusche stieg und ihr Gesicht im Spiegel betrachtete, erschrak sie. Die schlaflose Nacht war ihr deutlich anzusehen. Ihre Augen wirkten viel kleiner als sonst und unter den Lidern zeichneten sich dunkle Ränder ab. Seufzend griff Emilia nach ihrem Kulturbeutel und wühlte verschiedene Schminkutensilien heraus, mit denen sie das optische Desaster glaubte retten oder zumindest vertuschen zu können. Nach einigen Minuten war sie mit ihrem Werk zwar nicht hundertprozentig zufrieden, doch den Rest musste ein starker Kaffee regeln.

Müde stieg sie die Treppen hinunter und betrat den Frühstücksraum. An einem Tisch machte sie zu ihrer Überraschung Josef aus, der sie besorgt musterte.

»Oh je. So etwas in der Art habe ich mir gedacht. Du siehst ja furchtbar aus.«

Emilia zog die Augenbrauen hoch. »Das ist aber nicht die Begrüßung, die sich eine Frau am Morgen wünscht.«

»Na ja, Zurückhaltung war noch nie meine Stärke. In meinem Alter darf man sich Direktheit schon mal erlauben«, schmunzelte er und wirkte durch sein Lächeln noch mal zehn Jahre jünger. Im Gegensatz zu Emilia strahlte er - fit und ausgeruht. Wie schaffte es dieser Mann nur, eine solche Agilität auszustrahlen?

»Ich wusste gar nicht, dass du auch hier frühstückst.«

»Normalerweise nicht. Aber nach dem gestrigen Abend habe ich mir ein bisschen Sorgen um dich gemacht und da habe ich beschlossen, heute gemeinsam mit dir zu frühstücken. Ich glaube, es gibt da ein paar Dinge, die wir unbedingt besprechen sollten.«

Erstaunt zog Emilia die Augenbrauen hoch. Es war ja wirklich süß von Josef, dass er so rührend um sie besorgt war, aber was um Himmels Willen wollte er denn bitte mit ihr besprechen? »Stopp, Josef«, bat sie. »Bevor du jetzt mit weiteren Details um die Ecke kommst, lass mich wenigstens einen Kaffee trinken. Ich habe ehrlich gesagt noch nicht einmal die ganzen Erkenntnisse von gestern verdaut. Noch mehr davon vertrage ich glaube ich nicht auf nüchternen Magen.«

»Genau darum geht es.« Josefs Miene nahm einen ernsten Ausdruck an, den sie noch nicht besonders häufig bei ihm gesehen hatte. In diesem Moment brachte Tom eine Kanne Kaffee und zwei Tassen an den Tisch.

»Guten Morgen«, begrüßte er sie lächelnd und hauchte ihr einen flüchtigen Kuss auf die Stirn.

Mit einem Mal spürte Emilia die Blicke der anderen Gäste auf sich. Vermutlich hatte es sich inzwischen herumgesprochen, dass der attraktive Besitzer des beliebten Gasthauses eine neue Flamme hatte.

»Achte gar nicht darauf«, grinste Tom. »Das ist ein Dorf, daran wirst du dich gewöhnen müssen.«

Emilia lächelte müde. »Ach, ich bin so fertig, dass es mich im Moment nicht einmal stören würde, wenn sie applaudierten.«

»Na dann schauen wir mal, ob sie sich das trauen.« Tom drückte ihr einen heftigen Kuss auf den Mund. Emilia spürte, dass die Menschen im Raum nun offenbar kurz davor waren, das tatsächlich zu tun und musste unwillkürlich grinsen. Es war doch recht unterhaltsam, in einem Dorf die Sensation zu sein. Auch wenn sie sich den neugierigen Augen heute gerne in einer besseren Verfassung präsentiert hätte.

»Kaffee?«, fragte Tom, doch die Antwort erübrigte sich, denn er war schon dabei, die beiden Tassen vollzuschenken. »Ich würde mich gerne zu euch setzen, aber Sandra kann heute Morgen nicht und so muss ich ran.« Mit einem entschuldigenden Lächeln zeigte er auf die Menschen im Gastraum.

»Schon okay. Josef wollte ohnehin noch etwas mit mir besprechen.«

»Um elf kommt Sandra. Wollen wir dann gemeinsam das Tagebuch weiterlesen?«

»Mal sehen.«

Tom wirkte etwas verunsichert, aber da an zwei Tischen nach ihm verlangt wurde, konnte er sich eine genauere Nachfrage nicht erlauben. Emilia war froh darüber, denn sie war selbst noch unentschlossen, ob sie überhaupt in dem Tagebuch weiterlesen oder die Sache nicht doch lieber auf sich beruhen lassen wollte.

»Du weißt nicht, ob du überhaupt in dem Tagebuch weiterlesen sollst, nach alledem, was es bisher zutage gefördert hat, nicht wahr?«, fragte Josef leise.

»Kannst du Gedanken lesen?«

»Das ist angesichts deiner Situation und deines heutigen Zustands nicht besonders schwer.«

Emilia zuckte mit den Schultern. »Ehrlich gesagt hat mich die ganze Sache mehr mitgenommen als ich gestern zugeben wollte. Ich meine, diese seltsame Geschichte stellt mein ganzes Leben auf den Kopf. Auf einmal bin ich vermutlich selbst Teil dieser Familie, über die im Dorf nur Schlechtes erzählt wird. Und selbst wenn nicht: Das, was wir bisher über die Familie erfahren haben, ist so schrecklich, dass ich mich frage, ob es nicht besser gewesen wäre, wir hätten einfach gar nichts davon gewusst.«

»Etwas nicht zu wissen, macht die Dinge nicht ungeschehen.« In Josefs Stimme schwang eine Sanftheit mit, die sie ihm gar nicht zugetraut hätte.

»Wie meinst du das?«

Er nahm einen großen Schluck Kaffee und stellte die Tasse sorgfältig wieder zurück auf den kleinen Unterteller. Emilia fiel auf, dass sie ihn eigentlich noch nie etwas anderes hatte trinken sehen als Schnaps und konnte den Blick nicht von ihm abwenden.

»Weißt du, damals sind furchtbare Dinge geschehen«, begann Josef leise. »Nicht nur wegen des Krieges, sondern vor allem auch in der Bevölkerung. Schlimme Zeiten verändern die Menschen. Aber das bedeutet nicht, dass alles schlecht ist. Sicherlich gab es während der Kriegsjahre vermutlich mehr Hunger, Verrat, Hass und Tod als zuvor oder danach. Aber es gab auch viel Liebe. Es gab Familien, die zusammengehalten haben. Es gab Menschen, die sich gegenseitig beschützt haben. Die füreinander eingestanden sind, auch unter härtesten Bedingungen.«

»Es wäre mit lieber, die Familie Gleißner wäre eine solche Familie gewesen«, murmelte Emilia. »Eine, in der die Familienmitglieder sich lieben und nicht gegenseitig umbringen.«

»Das glaube ich dir.« Josef machte eine kurze Pause. Trank einen Schluck Kaffee. Ließ ihr Zeit, nachzudenken.

»Du bist doch in diesem Krieg groß geworden«, begann Emilia nachdenklich. »In all diesem Elend, Hass und Verrat. Wie ist es dir denn gelungen, das alles zu verarbeiten und so ein positiver Mensch zu werden? Ich meine, du sprühst geradezu vor Optimismus und Lebensfreude. Und das, obwohl du ein wirklich schweres Leben gehabt haben musst, zumindest in den ersten Jahren. Im Krieg. Und die Jahre danach waren bestimmt auch nicht gerade von Harmonie geprägt. Dann kamen ja der ganze Wiederaufbau, die Besatzung und so weiter. Du musst doch dein halbes Leben in Angst und Elend verbracht haben. Wie kannst du nur so ein Sonnenschein sein?«

»Ach Kind, genau das ist es, was ich dir zu sagen versuche.« Josef lächelte sanft. »Das Leben ist nicht immer bunt. Es ist nicht immer angenehm und es ist ganz sicher nicht immer leicht. Aber du hast nur dieses eine. Wir hatten eben Pech. Wir wurden im Krieg geboren. Aber das heißt nicht, dass das verlorene oder nicht lebenswerte Jahre gewesen wären. Zwischen all den Trümmern, realen oder emotionalen, findet sich immer etwas, woran man sich freuen kann. Genau genommen hast du nur zwei Möglichkeiten, wenn etwas Furchtbares geschieht: Du kannst dich in eine Ecke setzen, heulen, dich selbst bemitleiden und die Welt für ihre Gemeinheit verurteilen. Dann wirst du immer von negativen Gefühlen erfüllt bleiben. Es wird dir schlecht gehen, du wirst leiden und trauern. Die andere Möglichkeit ist, die Situation so anzunehmen wie sie ist und dir klarzumachen, dass du handeln kannst. Du kannst Entscheidungen treffen. Du kannst dein Leben in die Hand nehmen und etwas verändern. Wenn etwas besser werden soll, dann musst du es tun. Du kannst das Schlechteste annehmen und das Beste daraus machen. Nur so wirst du wieder glücklich werden. Natürlich war es blöd, als Kinder keine Spielplätze zu haben. Aber wir haben die verbogenen Stahlträger zu Rutschbahnen gemacht und aus den Trümmern kleine Häuser gebaut. Wir haben uns eine Zukunft ausgedacht, die besser wird als unsere Vergangenheit und Gegenwart und wir haben alles dafür getan, dass sie Wirklichkeit wird.«

»Ich beneide dich um deine positive Lebenseinstellung«, seufzte Emilia. »Bei dir hört sich das alles so leicht an.«

»Oh, es ist nicht leicht. Ganz und gar nicht. Aber optimistisch zu sein ist leicht. Positiv zu denken ist leicht. Du musst es nur tun. Natürlich ist es furchtbar, was in der Familie Gleißner geschehen ist. Und natürlich haben alle Beteiligten dein Mitgefühl verdient. Dass die Geschichte nicht spurlos an dir vorübergeht, zeigt nur, dass du ein herzensguter Mensch bist. Aber du darfst dich von ihrem Schicksal nicht traurig machen lassen. Es ist *ihr* Schicksal. Nicht deines. Du kannst es anders machen. Besser. Und das musst du dir immer bewusst machen. Über das Geschehene zu weinen, ändert nichts daran, dass es passiert ist. Verstricke dein Herz nicht in das, was war, sondern mach dir klar, was du willst, was werden soll. Vergangenheit zu akzeptieren und Zukunft zu erschaffen, das ist der Trick.«

Am liebsten hätte sich Emilia diese letzten Sätze von Josef aufgeschrieben, so tief berührten sie sie im Herzen. Sie konnte diesen alten Mann nur bewundern, der ihr trotz seines harten Lebens lächelnd gegenübersaß und sie davon zu überzeugen versuchte, dass es trotz allem schön war – nein, nicht schön war – dass man es sich schön machen musste. Vergangenheit akzeptieren und Zukunft erschaffen. War es wirklich so einfach? Vielleicht ... Josef selbst schien das beste Beispiel dafür zu sein, dass es funktionieren konnte.

»Du meinst also, ich sollte das Tagebuch lesen? Egal was kommt?«

»Ich würde es lesen«, bestätigte Josef und unterstrich seine Überzeugung mit einem Kopfnicken. »Gerade weil dir Hanna nicht egal ist – und das Schicksal dieser Familie, die vielleicht oder allem Anschein nach auch die deine ist. Du solltest wissen, was geschehen ist. Sonst wirst du dich das immer fragen. Und wenn du es erfahren hast, dann solltest du es als etwas in der Vergangenheit Geschehenes auch dort belassen und nicht weiter mit in dein Leben tragen. Höchstens als Anreiz dafür, es besser zu machen. Auch wenn du weißt, was diese Menschen getan haben, bist du nicht verantwortlich für ihre Taten. Nicht du hast es getan, es waren ihre Entscheidungen. Du wirst bessere treffen.«

Emilia nickte. Dann breitete sich ein amüsiertes Grinsen auf ihrem Gesicht aus, das sie nicht unterdrücken konnte. »Du hättest echt Motivationscoach werden sollen, Josef.«

»Ach, ich war mit meinem Mechanikerjob mein Leben lang sehr glücklich. Der Geruch von Abgasen und Reifengummi hätte mir gefehlt«, lachte dieser und zwinkerte ihr verschmitzt zu. »Habe ich dich denn überzeugt?«

Nach einem kurzen, letzten Zögern nickte sie. »Ich werde das Tagebuch zu Ende lesen.«

»Sehr gut!« Josef klatschte vor Freude in die Hände. »Ich will nämlich unbedingt wissen, wie die Geschichte ausgeht.«

Emilia lachte.

Den restlichen Morgen verbrachte sie damit, sich mit Josef über sein Leben zu unterhalten. Je mehr er darüber erzählte, desto tiefer war Emilia von diesem Mann beeindruckt, dem es gelang, das Leben als das Allerschönste darzustellen, was es auf der Welt gab. Letztendlich war es das ja auch, doch Emilia kannte wenige Menschen, die mit einer solchen Begeisterung davon schwärmten. Nein, eigentlich hatte sie bisher noch nie jemanden getroffen, auf den das zutraf. Die meisten Menschen verzettelten sich in ihrem Alltag, klagten über Geldsorgen, den Partner, die Kinder, den Job, die Ladenöffnungszeiten, Politik, das Essen, das Wetter ... die Liste war endlos lang. Dabei war es angesichts der Tatsache, dass man gesund war und jederzeit die Möglichkeit hatte, sein Leben selbst in die Hand zu nehmen, vollkommen unsinnig, sich über solche Lappalien aufzuregen.

Es war, als erläge Emilia einem seltsamen Zauber, den Josef durch seine Erzählungen verbreitete. Auf einmal kam ihr nichts mehr furchtbar, ausweglos oder beklagenswert vor. Das Leben erschien ihr wie ein spannendes Abenteuer und sie konnte es kaum erwarten, noch mehr davon zu bekommen.

Keiner von ihnen bemerkte, wie schnell die Zeit verflog und als auf einmal Sandra an ihrem Tisch stand und anmerkte, dass die Frühstückszeit nun eigentlich vorüber wäre und fragte, ob sie eventuell schon etwas zum Mittagessen bestellen wollten, da sahen sich Josef und Emilia überrascht an und begannen zu lachen.

»Schnitzel mit Pommes?«, fragte Josef in Emilias Richtung, doch diese schüttelte grinsend den Kopf.

»Heute darf es mal etwas abenteuerlicher sein. Ich nehme die Pfannkuchen mit Apfelmus.«

Ein anerkennendes Nicken von Josef bestätigte ihr, dass bereits diese winzige Entscheidung - das Abrücken von ihrem Alltagstrott und die Neugier auf Ungewohntes - ein Schritt in die richtige Richtung war. Zu ihrer großen Freude bestellte er sich dasselbe.

Wenig später gesellte sich Tom zu ihnen an den Tisch.

»So, ich bin jetzt frei«, verkündete er. »Wollen wir nachher wieder in die Villa gehen, um das Tagebuch zu Ende zu lesen?«

»Sehr gerne«, antwortete Emilia lächelnd. Dann wandte sie sich an Josef. »Willst du dieses Mal vielleicht mitkommen?«

Ein Strahlen erhellte dessen Gesicht. »Ich schau mal in meinen Terminkalender, aber ich glaube, ich hätte Zeit«, grinste er. »Ich würde wahnsinnig gerne wissen, was Hanna Gleißner noch geschrieben hat.«

Natürlich ließ es sich Sandra nicht nehmen, eine Kühlbox mit Häppchen und Getränken zusammenzustellen. Und so saßen Tom, Josef und Emilia wenig später wieder im Gras des weitläufigen Gartens unter einem Kirschbaum und breiteten die Leckereien vor sich aus. Der Platz am Seerosenteich schien ihnen noch etwas zu unbehaglich. Zumal noch alles mit Polizeiband abgesperrt war. Das Tagebuch lag vorbereitet auf Emilias Schoß. Nach einem kurzen Blick in die Runde

schlug sie es auf und fand bald die Stelle, an der sie
beim letzten Mal aufgehört hatten zu lesen.

Liebes Tagebuch,
ich mache mir schreckliche Sorgen um Mama. Seit Va-
lentinas Tod wird sie immer komischer. Ich sehe ihre
Veränderungen täglich und frage mich, ob es den ande-
ren auch so geht. Ob Heinz und Lea es merken. Sicher-
lich verstehen sie es nicht, aber können sie es sehen?
Und Papa? Er spricht kaum mit mir. Unser Verhältnis
ist nicht gut. Ich glaube, er mag mich nicht besonders.
Ich hatte schon immer das Gefühl, dass er Valentina lie-
ber mag als mich. Aber seit sie tot ist, meidet er mich
regelrecht. Ich frage mich, ob es ihm lieber wäre, wenn
ich gestorben wäre statt Valentina. Bestimmt. Natür-
lich hat Papa Heinz von uns Kindern am liebsten, das
ist nicht zu übersehen, aber Valentina hat er gemocht.
Bestimmt weil sie so stark war. Ihr Dickkopf, der mich
manchmal in den Wahnsinn getrieben hat, war seinem
so ähnlich. Ach, wie ich diesen Dickkopf vermisse.
Meine kleine Schwester mit all ihrer Sturheit und ihren
tausend Flausen im Kopf. Mit ihrem Ungehorsam und
ihren schrägen Ideen, für die am Ende dann meistens
ich die Schuld bekommen habe. Ach, Valentina, ich ver-
misse dich so sehr. Aber es hilft ja alles nichts. Du
kommst nicht wieder zurück. Ich würde so gerne mit
dir reden, so wie früher, wenn wir in unseren Betten la-
gen und heimlich geflüstert haben, bis wir eingeschla-
fen sind. Es ist nun schon so lange her, dass du tot bist,
aber das Zimmer kommt mir noch immer so leer vor
ohne dich. Man gewöhnt sich nicht daran, dass ein
Mensch fehlt, den man liebt. Ich werde dich wohl mein

Leben lang vermissen. Gerade jetzt, wo Mama so komisch ist. Davon wollte ich dir, liebes Tagebuch, eigentlich erzählen. Mama wird immer dünner und blasser. Früher haben wir oft gemeinsam gelacht und Witze gemacht, wenn wir die Hausarbeit erledigt haben. Und ganz oft hat sie mich in den Arm genommen und gesagt: »Was würde ich nur ohne dich machen, meine Große?« Immer wieder hat sie mir gesagt, dass sie stolz auf mich ist, weil ich so brav bin. Und manchmal sogar, dass sie mich lieb hat. In den letzten Jahren immer weniger, aber als ich noch kleiner war, da hat sie mir das oft gesagt, ich erinnere mich noch genau daran. Und ich glaube ehrlich gesagt, dass Mama mich am liebsten von uns Kindern hatte. Das darf natürlich niemand wissen, aber ich finde es gerecht, weil Papa Heinz und Valentina ja lieber mochte. Dann kann ich doch wenigstens Mama für mich haben. Außer Lea. Die tut mir ein bisschen leid. Irgendwie scheinen weder Mama noch Papa sie so wirklich zu mögen. Dabei ist sie so drollig. Sie ist meistens lieb und hört, wenn man etwas zu ihr sagt. Nicht so wie Heinz, der eigentlich immer das macht, was er will. Er weiß ja, dass Papa ihn immer verteidigen wird. Lea ist ein Engelchen. Sie versucht mir sogar bei der Hausarbeit zu helfen. Auch wenn Papa und Mama sie nicht mögen, ich liebe sie. Und ich hoffe, das genügt.

Oh je, jetzt sind meine Gedanken schon wieder abgeschweift. Es tut mir leid. Ich wollte dir doch von Mama schreiben. Es ist so komisch mit ihr. Sie wird immer blasser und dünner. Und was das Schlimmste ist: Sie wird immer abwesender. Manchmal habe ich das Gefühl, dass sie überhaupt nicht mitbekommt, was um sie herum passiert. Dann macht sie irgendetwas oder steht einfach nur da und starrt in die Luft. Wenn ich sie dann anspreche, reagiert sie meistens gar nicht. Und das wird immer bedenklicher.

Neulich hat sie die Pfanne auf den Herd gestellt und ihn angemacht. Ich habe mich gewundert, was sie denn mitten am Tag braten will. Das Mittagessen war gerade vorbei. Da habe ich in die Pfanne geschaut und weißt du, was drin war? Zwei Socken! Ich habe den Herd ausgestellt und Mama gefragt, was das soll, aber sie hat überhaupt nicht reagiert. Als würde sie schlafen, ist sie an mir vorbei aus der Küche gelaufen.

Gestern lag sie mitten im Flur und hat an die Decke gestarrt. Unter ihrem Kopf lag ein Stiefel. Ich wollte Mama aufhelfen und habe ihr die Hand hingehalten. Sie hat nicht reagiert. Dann habe ich sie am Arm berührt und da hat sie zu mir gesagt, dass der Teufel all jene holt, die es verdient haben. Dann ist sie mit starrem Blick aufgestanden und ins Wohnzimmer gelaufen, als ob nichts gewesen wäre. Es ist wirklich gruselig.

Vor einer Woche hat sie einmal alle Teller in der Küche ausgeräumt und auf das Klavier gestellt. Wieder hat sie nicht reagiert, als ich sie angesprochen habe. Da wollte ich die Teller schnell wieder in die Küche räumen, doch in dem Moment ist Papa gekommen. Er wollte wissen, was los ist, aber Mama hat nur durch ihn hindurchgesehen. Da hat er fürchterlich angefangen zu schimpfen und hat mich auf mein Zimmer geschickt. Ich weiß nicht, ob er sauer auf Mama oder auf mich war oder ob er überhaupt verstanden hat, was passiert ist.

Dann hat Mama einmal die Badewanne voller Wasser gelassen und ganz viele Blätter hineingetan, die sie *extra vorher aus dem Garten geholt haben muss. Dann hat sie Valentinas alte Puppe genommen und sie hineingelegt. Ich habe alles schnell wieder aufgeräumt, als ich sie so gefunden habe. Da hat sie angefangen ganz schrill zu lachen. Es hat mir Angst gemacht. Ja, jetzt ist es raus. Es hört sich bestimmt ganz furchtbar an, aber langsam macht Mama mir Angst.*

»Was ist los, warum liest du nicht weiter?« Verwundert hob Tom den Kopf.

»Weil es nicht weitergeht. Der Eintrag bricht hier ab.«

»Lass mal sehen.«

Emilia reichte ihm das Tagebuch. Tom runzelte die Stirn und begann dann weiterzublättern. Erst einige Zeit später fand er wieder Seiten, die beschrieben waren.

»Ah, doch, hier geht es weiter«, sagte er und tippte mit dem Finger auf eine Stelle, bevor er Emilia das Buch zurückgab. »Hier, lies du wieder.«

Etwas verunsichert nahm sie das Buch zurück, begann dann aber ohne Umschweife weiterzulesen.

Juli 1991

Tja, so war das damals. Jahrzehnte sind seit meinem letzten Eintrag in dieses Tagebuch vergangen, das mich doch ein Stück weit durch meine Kindheit begleitet hat und mir ein so guter Zuhörer war. Falls jemand es gerade liest, möchte ich gerne erklären, warum der letzte Eintrag so abrupt abbricht. Falls niemand dieses Tagebuch je findet, ist es ohnehin gleich.

Während ich den letzten Eintrag verfasst habe – ich war damals zehn Jahre alt – war ich wohl so in meine

Gedanken vertieft, dass ich damals nicht bemerkt habe, wie mein Vater das Zimmer betrat. Erst als eine Hand nach dem Buch griff, verstand ich, dass er direkt hinter mir stand und möglicherweise schon eine ganze Weile mitgelesen hatte. Ich kann mich heute noch daran erinnern, dass ich wie zu Stein erstarrte. Niemand hatte von meinem Tagebuch gewusst und niemand hätte dieses Geheimnis je lüften sollen. Doch nun hatte Vater es entdeckt und ich wusste im selben Moment, dass ich nicht ungestraft davonkommen würde. Umso überraschter war ich, als er es einfach an sich nahm und das Zimmer, ohne ein Wort mit mir zu sprechen, wieder verließ. Sollte ich doch ungeschoren davonkommen? Kannte ich meinen eigenen Vater so schlecht? Nein, wie sich schon wenig später herausstellte. Ungefähr eine Stunde verging, bevor sich die Tür erneut öffnete und Vater das Zimmer betrat. Sein Gesicht war rot vor Wut und ich befürchtete das Schlimmste. Er schrie, wollte von mir wissen, was mir einfiele, all diese Dinge vor ihm zu verheimlichen. Was ich mir nur dabei gedacht hätte. Er beschimpfte mich, dass ich das missratenste Kind sei, das er je gesehen habe und dass Kinder, die ihre Eltern belügen, in die Hölle kämen. Sofort war mir klar, dass er es gelesen haben musste. Mir wurde heiß und kalt und ich fühlte, wie mir eine eisige Panik die Kehle zuschnürte. Dann hat mein Vater mich furchtbar verprügelt. So sehr, dass ich drei Tage lang Schmerzen bei jeder kleinsten Bewegung hatte. Danach schien seltsamerweise alles wieder in Ordnung. Vater verhielt sich mir gegenüber wie vor der Entdeckung des Tagebuches und verlor auch sonst nie wieder ein Wort darüber. Nach einigen Wochen fragte ich mich sogar, ob ich all das nicht vielleicht nur geträumt hatte und nichts von alledem wirklich geschehen war. Vielleicht bildete ich mir ja auch Dinge ein, so wie Valentina es manchmal getan hatte. Ich sprach auch meinerseits nie wieder ein Wort darüber. Versuchte aber, mein Fehlverhalten dadurch zu kompensieren, dass ich noch braver und noch fleißiger wurde als zuvor.

Aus heutiger Sicht einer Erwachsenen war ich das perfekte Kind. Nur eben kein Kind. Ich habe den Haushalt erledigt, mich um meine kleinen Geschwister gekümmert und hatte niemals Anlass zu Sorge oder Klagen gegeben. Wie gesagt – unkompliziert, perfekt. Nur eben kein Kind. Ich war wie eine zu klein geratene Erwachsene, das ist mir bewusst geworden, als ich letzte Woche nach Vaters Tod mein Tagebuch in seinen Sachen wiederfand. Ich habe überlegt, ob ich die Aufzeichnungen ergänzen, zumindest den letzten Eintrag vervollständigen soll. Doch ich konnte es nicht. Und ich kann es auch jetzt nicht. Es sind die Gedanken eines kleinen Mädchens, das ich einmal war und das ich aus heutiger Sicht der Erwachsenen nicht einmal mehr verstehen kann. Ich verstehe nicht, warum ich mir damals keine Hilfe gesucht habe. Warum ich mich nicht meiner Lehrerin anvertraut habe, die mich doch offensichtlich gemocht hat. Warum ich nicht einfach weggelaufen bin. Ich versuche mich zu erinnern, doch ich weiß es nicht. Ich hatte nicht einmal Angst. Ich glaube, ich war einfach zu brav. In absolutem Gehorsam erzogen kam es mir nicht einmal in den Sinn, weglaufen zu können. Mir kommen die Tränen, wenn ich an Valentina denke. Sicherlich hätte sie es früher oder später getan. Ich war die Gehorsame. Sie die Starke. Alles wäre anders *gekommen, wenn sie nicht gestorben wäre. Ich habe sie mein Leben lang vermisst und tue es noch heute. Inzwischen bin ich eine alte Frau und falls jemand dieses Tagebuch liest, wird er oder sie sich bestimmt fragen, warum ich dies alles überhaupt noch aufschreibe. Die Wahrheit ist, dass ich es nicht genau weiß. Ich glaube, ich sehne mich nach einem Abschluss. Alles, was in unserer Familie geschah, war immer zur Hälfte unter dem Deckmantel der Heimlichkeit verborgen. Nie war etwas klar oder offensichtlich. So wusste ich zum Beispiel nicht einmal, dass meine Mutter nicht an einem Herzinfarkt gestorben war, wie ich es mein Leben lang geglaubt habe. Nach Vaters Tod in der vergangenen Woche habe ich alle Unterlagen im Haus durchgesehen. Was ich gefunden habe, klebe ich hier ein. Weil es irgendwie zu unserer Geschichte gehört – so wie alles, was damals geschehen ist, inzwischen ein Teil der Geschichte ist. Ich möchte es nicht beurteilen. Ich möchte nur, dass es dokumentiert ist. Vielleicht gibt es irgendwo jemanden, der sich dafür interessiert. In all den tausenden Dokumentationen und Filmen, die es über den Krieg und die Nachkriegszeit gibt, habe ich mich wiederentdeckt. Vieles, was ich als Kind erlebt habe, habe ich erst im Nachhinein verstanden. Mir war nicht bewusst, dass mein Vater in den letzten Kriegsjahren ein glühender Nationalsozialist war. Mir war nicht klar, wie zerstört andere Städte in Deutschland waren. Dass Millionen von Menschen gestorben sind und Millionen auf der Flucht waren. Mir war das alles nicht klar. Denn bei allem, was ich in unserer Familie durchlitten habe, war die Villa doch immer ein sicheres Zuhause. Nahezu nichts von der Außenwelt ist hier* eingedrungen. Ein Paradies innerhalb einer höllischen Welt. Es war allein unsere Familie selbst, die dieses Paradies zerstört hat.

Es ist traurig, nun allein hier zu leben. Einsam und in vollkommener Ruhe, wo es hier doch einmal so lustig und lebhaft zuging. Damals, vor all diesen vielen Jahrzehnten, die mir vorkommen, als gehörten sie zu einem anderen Leben, das mit meinem nichts zu tun hat. Als Lea sich mit nur zwanzig Jahren eine Überdosis Heroin gespritzt hat, ist die Welt für mich zum wiederholten Male zusammengebrochen. Als Heinz dann nur zwei Jahre später bei einem Autounfall ums Leben gekommen ist, wusste ich, dass ich zur Einsamkeit verdammt bin. Zur Einsamkeit in diesem höllischen Paradies unseres Zuhauses. Dennoch liebe ich diese Villa. Sie ist die einzige Konstante in meinem Leben. Dieses Haus ist das Einzige, was vom Anfang bis zum Ende meines Lebens ein Teil davon war. Ich habe begriffen, dass ich hierbleiben muss.

Ich weiß, dass die Leute im Dorf über uns reden. Dass die Gerüchte besagen, hier spuke es. Auch, dass erzählt wird, meine Eltern hätten Kinder an die Nazis verkauft. Ich habe keine Ahnung, wie sie darauf kommen. Ich glaube nicht, dass es stimmt, aber es kann sein, dass ich es nicht mitbekommen habe und es doch der Wahrheit entspricht – beschwören würde ich es nicht. Ich war ein naives kleines, gehorsames Mädchen. Nicht mehr und nicht weniger. Ich bleibe hier in der Villa. Ich möchte hier leben. Ich nehme den Menschen nicht übel, was sie über unsere Familie sagen. Alles, was sie uns vorwerfen, all der Hass und all die Verachtung, haben wir verdient. Weil wir schlechte Menschen sind.

Weil keiner von uns das Leid, das in diesem Hause geschehen ist, verhindert hat. Vielleicht ist es sogar gut, dass die Menschen im Dorf ein gemeinsames Feindbild haben. Jemanden wie uns, den sie hassen können. Denn Hass schweißt zusammen. Es ist in Ordnung so. Vielleicht kann der Hass auf unsere Familie, auf mich, da ich die Letzte bin, die nun noch lebt, eine neue Art von Liebe in diesem Ort erschaffen. Ich weiß es nicht. Ich weiß gar nichts. Am Ende bin ich doch noch immer das kleine naive, gehorsame Mädchen. Ich füge mich in die Situation, so wie sie ist. Das habe ich schon immer. Es könnte schlimmer sein. Denn immerhin ist die Villa ein wunderschöner Ort – trotz allem, was hier geschehen ist. Ich bin glücklich hier. Allein mit den Geistern der Vergangenheit. Ich fürchte mich nicht vor ihnen. Wenn es sie gibt, dann ist unter ihnen auch Valentina. Ich würde sie so gerne wiedersehen. Ich habe ihr noch so viel zu sagen.

Jetzt habe ich deutlich mehr geschrieben, als ich wollte. Und zudem Dinge, die vermutlich niemanden interessieren, weil sie gar nicht historisch relevant sind. Kurz habe ich überlegt, die Seiten herauszureißen, doch das möchte ich dem Tagebuch nicht antun. Zwei Dokumente werde ich nun noch einkleben, die vielleicht für einen späteren Leser von historischem Interesse sein mögen:

Beim ersten handelt es sich um den Durchschlag eines Briefes, den ich im Schreibtisch meines Vaters gefunden habe.

Der zweite Brief hätte mich wohl erreichen sollen, als meine Mutter gestorben ist. Hat er aber nicht. Ich habe ihn ebenfalls letzte Woche im Schreibtisch meines

*Vaters gefunden. Begraben unter vielen anderen Doku-
menten, die ich lose in einen Karton legen werde. Möge
ihn jemand finden oder nicht, es ist mir egal. Ich habe
mein Leben gelebt und das Beste daraus gemacht. Ich
gräme mich nicht, sondern werde meine letzten Jahre
hier in der Villa verbringen. Mit den Büchern, dem Garten, all den Erinnerungen – den guten wie den schlechten. Und vielleicht gelingt es mir durch meine Sühne,
die Schuld unserer Familie wenigstens ein bisschen zu
tilgen. Damit in dieser Villa wieder Frieden einkehren
kann – Liebe und Glück.*

Verstohlen wischte sich Emilia eine Träne aus dem
Augenwinkel. Immer wieder war ihre Stimme während des Vorlesens gebrochen, doch sie hatte es tapfer
durchgezogen. Nun blätterte sie langsam weiter, hob
aber bewusst den Kopf nicht, um den Blicken von Josef
und Tom nicht zu begegnen. Dann stieß sie auf das mit
Tesafilm eingeklebte Dokument.

»Hier ist der Durchschlag«, kündigte sie an, bevor sie
las.

Lieber Joseph,
verzeih', dass ich dich ausgerechnet in dieser Zeit
behelligen muss, in der du sicherlich anderes im
Kopf hast. Doch ich benötige dringend deine Hilfe.
Es geht um meine Frau Elfie. Ich fasse mich kurz:
Sie ist geisteskrank. Leider hat sich dies erst nach
vielen Jahren unserer Ehe herausgestellt. Die
Krankheit begann schleichend, hat sich aber so
schnell verschlimmert, dass offensichtlich ist, dass
es nicht mehr besser werden kann. Inzwischen
schleicht sie des Nachts durch das Dorf, versucht
Frauen ihre Kinder abzukaufen, ruft Namen von

Menschen, die sie nie gekannt hat. Ich hoffe, dies genügt dir als kleines Beispiel für ihren Zustand.
Nun möchte ich dich bitten, mir eine angemessene Dosis von diesem speziellen Medikament für Geisteskranke zu übersenden, über welches wir uns damals unterhalten haben. Ich denke, es ist in deinem Sinne und auch im Sinne unserer gemeinsamen Idee, dass meine Frau nicht länger dieses Dasein fristen sollte. Ich würde dem gerne ein Ende bereiten, bevor es sich zur Gefahr auswirkt. Schließlich haben wir auch Kinder im Hause.
Ich bin sicher, du wirst einem alten Freund seine Bitte nicht abschlagen. Ich warte und wünsche dir alles Gute.

Heil Hitler
Heinrich

Edelsbrunn, 20. Dezember 1944

»Spezielles Medikament für Geisteskranke?« Verwirrt sah Emilia von dem Durchschlag auf, dessen Schrift ihr erstaunlich leicht zu lesen gelungen war. »Meint er damit ...?«

»Gift«, antwortete Josef schlicht. »Soweit ich weiß, war es damals nahezu üblich, körperlich und geistig Kranke zu vergiften, um sich ihrer zu entledigen und vor allem auch Nachwuchs zu verhindern.«

»Das ist so krank!«, entfuhr es Emilia empört. »Hat Heinrich Elfie also vergiftet, weil er dachte, sie sei geisteskrank, oder was?«

Tom zupfte nachdenklich einen Grashalm heraus und drehte ihn zwischen den Fingern. »Ich glaube, letztendlich werden wir das nicht wissen können. Schließlich enthält der Brief ja auch nur eine Bitte um das Gift. Ob er es je erhalten hat, steht auf einem anderen Blatt.«

»Oh Mann ...« Statt mit den Tränen kämpfte Emilia nun gegen die Wut an, die in ihr aufstieg, doch sie hätte nicht sagen können, welcher Kampf der anstrengendere war.

»Hanna hat von zwei Dokumenten gesprochen«, warf Josef ein. »Schau mal weiter, vielleicht ist das zweite eine Antwort von diesem ...«, er zögerte einen Moment, als fiele es ihm schwer, den Namen auszusprechen, »... Joseph.«

Gehorsam blätterte Emilia und fand sofort einen weiteren Brief, diesmal in geschwungenen Buchstaben aus blauer Tinte, die an manchen Stellen schon etwas verblasst erschien.

»Ich hab' ihn«, verkündete sie, begriff aber schnell, dass ihre Ankündigung unnötig war, denn beide Männer sahen sie erwartungsvoll an. Sie senkte den Blick und las.

Liebe Hanna, mein geliebtes Kind,
der Grund, warum ich diesen Brief schreibe, ist ein sehr trauriger. Doch du warst immer mein tapferes Kind und ich möchte, dass du auch dieses Mal tapfer bist. Besonders dieses Mal. Ich werde sterben, Hanna. Nicht irgendwann, nicht bald, sondern gleich. In wenigen Minuten. Sobald ich diesen Brief beendet habe. Ich erzähle dir das, mein Kind, weil ich will, dass du dieses eine Mal im Leben die Wahrheit weißt. Und dass du weißt, dass ich dich nicht absichtlich im Stich lasse. Denn ich bin mir sicher, so wird dein Vater es darstellen. Er wird behaupten, dass ich mir das Leben genommen hätte. Oder vielleicht wird er behaupten, ich sei an einem

plötzlichen Herzinfarkt gestorben, ich weiß es nicht. Es ist auch unerheblich, was er sagen wird, denn du sollst wissen, Hanna, dass er mich getötet hat. Nicht direkt, dafür ist er viel zu raffiniert, aber ich habe genau gesehen, wie er ein weißes Pulver in meinen Tee gerührt hat, der nun vor mir steht. Ich werde ihn trinken, Hanna. Und ich werde daran sterben. Dass es Gift ist, daran habe ich nicht den geringsten Zweifel. Ich möchte nicht, dass du deinen Vater für seine Tat verurteilst. Nein, glaube mir, das ist nicht meine Absicht. Sondern ich möchte, dass du mich nicht dafür verurteilst, dass ich sterbe. Doch ich habe keine andere Wahl.

Es geht mir nicht gut, Hanna. Die Geister von Valentina und Maria verfolgen mich. Sie lassen mir keine Minute der Ruhe mehr, bleiben mir bei Tag und bei Nacht Schritt für Schritt auf den Fersen und treiben mich in den Wahnsinn. Sie wollen Rache. Wollen Genugtuung. Und sie werden erst ruhen, wenn ich sie ihnen verschaffe. Tag für Tag quälen sie mich, schleichen sich in meinen Verstand und setzen sich in meinem Kopf fest. Ich weiß nicht, ob ich sie mir einbilde oder ob es wirklich Geister gibt. Ich weiß nicht, was ich glauben kann. Ich traue mir selbst nicht mehr. Die Tage verbringe ich eingehüllt in eine neblige Wolke aus Wahnsinn. Lediglich jetzt, im Bewusstsein meines nahenden Todes, sehe und denke ich zum ersten Mal seit einer gefühlten Ewigkeit vollkommen klar. Dafür bin ich dankbar. So dankbar, mein Kind. Denn nun kann ich dir wenigstens diese Worte des Abschieds schreiben – aufrichtig, vernünftig, ehrlich und bei Sinnen. Du ahnst nicht, was mir das bedeutet. Was DU mir bedeutest, mein Kind.

Ich werde dieses Gift also trinken, meine kleine liebe Hanna. Ich tue dies als Sühne für das, was ich

getan habe. Und ich bitte dich, mir zu vergeben. Das ist das Einzige, was ich noch tun kann. Bitte schenke mir deine Vergebung. Ich hätte dir eine bessere Mutter sein müssen, mein Kind. Doch die Umstände machten aus mir das, was ich bin. Nein, halt. Es waren nicht die Umstände. Ich möchte mich nicht herausreden. Es waren meine eigenen Entscheidungen, die die Frau aus mir machten, die ich bin. Ich kann dich nur bitten, Hanna, meine kleine liebe Hanna, bitte triff in deinem Leben bessere Entscheidungen als ich es getan habe. Denn davon hängt alles ab. Jede Entscheidung hat Konsequenzen. Und mit diesen müssen wir leben. Ich habe schlechte Entscheidungen getroffen und gehe nun an ihnen zugrunde. Zu Recht, vermute ich. Es tut mir nicht leid um mich. Es tut mir leid um dich. Ich habe dich geliebt, vom ersten Augenblick an, als ich dich in meinen Armen gehalten habe, das wollte ich dir unbedingt noch sagen. Und ich liebe dich immer noch. Du bist das wunderbarste, perfekteste Mädchen, das es auf dieser Welt gibt. Meine Hanna! Und ich bin sicher, du wirst das Leben meistern. Besser als ich. Besser als dein Vater. Du wirst es besser machen.
Gib niemandem die Schuld für das, was geschehen ist, mein Kind. Vergebung ist stärker als Rache. Liebe ist stärker als Hass. Sei stark, mein Kind. Und triff gute Entscheidungen.
Ich liebe dich.
Deine Mama

Beim letzten Wort konnte Emilia ihre Tränen endgültig nicht mehr zurückhalten. Ihr gesamter Körper wurde von einer Welle aus Emotionen geflutet und sie begann unkontrolliert zu schluchzen. Sofort war Tom an ihrer Seite und nahm sie fest in die Arme. Eine ganze

Weile saßen sie einfach nur so da – Emilia weinend in Toms Armen und Josef ein paar Meter abseits im Gras.

»Es ist in Ordnung, zu weinen«, sagte Josef leise. »Man muss nur einen Weg finden, die Tränen wieder zu trocknen.«

»Ein Taschentuch wäre ein guter Anfang«, schluchzte Emilia und musste dabei sogar selbst schon wieder ein bisschen lächeln. Sofort kramte Tom in seiner Hosentasche und brachte eine ungeöffnete Packung Taschentücher zum Vorschein.

»Du hast gewusst, dass ich heulen würde.«

»Na ja, sagen wir so: Ich habe es geahnt.«

Emilia schenkte ihm ein dankbares Lächeln. Dann spürte sie, wie ihr Schluchzen verebbte, ihr Körper wieder ruhiger wurde.

»Ich habe gewusst, dass so etwas passiert«, sagte sie, als sie sich vollständig wieder gefangen hatte. »Warum müsst ihr denn nicht heulen? Das ist doch alles ganz furchtbar.«

»Wir sind Männer, uns fehlt das Heul-Gen«, grinste Josef. »Nein, im Ernst, mir ist schon auch nach Weinen zumute. Aber ich sage dir ganz ehrlich, ich habe in meinem Leben schon so viel geheult, dass es einfach nicht mehr viele Situationen sind, die mich noch schockieren können.«

»Okay, das ist eine einleuchtende Erklärung. Und was hast du zu deiner Verteidigung vorzubringen?«

Tom zuckte etwas verlegen die Achseln. »Ich darf nicht heulen, wenn eine Frau heult, weil einer immer den anderen trösten muss und das ist im Zweifelsfall der Mann. Hat mir meine Mama als kleines Kind beigebracht und das sitzt so tief, dass es bis heute funktioniert.«

»Na toll, dann bin ich die einzige Heulsuse hier.«

»Wie gesagt, es ist in Ordnung, zu weinen«, sagte Josef sanft. »Auch über das, was längst Vergangenheit ist. Aber dann muss man einen Weg finden, wieder weiterzumachen. Sich auf das Positive konzentrieren. Auf das eigene Leben. Auf die Zukunft.«

Nachdenklich fuhr Emilia mit ihrer Handfläche über das Tagebuch, das inzwischen geschlossen auf ihren Oberschenkeln lag, als wollte sie es streicheln.

»Im Endeffekt ist es nur eine Geschichte«, sinnierte sie leise. »Zwar eine wahre Geschichte, aber doch nur eine Geschichte. Wenn man bedenkt, wie viele furchtbare Filme und Bücher man so in seinem Leben schon gelesen hat …«

»Und wie viele davon einen wahren Kern haben«, ergänzte Tom, der ihren Gedanken zu erahnen schien.

Emilia nickte. »Vielleicht wird es bei dieser Geschichte im Endeffekt so sein wie bei allen anderen, die mich bisher berührt haben. Ich werde noch ein bisschen um die Menschen trauern, die ihrem tragischen Schicksal zum Opfer gefallen sind. Ich werde noch lange über sie nachdenken. Ich werde sie zu einem Teil meines Lebens machen. Aus ihrem Leben, ihren Erfahrungen und Gedanken lernen, egal ob sie wahr sind oder nicht. Ich werde sie nie vergessen. Aber ich werde doch nicht zulassen, dass sie eine gravierende Auswirkung auf mein Leben haben.«

Josef klatschte leicht in die Hände, woraufhin Emilia lächeln musste. Es würde ihr nicht leichtfallen, mit dieser Geschichte jemals ganz ins Reine zu kommen.

Zumal sie sich inzwischen sicher war, dass sie als Enkelin der damals verschollenen Edith selbst zur Familie Gleißner gehörte, auch wenn sie einen anderen Nachnamen trug.

»Was ist denn eigentlich aus der kleinen Edith geworden? Also aus deiner Großmutter?«, fragte Tom, als könne er Emilia direkt ins Herz sehen.

Emilia lächelte. »Sie hatte ein schönes Leben, soweit ich das beurteilen kann. Großmutter hat mir öfter mal von ihrer Kindheit und ihren Eltern erzählt und das waren eigentlich nur schöne Geschichten. Ich glaube, sie war glücklich.«

Tom berührte sein Kinn nachdenklich mit dem Zeigefinger. »Ist sie dann eigentlich bei der Schwester dieser Maria aufgewachsen?«

Emilia zuckte unsicher mit den Schultern. »Das weiß ich gar nicht genau. Aber jetzt, wo du es sagst ... sie hat von ihren Eltern immer als Magda und Johann erzählt – also sie hat sie nicht als Mama und Papa bezeichnet. Vielleicht wusste sie, dass es gar nicht ihre richtigen Eltern waren. Es wäre natürlich jetzt sehr interessant, zu wissen, was Marias Schwester meiner Großmutter über deren Herkunft erzählt hat.«

»Ich glaube nicht, dass ihre Ziehmutter ihr erzählt hat, dass sie ein Kind der Gleißners ist«, wandte Josef ein. »Glaubt ihr nicht, dass sie sonst noch einmal hergekommen wäre, um ihre Eltern oder zumindest ihre Geschwister kennenzulernen?«

»Da hast du auch wieder recht«, stimmte Emilia zu.

Einen Moment lang hingen alle ihren eigenen Gedanken nach. Dann seufzte Emilia.

»Leider werden wir nicht mehr erfahren, was Großmutter wusste. Aber es tröstet mich irgendwie, dass sie
später so ein schönes Leben hatte. Sie hatte immer gute
Laune, war über fünfzig Jahre lang glücklich verheiratet und hatte drei tolle Kinder. Ganz zu schweigen von
uns wundervollen Enkeln. Ja, ich glaube, sie war mit ihrem Leben und der Familie, die sie hatte, vollkommen
zufrieden. Und sie war eine lebenslustige, tolle Frau. Sie
hätte dir gefallen, Josef.« Sie zwinkerte dem alten Casanova spitzbübisch zu. Dessen Lächeln wurde daraufhin
zu einem breiten Grinsen.«

»Ich möchte die Villa kaufen«, sagte Tom plötzlich.

»Was?« Emilia war sicher, sich verhört zu haben.

»Ich möchte die Villa Gleißner kaufen«, wiederholte
Tom ernst. »Nenn‘ es verrückt, nenn‘ es Spinnerei oder
eine spontane Überreaktion, aber ich fühle mich hier
wohl. Ich meine, ich bin nicht morbide oder so. Natürlich lässt es mich nicht kalt, dass in diesem Seerosenteich eine Leiche gelegen hat und Valentina Gleißner offenbar auf dem Wohnzimmerboden verblutet ist.
Aber ich denke, den Seerosenteich kann man zuschüt-
ten lassen und im Haus würde ich sowieso renovieren.
Neue Böden, neuer Anstrich und so weiter. Vermutlich
bin ich total bescheuert, aber ich würde dieser Villa
gerne ein zweites Leben schenken.«

»Du weißt aber schon, dass die Kosten für dieses Anwesen sich vermutlich auf einen siebenstelligen Betrag
belaufen werden, oder?« Skeptisch musterte Emilia
Tom und war sich noch immer nicht sicher, ob er nicht
doch nur einen Scherz gemacht hatte.

Doch Tom zuckte die Achseln. »Nun ja, erstens glaube
ich, dass sich der Preis in Anbetracht der

Vergangenheit des Gebäudes enorm drücken lässt. Ich glaube nicht, dass es viele Menschen gibt, die ein Haus kaufen würden, in dem ein Mord stattgefunden hat. Und zweitens kann ich mir einen kleinen siebenstelligen Betrag durchaus leisten. Weißt du, vor dir steht nicht der arme Kellner, der irgendwie über die Runden kommen muss. Mein Gasthaus läuft hervorragend. Wir schreiben seit jeher schwarze Zahlen. Und als ich das Gasthaus nach dem Tod meines Vaters geerbt habe, war damit auch eine größere Summe Bargeld verbunden. Das Finanzielle sollte daher eigentlich kein Problem sein.«

Emilia wusste nicht so recht, ob sie sich freuen oder wieder in Tränen ausbrechen sollte. Auf der einen Seite war es das Beste, was ihr passieren konnte, dass Tom die Villa kaufen wollte. Herr Plaschke würde begeistert sein, dass sie so schnell einen zahlungskräftigen Käufer gefunden hatte. Auf dieser Basis würde er ihr mit Sicherheit die Festanstellung anbieten. Auf der anderen Seite hatte sie aber insgeheim selbst schon mit dem Gedanken gespielt, die Villa zu kaufen. Entgegen aller Erwartungen hatte sie sich von Anfang an in das Haus verliebt. Und in dieser Hinsicht ging es ihr wie Tom: Sie fühlte sich wohl und zu Hause hier, obwohl sie wusste, was tatsächlich geschehen war.

»Du spielst selbst mit dem Gedanken, die Villa zu kaufen«, erriet Tom ihre Gedanken. Die Überraschung war ihm förmlich ins Gesicht geschrieben und auch Josef schien verblüfft.

»Ehrlich gesagt, ja«, gab Emilia zu. »Ich weiß auch nicht genau warum, aber wenn ich mir vorstelle, dass diese Villa verkauft wird und ich dann nie mehr hierher zurück kann, dann wird mir ganz anders. Ich kann es mir nicht erklären, aber ich fühle mich hier irgendwie heimisch. Außerdem gehöre ich doch auch irgendwie hierher, wenn die Gleißners wirklich meine Familie waren, wie ich vermute.«

Ein wenig zerknirscht schwieg Tom in sich hinein und Emilia konnte förmlich sehen, wie es in ihm arbeitete.

»Kauft die Villa doch einfach zusammen«, schlug Josef grinsend vor.

»Oh nein«, wiegelte Tom ab. »So etwas gibt immer Ärger. Da bin ich schon für klare Fronten. Aber du hast recht.« Nachgiebig sah er Emilia an. »Es ist das Haus deiner Familie. Auch wenn sich das letztendlich niemals klären lassen wird. Wenn du die Villa kaufen willst, dann lasse ich dir selbstverständlich den Vortritt. Und falls doch nicht, dann steht mein Angebot.«

»Du hast ja noch gar keins gemacht.«

»Also mein Angebot, dass ich zwei Angebote machen werde.«

»Zwei?«

»Ein finanzielles an eure Immobilienfirma und ein persönliches an dich.«

Emilia sah ihn fragend an. Was kam denn jetzt? Unwillkürlich begann ihr Herz wild zu schlagen.

»Ich kann dir nicht sagen, warum«, begann Tom mit einer Sicherheit in der Stimme, die ihn selbst überraschte, »aber ich habe das Gefühl, dass wir beide verdammt gut zusammenpassen. Natürlich ist es noch zu früh, sich auf etwas festzulegen. Gerade in deiner aktuellen Situation. Schließlich bist du ja gerade erst geflohen.« Er zwinkerte Emilia verschwörerisch zu.

Sie verstand sofort und legte den Finger auf die Lippen, zum Zeichen, dass sie kein Wort darüber hören wollte.

Josefs Gesichtsausdruck verwandelte sich in pure Neugier, doch sowohl Tom als auch Emilia ignorierten das.

»Ich finde dich irre interessant, Emilia. Und attraktiv und sexy und – na ja, ich würde dich gerne richtig kennenlernen. Die vergangenen Tage waren wunderbar, aber ich habe das Gefühl, dass ich noch nicht einmal die Oberfläche deiner wunderbaren Persönlichkeit kenne. Falls du mich die Villa kaufen lässt, dann möchte ich dir gerne anbieten, bei mir einzuziehen. Wir könnten gemeinsam hier wohnen. Sehen, worauf es hinausläuft. Herausfinden, ob wir wirklich so gut zusammenpassen, wie ich denke. Und falls ich recht habe, könnten wir diesem Haus gemeinsam zu einer besseren Zukunft verhelfen.«

Wieder spürte Emilia, wie ihr die Tränen kamen. Es war einfach zu viel. Innerhalb von ein paar Tagen war ihr Leben einmal komplett auf den Kopf gestellt worden, sodass sie das Gefühl hatte, überhaupt nicht mehr zu wissen, wo oben und unten war. Und doch hatte sie das Gefühl, dass es das Beste war, was ihr hätte passieren können. Dass sich alles so fügte, wie es sein sollte. Sie fühlte sich gut bei allem, was hier passierte. Und sie freute sich allein über den Gedanken an eine gemeinsame Zukunft mit Tom. Auch wenn sie eine Zeit lang brauchen würde, um sich so auf ihn einzulassen, wie er sich das vermutlich wünschte.

»Also so eine Rede hätte ich dir gar nicht zugetraut, mein Junge«, lobte Josef. »Wer hat dir denn das nur beigebracht?«

»Ein gewisser Josef hat mich gelehrt, dass es das Beste ist, wenn man den Damen seines Herzens einfach direkt sagt, was man denkt«, grinste Tom. »Das habe ich versucht. Ich hoffe, es hat sich nicht allzu verrückt angehört.«

»Nicht verrückter als alles andere, was ich bisher in Edelsbrunn erlebt habe.« Emilia lachte. »Gib mir einen Tag Zeit, um darüber nachzudenken, okay?«

»Notfalls auch zwei. Aber dann will ich eine Entscheidung«, scherzte Tom und Emilia knuffte ihn spielerisch in die Seite.

»Wie die Kinder«, lachte Josef, doch es war ihm deutlich anzusehen, wie sehr er sich über die Situation freute.

Epilog

Lächelnd blickte Emilia in die Kamera. Ihr sonnengebräunter Körper bildete einen wundervollen Kontrast zu ihrem weißen Brautkleid. Der neu angelegte Seerosenteich im vorderen Bereich des Gartens zeigte sich im Hintergrund von seiner schönsten Seite. Auf der Wasseroberfläche glitzerten die Sonnenstrahlen und verliehen dem ganzen Bild etwas Magisches. So wie allem, was in den vergangenen zwei Jahren in der Villa Gleißner passiert war.

Nachdem Tom die Villa gekauft hatte, war Emilia gemeinsam mit ihm eingezogen. Zu ihrer beider Erleichterung zeigte sich schnell, dass der Zauber der ersten Woche anzuhalten schien. Ihre Beziehung wurde innerhalb kürzester Zeit so intensiv, dass sie sich ein Leben ohneeinander nicht mehr vorstellen konnten. Und so hatten sie sich schließlich heute das Jawort gegeben. Auf den Tag genau zwei Jahre nach ihrer ersten Begegnung in Toms Gasthaus.

Inzwischen war Emilia aus dem Immobilienbüro Plaschke nicht mehr wegzudenken und erstaunlicherweise hatte sich zwischen ihr und Tina eine Freundschaft entwickelt, die sie aufgrund ihrer anfänglichen Differenzen niemals für möglich gehalten hätte. Emilia war glücklich. Glücklicher als je zuvor in ihrem Leben. Und sie wusste, dass sie es bleiben würde. Denn Josefs Worte, mit denen er ihr damals seinen Optimismus erklärt hatte, hatten sich tief in ihr Herz eingebrannt:

Das Leben ist nicht immer bunt. Es ist nicht immer angenehm und es ist ganz sicher nicht immer leicht. Aber du hast nur dieses eine. Zwischen all den Trümmern, realen oder emotionalen, findet sich immer etwas, woran man sich freuen kann. Du kannst Entscheidungen treffen. Du kannst dein Leben in die Hand nehmen und etwas verändern. Wenn etwas besser werden soll, dann musst du es tun. Du kannst das Schlechteste annehmen und das Beste daraus machen.

Danksagung

Mein Dank gilt natürlich all meinen Leserinnen und Lesern. Nur dadurch, dass ihr meine Bücher lest, erweckt ihr die Geschichten erst zum Leben. Falls ihr Lust habt, nicht nur das Endprodukt zu lesen, sondern auch Einblick in meinen Schreibprozess und mein Autorendasein zu erhalten, dann könnt ihr das gerne auf meinen Accounts auf Instagram oder Facebook tun. Unter Gisela.B.Schmidt_Autorin gebe ich Einblicke in meine Arbeit.

Ganz herzlich bedanken möchte ich mich bei meiner Agentin Alisha Bionda und dem Team von Digital Publishers für die herzliche und professionelle Zusammenarbeit.

Vielen Dank an meine Lektorin Frau Rahlfs für die konstruktiven Anmerkungen und Kommentare, die die Qualität meines Schreibens nochmals verbessert haben und mich auch für die Zukunft lernen ließen. Die Interjektion wird nie wieder eine Schlange sein, versprochen.

Und nun möchte ich von ganzem Herzen den Menschen danken, die mich auf ganz besondere Weise in meinem Schreiben begleiten:

meiner Schwester Johanna Kugler und meiner Mutter Brigitte Kuhnle. Von der Idee bis zum fertigen Roman seid ihr immer an meiner Seite. Ohne eure Meinung geht einfach gar nichts. Eure Unterstützung in allem, was mit meinem Schreiben zu tun hat, ist von unschätzbarem Wert. Ob es um die Idee, die Inhalte oder gar den Titel geht, ihr steht mir immer mit Rat und notfalls auch Tat zur Seite. Johanna, liebste Schwester, du bist die Marketingmaschine. Mama, mein Herz, mein Vorbild. Du bist einfach die wunderbarste Mama und Freundin der Welt. Ich liebe euch!

Ein riesiges Dankeschön geht an meine Testleserinnen und Testleser: Brigitte Kuhnle, Johanna Kugler, Vanessa Raschke, Rosi Hund, Franziska Walk, Josia Sturm, Thea Syring, Thomas Behrens, Angelika Raster, Anna Lippert, Juliane Schmelzer und Daniela Bertram. Ihr alle seid einfach fantastisch. Gerade dadurch, dass ihr kein Blatt vor den Mund nehmt und auch auf Kleinigkeiten herumreitet, aber auch durch eure ehrliche Begeisterung, habt ihr meinen Schreibprozess begleitet und damit alles aus dem Roman und auch aus mir als Autorin herausgeholt. Für eure Zeit, euren Eifer, eure Anmerkungen und alles andere werde ich euch ewig unendlich dankbar sein.

Von ganzem Herzen danke ich meiner engsten Familie, insbesondere meinem Mann Denny. Hab Dank für dein Verständnis, deine Unterstützung und deine Kritik, die mich immer zu Besserem anspornt. Und natürlich meinen beiden geliebten Töchtern Rosalie und Viola. Nur weil ihr so brav seid, kann ich mir meinen Traum vom Schreiben ermöglichen. Ich liebe euch! Ewig, unendlich, bedingungslos.